格斗兵王 ②

野兵 ★ 著

群言出版社

QUNYAN PRESS

·北京·

图书在版编目(CIP)数据

格斗兵王.2 / 野兵著. -- 北京 : 群言出版社,
2015.10
ISBN 978-7-80256-350-6

Ⅰ.①格… Ⅱ.①野… Ⅲ.①长篇小说－中国－当代
Ⅳ.① I247.5

中国版本图书馆 CIP 数据核字(2015)第 241268 号

责任编辑：王 聪
封面设计：朝圣设计

出版发行：群言出版社
社 址：北京市东城区东厂胡同北巷 1 号(100006)
网 址：www.qypublish.com
自营网店：http://qycbs.shop.kongfz.com(孔夫子旧书网)
 http://www.qypublish.com(群言出版社官网)
电子信箱：qunyancbs@126.com
联系电话：010-65267783 65263836
经 销：全国新华书店
法律顾问：北京天驰君泰律师事务所

印 刷：北京天宇万达印刷有限公司
版 次：2016 年 1 月第 1 版 2016 年 1 月第 1 次印刷
开 本：710mm × 1000mm 1/16
印 张：22
字 数：350 千字
书 号：ISBN 978-7-80256-350-6
定 价：38.00 元

目　录

01 寻找基地

冯小龙扭头看了看四周，沉声讲道："四个方向，我们根本不知道往哪个方向走，万一走错了方向只会离基地越来越远。"

"那就分开走，看谁的运气好。"冷无霜讲道。

其他人没有说话，却都不满地看着冷无霜。

谁都知道冷无霜去年参加过准特种兵训练，实力算是仅次于赵国庆的，提议大家分开行动不过是怕其他人会拖累他而已。

在众人讨论该往哪个方向走的时候赵国庆却蹲在地上，看起来就像是在数蚂蚁似的。

"往这边走。"赵国庆突然讲道，伸手指着车身右侧。

"为什么？"庞虎询问。

赵国庆笑道："感觉。"说完就朝车身右侧走了过去，同时讲道，"愿意跟着我的就走吧，不愿意的话可以到其他方向碰碰运气。"

李实诚第一个跟了过去，接着是冯小龙和庞虎，冷无霜皱了皱眉头，却也跟了上去。

就在赵国庆五人刚刚离去后，车身左侧，也就是赵国庆之前曾经蹲下来的地方再向前三十米的草丛中走出两个人来。

两人清一色的迷彩装备，其中一个更是披着吉利服，手中抱着同样为迷彩色的狙击步枪，一张细嫩的脸赫然是名女性。

狙击手旁边站着的是名二十七八岁的男子，他手里面没有拿任何武器，腰间却挂着车钥匙，正是之前负责开车送赵国庆五人到此的司机。

司机脸上露出一丝笑意，冲身边的女子讲道："贵卿，刚刚那个就是赵国庆。"微微一顿，笑道，"看来他确实有过人之处。"

贵卿是飞龙特种部队里面唯一的女性，大队长宋飞扬的亲传弟子，被称为飞龙特种部队里面除宋飞扬外的第一狙击手！

得知带领众人离去的就是赵国庆后，贵卿一脸的阴寒。

这并不止是赵国庆找对了前往准种兵训练基地的方向，更因为大队长宋飞扬的态度，她从来没有见过宋队长如此看好一个人。

"将来飞龙特种部队将无一人能超越赵国庆！"

这就是宋飞扬对赵国庆的评价，如此高的评价让贵卿感到妒忌。

"不过是运气好而已。"贵卿冷冷地回了一句。

"运气好吗？"司机的笑别有深意。

贵卿的脸色更显阴寒，她心里也清楚赵国庆凭借的不是运气，而是真正的实力。

表面上看来贵卿只是为赵国庆五人准备了一道简单的选择题，可实际上却考验了他们的观察力和心理素质。

通常来说，车子是运送赵国庆等五人前往准特种兵训练基地去的，那车子停下来后人们会认为车头所指的方向自然是准特种兵训练基地所在的方向。

再不然，有人会想到这是故意设下的陷阱，本能地就会认为车尾方向才是准特种兵训练基地真正所在。

心思更加细密一点的会发现不管车头还是车尾所指的方向都是错误的，此时可供选择的就只剩下车身两侧。

其中一侧是贵卿和司机所躲藏的方向，中间被设下了陷阱，如果五人往这个方向走的话就会遭到陷阱和贵卿的双重袭击。

真正正确的就只有一个方向，赵国庆却选对了。

赵国庆凭借的不是运气，更不是什么感觉，而是细微的观察力。

虽然司机和贵卿已经很小心了，但是赵国庆还是发现了被踩断的小草，从而判定前方有埋伏，于是选择了相反的方向前进。

走了半个小时后，赵国庆突然间停下了脚步，侧耳倾听着，问道："你们有没有听到什么声音？"

"沙沙沙……"声音非常的小，像是什么物体在山林间快速奔跑。

是人。

不对，人跑的速度应该没有这么快。

不等赵国庆等人多想，几头站起来比人还高的猎犬跳了出来，张着满是獠牙的嘴朝着赵国庆五人扑咬了过去。

"快跑！"赵国庆吼了一声，转身跑去。

"妈呀，我的屁股！"

"这些狗东西是从哪跑出来的？"

"别追我呀，我身上没几两肉的！"

"啊！"

随着叫喊声，赵国庆五人分散开了，躲在暗处的贵卿却是一阵得意。

狗是贵卿让人放出来的，这些狗全都是飞龙特种部队训练出来的，名为特战狗。

别看它们只是条狗，作战能力却还要在准特种兵之上，非常的凶猛。

如果目标不反抗的话还好，特战狗将目标扑倒在地后就不会继续攻击。

可如果目标想要反击的话，那这些特战狗就会发挥其凶猛的作战能力，没有停止的命令它们甚至会将目标直接撕咬至死！

原本对付赵国庆等人是用不到特战狗的，可贵卿却不想赵国庆几个那么容易就到达准特种兵训练基地，这才暗中调遣特战狗出马的。

人原本就没有狗跑得快，短短几分钟李实诚、冯小龙、庞虎三人就被狗赶到了树上躲避，可狗不离去他们也没办法下来，等待他们的将只有扣分的结局。

冷无霜倒是凭借过硬的素质打倒了一只特战狗，可迎接他的立即是数只特战狗的围攻，坚持没多久他已经是伤痕累累，成了所有人中最惨的一个，幸亏特种兵及时现身他才没有被狗给咬死。

几个特种兵将冯小龙几人作为俘虏捆绑，贵卿也在这时现身，可是清点人数时却发现少了一个，赵国庆不见了。

不见的不止是赵国庆，同时还少了一只特战狗。

贵卿是专程负责盯着赵国庆的，可是赵国庆却在她的眼皮子底下丢了，这让她非常的愤怒，厉声叫道："放狗！"

所有的特战狗都被放了出去，天亮之后特战狗们汇聚在一起朝着一个方向跑去，准特种兵训练基地。

贵卿在这里见到了赵国庆，还有那只与赵国庆一起失踪的特战狗，它的嘴巴被绑着，温顺得像一只猫似的趴在赵国庆脚边。

"妈的，狗真是靠不住。"贵卿在心里面骂了一句。

这话要是让狗听到的话一定会觉得很委屈，它像其他狗一样拼命，可无奈的是赵国庆实在是太厉害了，它吃了不少的苦头才屈服的。

贵卿是第一个走到赵国庆面前的，因此赵国庆立即起身敬了一个军礼叫道："劣兵赵国庆前来参加准特种兵训练，向你报到！"

贵卿恶狠狠地瞪着赵国庆，却什么话也没有说。

她又能说什么呢？

赵国庆打破了准特种兵训练基地的一项纪录，那就是在最短时间内自己走进准特种兵训练基地。

注意，是自己走进，其他人都是被绑着进来的。

所谓的特种兵训练基地，其实建得非常简陋，全部采用木质结构，清一色的低矮房屋隐于山林之中。

这样的建筑有一大好处，那就是隐蔽性非常好，就算是直升机从头顶飞过也很难发现。

时近中午的时候参加准特种兵训练的成员一个个被绑回来了，直到此时赵国庆等人才知道格斗季只是为他们这种普通的士兵提供的一个进入特种部队的路径，除了格斗季之外，一同前来参加准特种兵训练的还有一些军官。

这些军官无一例外，也全都是被绑进来的，他们的单兵作战能力或许还没有赵国庆这些从格斗季中杀出来的士兵强，不过在某一方面却具备着一定的特长，不然的话也不会被选中参加准特种兵训练。

太阳高挂正头顶时一辆山地越野车驶进了准特种兵训练基地，车子停稳之后从副驾驶位上走出一个人，宋飞扬。

准特种兵们并没有几个认得宋飞扬的，赵国庆却一眼就认了出来，他到这里来的其中一个目的就是为了见到宋飞扬。

赵国庆恨不得直接冲到宋飞扬面前，可他与宋飞扬之间相隔了几十米，中间有十几名特种兵，再加上部队是有纪律的，因此他像其他人一样站在原地没有动。

宋飞扬在贵卿的陪同之下来到了赵国庆等人面前，目光扫了一圈后却并没有在赵国庆身上停留，就像是根本不认识赵国庆似的。

"人都到齐了吗？"宋飞扬问。

贵卿的面色一直不好看，这并不止是因为赵国庆之前的惊人表现，更因为她刚刚清点人数的时候发现少了一名准特种兵。

"报告大队长，参加准特种兵训练人员应到二十五人，实到二十四人！"贵卿回道。

"少了一个？"宋飞扬面色一沉，显得有些不悦。

就在这时一名特种兵神色匆忙地跑到了宋飞扬面前低声讲道："大队长，发现我们的一个人被打伤了。"

宋飞扬回头一看，见到两名特种兵抬着一副担架进入到了准特种兵训练基地，担架上躺着一名特种兵，却只剩下一条内裤了。

这是什么情况？

没有人说话，可每个人心里面都在猜测着。

特种兵却是一个比一个面色难看，尤其是贵卿。

赵国庆以最短的时间找到准特种兵训练基地就已经打破了纪录，现在竟然又有一名特种兵受伤了，还被人给扒得只剩下一条内裤！

耻辱呀！

这注定成为飞龙特种部队的一个耻辱！

02 准特种兵第一之争

每年准特种兵训练开始之前就会有类似于今年的活动，目的就是给准特种兵们一个下马威。

"兵王！你们也配被称为兵王！？"

"就这么一点能耐，连三岁小孩子都不如，把你们丢到战场上只有送死的分！"

......

每当宋飞扬呵斥的时候，特种兵们都一阵得意，对于他们来说准特种兵实在是太弱了。就算是将来真正进入了飞龙特种部队，那没有一两年的训练和出色的表现，同样不会得到老兵的认可。

今年却成了例外，宋飞扬早已经准备好的台词不得不进行修改了。

目光冷冷地一扫，宋飞扬中气十足地喝道："出来吧！"

一名特种兵从不起眼的角落里走了出来，仔细辨认之下会发现别的特种兵脸上涂抹的是油彩，而他脸上涂抹的却是叶汁混合的泥巴，年龄应该和赵国庆差不多。

"劣兵朱元忠报到！"朱元忠走到宋飞扬面前敬了个军礼，并没有因为特种兵们投来的杀人目光而有任何的胆怯。

朱元忠报出名字之后不少特种兵的神情都有所变动，就连宋飞扬也是再次打量了他一下。

今年准特种兵成员中宋飞扬真正关注的有两个人，一个是赵国庆，另一个就是站在眼前的朱元忠。

赵国庆格斗季中大战狼群佣兵团，其表现不可谓不出色，可朱元忠也有着自己特殊的经历，头顶同样拥有耀眼的光环。

和不少特种兵一样，宋飞扬得知朱元忠并非因为他在格斗季中的表现，而是因为一个人。

朱天成，飞龙特种部队原大队长，因为宋飞扬到来而屈于副大队长之职，也因此两人之间的关系并不是太融洽。

朱元忠就是朱天成的亲弟弟，因此不少特种兵都听说过朱元忠这个名字。

据说朱元忠从小就被送入八卦门习武，一套八卦掌更是无人能敌，再加上朱天成的特意培养，其单兵作战能力就算是摆在飞龙特种部队也绝对是排在中等的。

准特种兵训练，对于朱元忠来说不过是进入飞龙特种部队的一个过渡期而已，他不想被人说是靠着哥哥朱天成的关系才进入飞龙特种部队的。

得知打伤同伴的是朱元忠之后，其他特种兵反而没有那么多怨恨了。

先不说朱天成这层关系，光说朱元忠的实力放在飞龙特种部队里也绝对不弱，败在他手里并没有什么丢人的。

"很好。"宋飞扬说了句。

有几个人能受到宋大队长的夸奖？

朱元忠脸上露出一丝明显的笑容，就连其他准特种兵成员也认为朱元忠的表现出色，虽然不是第一个到达准特种兵基地的，但是加分一定会在赵国庆之上。

赵国庆暗中打量了一下朱元忠，对于眼前的男子他了解不多，却感觉得出对方的强大，将会成为自己在准特种兵训练基地中的一个劲敌。

"赵国庆，出列！"宋飞扬突然吼道。

他记得我！

赵国庆心里一喜，走了出来。

朱元忠扭头打量了一下赵国庆。打伤特种兵、扒光对方的衣服、伪装成特种兵潜入准特种兵训练基地，这些事本来能让朱元忠成为准特种兵中最耀眼的新星，可是赵国庆的出现却夺走了他不少的光芒，因此朱元忠看着赵国庆的时候充满了敌意。

所有人的目光都是注视着赵国庆和朱元忠，认为两人会因为表现出色而受到飞龙特种部队大队长宋飞扬的亲自嘉奖，可接下来的一幕却让所有人都傻眼了。

宋飞扬先宣布了准特种兵训练的规则，大致和冷无霜所说的一致，采用积分制，因此积分对每个人来说都非常的重要。

"朱元忠打伤特种兵，赵国庆虐待特战狗，两人各扣十个积分！"宋飞扬宣布道。

"啊！？"朱元忠和赵国庆异口同声道。

奖励积分突然间变成了惩罚积分，这让所有人都是为之一怔，谁也想不通其中的道理。

"宋队长，为什么？"朱元忠不服地问。

宋飞扬白了对方一眼说："不为什么，这就是规定，下次你要是再敢打伤特种兵的话，那你将会直接除名！"

朱元忠一脸的怒色，还是很不服，却没再说什么。

赵国庆同样没说什么，为了让特战狗听话自己确实用了一些手段，不能说虐待也差不多了，既然是规定那就要接受惩罚。

"归队。"宋飞扬下达命令。

"是。"赵国庆和朱元忠同时应道，转身回到了准特种兵的队伍中。

之前准备的台词全不能用了，不过宋飞扬还是借助对朱元忠、赵国庆的打压给了所有准特种兵一个下马威，让他们知道谁也不能违反这里的纪律。

又说了几句无关紧要的话后，宋飞扬提高声音叫道："虽然这里只是准特种兵训练基地，但是对你们所采用的全都是飞龙特种部队的专业训练，而且在进行最终考核前你们还会接受一些实战任务，这期间或许会出现一些伤亡。如果有人怕死的话，那现在就可以退出准特种兵训练，我的人会第一时间将你们送回原部队！"

特种部队中允许训练伤亡率，这些大家或多或少都听说过，却没想到准特种兵训练中竟然也会存在训练伤亡一说，而且从宋飞扬的言语之间不难听出这是允许的。

没有人想要去死，可每个人能来到这里都不容易，这更是人生的一次机会，因此没人愿意退出。

"好。"宋飞扬满意地点了点头，接着讲道，"预祝你们能在准特种兵训练取得好成绩！"

见宋飞扬想要走，一名上尉急忙叫道："报告，我有一个问题想问！"

这时一直站在宋飞扬身后一名戴着墨镜的特种兵上前一步吼道："宋队长很忙，没时间一一回答你们的问题。我叫乔三郎，是你们准特种兵训练期间的教官，有什么问题待会儿你们可以问我！"

乔三郎话音刚落，赵国庆就叫道："报告！"

"什么事？"乔三郎的目光落了过去。

赵国庆看着宋飞扬讲道："我有一个问题想要单独问宋队长！"

乔三郎一下子怒了，冲到赵国庆面前吼道："你听不懂我的话吗？老子刚刚说了，宋队长很忙，有什么问题你可以问我！"

"报告，我的问题这里就只有宋队长一个人能回答！"赵国庆回道。

乔三郎更怒，厉声叫道："你有什么问题是我不能回答的？"

"让他过来吧。"正准备离去的宋飞扬开口讲道。

乔三郎好奇地回头看了一眼宋飞扬，却对命令绝对执行，向赵国庆吼道："快点过去！"

赵国庆一路小跑来到宋飞扬面前，看了看周围的特种兵说："宋队长，我的问题你可能不希望其他人听到。"

宋飞扬轻点了下头，表示明白，转身向来时乘坐的越野车走了过去。

"啪。"宋飞扬坐到了车里，车门将他和赵国庆隔了开。

"宋队长，你知道我是谁？"赵国庆隔着车窗问道。

宋飞扬的表情突然间有些不镇定，伸手在口袋里面摸了摸，摸出一根被压得几乎断掉的香烟，凑到鼻子下用力闻了闻，却并没有抽。

已经快两年没抽过烟了，当情绪将要失控时他也只是拿着烟闻一闻而已。

"知道。"宋飞扬说着一顿，又用力闻了闻香烟，似乎从香烟里吸取到了勇气，"你是赵爱国的弟弟。"

提起哥哥的名字赵国庆也激动了起来，心跳开始不自觉地加速，深吸两口气才算是平稳下来。

"我哥是怎么死的？"赵国庆终于问出他在脑海里已经想过无数遍的问题，两眼死死地盯着宋飞扬，等待着答案。

宋飞扬抬起头看向赵国庆，突然将香烟又装回到口袋里，表情复杂地说："你太弱了，知道了又有什么用？"说完就移身到驾驶位上，发动车子就将油门踩到了底。

越野车发出一阵咆哮声，就像脱缰的猛兽一般蹿了出去，扬起的灰尘将赵国庆笼罩。

车子驶出准特种兵训练基地后，宋飞扬看了眼后视镜，早已经看不到赵国庆的影子了，这让他长长地松了口气。

差一点，只差一点宋飞扬就会忍不住了，将赵国庆所想知道的全都说出来。

"等你变得真正强大时我自然会告诉你的！"宋飞扬轻声自语。

你太弱了，知道了又有什么用？

这句话就像一棍子打在了赵国庆头上一样，好半天才算是回过神来，脸上流露出一丝苦涩的笑容。

太弱了吗？

那好吧，我就变得更加强大，到时候我再找你！

赵国庆的眼神变得倔强起来，心里暗暗起誓，自己一定要变得更加强大，当准特种兵训练结束时他要以第一名的成绩去见宋飞扬。

准特种兵第一名，这同样是朱元忠的目标。

相同的目标让赵国庆和朱元忠之间再次擦起了无形的火花，今年的准特种兵训练中两人注定了将要成为对手。

究竟谁才能成为准特种兵第一？

怕是要到最终考核时才能够确定。

03　狼狈的训练

　　乔三郎绝对是一个严厉的教官，不苟言笑，永远摆着一张臭脸，却从不拿下墨镜，自以为很酷。

　　接下来准特种兵们又问了几个比较关心的问题，比如积分如何获得，最终考核后会有几个成为特种兵的名额。

　　乔三郎回答这些问题的时候好像大家欠他几分钱没还似的，喝来叫去，唾沫星子乱飞，以至于后来大家背地里都叫他"臭脸乔"。

　　二十五个人，最终能成为特种兵的只有五个。

　　赵国庆和朱元忠的出色表现让众人都对他们有了一个初步了解，在众人眼里成为特种兵的五个名额已经被占去了两个，剩下的三个名额注定竞争会更加激烈。

　　至于积分获得的方式和冷无霜所说的一样，每天完成训练任务的可以获得一个奖励积分，完成外出执行任务可以获得相应的奖励积分。

　　"看到那边的麻袋了吗？现在给我过去每人扛一个麻袋，然后排成一队跟着我跑，谁要是落队了就别想吃饭！"臭脸乔吼道。

　　赵国庆等人以最快的速度冲了过去，半人高的麻袋，里面装满了沙子，足有两百多斤。

　　"妈的，你们是娘儿们吗？动作快点！"臭脸乔的叫声又传了过来。

　　谁都怕得罪了臭脸乔，一个个无形中加快了两分速度，在臭脸乔面前排成一队。

"跟上，快点！"

"你是女人吗？"

"妈的，连这点程度的训练都是坚持不下来的话还是快点滚回去喝奶吧！"

"你这头猪，在地上爬什么？"

……

各种带有侮辱性的词语从臭脸乔的嘴里吐出来，想要在精神上摧垮这些准特种兵成员。

能来到这里的自然是军事素质在各军里面最好的，背负两百斤的沙袋在山里奔跑对他们来说也不算什么，可问题是卡车上的食物早就被吃完了，接近两天滴水未进让他们实在是难以维持这样高强度的训练。

不断有人倒下去，又在臭脸乔的叫骂声中爬起来，因为没有人想刚刚到这里就被淘汰出去。

所有人里，只有赵国庆和朱元忠顺利坚持了下来，就连冷无霜这个去年的准特种兵也在臭脸乔的魔鬼训练中倒了下去。

天色将暗时训练终于结束了，赵国庆等人第一次在准特种兵训练基地里面吃到了食物。

这里的条件看起来差，可伙食却绝对有保障，完全能满足一天的训练消耗。

训练结束之后赵国庆等人被带到了一个大房子里面，里面摆着高低床，这里就是他们休息睡觉的地方了。

"滚开！"朱元忠冲躺在下铺的冷无霜吼道。

虽然说朱元忠今天的表现早已经证明了他的实力，但是一向高傲的冷无霜哪能忍下这口气，一下子恼了！

"小子，你说什么？"冷无霜从床上跳了起来，握着拳头准备随时和朱元忠一决生死。

朱元忠不屑地哼了一声说："老子要睡下铺，你给我滚开！"

"你……"冷无霜刚想挥拳，赵国庆却一闪挡在了他面前。

"你要是想睡下铺的话睡我那张床吧。"赵国庆向冷无霜讲道，说话间将冷无霜拉了过去。

朱元忠哼了一声，身子一展躺在了冷无霜之前的床上。

被拉到一旁的冷无霜有些气不过地讲道："国庆，你刚刚为什么要拦着我，为什么不让我揍那小子？！"

"算了，何必生那么大气呢？不就是一张床而已，他要睡你就让给他好了，反正这里有的是床。"赵国庆说着瞟了朱元忠一眼。

基地里实际上并不禁止这些准特种兵之间动手，甚至还有些鼓励彼此之间打斗，借此提高相互之间的格斗水平。

赵国庆拦着冷无霜的一个重要原因就是冷无霜不是朱元忠的对手，再加上朱元忠下手狠，连特种兵都给打伤了，真动起手的话冷无霜势必会被打残不可。

到这里第一天就被打残，那冷无霜注定今年也无法成为真正的特种兵，因此赵国庆才阻止了这样的事发生。

另外，赵国庆也自认为不是朱元忠的对手，可这并不代表就怕了朱元忠。

等着吧，我一定变得更强的，准特种兵第一的名号会是我的！

赵国庆暗中和朱元忠较起了劲来，虽然自己现在的实力还不如朱元忠，但是他要利用准特种兵训练这段时间来超过朱元忠。

大家第一天到这里，本以为可以睡个安稳觉的，谁知道刚进入后半夜就被一声爆炸惊醒。

"烟幕弹！"

"快出去，快！"

"我的鞋，哪个混蛋穿了我的鞋！"

"哎哟，你撞到我了！"

……

随着一阵混乱，二十五名准特种兵成员终于从呛人的烟雾中冲了出来。

"嘭、嘭嘭嘭！"四道探照灯射出的强烈光线打到了赵国庆等人身上，刺得眼睛都无法睁开。

臭脸乔走到众人面前，厉声叫道："都给我看看你们这副德性，还是兵王呢，我看你们还不如刚到部队的新兵蛋子！"

二十五名准特种兵伸手挡住光线相互之间看了看，有的没穿上衣，有的没穿裤子，有的没穿鞋，更有的只穿一条内裤就跑了出来的。

狼狈。

二十五人要多狼狈就有多狼狈，确实连第一次参加紧急集合的新兵都不如。

赵国庆和朱元忠也没能例外，在刚才那样的情况下众人所想的就只有快点冲出去，哪能顾得那么多？

"为了惩罚你们，给我扛麻袋跑二十公里！快！"臭脸乔吼道。

直到此时赵国庆等人才意识到这是臭脸乔在故意整他们，可没人敢说什么，一个个扛起了麻袋。

很快，二十五个或赤身裸体或没穿鞋的准特种兵就摸黑在山林里面奔跑了起来。

穿鞋的还好一些，没穿鞋的脚很快就被磨出泡来，或者是被尖锐的石头和树枝刺破，却还得坚持跑完二十公里。

总之，这是一次对身体和心理的双重折磨，心理素质稍微差一点的就会被直接淘汰掉。

好在成为准特种兵的都是一路摸爬滚打而来，心理素质比普通士兵要强，不管有多大困难都咬牙坚持了下来。

跑完二十公里后，赵国庆等人得以再次回到木屋睡觉，可天还没亮他们就又被叫了起来，开始了一天真正的训练。

脚受伤严重的是没办法训练了，他们自然也没办法得到训练积分，同时在其他方面也会无形中落后于他人。

训练、训练、训练！

从白天到黑夜，又从黑夜到白天。

赵国庆等人面对着无穷无尽的训练，似乎从来没有真正停下来过，就连睡觉的时候也得睁着一只眼睛等待随时会到来的训练。

第一个星期完全在无休无止的体能训练中度过，凡是坚持过这一星期的都基本上适应了准特种兵训练基地的生活，每个人的身体素质和毅力也在无形中得到了加强。

第二个星期开始赵国庆等人才开始接触到枪械训练。

　　和在普通部队中不同，准特种兵的枪械训练有一个非常大的好处，那就是无限量地提供子弹射击。

　　只要你愿意或者你能坚持下来，那你可以一天二十四小时趴在那里进行实弹射击。

　　这样无限量地提供子弹射击有一个非常大的好处，那就是可以提高枪手在射击时的感觉，从而提升实战时的射击准确性。

　　一个优秀的枪手完全可以用子弹喂出来。

　　这话一点也不假，当你射击的子弹达到一定数量之时会达到一种质变，甚至不需要去瞄准，直接端枪射击就可以轻易击中目标。

　　这种射击被称为盲射，以不需要去瞄准和校正枪支而得名。

　　不过，想要达到盲射的境界不是一个星期或者一个月就能够成功的。

　　以手枪为例，至少也需要打出上万发子弹去感应子弹射出的轨迹，并让身体记住这种感觉才能有希望成功。

　　当然，一个具有射击天分的人属于例外。

　　赵国庆就是一个例外，他是一个射击天才，早在进入准特种兵训练基地时他就拥有了多次的实战经验，对实战射击有了一定的领悟。

　　在基地里面赵国庆又可以无限量地射击子弹，这让他的身体迅速产生一个感知的记忆，虽然还没有达到盲射的境界，但是速射水平却提升了一个境界。

　　第二个星期过后，准特种兵训练在单一的体能训练和射击训练中穿插了野外作战的训练内容。

　　担任野外作战训练的教官不是别人，正是飞龙特种部队唯一的女特种兵，贵卿。

　　赵国庆在与狼群佣兵团作战的时候担任的是狙击手的角色，可他实际上并没有接触过真正的狙击手训练。

　　贵卿却是飞龙特种部队里面除大队长宋飞扬之外的第一狙击手，她在野外作战教导中非常偏重于狙击手的特性，有时候甚至抛开一切单独讲解狙击手如何实战，这让赵国庆对狙击手这一角色有了新的领悟和认知。

04　形意化气

形意拳是赵国庆一直没有放弃修炼的拳法，刚到准特种兵训练基地的前两周赵国庆几乎挤不出一点时间去练习形意拳，第三周野外作战训练开始后赵国庆才能借助潜伏之名寻找隐蔽的地点练习形意拳。

来准特种兵训练基地之前赵国庆在形意拳方面就有了冲破桎梏达到圆满境的感觉，经过连续一周的训练之后，赵国庆终于成功突破。

"呼！呼呼！"每打出一拳都是拳风凌厉，而随着每一拳的打出，体内都会有一股淡淡的气息在体内游走，随着拳头发出。

形意拳圆满境！

虽然只是初入圆满境，但是赵国庆却得到了莫大的好处，由第二阶段练筋骨进入到了第三阶段，化气！

"外练筋骨皮，内练一口气！"自古武术界就流传着这么一句话。

此时那股在体内游走的淡淡气息就是传说中的一口气，又称为内力、真气或者内功。

一个练武之人，只有体内产生了气，那才能真正称为武者，否则的话终究不过是徘徊在武学大门之外的门外汉。

赵国庆没有学习过任何的内功心法，好在这形意拳也不需要任何的内功心法。

形意化气，气随拳走！

这就是形意拳最大的奥妙之处。

赵国庆不需要刻意去修炼什么内功心法，只需要像往常一样去打形意拳，体内的那股气就会随拳而在体内流动，一套拳法打完之后又会归入丹田。

也就是说，练拳即练气。

"咚、咚咚……"赵国庆的心脏在剧烈地跳动着，始终维持在爆发的临界点，却又没有爆发的迹象。

这是形意化气之后赵国庆意外获得的另外一个好处，心脏快速跳动带动血液和那股气在体内迅速流动。

别人打完一遍形意拳，体内那股气最多只流动一遍，赵国庆打完一遍那股气却至少流动了五遍。五倍的流转速度能产生五倍的力量，换句话来说同样的气，赵国庆打出去所能发挥出的力量是别人的五倍！

体内气息快速流转产生五倍力量的同时又相当于五倍的修炼速度，同样一遍形意拳别人只是修炼了一遍体内的气，赵国庆却等同于修炼了五遍。

刚刚形意化气的时候赵国庆体内只产生了一缕气息，这缕气息比头发丝还细小数十倍，稍一动就会断掉似的。

一套形意拳打完之后这缕气息就粗壮了五倍，再打一遍由一缕变为五缕，之后每打一遍就会多出五缕新的气息，与之前的气息汇为一股在体内流转。

这是九转帝龙心给赵国庆带来的一个好处，也是十八年来赵国庆唯一得到的好处。

心脏和体内的气完全是一种互惠互利的存在，心脏快速跳动加快体内气息的成长，体内气息的成长又对赵国庆身体进行锤炼，从而使身体变得更加强壮去承受更快的心跳速度。

"嘭！"赵国庆一拳打在腰身粗的树上，一个清晰可见的拳印现了出来。

赵国庆脸上露出满意的笑容，此时自己的身体素质和力量至少是刚进入准特种兵训练基地时的两倍。

"现在我和那个家伙相差的应该不会很远了吧。"赵国庆想到了朱元忠。

三个星期前两人初次见面时都有出色的表现，只是在单兵作战能力上赵国庆却显然弱了一分，此时赵国庆敢打包票，就算是和朱元忠来一次硬碰硬的对决自己也不一定会败。

"哗。"一丝微弱的晃动突然响起。

形意化气后赵国庆的各种感官变得更加敏锐起来，声音一响他就立即翻身抓过放在一旁的步枪隐于草丛中，如鱼入水般迅速消失不见。

林子里出现四道身影缓缓地往赵国庆曾经停留的地方潜去，每个人都身着因超强度训练破损的迷彩服，动作却是轻巧无比。

"咦，奇怪了，明明应该在这里才对呀。"

"我说你是不是搞错了？"

"不可能，我跟踪了他三天才找到这里的。"

"那人呢？"

"我……不知道。"

"他一定就在这附近，大家再仔细找找！"

四人说话间就又迅速分了开，不放过任何可疑的角落寻找起来。

四人离开之后一块草皮被轻轻掀起，赵国庆一早就在这里挖了个洞用来藏身，这才能避开四人的围攻。

一双透亮的眼睛在四周转了转后，赵国庆脸上露出一丝的笑意，刚刚想要围攻自己的竟然是李实诚、冯小龙、庞虎、冷无霜四人。

四人经过三个星期的训练后也有不同的成长，可和形意拳已经圆满、进入化气阶段的赵国庆比起来还是有明显的差距。

这三个星期除了晚上大家睡在同一个木屋里外，真正交集的时间并不长，想来四人潜来也是想试探一下自己的实力。想到这点后赵国庆就也潜了过去，想要借此探查一下四人的实力成长了多少。

庞虎端着枪刚刚搜索过一片灌木丛，这时突然感觉背后传来一阵寒意，猛地回头发现背后站着一个身影，心不由跳动一下，可还没等有所反应对方就一拳打了过来。

"嘭！"拳头直接砸在了脸面上，庞虎跟着倒在灌木丛中晕了过去。

一招。

赵国庆笑了笑，对于自己刚才的攻击非常满意，还没有使用体内的真气，只凭肉体的力量就一招将庞虎打晕了过去。

打晕庞虎那一拳其实并不算什么，赵国庆真正厉害的地方是可以悄无声息地潜到庞虎身后而不被发现。

要知道庞虎接受了三个星期的准特种兵训练，其单兵作战能力已经非常接近真正的特种兵，可是直到赵国庆站于他身后他都没有发现，谁强谁弱一目了然。

赵国庆悄无声息地行动，使用的正是从贵卿那里学到的狙击手的潜行本事。

一个狙击手往往要深入敌后，如果潜行功夫不到位的话，那别说是深入敌后了，怕是刚刚现身就会被敌人发现击毙。

"啊。"李实诚发出一声惨叫也跟着倒了下去。

"在那边，冷无霜！"冯小龙叫喊一声就冲了过去。

冷无霜距离李实诚最远，可赶过去却也只需要几秒钟的时间，谁知道到达之时冯小龙也和李实诚一样被打晕了过去。

面对微笑而立于对面的赵国庆，冷无霜突然间有了一股寒意。

这家伙又成长了不少。

"冷无霜，你还是想和我打？"赵国庆笑着问道。

冷无霜轻点了下头，他清楚自己和赵国庆之间的距离又拉大了，可他想知道彼此之间距离究竟有多大。

"那好吧，我们就再打一场吧。"赵国庆说着将全自动步枪靠着树身放下。

冷无霜也将全身装备取下放到一旁，轻装上阵，全力应战赵国庆。

"嘭！"第一招就是拳对拳的硬碰。

这一拳两人都没有使出全力，不过是借此试探一下对方实力的强弱，可胜负却非常的明显。

赵国庆站在原地没动，冷无霜却连退了四五步才算是稳住了身形，一脸吃惊地看着赵国庆。

力量上完胜！

看着对面满是惊讶的冷无霜赵国庆心里满是感慨，回想两人第一次交手之时赵国庆的力量还弱于冷无霜，这才过去两个月的时间，力量上就完胜对方。重要的是，刚刚赵国应使用的同样只是肉体力量，并没有动用体内的真气。

如果刚刚那一拳赵国庆动用了体内的真气，那效果将会更加明显，秒杀冷无霜是毫无悬念的。

经过形意拳的打磨和准特种兵训练基地的三个星期训练，冷无霜的实力实际上也有所精进，只是作为去年的准特种兵，他的实力增长并没有赵国庆这么明显。

震惊之余，冷无霜脸上闪过一抹笑容，冲赵国庆讲道："你确实进步很快，快得让我吃惊，不过我还没有拿出真正的实力来！"

"那就拿出真正的实力来吧。"赵国庆笑道，他也想知道冷无霜拿出真正实力后自己能用多少招击败他。

"好，那我就让你看看我真正的实力吧！"冷无霜深吸一口气，紧接着暴喝一声，身体爆发出强劲的力量朝赵国庆扑了过去。

同样是形意拳，冷无霜不过刚刚踏入小成境，而赵国庆却已经是圆满境了，实力差距非常明显。

冷无霜也清楚形意拳是自己的短板，因此弃形意拳不用，改用之前自己最为熟悉的格斗技。

两招过后，冷无霜顿感压力倍增，第五招时冷无霜直接被放倒在地上。

败了！

冷无霜脸色煞白，他知道自己会败，可从来没想过会败得这么彻底。

才五招，就败了！

冷无霜的自尊心受到了严重的打击。

他只知道赵国庆用了五招击败了他，却不知道赵国庆自始至终都没有用过真气，否则的话他的打击会更加沉重。

五招。

赵国庆也有些意外，没想到形意拳跨入圆满境后威力会这么大。

05　A级任务

"我败了。"冷无霜好半天才吐出一句毫无气力的话来。

赵国庆向冷无霜伸出手说："坚持下去，你会变得更强的！"

冷无霜抬头看向赵国庆，眼里突然流露出一丝的生机，意识到赵国庆之所以能变强全是因为形意拳的关系。或许他永远不可能再追上赵国庆的步伐，可只要坚持练习形意拳同样会变得越来越强大！

"嗯。"冷无霜用力点了下头，同时内心对赵国庆充满了感激。

如果不是遇到了赵国庆，那他冷无霜就如同一只井底之蛙一般，是赵国庆让他知道了什么叫人外有人天外有天，也是赵国庆激发了他更大的目标，要变得更强！

"发生什么事了？"李实诚揉了揉有些疼痛的脑袋。

赵国庆下手很有分寸，李实诚、冯小龙、庞虎三人只是短时间内陷入到了昏厥之中，这时先后醒了过来。

"国庆，你真是太牛了！竟然一个人对付我们四个，我连怎么被打倒的都不知道！"

"我说你小子是不是吃什么药了？不然怎么像坐飞机似的变强，让我们这两条腿怎么追赶？"

"国庆，你这家伙是不是藏私了？"

"对，你还有什么好东西没告诉我们，快点拿出来！"

……

面对四人的质疑和询问赵国庆只是呵呵一笑，关于自己拥有一颗人类最强心脏的事情自然没有告诉他们。

"时间差不多了，我们得回去集合了，不然那女魔头不知道又会想出什么点子来整我们。"赵国庆说。

女魔头指的是野外作战教官，贵卿。

贵卿对赵国庆的表现非常不爽，可又不能表现那么明显地针对他，于是就一人有病大家吃药，所有人都因为赵国庆而被贵卿玩着花样整，却连原因都不知道。

现在贵卿在准特种兵心里的地位已经成功超越臭脸乔，被大家背地里称为女魔头。

一想到贵卿那张脸，冷无霜四人就打了个寒战。谁也不敢再说什么，拼了命地往回跑，生怕回去晚了又遭到女魔头的一顿整治。

晚饭前所有人都在基地的空地上集合完毕，这时一辆越野车驶进基地停在了与众人相距不远的地方。

负责开车的是一名飞龙特种部队的特种兵，而坐在车子后排的却是朱元忠。

"看，是朱元忠！"

"天呀，他这么快就又回来了，不会是又完成任务了吧？"

"那是铁定的，你看他那神情就知道了！"

"妈的，我也不能每天待在这里训练了，得出去完成任务才行，否则的话不等最终考核就会被淘汰掉！"

"人家朱元忠有完成任务的实力，你有吗？"

"我完成不了级别高的不会拣些级别低的任务？"

"也是，就算是最低级别的任务所获得的奖励积分也要比每天这里训练获得的多！"

……

准特种兵们小声议论了起来，对于朱元忠一阵羡慕嫉妒恨。

这也难怪，朱元忠算是本届准特种兵中的一个异类。

其他人都还在老老实实留在基地里面接受每天的训练任务，可朱元忠早已经是三进三出，从A级任务做起到C级任务一个不落全部完成了。

正因为朱元忠在初进准特种兵训练基地时的突出表现，所以他才能不用接受其他人的训练，提前外出执行任务。

外出执行任务的等级由字母代替，A级任务算是最简单的任务，完成可以得到十个积分。

B级任务难度略高，完成之后可以获得二十个积分。

C级任务难度远在B级之上，通常由战斗小组去进行，完成之后可以获得六十个积分。

朱元忠仅凭一人之力就先后完成了A级、B级和C级三个任务，获得了九十个积分，减去宋飞扬扣去的十个积分还有八十个积分，一跃成为准特种兵里面积分最高的人。

其实力之强不言而喻，如果不是D级以上的任务必须正式成为特种兵才能接受，那朱元忠一定会去挑战级别更高的任务，从而获取更多的积分。

积分呀积分，一想到它赵国庆就是两眼泪花。

报到的第一天赵国庆因为虐待特战狗被宋飞扬扣了十个积分，经过这十八天的训练获得十八个积分，实际积分只有可怜的八个积分，到现在还是积分排名中的最后一人。

"看来我也得外出执行任务才行，否则的话积分什么时候才能赶上朱元忠？"赵国庆心里暗暗下了决定。

朱元忠从赵国庆等人面前走过的时候可以说是眼高于顶，根本无视赵国庆一行人，这也让更多的人心里下了决定，尽快外出执行任务。

吃过晚饭后赵国庆就直接跑到了任务室，一个位于基地角落里的不起眼小木屋。

别看这个小木屋不起眼，可是一天二十四小时都有特种兵守候，没有臭脸乔的同意任何人都不准进去。

赵国庆赶到这时臭脸乔正好陪同回来交任务的朱元忠从里面走出来，和平时不同，此时的臭脸乔一脸笑意，和朱元忠说话的时候就差点头哈腰了。

其实这也不难理解，朱元忠的哥哥是飞龙特种部队副大队长朱天成，朱元忠将来铁定会进入飞龙特种部队，可谓是前途无量。

这个世界哪里都不缺拍马屁的家伙，臭脸乔就是想提前打好与朱元忠的关系，顺便拉近与副大队长朱天成的关系。

见到赵国庆后乔三郎的脸立即又变成了一副臭脸，他可没有忘记报到第一天赵国庆越过他直接和大队长宋飞扬谈话的事情，这让他非常不爽，一直以来对赵国庆比对其他人的态度更差。

"你来这里干什么？"臭脸乔沉着脸问。

赵国庆敬了个礼讲道："报告，我想外出执行任务！"

"你？"臭脸乔一副门缝里看人的样子，就你这个所有人里积分最低的人还想外出执行任务？

"是的，我。"赵国庆回道。

臭脸乔刚才的不是问话，见赵国庆竟然回答了就更显不高兴，刚想开口却听一旁的朱元忠开口了。

"他想执行任务就给他一个任务吧，免得其他人说乔教官不公。"朱元忠说。

臭脸乔一想也是，本来准特种兵外出执行任务就没有什么硬性规定，谁都可以外出执行任务，自然不能阻止赵国庆外出执行任务。

另外，赵国庆和大队长宋飞扬之间的关系还没有摸清，臭脸乔也不敢真的去得罪赵国庆。

"好吧，待会儿你和我到任务室里选个任务吧。"臭脸乔一副勉为其难的样子。

"是！"赵国庆应道。

"乔教官，我明天就得出去执行任务了，现在很累，想要先回去休息。"朱元忠说话间白了赵国庆一眼，就好像是在说我很快就会又完成一个任务，积分最高的纪录会保持到最终考核结束，你凭什么和我争准特种兵第一的头衔？

又要出去执行任务了？

赵国庆也是心里微微一怔，朱元忠已经独自完成一个C级任务，这次选择的一定还是奖励积分最多的C级任务，如果完成的话我和他之间的积分差距就更加大了。

"那好，你先回去休息吧。"臭脸乔挤出笑容，一脸客气地看着朱元忠离去，等面对赵国庆时就又摆出了一张臭脸。"跟我进来吧。"

"是。"赵国庆轻应一声，随后甩了一下脑袋，心里暗道，"管他呢，我先完成自己的任务再说。"

任务室里没有想象中的电脑等现代化装备，每个等级的任务都被锁在一个铁皮柜里，这么做完全是为了信息安全考虑。

如果把任务信息储存在电脑里面的话，那很容易受到黑客的攻击、窃取信息，而以这么古老的方式保存的话，敌人要想窃取资料除非是亲自潜进来。

这里可是准特种兵训练基地，除了二十多名准特种兵外还有一支飞龙特种部队的作战小队驻守，除非是有人的脑子被驴给踢了，否则谁会想闯进这里？

赵国庆现在只有可怜的八个积分，而朱元忠却有八十个积分，因此赵国庆原想直接选择C级任务去执行的，可臭脸乔却将他直接带到了A级任务的铁皮柜前。

"这里面全都是A级任务，你随便选一个吧！"臭脸乔不耐烦地说，想要早点打发赵国庆离开。

"乔教官，我不能直接选C级任务吗？"赵国庆好奇地问。

"C级任务？！"臭脸乔一惊一乍地叫道，接着就训斥了起来，"我说赵国庆，你以为你是战斗天才吗？我告诉你，别说是你了，就连朱元忠这个天才也是从A级任务做起的，凭什么你要直接选C级任务？别磨叽了，快点选吧，任何人都要从A级任务开始完成才行，接着才能选择更高级别的任务！"

赵国庆开始还以为朱元忠是因为谨慎才从A级任务做起的，现在看来确实是基地里面的规定，目的也是为了保护准特种兵，免得有些人好高骛远选择了能力以外的任务而白白牺牲。

"好吧。"既然是规定，那赵国庆也就没再说什么，开始在A级任务柜里挑选了起来。

06　女魔头监督员

每个任务都被装在一个相应的档案盒里面，外面写着关于任务的简介。

赵国庆简单地浏览了一下，发现 A 级任务的困难度其实并不算低，往往都是让地方警力头疼的案件，可对于准特种兵来说却并不算太难。

每个任务都有时间期限，通常来说规定会在一星期内完成，如果完不成的话就算任务失败。

考虑到时间期限，赵国庆放弃了任务发布时间距离现在过远的案件，通常这类任务想要完成的话还得需要大量的时间去调查才行。

很快赵国庆的目光就落在了一个最新的任务上，准确地来说这个任务是今天下午才送到这里来的，事情发生在今天早上。

"我选择这个任务。"赵国庆拿出档案盒说。

"好。"臭脸乔应了声，随后打开档案盒将里面的详细资料交给赵国庆阅读，自己则在档案盒的标签上写上了赵国庆的名字，这样在时间期限到达之前就没有人可以再去接受这个任务。

赵国庆迅速将资料浏览了一下。

今天早上四名在押犯杀了两名警察越狱，他们全都是重刑犯，其中有两人已经被判了死刑，反侦察能力非常强。

逃跑的过程中四人与追捕他们的警察几度交手，却都让他们成功逃脱，并且绑架了一名年近六十岁的老人作为人质，让追捕的警察投鼠忌器，最终被他们逃到了深山里。

任务的内容是营救被绑架的人质孔山火，抓捕四名逃犯，情况危急之时可将逃犯直接击毙。

"看完了没有？"臭脸乔不耐烦地问了句，说完又有些不屑地说，"不过是个 A 级任务而已，感觉困难的话现在就可以放弃。"

赵国庆知道这些资料是不能带出去的，可臭脸乔给自己阅读的时间也太短了，幸好自己的记忆力不差，将里面的内容记住了七七八八。

"看完了。"赵国庆说着将资料递还给了臭脸乔。

臭脸乔一边将资料放回档案盒里一边讲道："回去等着吧。你的监督员会去找你的，之后你就可以随时离开这里去执行任务。记住，这个任务你最多只有七天时间去完成。如果期限到了你还没有完成任务的话，那不只不会得到奖励积分，而且还会扣除相应的积分作为处罚！"

这最后一句话并不是在提醒或者鼓励，更像是在威胁。

赵国庆不在意地应道："谢谢教官提醒，我保证完成任务！"说完就敬了个礼，转身走了出去。

每个准特种兵外出执行任务的时候都会有真正的飞龙特种兵跟随作为监督员，一来是负责监视外出执行任务的人员，二来也算是上了层保险。

赵国庆正好奇自己的监督员会是谁呢，就见一名女子走进了房间。

准特种兵训练基地和整个飞龙特种部队就只有一名女性，那就是被准特种兵们称为"女魔头"的狙击手贵卿。

贵卿一出现在房间里，"刷"的一声，所有准特种兵都立正站好，气势十足地叫道："教官好！"

贵卿无视所有人，直接走到赵国庆面前问道："你打算什么时候出发？"

这话问得毫无来由，可赵国庆却立即明白了过来，贵卿就是自己的任务监督员。

苍天呀，大地呀！让谁做我的监督员不好，为什么偏偏让女魔头做我的监督员？！

赵国庆心里一万个不爽，可又没有什么办法，这里可是部队，所能做的就只有服从命令。

其实原本赵国庆的监督员并非贵卿，只是贵卿得知赵国庆要外出执行任务时就主动要求担任他的监督员。

这里谁敢去惹女魔头呀？

况且臭脸乔也不太喜欢赵国庆，于是就乐意卖了个人情给贵卿，让她担任了赵国庆的监督员。

"自然是越快越好了。"赵国庆回道，想着快点结束这个 A 级任务后自己还能去执行 B 级任务，这样才能获得更多的积分，尽可能拉近与朱元忠之间的积分差距。

"跟我来吧。"贵卿说着转身向外走去，心里暗哼一声，"我倒要亲眼看看你有什么能耐，会让大队长这么看好你！"

"是！"赵国庆应道，跟着贵卿走了出去。

两人一离开，房间里立即像炸开了锅一般。

"天呀，赵国庆的监督员竟然是那个女魔头！"

"这下子完了，估计赵国庆的任务不会太容易完成！"

"谁说不是呢。有女魔头在身边原本就是种压力，任务的困难等级至少会增加一倍！"

"赵国庆可真是够倒霉的！"

……

有同情赵国庆的，自然也有高兴的。

"这对我们来说是好事，至少我们不用再担心自己的监督员会是那个女魔头！"

"没错，我看最好现在就去接受任务，趁着女魔头回来之前多完成两个任务！"

"喂，等等我呀！"

……

不久存放任务的木屋外就排起了长龙，搞得臭脸乔心里一阵纳闷。

今天是怎么了，怎么所有人都在这个时候选择外出执行任务？

赵国庆被贵卿带到了武器库，向看管武器库的守卫出示手续后两人方可进去。

"你可以根据自己的需求随意挑选武器装备。"贵卿不冷不热地说，虽然她对赵国庆有些不感冒，但是规定之内的事情她是绝对不会为难赵国庆的。

越国庆扫了一眼，全自动步枪、手枪、冲锋枪、重机枪、火箭炮、防弹衣等，几乎自己所能想到的武器装备这里都有，而且还可以不限量地随便拿，这让任务武器爱好者都会为之发狂的。

在庞大的武器库里面转了一圈后，赵国庆拿了相应的武器装备站到贵卿面前。"就这些吧。"

一把丛林用狙击步枪，相关配套的消音器、瞄准镜、夜视装置等；一把全自动手枪、一把军刀、一套吉利服，这就是赵国庆的所有武器装备。

"这就是你选的？"贵卿有些意外。

通常第一次外出执行任务的人都会有所紧张，往往是怕自己所带的武器装备会不够用，于是挑了一大堆，搞得最后光是运送武器装备都是一个问题，更别说是拿着它们作战了。

赵国庆却完全不同，他似乎知道自己会遇到什么情况一样，只挑选了需要的东西，多余的东西一件没拿。

"怎么，有什么不可以拿的吗？"赵国庆好奇地问，还以为自己挑选的物品中有些是不能拿出去的。

"不，没有。"贵卿摇晃了下头，走进去挑选了自己的装备，和赵国庆的基本一样。"这个戴上，方便你和我联系。"

一部可以藏于耳中的隐式通讯器。

赵国庆没有犹豫，接过戴上，试了下音后就与贵卿一起离开了武器库。

接着两人又携带了一些干粮和水，然后就乘坐山地越野车离开了准特种兵训练基地。

按照规定准特种兵是不能知道训练基地所在的准确位置的，因此离开准特种兵训练基地的范围后赵国庆的双眼就被蒙了起来，他只知道自己坐了一阵越野车，之后就又改乘了直升机。

整个行程大约用了四五个小时，赵国庆利用这段时间将任务的资料又在脑子里面过了两遍，将每个目标的长相及习惯等牢记于心，接着又睡了一觉补充精力。

"喂，起来了！"贵卿吼道，她从来没有见过一个第一次外出执行任务的人会这么安心，竟然还睡着了，真是少有。

赵国庆确实非常安心，作为一个多次与狼群佣兵团作战，经历了数次生死磨难的人来说这个A级任务真的没什么。

只要让我找到他们，那就能顺利完成任务。

"可以把这东西取下来了吗？"赵国庆伸手指了指蒙着眼睛的布。

话音刚落布条就被无情地拽了下来，女魔头贵卿的脸出现在赵国庆面前。

"跟着我滑下来。"贵卿说着将一段绳子扔到了赵国庆手上，接着就抓着另一根绳子纵身跳了下飞机。

赵国庆走到舱门前向下看了一眼，此时正位于山林之上，距离地面二十米左右，贵卿正在灯光照射处向他招手。

"已经到了吗？"赵国庆心里有些疑问，抓着绳子滑了下去。

双脚刚落地直升机就升起，向远处飞去，周围陷入一片沉静与黑暗之中。

贵卿端枪警觉地看了看四周，然后带着赵国庆往右移了二十米，躲在一片灌木丛后讲道："刚刚我已经和当地警方联系过了，逃犯就在这一片山区，具体藏身位置要靠你去寻找。"

赵国庆点了点头，这在意料之中，警察要是知道逃犯具体位置所在的话早就动手了。

"我会跟在你身后一百到两百米的位置，遇到危险或者情况失控时你随时可以联系我，我会出手帮助你的。不过，那样也意味着你的任务失败！"贵卿接着讲道。

赵国庆又点了点头，表示自己明白。

"记住，目标非常凶残，千万不能有任何大意！另外，这里可能有人会接应目标，因此你所要面对的敌人或许不止目标这几个！好了，小心一点就是，行动吧。"贵卿说。

赵国庆突然觉得女魔头实际也没那么吓人，竟然还懂得关心别人。

07　D级隐藏任务

宋飞扬端坐在办公桌前，右手拇指和中指夹着枚一圆硬币，食指在硬币边缘轻轻地磨着。

这时他近两年才有的习惯。

自从担任这飞龙特种部队大队长以来，坐在办公桌前处理文件的时间多了，外出执行任务的机会反而是少了。

为了不让自己的技能落下，他才有了这种磨硬币的习惯，目的是让自己的食指保持敏感性，这样在扣动扳机的时候才不会出差。

宋飞扬有些心不在焉，两眼盯着电脑屏幕上所显示的资料。

得知赵国庆外出执行任务后，出于对其的关爱，宋飞扬特意调出了任务资料进行了检查，这一检查还真检查出了问题。

问题不在于那四名越狱逃犯，而是被绑架的人质。

孔山火，男，五十六岁，小城一包子铺的老板，是因为逃犯闯入其店中吃饭而被劫为人质的。

表面上看起来孔山火只是一个普通的包子铺老板，为人憨厚，受到街坊四邻的好评。可是，宋飞扬深入调查后却发现孔山火的另一个身份。

二十年前武林中发生了一起灭门惨案，鹰爪门掌门关万山一家老小十口人遭到灭门，其妻更是遭到先奸后杀。

死者的脖子上全都有被鹰爪功所伤的痕迹，就连关万山的手指也被折断了。

关万山可是鹰爪门的掌门，凶手竟然连他的手指也能折断，可见其功力深厚。

后来随着案件的深入调查，目标嫌疑人才锁定在了关万山的师弟鹰门山身上。

鹰门山是上代鹰爪门掌门之子，本应由他接任掌门的，却因其嗜酒好色而失去了掌门之位。

关万山坐上掌门之位之后一直觉得愧对这位师弟，因此平时对其关爱有加，甚至将他接入自己家里居住，却不想因此种下了祸根。

鹰门山在一次醉酒之后奸杀了关万山的妻子，事发之后又一口气屠杀了关万山一家老小，这便是二十年前武林中有名的灭门惨案。

之后鹰门山就仿佛从这个世界上消失了，不知所终。而不久之后偏远山区的一个小城里出现了一家包子铺，老板名唤孔山火。

宋飞扬见到孔山火的照片后就觉得有些眼熟，后来才想到了二十年前武林中的灭门惨案。

十年前宋飞扬亲自调查过这件案子，却因为时间久远而没有任何线索，这也是他在国内唯一没有完成的任务，因此印象深刻。

虽然过去了二十年，人的相貌发生了巨大的变化，但是宋飞扬还是一眼就认出孔山火就是鹰门山。

为了确定自己的判断没错，宋飞扬特意叫技术部进行了技术比对，同时又让侦察部对孔山火的背景进行了调查，最终才确定孔山火就是鹰门山。

鹰门山呀鹰门山，你隐姓埋名躲了二十年却还是露出了马脚，这才是天网恢恢疏而不漏！

因为鹰门山精通鹰爪功，灭门惨案又发生在二十年前，所以捉拿鹰门山的任务早已经升到了D级。

"D级任务，对于一个准特种兵来说是否有些难度过大？"宋飞扬轻声自语，心里始终没能做出决定。

又过了两分钟之后，宋飞扬轻叹一声，叫人联系上了贵卿。

贵卿跟在赵国庆身后已经几个小时了，随着这几个小时的过去她对赵国庆的看法也在慢慢发生着改变。

在没有任何线索的情况下，赵国庆却凭借着细微的观察找到了一个又一个线索，成功锁定了目标逃跑的方向。

如果没有意外的话，中午前应该就能找到那些逃犯。

"这小子倒还有些本事。"贵卿心里想着，一切顺利的话赵国庆第一个任务或许不到二十四小时就能完成。

准特种兵第一次外出执行任务，二十四小时内就完成，这绝对是一项新的纪录。

朱元忠被称为实力远超飞龙特种兵的人，可他第一个任务却也用了三天时间才完成，这就是差距。

正当贵卿断定赵国庆找到目标不是什么问题之时，她的通讯器里却传来了大队长宋飞扬的声音。

飞龙特种部队大队长亲自过问一个A级任务，这在以前也是绝对没有的。

"大队长，有什么事吗？"贵卿直接问道，如果宋飞扬是想凭借他的关系让自己为赵国庆开后门的话，那她一定会直接拒绝的。

连大队长的面子都不给，这在飞龙特种部队里恐怕也只有贵卿做得出来。

好在宋飞扬并不是来找贵卿走后门的，为人正直的他也不会做出这种事来。

隐藏任务！

当贵卿得知赵国庆所执行的任务中有隐藏任务时也是吃了一惊。

隐藏任务指的是一个任务里暗含着另一个任务。

通常来说一个高等级的任务中会出现一个低等级任务算是正常的事，可是一个低等级任务里隐藏了一个高等级任务就显得不正常了，况且还是一个A级任务里隐藏了一个D级任务，跨度如此之大已经能用前所未有来形容了。

D级任务已经超出了准特种兵所执行的权限，因此贵卿得知这件事后本能的反应就是："大队长，我这就让他放弃任务！"

"不！"宋飞扬阻止道。

贵卿眉心轻锁，不解地问："大队长，你的意思是……"

宋飞扬回道："你现在将这个隐藏任务告诉赵国庆，问他是否要继续执行任务。"

"大队长，你要把决定权交给一个准特种兵？"贵卿非常惊讶，怎么赵国庆出现后一切不可能的事情好像都变得理所当然了？

"是的。"宋飞扬应道，这就是他之前所做的决定，将选择权留给赵国庆。

这是对赵国庆的一次考验，看他有没有胆识去冒险，执行任务的时候会不会退缩！

贵卿犹豫之后讲道："好吧。大队长，决定权可以留给那小子，不过我有一个要求。万一那小子要是选择了继续执行任务，那作为他的监督员，我有权随时出手终止这个任务！"

话刚说完，贵卿就摇了摇头，心里想着："我在说什么呀？那隐藏任务可是D级任务，就连真正的飞龙特种兵单兵的情况下也不一定有把握完成，况且他还只是一个准特种兵？哼，除非他是脑子坏掉了，不然怎么可能会选择接受一个D级任务？"

"好，我给你这个权力。"宋飞扬应道。

赵国庆捡起一个烟头，嘴角露出一丝笑意。

四名逃犯，其中两个被判了死刑，另外两个则是无期徒刑。

越狱之时杀了两名警察，途中又连伤警察，手里面有从警察那里夺来的武器装备。

表面上看来这样的组合非常吓人，可他们这样的人走在一起沿途一定会留下线索，即使有的线索被特意给毁掉了，却还是会留下蛛丝马迹。

赵国庆正是根据这些微弱的线索一路找来的，这样的本事同样是跟哥哥赵爱国学的，当时哥哥只说了是找猎技巧，用来寻找猎物。

当时赵国庆乐在其中，凭借着对这些寻找技巧的熟练掌握捕捉了许多猎物，直到此时他才发现这些技巧其实是战斗中追踪敌人的技巧。

赵国庆用力捏了旱烟嘴的地方，根据上面的湿度判断敌人应该距离自己很近了。

"说不定就躲在前面的山头上。"赵国庆看向前面。

敌人手里面有枪，战斗随时都会开始，赵国庆又检查了一下手中的武器装备，将吉利服穿在了身上。

"赵国庆，我是贵卿，先停下来。"贵卿的声音突然从藏在耳朵里的通讯器中响起。

本来已经迈步向前走的赵国庆迅速蹲下来，身子隐于草丛中，简单地问道："什么事？"

"任务有变。"贵卿将隐藏D级任务及鹰门山的资料告诉了赵国庆，最后讲道，"现在你可以做出选择，是继续执行任务呢还是放弃？如果你选择放弃的话，那这次将不会扣你任何积分。"

赵国庆表现得非常冷静，并没有像贵卿想象的那样满脸恐惧地说放弃任务，而是问了一个贵卿根本没有想到的问题。

"教官，如果我完成了这个隐藏任务，那是否可以获得相应的积分？"赵国庆问。

贵卿微怔，随后回道："是的。如果你两个任务都完成了，那不但可以获得相应的A级任务和D级任务积分，而且还能获得额外的奖励积分。"

还有额外的奖励积分？

赵国庆感觉自己就像中奖了一样，谁能想到随便拿了一个任务会暗藏了另一个任务，完成后可以同时获得两个任务的积分，更可以获得额外的奖励积分。

嘻嘻……

C级任务可以获得六十个积分，D级任务一定会高。

A级任务加上D级任务的积分，再加上额外的奖励积分，那我岂不是咸鱼大翻身，一跃成为积分最高的人？

赵国庆心里偷着乐开了花。

"赵国庆，就算是你放弃了任务，那回去之后也没有人会嘲笑你的。"贵卿以为赵国庆是怕回去后会遭到别人看不起，劝道："放弃吧。"

放弃，这么好的事情我怎么能放弃？

"不，我选择继续执行任务！"赵国庆急忙回道。

08　追击逃犯

继续执行任务？

有那么几秒钟时间贵卿真的以为是自己听错了，直到再次确认一遍她才敢肯定赵国庆选择继续执行任务。

A级任务里面隐藏的可是一个D级任务，准特种兵竟然会选择继续执行任务，而且还是单兵作战！

这样的人不是非常有自信，那就一定是脑子秀逗了。

不管是哪一样，冲着赵国庆这份勇气，他在贵卿心里都获得了加分。

与此同时，位于赵国庆面前的山头另一侧，一个偏僻的角落里聚着五个人。

其中两个身着警服，另外两个还穿着囚服，最后一个是腰身微驼的老人。

这五人正是越狱逃跑的四名逃犯和被绑架为人质的鹰门山。

鹰门山真实年龄只有五十岁，可他看起来却像是六十多岁的老人，满头的白发和满脸的皱纹，只有一双眼睛还暗自透着一股精气。

四名逃犯中领头的外号恶狼，身高一米八，穿着警服却掩盖不住一身的匪气。因为下手狠，所以获得了恶狼的名号。

另外一名穿着警服的外号猴子，身高一米七，身形消瘦，长着一张猴脸。

猴子入狱前就是恶狼的跟班，对恶狼的命令坚决执行，也是个心狠手辣的人物。

另外两名犯人跟他们倒没什么关系，只是因为两人能打，所以被恶狼拉过来帮助对付警察。

"狼哥，再翻过几座山就是边界了，真的会有人来接我们过境？"其中一名犯人问道。

"狼哥，到了国外我们哥俩可就跟着你混了。"另外一名犯人跟着说。

"那是当然，以后你们两个就跟着我吃香的喝辣的吧。呵呵……"恶狼笑道，暗中向猴子使了个眼色。

猴子不动声色地站到了两名犯人身后，趁其不备抽出把匕首在两人后心腰上各捅了一刀，之后对着尸体吐了口唾沫骂道："呸，就凭你们两个也想跟着狼哥混？哼，去死吧！"说着又在尸体上踢了一脚。

恶狼也冷笑一声，他压根就没想过要带另外两人离开。

"猴子，什么时间了？"恶狼问道。

猴子看了眼回道："狼哥，差不多六点了吧。"

"嗯。"恶狼轻应一声，接着讲道，"猴子，我们得加快点速度了，不然的话那些佣兵可就丢下我们离开了！"

"是，狼哥。"猴子应道，两眼恶狠狠地瞪了双手被绑的鹰门山，向恶狼问道，"这老家伙怎么办？"

恶狼想了一下说："妈的，带上这老家伙走得太慢了，把他做掉吧！"

"是。"猴子阴冷地应道，掂着匕首朝鹰门山走了过去。

恶狼根本没有想过一个双手被绑的老人会反抗，因此把杀人的活儿交给了猴子，自己将另外两具尸体踢到了山沟里，嘴里还叫道："猴子，动作麻利点！"

恶狼没有听到猴子的声音，只听到身后传来脚步声，眉头稍紧后本能地伸手拔出了警枪。

"啊！"恶狼还没来得及转身呢，握着枪的手就传来一声脆响，接着就严重变形，失去了知觉。

"猴子！"恶狼回头叫了声，却看到猴子早已经倒在地上断气了。

再一看，本应该死去的老头阴冷地站在自己面前，而自己的右手正是被对方给扭断的。

"你……"恶狼很好奇鹰门山被绑着的双手是如何恢复自由的，也很想知道对方是如何无声无息杀掉猴子，却没有这样的机会，左手也跟着被扭断了。

"啊！"恶狼又痛叫一声，一脸凶相地吼道，"混蛋，老子要宰了……啊！"

鹰门山的右手五指如鹰爪一般卡在了恶狼的脖子上，稍一用力就会扭断对方的脖子，让他和猴子一样死去。

恶狼连出气都难，一股死亡的威胁扑面而来，直到此时他才意识到一路上被他们喝打的老头并不是一个简单的人物。

"英雄，别……杀我，不管你……有什么条件我……都答应你！"恶狼艰难地从喉咙里挤出一句话来。

鹰门山面如死尸，说不出的阴冷，身上透着浓重的煞气。

"老子隐姓埋名躲了二十年，本以为可以甩掉那些警察的，可没想到你们这几个混蛋却让我再次成为了警察注目的对象，就算是生吃了你我都不觉得解恨！"鹰门山阴冷地讲道，声音里透着丝丝怒意。

这二十年来鹰门山一直过着人不人鬼不鬼的生活，目的就是摆脱警察的追踪，可现在他却因为几名逃犯成了警察关注的对象。

狡猾的鹰门山立即意识到自己又要亡命天涯了，本来他想杀了四人直接离去的，可刚刚恶狼与猴子的对话却让他改变了主意。

"前辈，我错了，你不要杀我。"恶狼忍着断手的疼痛，一副可怜相，再也没有之前的嚣张。

"告诉我你们的逃离计划。"鹰门山沉声说。

恶狼哪敢违背，立即和盘说了出来。

原来恶狼还有一个兄弟，外号山鼠，一直在境外活动。

山鼠得知恶狼被判了死刑之后就一直计划着将他救出来，这次越狱行动就是他筹划出来的，为了保证能顺利带恶狼过境，他甚至雇佣了一支佣兵沿途护送。

"前辈，我兄弟和佣兵就在前面接应我们，只要和他们会合我们就安全了！"恶狼赔着笑脸说。

鹰门山完全松开了手，决定利用恶狼这条线出境。"走吧。"

"哎，是。"恶狼连忙应道，转身在前面带路。

鹰门山不习惯用枪，也就没捡地上的警枪，空手押着恶狼在深山中行走。

十几分钟之后，赵国庆出现在了猴子的尸体旁。

"妈的，来晚了一步！"赵国庆心里暗骂，他是听到叫声才一路赶过来的，却没有想到人已经走了。

很快赵国庆就找到了被扔进山沟里的两具尸体，并且从各人的死法上推演出了当时发生的事情，尤其是猴子脖子上的伤更是让他肯定了鹰门山的身份。

将眼前所见汇报给贵卿之后赵国庆就又顺路追了上去，至于那三具尸体，相信不久之后就会有警察赶到负责处理。

别看赵国庆只是晚了十几分钟，可在这深山之中想要再追上对方就有点难了，况且敌人之中还有一位鹰爪门的武林高手。

恶狼只是暂时屈服于鹰门山，他也有着自己的想法，计划和山鼠会合之后让佣兵干掉鹰门山，因此这一路走得非常快。

一个小时后，鹰门山却突然间让恶狼停了下来。

"前辈，有什么吩咐？"恶狼点头哈腰地问。

"还有多远？"鹰门山问。

恶狼回道："不远了，只要翻过前面那座山头，见到小瀑布就到了。"

"嗯。"鹰门山轻应一声，却突然间出手将两根手指刺入到了恶狼的眼睛里面。

"啊！"恶狼发出一声惨叫，可紧接着他只觉得舌头一疼，什么话也说不出来了。

二十年的逃亡生涯让鹰门山为人谨慎、多疑，实际上他并不知道赵国庆在后面追踪，这么做的目的不过是为了拖住后面的人给自己争取时间而已。

废掉恶狼的双眼和舌头后，鹰门山就开始全速前进，以他的修为速度之快怕是连准特种兵都跟不上。

赵国庆听到叫声就立即加快了步伐，却并没有直接现身，而是在距离恶狼百米之外停了下来，藏身于灌木丛之后。

"第四名逃犯。"赵国庆认出正如无头苍蝇般乱撞的恶狼。

恶狼双手双眼被废，已经没有任何的危害性，可赵国庆却不急于过去，而是透过瞄准镜仔细观察了一下四周。

相对于四名逃犯来说，更难对付的人是鹰门山。

确定鹰门山没有在附近埋伏之后，赵国庆这才端着狙击步枪走了过去。

正处于癫狂状态的恶狼听到脚步声就直接朝赵国庆扑了过去，他误以为是鹰门山，想要拼死报仇。

"扑通。"恶狼直接被赵国庆给放倒了地上，一把军刀紧跟着贴在了他脖子上。

恶狼看不到，却一点也不傻，知道脖子上架的是刀，立即停止了挣扎。

赵国庆一边警戒着四周一边问道："鹰门山在哪里？"说完又补充了一句，"就是被你们绑架的包子铺老板。"

"唔……唔唔……"恶狼张嘴只发音却说不出话来。

赵国庆精通医术，一眼就看出恶狼的舌头受伤，这才不能说话的，于是取出金针在其下颚上刺了一下。"你现在可以说话了。"

"往……前……小……瀑布。"恶狼口齿不清地吐出几个字来，赵国庆一拔出金针他就又失去了语言功能。

也不和对方废话，赵国庆一拳打晕恶狼，将其捆绑扔在草丛中后将其位置告诉了贵卿，然后就全力向前追击。

往前，小瀑布。

这只是一个简单的信息，赵国庆却从中领悟到了许多。

小瀑布那里一定有人接应鹰门山，如果不能及时赶到的话，鹰门山就将再次从这个世界上消失，那自己的任务就将以失败而告终。

鹰门山，等着我，你跑不掉的！

赵国庆全力以赴，誓要抓捕鹰门山。

09　小瀑布激战

小瀑布。

山石林立，树木茂密，加上哗啦啦的水声，就算是隐藏一支连队也不会被人轻易发现。

鹰门山站于小瀑布前，目光扫了扫四周，嘴角露出一丝笑意。

一支二十五人的佣兵小队正隐于此，二十多把各式武器的枪口指向鹰门山。

如果不是担心枪声会暴露目标的话，那鹰门山此时已经被打成筛子了。

"都出来吧！"鹰门山高吼一声。

佣兵小队长眉头轻皱，一脸好奇地看着三十米外毫不起眼的小老头，他是怎么发现我们的？

"你们等的人不会来了，如果你们想要再做一笔买卖的话，那就快点出来吧！"鹰门山吼道。

片刻之后，一名亚洲籍男子从石头后面走了出来。

戴着副墨镜，脖子上挂着粗项链，皮带上还别着一把勃朗克手枪，正是自以为拉风十足的恶狼兄弟，山鼠。

跟在山鼠后面走出来的是佣兵小队长和十多名佣兵，剩下的佣兵继续隐藏于四周，负责警戒工作。

"你是什么人？"山鼠上前问道。

鹰门山瞟了对方一眼，见这里只有他一人是亚洲面孔，就问道："你一定就是山鼠了。"

山鼠见对方认得自己，略感意外，想到这里有二十多个佣兵保护自己也就没太在意，哼了声说："没错，爷就是山鼠，你这个老东西究竟是什么人，为什么说我们等的人不会来了？"

"因为他们全都死了。"鹰门山回道。

死了？

山鼠身子颤了下，一个箭步冲到鹰门山面前，伸手抓着对方的衣领叫道："老头，你可不要乱说话，他们怎么会死呢？"

"是我杀了他们。"鹰门山淡淡地说。

"你？"山鼠一惊，突然从鹰门山的眼里感觉到了一股杀意，可已经太晚了。

山鼠的一只手已经摸到了别在皮带上的手枪，脖子却已经被铁爪一般的手给捏断了。

谁也没有想到一个糟老头会突然间出手，而且一出手就杀了山鼠。

山鼠可是这支佣兵小队的金主，金主一死，让所有佣兵都为之一震。

妈的，看来尾款是没指望了。

小队长一阵怒意，枪口指着鹰门山，嘴里用英语吼叫着。

鹰门山听不懂英语，却也大概知道对方说的是什么意思，不慌不忙地讲道："老子听不懂，这里有谁会说Z国话的？"

数秒之后，一名佣兵走上前来，用Z国话讲道："我们队长说了，你竟然敢杀了我们的金主，他要活扒了你的皮！"

鹰门山瞟了眼小队长，不以为意地哼了声，冲翻译讲道："告诉他，我要雇佣你们，只要你们能安全送我出境，那不管你们需要多少钱都行。"

佣兵翻译之后，小队长叽里呱啦地又说了一大堆，反正是非常不高兴。

"队长说我们已经收了钱，可你杀了我们的金主，如果不杀了你的话将来怕是没人会愿意和我们做生意了，因此你必须得死！"翻译说着也将枪口指向鹰门山。

下一秒佣兵就会开枪了，鹰门山却先一步行动，不等翻译把话说完就

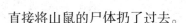

直接将山鼠的尸体扔了过去。

"啪啪啪……"枪声响了起来，子弹乱飞，却大部分都打在了山鼠尸体上，剩下的也没能打中鹰门山。

鹰门山动作很快，身子一低就如同一只苍鹰贴着地面飞翔般，眨眼之间就来到了小队长面前。

"喀嚓。"小队长的脑袋失去支撑无力地垂了下来。

小队长一死，枪声跟着就停了下来。

鹰门山阴冷地扫了眼周围的佣兵，低沉地讲道："现在你们可以选择，究竟是要和我做生意呢还是要全都死在这里！"

佣兵们全都是精明的人，只从鹰门山刚刚出手连毙两人就可以看出他是一个高手，或许他们最终能将鹰门山杀死在这里，可付出的代价也会非常沉重的。

鹰门山看向翻译，问道："现在这里谁是你们的头？"

翻译举起了手，对鹰门山的凶狠产生了一定的恐惧，"我。"

"很好，那就由你来做决定吧。"鹰门山讲道，一双眼睛却更显阴冷，两只手如鹰爪一般勾了起来，气势凌人，准备随时出手再次杀人。

翻译原本是副队长，可小队长一死他就自动接替对方的职务成了新的小队长。

他面色沉重地看了一眼还被鹰门山抓着的原队长尸体，接着又看了看周边的其他同伴，心里很快就做出了决定。"我们和你合作。"

一场交易很快就达成了，鹰门山成了这支佣兵小队新的金主。

在鹰门山的要求下，小瀑布这里留守一支四人的战斗小组，负责拦截追赶而来的敌人，其他人全力掩护他出境。

赵国庆藏身于小瀑布对面，在吉利服的伪装之下整个人都和四周的景物融为一体，透过瞄准镜看到倒在乱石上的两具尸体。

"妈的，又来晚了一步！"赵国庆心里暗骂了一声，身子却趴在那里没有动。

佣兵小队长身上的武器全被拿走了，可他那身衣服却足以说出他的身份。

佣兵？

在敌人的数量和武器装备不详的情况下，赵国庆变得更加警觉起来，取出望远镜仔细观察着小瀑布附近的一草一木。

九点半方向一个，十一点钟方向一个，一点钟方向一个，靠近三点钟方向一个。

经过仔细的观察后赵国庆发现小瀑布附近还隐藏着四名佣兵，分别隐藏于四个不同的方向将小瀑布给包围了起来，而留在瀑布前的两具尸体不过是他们用来吸引人注意力的工具。

确定敌人的数量与隐藏位置之后就好办了，赵国庆为狙击步枪加装上消音器，然后就由左至右开始扣动扳机——解决目标。

这些佣兵的作战能力不比狼群佣兵团的血狼战队差，如果赵国庆使用的是全自动步枪和敌人作战的话，那未必能如此轻松就解决对方。

可惜这四名佣兵并没有发现赵国庆，而且赵国庆使用的是加装了消音器的狙击步枪，这就让他在狙杀敌人的过程中如同鬼魅一样，神不知鬼不觉地先后击毙敌人。

"噗。"子弹枪管里飞射出去所发出的响声几乎可以忽略不计，接着赵国庆就起身冲了过去。

这最后一枪赵国庆并没有直接要了敌人的命，只是废掉了对方的右臂。

他需要一个活口，好知道鹰门山的逃跑路线。

最后一名佣兵直到右臂被子弹打穿之后才意识到他们受到了袭击，紧接着听到背后传来快速奔跑的声音，本能地就回头去看。

一个身着吉利服、手持狙击步枪的男子正在向自己扑来。

发现赵国庆后，佣兵心里微凉，如此大的动静却没有人开枪只有一个原因，另外三名同伴都已经死在了对方的枪下。

佣兵左手探向腰间的手枪，可手刚刚触碰到枪体，就见寒光一闪，接着手背就被一把军刀刺穿，将手钉在了胯骨上面。

"啊！"佣兵发出一声惨叫。

鹰门山在佣兵的护送之下向边境的方向走去，因为这里是境内，佣兵

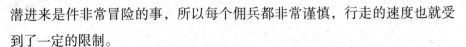

潜进来是件非常冒险的事，所以每个佣兵都非常谨慎，行走的速度也就受到了一定的限制。

鹰门山的眼皮微微一跳，脚步跟着停了下来，向身边的佣兵队长问道："你留在瀑布那边的四个人怕是完了。"

佣兵队长一怔，问道："你怎么知道？"

鹰门山是听到了那声惨叫，虽然声音传到这里已经非常微弱了，但是对于一名习武之来人说却足够了，他能听到常人所听不到的声音。"不信的话你可以联系一下看看。"

佣兵队长立即进行了通讯联络，可小瀑布那边却一点回应也没有了。

"Z国的警察这么厉害？"佣兵队长不敢相信地问。

"警察？"鹰门山哼了一声。

因为恶狼等四人都是越狱逃犯，所以很容易让人联想到追赶他们的会是特警，可鹰门山却并不这么认为。

"不，是军人，而且还有可能是特种兵！"鹰门山沉声说，同时也确定自己的身份已经暴露了，否则的话恶狼四人死后他们不会追到这里还不放手。

"Z国特种兵！"佣兵队长打了个寒战，谁都知道Z国士兵不好惹，Z国的特种兵更难惹。

招惹Z国特种兵一向是佣兵界中的大忌！

"留下一半的人在这里埋伏，其他人继续前进！"鹰门山吩咐道。

佣兵队长点头应道，鹰门山俨然成了他们真正的领导，连他都得听命行事。

很快十名佣兵就在路上埋伏好了，因为这些人听不懂Z国话，而队长又没告诉他们详情，所以并不知道自己将要拦截的人可能会是Z国特种兵，只知道不管是谁在这里出现都要杀无赦。

右臂被子弹打断，左手被军刀钉在自己的胯骨上，这名佣兵可以说已经完全失去了战斗力，当看到赵国庆那张涂抹着油彩的脸时身体立即颤抖了起来，舌头也像打结了一般。"你……你是……特种兵？"

10　被放弃的佣兵

赵国庆拔出军刀架在对方的脖子上，刀身上的血迹滑落到衣领里，带来一股温热，佣兵感觉到的却是无尽的寒意。

"其他人在哪？"赵国庆问。

佣兵想要做一次英雄，可看到赵国庆的那充满杀气的眼睛却又萎缩了下来，他知道自己不管说还是不说都难以活命，唯一的区别是说了的话会死得痛快一点。

"绕过瀑布继续往前，天黑之前应该能赶到边境，天黑之后我们会送目标出境。"佣兵一口气讲道，

"你们一共有多少人？"赵国庆接着问。

佣兵回道："来的时候一共有二十五人。"稍顿之后略带乞求地说，"给我一个痛快吧。"

赵国庆手上用力，刀身在佣兵脖子上划出一条口子，佣兵随之断气。

二十五名佣兵，这里有五具尸体，也就是说还有二十名活着的佣兵。

赵国庆心里想着就掂着狙击步枪继续向前，他知道自己还有一段很长的路要走，不敢浪费任何时间。

十名佣兵埋伏在路上，除了最前面的两名岗哨外，相隔二十米之后是剩下的八人，分成两组藏于山道两侧。

除此之外，他们还在路上设下了一系列的诡雷陷阱，以便敌强我弱之时方便他们撤退。

"哗……哗哗……"快速的奔跑势必会带动一阵响动。

位于最前面的两名岗哨未见到目标就先听到了声音，其中一人立即向身后打了个手势，示意其他人做好战斗准备。

两秒之后，另一名岗哨也回身打了个手势，告诉其他人目标只有一个。

只有一个人？

这让埋伏于此的佣兵有些意外，作为负责人的佣兵组长立即讲道："放他进来，抓活的。"

抓活的，这是佣兵最大的失误。

如果他们在岗哨发现赵国庆之时就全力攻击的话，那他们还有获胜的希望，此时却将唯一的希望给错过了。

赵国庆现在的身份虽然还只是一名准特种兵，但他真正的实力早已经达到了飞龙特种兵的标准，而且形意化气之后他的各方面感官都变得异常敏锐。

那两个岗哨回身打手势的动作非常小，所发出的声音也是极其有限的，可是却被赵国庆给发现了。

"咦，人呢？"刚刚回过头来的岗哨发现目标突然间消失不见了，当他以询问的眼神看向距离自己不远的另一名同伴之时，却看到了恐怖的画面。

"噗。"子弹直接爆头，接着藏身于树上的一名岗哨就仰身摔了下来。

剩下的一名岗哨心里一惊，却并没有任何的恐惧，因为他也跟着被爆头了。

接连击毙两名佣兵之后，赵国庆的目光迅速投向其他方位，寻找着任何一丝不易被察觉的动静。

因为地势的原因，赵国庆并没能看到剩余八人。

赵国庆却也不急，躲在原地取下弹匣将子弹填满，然后才开始行动。

岗哨之前的举动至少让赵国庆确定了一件事，前面还有敌人，只是数量不详。

这已经足够了。

赵国庆放弃正路不走，改在灌木丛之中小心地移动，穿梭于茂密的山林之间。

埋伏在道路两侧的佣兵自然也看到了前面两名岗哨的死去，并且从攻击的方式上判断出他们所面临的是狙击手。

狙击手绝对是足以让任何一个单兵感到恐惧的存在。

看到两名同伴被杀，其他佣兵也就放弃了活捉赵国庆的想法，更有人想要直接冲过去屠杀赵国庆，却又因为赵国庆是一名狙击手而不敢轻举妄动。

时间一分一秒地流逝着。

佣兵们警觉地观察着四周的一举一动，可越是安静越是感到恐惧。

此时没有人会认为赵国庆已经离开了，每个人心里所想到的就只有一件事，一个枪法如神的狙击手已经锁定了他们，只要有人露头就会被击毙。

又过了两分钟之后，佣兵手们的呼吸开始变得沉重起来，这说明他们已经失去了耐心，情绪变得不稳定起来。

佣兵组长知道继续等下去的话形势会越来越不利于他们，于是用通讯器轻声叫道："烟幕弹。"

"啪啪啪……"随着一阵轻微的爆炸，佣兵埋伏的地方迅速被烟雾笼罩。

躲在数十米之外的赵国庆心里暗自一笑，敌人躲得非常隐蔽，其实他还没有发现敌人的具体数量和位置，可是烟幕弹却让他们的位置完全暴露了。

另外，敌人既然扔出了烟幕弹，那接下来就一定还有所行动才对。

事情果然如赵国庆所料，仅隔一秒之后，就有人影从烟幕弹中冲了出来，不是想向自己发起攻击，而是想要逃走。

赵国庆早已经做好了射击准备，还不到五十米的距离根本没有什么难度，因此对方一跳出来狙击步枪的子弹也就跟着飞射了出去。

"噗。"第一个跑出来的佣兵应声倒在了地上，子弹没有直接要了他的命，而是击中了他的左侧大腿。

"啊。"佣兵发出一声惨叫倒在了地上，同时他手中的枪也漫无目的响了起来。

紧跟着，烟雾里面也爆出各种枪声，彰显出了佣兵们此时的恐惧。

赵国庆趴在原地不动，冷静地观察着对面的情况。

枪声响得快，停得也突然。

至少这些佣兵中还有头脑冷静的人，知道刚才那样的射击根本不可能击中任何目标，适时制止了这种浪费子弹的打法。

烟雾已开始变淡，用不了多久就会全部散去。

这时，枪声骤然间又响了起来，接着一名佣兵就朝受伤的同伴冲了过去。

佣兵想要借助子弹的掩护拉回受伤的同伴，可他们完全低估了赵国庆的实力。

"噗。"第二颗子弹飞射了出去，受伤的同伴不但没有救回来，那名冲出去营救的佣兵反而被赵国庆给击毙了。

狙击手打伤一人作为诱饵，然后引来其他目标进行击杀。

这是战场上狙击手一种常用的打法，在枪林弹雨中生存的佣兵马上就反应过来，因此有一人被击毙后他们很快就放弃了继续营救受伤的同伴，那样做只不过徒劳增添几具尸体而已。

赵国庆见诱饵失去了作用，果断开枪将其击毙，以免他对自己产生潜在的威胁。

埋伏于此的十名佣兵转眼之间被击毙了四人，对赵国庆的威胁也瞬间消失近半。

赵国庆不知道埋伏于此的敌人究竟有多少，可佣兵自己心里却是如同明镜一般，见折了近半的人他们心里就出现了恐惧，相互之间的配合也就乱了。

乱，就会出现破绽，一名佣兵没有躲藏好而露在了赵国庆的枪口之下。

赵国庆自然不会放过这样的机会，果断地扣动了扳机，像之前一样准确击中目标要害。

剩下的五人心里更显恐惧，只敢在原地不敢再动一动，小组长无奈地联系到了队长，希望可以派人来这里支援他们。

鹰门山将十名佣兵留在那里原本就是想利用这些人的命去拖住赵国庆的脚步，自然不会浪费时间回去救人。

"那些可是我们的兄弟，我们必须回去救他们！"新队长不想刚刚上位就做出抛弃兄弟的事情，这对他在同伴之间的威信有影响，因此据理力争。

鹰门山才不在乎这些佣兵的死活呢，不过在出境之前他还需要这些佣兵，冷笑一声说："你想要回去救人我也不拦着，不过我得提醒你们一句。想一想为什么那么多人都不是一个狙击手的对手，因为对方可是特种兵！你该不会认为对方只有一个特种兵吧？"

佣兵队长一怔，知道很少有特种兵会单独行动，通常来说至少会有一个战斗小组出现。

鹰门山冷哼一声，接着讲道："你那些同伴之所以还没有死，只不过是对方想利用他们来引你们过去，如果你们想过去送死的话请便吧。"

一句话说得佣兵队长哑口无言，他确实怕自己在队伍里失去威信，更怕自己会命丧于此。

包括其他佣兵，谁也不想死在这里，因此当队长的目光看来之时都故意扭头避开。

"继续前进！"佣兵队长下达了命令，其他佣兵也是松了口气。

鹰门山冷笑一声，对这些佣兵的表现充满了不屑，即使这是他故意引导的结果。

没有增援，那与赵国庆对战的佣兵就只有死守，一个个尽可能地躲着，想与赵国庆干耗下去。

敌人想要干耗，赵国庆却不愿意浪费时间，他又开始采取行动了。

赵国庆伸手摸了一块早已经准备好的石头在手里，瞄准三点钟方向的灌木丛就扔了过去。

"哗啦。"石头砸进灌木丛发出一阵响动。

躲在对面的佣兵原本就精神高度紧张，猛地听到声响，再加上灌木丛在晃动，就以为是他们久寻不见的狙击手。

"啪啪啪……"佣兵手中的枪齐声响了起来，全都瞄准晃动的灌木丛射击，想要击毙他们想象中的狙击手。

敌人不动的话，那赵国庆很难有机会，此时一动，赵国庆的机会也就跟着来了。

11　高手中的高手

"噗。"一名佣兵被击中了肩膀，身形一晃，紧接着一颗子弹跟着飞来，这次击中的是他的心脏。

一招得手，赵国庆很快就拿起石头投向九点钟方向。

"哗啦。"枝叶晃动，再次引来佣兵的射击。

很快，赵国庆又顺利击毙一名不小心暴露在他枪口下的敌人。

同一招使多了就不灵了，赵国庆接连用石头吸引敌人的注意力并射杀两人，剩下的三名佣兵就变得狡猾起来，不再为晃动的树枝所动。

赵国庆暗自一笑，这次伸手摸出了颗手雷。

敌人的位置赵国庆已经摸得很清楚了，只是龟缩得严实而没办法直接命中目标，使用手雷的话就完全解决了问题。

三名佣兵聚在一起，每个人的眼睛都是瞪得浑圆。

他们已经打定了主意，不见兔子不撒鹰。除非是真的看到了赵国庆，否则的话他们绝对不冒头开枪。

"哗啦。"又是一声响动，这次佣兵没有开枪，只是看了一眼响声传来的地方。

"有人！"

一个眼尖的佣兵看到草丛中有人影浮现之后就迅速趴了下去，大叫一声就扣动了扳机，另外两人也跟着火力全开。

三人似乎都忘了一件事，赵国庆藏得好好的为什么要突然现身引起他们的注意？

"啪嗒。"一个黑色的物体撞到树干弹落了下来,正巧砸在一名佣兵的屁股上。

佣兵伸手一摸,惊恐地叫道:"炸弹!"

"嘣!"手雷在佣兵手中炸了开。

拿着手雷的佣兵当场被炸死,另外两个一个重伤、一个轻伤。

受伤轻的佣兵为了躲避手雷的爆炸而滚到了山道上,还没等他庆幸躲过一劫迎面就飞来一颗子弹击中了他的头。

赵国庆端着狙击步枪走了出来,至此埋伏于此的十名佣兵已经全部被他击毙。

"还有十个佣兵。"赵国庆低声说了句,抱着狙击步枪再次全速向边境的方向冲去。

距离边境三公里的地方。

因为天色还没有暗下来,现在过境的风险非常大,所以鹰门山和剩余的十名佣兵在这里停了下来。

为了防止赵国庆追到这里来,鹰门山在这里设下了数道防线。

别看佣兵只剩下十人,火力却依然强劲。

一个两人的狙击小组,两个两人的机枪小组,一个火箭炮手和三名步枪手,这样的火力布置得当足以挡住一个连的进攻。

"鹰先生,请放心,我们一定会安全送你出境的。"佣兵队长讲道,试图让鹰门山安下心来。

鹰门山冷笑一声,如果真的是特种兵追来的话,他不相信只凭这么十名佣兵就能阻挡,因此人还得靠自己才行!

佣兵和鹰门山在紧张的气氛中度过了两个小时,天色也终于暗了下来。

"什么时候行动?"鹰门山问。

佣兵队长回道:"现在天色虽然暗了,但是边防军的警觉性依然很高,最好是到后半夜再过境。"

"等不了了。"鹰门山焦急地说,眼看着边境线就在眼前了,却要在这里耗着,让他心情烦躁。"现在就走!"

"鹰先生,现在走实在是太冒险……这样吧,再等半个小时。半个小时后正是边防军换岗的时候，也是我们过境的唯一机会。"佣兵队长讲道。

"那好，就再等半个小时。"鹰门山耐着性子说。

佣兵队长刚想召集其他佣兵过来，这时枪声却突然间响了起来。

赵国庆趴在地上，如果不是他感觉到距离敌人已经很近了，刻意放缓了脚步，那刚才的子弹已经将他打穿了。

子弹擦着肩膀飞了过去，伤势不算严重，赵国庆也没有时间去处理伤口，两眼紧盯着前面。

透过狙击步枪的夜视装置，赵国庆很快就找到了目标。

两组机枪手、一组狙击手，呈三角阵形封锁了附近所有的出入口。如果想要从这里过去的话，那就必须先消灭他们。

"六个佣兵，另外四个佣兵一定和鹰门山在一起。这里距离边境线不过三公里，枪声一响就会被边防军听到，鹰门山一定会在边防军到达之前就离开或者强行过境。看来，我的动作必须快一点才行！"赵国庆心里想着，担心鹰门山会过境，那自己就没辙了。

事实也正是如此，枪声一响，鹰门山就寒着一张脸叫道："不能等了，必须马上过境！"

佣兵队长也知道枪声在这个地方响起意味着什么，用不了几分钟的时间大量的边防军就会赶到这里，到时候别说是打了，就连逃也逃不掉。

"好，我们现在就过境！"佣兵队长叫道，打算强行突破边境线，至于阻拦赵国庆的两组机枪手和一组狙击手他已经管不着了。

"噗。"赵国庆开枪击毙了左侧的机枪手。

击毙一名机枪手并不代表端掉了一个火力点，机枪手马上取代机枪副手的位置继续朝他射击。

机枪一直以来都是狙击手的克星，强大的火力压制让狙击手很难有开枪或者转移位置的机会，要命的是这里不但有两组机枪手，更有一组狙击手。

赵国庆的处境非常被动。

先不说那两组对他进行火力压制的机枪手，光是对面的狙击小组就是个大麻烦。

狙击小组有一名观察员可以时刻锁定赵国庆的一举一动，狙击手只要负责在适当的时候扣动扳机就行了，赵国庆却必须同时面对这三组火力的袭击。

怎么办呢？

赵国庆心里寻思着对策。

敌我相距过远，手雷不可能投掷那么远，而且投掷手雷也不一定有作用。

闪光弹的效果也不太大，那就只有烟幕弹了，先避开敌人的火力袭击再说。

一路上赵国庆从击毙的佣兵身上得到了不少新的武器装备，这在很大程度上弥补了赵国庆人手不足的困境。

三颗烟幕弹被赵国庆取了出来，分别向左右和前面扔了出去。

几秒之后烟雾就覆盖了赵国庆方圆二十米的范围，让他得以避开敌人的视线移动位置。

接下来如何击毙前面的敌人才是关键。

赵国庆移到烟雾的最右端，然后取出一颗手雷朝着烟雾最左端扔了出去。

"嗵"的一声，手雷炸开的瞬间成功地吸引了敌人的注意力。

趁着这个空当，赵国庆飞身跳出烟雾覆盖区，端枪就朝前面的敌人扣动了扳机。

被赵国庆定为射击目标的不是两侧的机枪手，也不是狙击手，而是狙击手观察员。

"噗。"子弹准确地击中了观察员的脑袋。

狙击手失去观察员也就相当于失去了一只眼睛，一时间不知道赵国庆的确切位置。另一方面，狙击手想着赵国庆能击毙观察员，那他自己也就暴露在赵国庆的枪口之下。因此，发现观察员死去之后狙击手本能地将头贴在地面，接着身子一滚躲到了石头后面。

狙击手暂时失去了对赵国庆的威胁性。

赵国庆早已料到了狙击手的反应，因此开枪击毙观察员之后并没有继续射击狙击手，而是调转枪口指向了右侧的机枪手。

"噗。"又一颗子弹飞射了出去。

两颗子弹先后飞出的时间相差不过一秒，赵国庆却连续击毙了两人。

　　这不只体现出了赵国庆射击的准确性，更体现出了赵国庆的记忆力和惊人的判断能力。

　　自己所在的位置，敌人和自己间的距离，自己开枪后敌人会有什么反应，每一步出现差错他的表现都不可能有如神助，而且还会为自己带来致命的危险。

　　右侧火力点被成功端掉，而赵国庆在扣动扳机之后身子就继续朝右侧扑了过去。

　　几乎在赵国庆身形移动的同时，枪声也跟着响了起来，数十发子弹从左侧火力点飞射而来，悉数打在了赵国庆刚刚所在的位置。

　　赵国庆精准的计算力再次体现了出来，每一步都算得非常准确。

　　避开机枪的袭击之后赵国庆躲到了大树后面，身子贴着树身而立，端枪就朝左侧机枪手扣动了扳机。

　　机枪手见没打中赵国庆就调转枪口让子弹一路追了过去，只是子弹刚刚击中树身，他就被狙杀，机枪子弹也在树身上戛然而止。

　　枪口微微一动，赵国庆就锁定了机枪副手，几乎在瞄准镜中看到对方的同时赵国庆就扣动了扳机，看着子弹击爆了对方脑袋。

　　"呼。"赵国庆松了口气，身子全都躲到了树身后，迅速更换弹匣。

　　敌狙击手缓过神来端枪想要对赵国庆狙击时，却发现枪口之下已经找不到赵国庆了，同时惊讶地发现除自己之外其他人已经全都被击毙了。

　　高手，绝对高手中的高手！

　　这是敌狙击手内心对赵国庆的评价，赵国庆精准的狙击本领已经让他感到了胆寒。

　　害怕归害怕，狙击手的枪口却始终没移动过分毫，死死地锁定赵国庆藏身的大树。他心里清楚，逃跑的话只有死路一条，只有拼死一战才能有活命的机会。

　　现在，一对一，狙击手对狙击手，已经锁定赵国庆的敌人似乎还占了上风。

　　赵国庆却一脸的轻松，只是对付一名狙击手的话，对他来说没有任何的难度。

12　大战鹰门山

狙击手死死地盯着赵国庆所在的位置，连眼皮都不敢眨一下，生怕眨眼的功夫赵国庆就从树后面跳出来给他致命的一击。

他的眼皮越来越重。

就在两眼实在是撑不住将要闭上的一瞬间，一道黑影从树后闪了出来。

他的两眼一亮，没有任何的犹豫，几乎在黑影出现的同时手指扣动了扳机。

"噗。"子弹准确地击中了黑影。

他心里一喜，紧接着却又是巨大的失望和惊恐。

黑影飘落了下来，根本不是什么人，更不是赵国庆。

中计了。

他心里一阵寒意，同时看到树身另一侧露着枪管，甚至能看到一颗子弹从枪口里飞射出来的完美轨迹。

明明已经看到了，却怎么也躲不过，眼睁睁地看着子弹飞到两眼之间，射进自己的眉心。

赵国庆倚着树身而立，两手端着狙击步枪，击毙敌狙击手之后迅速扫了眼其他方位，确定周围没有其他敌人后转身拾起多了一个窟窿的吉利服穿上。

吉利服上的一个破洞换了一个狙击手的命，这笔买卖绝对值。

"啪啪啪……"前面突然间传来了交火声，不用去想就知道是剩余的佣兵和鹰门山遇到了边防军。

这些佣兵的单兵作战能力远不如赵国庆，可和普通的边防军比起来还是强上许多的，就算是边防军能拿下他们也会为此付出许多代价。

赵国庆加快了脚步，循着声音而去。

两分钟之后。

赵国庆的身子完全隐藏于一块山石之后，居高临下俯视整个战场。

与佣兵对战的只有一个班的兵力，他们平时训练有素，却少有真正的实战经验，因此在佣兵凶猛的攻击之下有些势弱，已经被逼到了一个角落里。

如果没有增援赶到的话，这个班的兵力结局是显而易见的。

好在佣兵只是想越过边境，并不想在这里耗时间，压制下这个班的兵力之后就想迅速撤离。

"奇怪，看不到鹰门山？"赵国庆心里一阵纳闷，眼前就只有四名佣兵，哪有鹰门山的踪影。

被逼到角落里的士兵见佣兵想要逃走，为了国家的荣誉他们不顾个人生死发起了反扑，这种不要命的打法取得了立竿见影的效果，佣兵的脚步被拖住了。

见没有办法撤离，佣兵也恼火了，开始了更凶猛的打法，对这个班的兵力起了杀心。

原本在没见到鹰门山之前赵国庆是不打算暴露自己的，可此时见战友有难却顾不得那么多了，枪口迅速锁定了其中的领导者，佣兵队长。

"噗。"子弹如一道闪光般闪现，接着没入佣兵队长的胸口。

四缺一，敌人的火力立即弱了下来，士兵们反而占据了上风。

佣兵被士兵们拦了下来，赵国庆坚信鹰门山一定就躲在附近，因此开枪击毙敌人的头目之后就再次潜伏了下来，耐心地寻找着鹰门山的踪迹。

没有，没有，也没有！

在夜视仪的帮助之下赵国庆的目光展开了地毯式的搜索，可是一圈寻找下来依然没有见到鹰门山的踪迹。

难道说鹰门山已经越过了边境线？

赵国庆立即否定了这个想法。

鹰门山对这里的地形不熟，虽然说已经到了边境线附近，但是没有佣兵的带领他是很难越过边境线的。

他一定还躲在附近！

"哗！"

身后猛地传来一声响动，紧接着就有一股劲风袭来。

赵国庆本能地在地上打了个滚，躲过袭击的同时看到了一张阴冷的脸。

鹰门山！

赵国庆早已经从照片上记住了鹰门山的长相，因此一眼就认出袭击自己的人正是D级任务的目标，鹰门山！

鹰门山确实躲在附近，只不过是躲在赵国庆的身后而已。

他知道那六个佣兵根本无法阻挡赵国庆的脚步，因此在遭到边防军拦截之后就迅速躲了起来，想要趁这个机会除掉赵国庆。

不得不说鹰门山还是有些能耐的，竟然潜到赵国庆两米外的地方都没能被发现。

一招失手，鹰门山紧接着又朝赵国庆扑了过去，手指如勾成鹰爪状，鹰爪功被他发挥到了极致。

"啪！"鹰门山的手指可以轻易掐断一个人的脖子，打在山石上更是碎石乱飞，十分的凶猛。

赵国庆用狙击步枪横挡在胸前，却被鹰门山一把抓过去扔在了地上。

定睛一看，被鹰门山抓过的枪管竟然微微变形，这让赵国庆心里一惊。

鹰门山使用的不只是蛮劲儿，数十年的鹰爪功修炼早已经让他体内产生了真气，他是一位内外双修的高手。

领略到鹰门山的厉害之后，赵国庆也不敢再含糊，形意拳被他使了出来。

"嘭！嘭！"两拳相交，赵国庆后退了两步，鹰门山却站在原地没动，只是面露微讶。

"小子，没想到你年纪轻轻却有如此能耐，形意拳竟然已经被你练到了圆满境。如果我没猜错的话，你已经是形意化气，踏入了真正的武道，不然的话刚刚不可能抵挡得住我的攻击！"鹰门山阴冷地说，两眼之间杀意尽显。

只是刚刚一击，赵国庆的心脏就急速跳动到达了临界点，可见鹰门山的功力是多么强劲。

"鹰门山，投降吧。你逃不掉的。"赵国庆一边说着一边暗自调息。

"就凭你？"鹰门山冷哼一声。

赵国庆确实让他感到意外，不过远没有达到让他主动弃械投降的地步，反而让他的杀意更浓了。

此人不除的话，用不了两年……不，也许只要一年的时间，再见面时我怕就不是他的对手了！

鹰门山的手指发出"咯咯"的响声，毫不掩饰身上的杀意，一双"鹰爪"朝赵国庆抓了过去。

"咻！咻！咻！"三把飞刀飞射了出去。

赵国庆的飞刀绝技可在三十米之内击中任何目标，此时距离鹰门山不过两步远，飞刀威力更显强劲。

鹰门山眼里露出一丝的不屑，两只"鹰爪"虚空连划，三把飞刀就被打飞了出去。

飞刀不过是虚招，赵国庆趁着鹰门山对付飞刀的瞬间形意拳的力量蓄势到最大，又是一招硬碰硬朝鹰门山的胸口砸了过去。

"嘭！"赵国庆的拳头砸在了鹰门山的胸口，鹰门山的一只"鹰爪"也抓在了赵国庆的右肩上。

"啊。"赵国庆发出一声痛叫，却咬了咬牙，又是一拳砸了过去，这次瞄准的是对方的丹田部位。

鹰门山心里暗惊，他的鹰爪功全力一抓之下连钢铁打造的枪管都会变形，可是抓在赵国庆的肩膀上却有种使不出劲的感觉。

见赵国庆不顾肩膀上的疼痛，又是一拳打了过来，而且瞄准的是自己的丹田，他惊得直冒冷汗。

丹田是一个武者最重要的部位，一旦丹田被破，那一身武学也将随之流逝，成为废物。

好狠的小子！鹰门山暗道。

狠吗？

赵国庆却不这么认为，鹰门山想要杀他，而他只是想废掉鹰门山的武学修为，相比之下他已经仁慈很多了。

两人几乎是贴身而立，如此近距离之下鹰门山想要防守极是困难，被迫之下只能向后退来避开这一击。可谁知道，他的脚步刚想向后撤，却发现自己的左手被赵国庆打中他胸口的手给牢牢抓住了，寸步难移。

"找死！"鹰门山暗呼一声，内劲暗运，想要直接用"鹰爪"废了赵国庆的右手。

怎么回事？

鹰门山再次冒出冷汗来，发现自己的左手像抓住赵国庆右肩时一样，根本使不出一点力道来。

不，准确地来说是他的左手保持着"鹰爪"的姿势，却根本无法动一动。

"去死吧！"鹰门山暴喝一声，改用右手朝赵国庆的脑门抓了过去。

"鹰爪"连石头都能轻易抓碎，枪管都能为之变形，要是抓在脑门上的话必死无疑。

"咚。"就像是打在充满气的气球上一样，赵国庆的拳头狠狠地砸在了鹰门山的丹田上。

更为重要的是，赵国庆的指缝间暗藏了一根金针，整根金针都刺进了鹰门山的丹田中。

鹰门山脸一下子变绿了，抓在赵国庆脑门上的"鹰爪"毫无力道可言，就像一个长辈温柔抚摸晚辈似的。

"小……小子，你当真……废了我？"好半天鹰门山才张嘴冒出了这么一句。

废了你又怎么样？

赵国庆懒得废话，一个下勾拳砸在鹰门山的下巴上。

气急之下，加上下巴狠狠地挨了一拳，已经和普通人没有太大区别的鹰门山直接晕倒在了地上。

赵国庆不敢大意，先将鹰门山牢牢地绑了起来，然后才解开衣服看了眼右肩。

上面有五个明显的黑色指印，正传来阵阵痛感。

确定只是皮肉伤，没有伤到筋骨后，赵国庆的目光落在鹰门山的左臂上，靠近手腕的地方扎着一根不易被察觉的金针。

"好险。"赵国庆暗呼一声，如果不是自己事先用金针封住了鹰门山的左手机能，那自己的右肩就将整个碎掉，结局也会跟着彻底改变。

13 鹰爪功初成

不远处的枪声还在响。

赵国庆收回金针和飞刀，看了眼战场。

士兵这边有两个受伤的，却没有什么生命危险；佣兵那边又倒下了一人，剩下的两个不过是困兽斗而已。

见战友没有什么危险，赵国庆也不再加入战圈，想着武器还得上交就捡起了那个被毁坏的狙击步枪。

"教官，我已经完成了任务，活捉鹰门山。"赵国庆首次用通讯器向躲在后面的贵卿汇报战况。

贵卿早就利用夜视望远镜目睹了整个经过。

当鹰门山从背后偷袭的时候她着实为赵国庆捏了一把汗，差点没忍住扣动扳机击毙鹰门山，可看到赵国庆活捉鹰门山后却又是一阵感叹。

"这小子还是人吗？一个刚入伍还不到一年的新兵，一个准特种兵，竟然完成了连真正的飞龙特种兵都难以完成的D级任务，而且还是活捉目标！更为重要的是，他似乎没有受什么伤！"

"难怪大队长会对他刮目相看！"

"天才，绝对是天才中的天才！"

"这小子估计就是为战斗而生的，是个天生的战士！"

……

贵卿对赵国庆的看法彻底得到了改观，并且肯定赵国庆一定能进入飞龙特种部队，否则的话就是飞龙特种部队的损失！

"归队。"贵卿下达命令。

"是。"赵国庆轻应一声，弯腰去拉地上的鹰门山。

手指触碰到鹰门山时赵国庆突然有种特殊的感觉，刚刚在和鹰门山战斗的时候就察觉到这家伙胸口似乎藏着什么东西，伸手摸了摸后更加证实了这点。

秘籍！

赵国庆在鹰门山怀里找到了一本武学秘籍，从其发黄的颜色来看应该有些年头了，上面写着"鹰爪功"三个大字。

借着月色随手翻阅了一下，赵国庆很快就肯定了一件事，这本秘籍是个好东西，绝对的好东西！

和世面上流传的鹰爪功不同，这本才是鹰爪门流传千年的真正武学，上面不但记载了如何才能练习鹰爪功，更附带了一套完整的内功心法！

一想到内功心法赵国庆就一阵心动。

鹰门山使出的鹰爪功力量是有目共睹的，如果自己能学会鹰爪功的话，那在单兵对敌上绝对是多了一把利器。

想也没有想，赵国庆直接将秘籍收了起来，然后才扛着鹰门山往贵卿所在的方向赶去。

鹰门山被带回去铁定是要遭到审问的，他也不一定会提起那本秘籍，就算是提起了赵国庆也不怕，只要说自己根本没见过就成了。

"好样的，好样的！哈哈……"

宋飞扬坐在办公室里一个人偷着乐，从贵卿那里得到汇报之后他就开始重复刚才那句话了，说完一遍就笑上几声。

此时他脑子里面已经在想着给完成 D 级任务的赵国庆一个什么奖励，可想着想着又冷静了下来。

"不行，我不能给他太高的奖励，那样会让他自大的。"

宋飞扬决定了，这次不但不能给赵国庆非常高的奖励，而且还要将原有的奖励进行压缩才行。

A级任务里面隐藏了个D级任务，不但同时完成了两个任务，而且所用的时间还不到二十四小时。

赵国庆又一次创造了准特种兵训练基地里的纪录，这个纪录注定了在将来很长一段时间都没有人能打破，因为隐藏着D级任务的A级任务实在是太罕见了。

还没有回到基地，赵国庆的事迹就已经在准特种兵和特种兵之间传开了。

这天，每个人谈论和提到最多的名字恐怕就只有赵国庆。

相对于其他人的激动，赵国庆却显得异常平静。

对于他来说不管是A级任务还是隐藏的D级任务都已经成了过去式，他现在考虑的是自己能够获得多少积分，以及接下来要选择什么样的任务去完成。

天未亮赵国庆就回到了基地，因此在交任务的时候并没有被其他人看到，而他也没有急于去接受新的任务。

"先休息一下吧，准备好之后再去接受B级任务吧。"贵卿向赵国庆讲道，虽然她知道B级任务对赵国庆根本没有什么难度，但还是希望赵国庆能在基地里面停留两天，休息之后再去接受其他任务。

赵国庆点了点头，倒不是因为他累了，而是因为考虑到从鹰门山那里得到的秘籍，想要借此机会先研究一下鹰爪功。

另外，完成一个A级任务让赵国庆获得了十个积分，一个隐藏的D级任务让他获得了一百积分，他现在的总积分为一百一十八，一跃成为了准特种兵基地里面积分最高的人。

"朱元忠就算是又完成了一个C级任务，那他的总积分也不过一百四，我和他之间的差距不会太大，没必要那么着急。"赵国庆心里想着。

赵国庆只知道自己现在是积分最高的人，却不知道为了这积分贵卿和臭脸乔吵了一架。

原因很简单。

完成一个D级任务确实可以获得一百积分，只是这个D级任务是个隐藏任务，性质就完全不同了。

因为D级任务比A级任务高出了三个等级，所以按规定赵国庆这次完成任务应该获得三倍的积分，也就是三百积分，可他却只获得了可怜的一百积分。

"这是大队长的意思，你要是有意见的话直接去找大队长吧！"臭脸乔丢下这句话就气呼呼地走了。

大队长的意思？

贵卿皱了皱眉头，心里还是很不高兴，为赵国庆鸣不平，却也没有再说什么。

大队长那么看好赵国庆，他这么做一定是有他的目的。

大多数准特种兵都外出执行任务去了，木屋里面并没有几个人，赵国庆也没有看到冯小龙、李实诚、庞虎、冷无霜四人，因此天一亮就独自躲起来研究起鹰爪功来。

和形意拳不同，鹰爪功并非先练拳后练气，而是讲究内外双修。

也就是说，在修炼鹰爪功之初就要开始练气。

只是，练气并没有那么简单。

作为三大内家拳的形意拳也要达到圆满境才会形意化气，产生真气。

鹰爪功虽然讲究的是内外双修，并且有一套相应的内功心法，但是想要凭空产生真气没有个四五年修炼是绝不可能的。

再加上普通人根本不可能接触到真正的鹰爪功，更别说是相应的内功心法了，因此世面上流传的鹰爪功不过是空有其表而已，像形意拳一样不过是公园里的健身拳法而已。

和众多武学一样，鹰爪功也根据修为的不同分为几个等级。

按照上面的等级一比较，鹰门山的鹰爪功修为竟然只是初级。

这一发现让赵国庆相当的吃惊，光是初级就有如此强大的威力，那要是修炼到最高级会是个什么样子？

同时，赵国庆又是一阵感叹。

想想那鹰门山是原鹰爪派掌门之子，从小修炼鹰爪功，到现在至少也有四十年的光景了，却只达到了鹰爪功初级，可见这鹰爪功修炼起来有多么困难。

万丈高楼平地起。

赵国庆感叹过后也不去想那么多，先是根据鹰爪功的内功心法将体内的真气运转一周天。

和形意拳的大开大合不同，鹰爪功充满了一股无形的霸气，同时又有着几分的刁钻，因此赵国庆体内的真气也跟着变为霸气且刁钻。

真气在体内连运数周天之后，赵国庆是一身的舒畅。

只是可惜，利用鹰爪功心法运行体内真气的时候并没有和心脏产生共鸣。

也就是说，赵国庆使用鹰爪功的话，那体内的真气发挥出的是实打实的实力，有多少真气就只能发出多大的劲道，并不能像形意拳那样发挥出成倍的力量。

赵国庆却并不失望，他只需要先练习形意拳来快速提升体内的真气，然后再运转鹰爪功心法进行转化就行了。

也不知道是不是修炼鹰爪功心法让体内的真气发生了质变，赵国庆再使出形意拳后竟也多了分霸气和刁钻。

练完心法，赵国庆才开始学习鹰爪功的招式。

第一遍赵国庆只是照葫芦画瓢，非常生疏，第二遍却已经能够连贯使出，第三遍之时已经纯熟了。

这再一次体现出了赵国庆的天才造诣。

"啪！"赵国庆使用鹰爪功一掌打在了树身上，坚硬的树身立即出现一块缺口。

看着手中被硬生生抓下来的树皮，赵国庆心里一阵窃喜。

"难道是我体内已经产生了真气的缘故，这鹰爪功竟然已经达到了初级！"

只用了半天的时间，赵国庆在鹰爪功方面的修为已经不比鹰门山差多少了，这要是让鹰门山知道的话一定会气得当场吐血。

担心出来的时间过长会引起其他人的注意，到吃午饭的时候赵国庆就回到了基地，也就在这时他发现基地里面的气氛有些不对，明显有些紧张。

"出什么事了？"赵国庆向一名准特种兵询问。

"朱元忠回来了，身受重伤，现在正在里面抢救！"对方回道，说着警觉地看了眼四周，接着向赵国庆低声讲道，"据说他的任务失败了。"

14 积分平分

朱元忠任务失败了？

这倒算是准特种兵训练基地里的奇闻了。

自从朱元忠出现在这准特种兵训练基地就被无敌的光环所笼罩着。

想一想，报到的第一天就把一名真正的特种兵给打伤了，几乎没接受过基地里面的任何训练就直接外出执行任务，从 A 级任务到 C 级任务全都完成，他还有什么做不到的？

总之，朱元忠被看成了进入飞龙特种部队的第一人，可就是这第一人竟然任务失败了？

任务失败不要紧，重要的是他被打伤了，连带着还将要被扣除相应的惩罚积分。

原本拥有八十积分的朱元忠现在却只剩二十积分，与拥有一百一十八积分的赵国庆比起来几乎差了一百。

朱元忠要是没受伤的话还有可能反超赵国庆，可他现在伤势不明，反超也就基本上没什么指望了。

现在，赵国庆以一百一十八积分的成绩稳坐准特种兵第一的宝座。

所有人看赵国庆的眼神都发生了根本性的变化，就像他身上贴了一个标签似的，准特种兵第一！

赵国庆却非常冷静，并没有被准特种兵第一的虚名冲昏头脑，反而居安思危，觉得自己要想保持这第一的名号必须比以往更加努力才行。

基地里面人员进进出出，还有一架直升机接了一名专家医生过来，看来朱元忠伤得确实不轻。

赵国庆对医术有一些领悟，金针刺穴更是有所小成，可人家不叫自己的话自己也没必要非要觍着脸去为人家医治。

吃过中午饭后，赵国庆就在木屋里小坐了片刻，刚想出去继续训练就见一名男子鬼鬼祟祟地来到了自己面前，赔着笑叫了一声。

"国庆。"

赵国庆看了对方一眼，同样是准特种兵，名叫焦鹏飞，二十岁，上尉。

自己和焦鹏飞的关系也只是认识而已，并没有太多的了解，因此见对方笑呵呵地来到自己面前，似有所求的样子就感觉很奇怪。

"焦上尉，找我有什么事吗？"赵国庆问。

"什么上尉不上尉的，叫我鹏飞就行了。"焦鹏飞先是说了一句，接着警觉地看了眼四周，见还有其他准特种兵在就压低声音说，"国庆，能不能借一步说话？"

见对方如此神秘，赵国庆就点了点头，起身来到了角落里面。

"究竟有什么事？"赵国庆再次追问。

焦鹏飞将声音压制到只有两人能听到的程度，反问："国庆，你应该听说朱元忠任务失败的事了吧？"

赵国庆点了下头，这在基地里面早已经不是什么秘密了，并且最新消息是朱元忠的伤势已经有所稳定，没有什么生命大碍。

焦鹏飞不急于说出找赵国庆的具体目的，而是先自我介绍了起来。"兄弟，你可能对我不太了解。老实说，论战场上单兵作战的能力我绝对是二十五名准特种兵中最差的一位，可我能站在这准特种兵训练基地里面也有我自己的强项。"

赵国庆没有说话，他自然知道能站在这准特种兵训练基地的土地上，没有点自己的本事是根本不可能的。

谈起自己的强项，焦鹏飞立即变得一脸自信，"我最擅长的不是冲锋陷阵，而是信息收集和整理，也可说是统计。"

听到这里赵国庆多看了焦鹏飞一眼，普通人可以认为像焦鹏飞这样的人在战场上没有什么用，可事实上却完全相反。

一个好的统计员在战场上的作用非常重要，比如说一个连队明明有八十人，可统计的数字却只有四十人，那只给四十人的物资让他们怎么去打仗？

信息收集这方面同样重要，一个错误的信息可以让一个连、一个营、一个团，甚至是一个师葬送在敌人的枪口之下。

"你有什么话还是直说吧。"赵国庆不想浪费时间。

"好，那我就直说了。"焦鹏飞知道赵国庆的性格，不再废话，直接讲道，"从我搜集的信息来看，朱元忠所执行的任务也有一个暗藏任务，等级甚至要比你完成的D级任务还要高。"

暗藏任务！

赵国庆心里一动，他之所以能从积分排名最后一名一跃成为第一名，最主要的原因就是完成了一个暗藏任务，因此再次听到暗藏任务时所表现出的兴趣也比其他人多。

"是又怎么样？"赵国庆问。

"难道你不想接下这个任务吗？"焦鹏飞反问。

想，当然想！

赵国庆表面上看起来却非常冷静，不慌不忙地说："就算是有暗藏任务和我又有什么关系？别忘了我只不过刚刚完成一个A级任务，而朱元忠所执行的任务却是C级，我要想接下它必须先完成一个B级任务才行。"

焦鹏飞笑道："按规定确实是这样的，可现在却不同了。"

"怎么不同？"赵国庆问。

焦鹏飞回道："因为你完成的A级任务里面暗含着一个D级任务，所以你现在根本不需要去接B级任务，可以直接选择D级以下的任何任务！"

"还有这样的规定？"赵国庆一愣，自己根本没有听说过这样的规定，"你没有骗我？"

焦鹏飞信誓旦旦地说："我骗谁也不敢骗你这准特种兵第一呀！再说

了，我骗你对我又有什么好处？"

赵国庆盯着焦鹏飞看了看，对方确实不像是在说谎，可还是有些不放心，问道："那你为什么要告诉我这些？"

焦鹏飞再次赔着笑说："因为我想在你接下这个任务的时候带上我。"

组队？

赵国庆明白了过来，自从自己完成暗藏任务翻身之后，暗藏任务在所有人眼里已经成了一块肥肉。

焦鹏飞从搜集的信息中获知朱元忠未完成的任务里有一个暗藏任务，可他因为连 A 级任务都还没有完成，自然也没办法去接 C 级任务。

另外还有一个原因焦鹏飞也已经表达得很清楚了，他的战斗力在所有准特种兵中是最差的，就算是让他接下了 C 级任务，他也不一定能独自完成，更别说更高级别的隐藏任务了。

因此，焦鹏飞需要借助现在唯一有资格的赵国庆去接下那个 C 级任务，同时他更看好的是赵国庆的实力。

焦鹏飞见赵国庆不说话，急忙讲道："兄弟，你考虑一下，组队对你也是有好处的。你想想，连朱元忠都受伤未完成任务，就算你接下了任务也不一定能独自完成。与其一个人去冒险，那倒不如叫上我，我一定会对你有帮助的！"

赵国庆没有表态，心里却认同了焦鹏飞的话。自己现在的实力就算是比朱元忠强也强不到哪去，独自接下任务的风险也就会非常大，组合一个战斗小队无疑是一个更好的选择。

焦鹏飞接着讲道："至于任务积分分配的问题你也不用担心。因为任务是你接下来的，我只能算是配合行动，所以任务完成之后你会占据大头。就算是找更多的人来，那完成任务后你也至少能保留五成的奖励积分！"

五成！

赵国庆真的心动了，不单单是完成任务后所能获得的奖励积分，更是一种实力的证明。

连朱元忠都没有完成的任务却被自己完成了，那是不是说自己比他朱元忠更强？

"既然你是搞统计的，那依你看只有我们两个人能完成那个任务吗？"赵国庆问。

焦鹏飞见赵国庆的意思算是答应了下来，脸上露出兴奋的神情，却没有一点的自大，沉声讲道："依我看你和朱元忠的实力不差上下，就算是加上了我，顺利完成任务的概率也不会超过五成，最好是能再找两个合适的帮手。"

赵国庆听出焦鹏飞实际上已经有了人选，不然不会和自己说这些，于是点头应道："那好，我们合作去完成这个任务。至于积分，如果顺利完成的话，那所有积分平分！"

积分平分！

这让焦鹏飞的呼吸都是变得急促起来，脸上更显兴奋的神情，心里对赵国庆的好感更多了一分。"好，我这就去找其他人！"

在焦鹏飞去寻找其他队员时，赵国庆也没有闲着，直接找到了臭脸乔。

"什么，你要接朱元忠失败的那个任务？！"臭脸乔几乎是咆哮着说出这句话的。

赵国庆却一脸的镇定，回道："是的，乔教官。"说完补充了一句，"按规定我有资格接下这个任务！"

臭脸乔无形中是站在朱元忠那边的，心里想着连朱元忠都失败了，还受了伤，你赵国庆何德何能能完成那个任务？不过，转而听到赵国庆后半句话却又哑口无言了。

没错，赵国庆完成了一个隐藏的 D 级任务，按规定他完全有资格接下朱元忠失败的 C 级任务。

只是，关于这个规定我从来没有向准特种兵宣布过，他是怎么知道的？

臭脸乔想到了贵卿，认为这是贵卿暗中指点赵国庆的，也就没有再说什么。"跟我来吧。"

赵国庆跟着臭脸乔进入了任务屋，很快朱元忠失败的任务相关档案就摆在了他面前。

15 组建战队

"我得提醒你一句，连朱元忠都失败了，你要是失败的话同样会扣除相应的惩罚积分。"臭脸乔假装好意地说，实际上却是一种威胁。

"谢谢乔教官的提醒。"赵国庆随口回了句，却根本不为所动，目光直接落在了档案上。

金大成，男，五十岁，常年混迹于金三角一带，近几年潜入Z国，盘踞于边境一带，成为称霸一方的毒枭。

任务：活捉金大成，摧毁其贩毒网络。

因金大成为人狡猾，手下还养了一帮武装人员，所以任务等级为C级。

仔细浏览之后，赵国庆对这个任务已经有了足够的了解。

表面上看来这个任务确实达到了C级，先不说寻找金大成的确切藏身之地需要一段时间，光是对付他手下的武装人员就是个麻烦事。

资料上记载跟着金大成的武装人员有五十人，全自动步枪、机枪等装备一应俱全，实际人数和武器装备要比资料上的统计更多。

看来组建战队是一个理想的选择，赵国庆暗自感叹。

和自大的朱元忠不同，赵国庆不骄不躁，从不会看不起实力不如自己的人，有需要的时候他甚至会主动向那些实力不如自己的人救助。

朱元忠却绝不会这样做，这是导致他任务失败的一个最主要原因。

一个人的力量再大终究是有限的，懂得团结周围的战斗力才能获得最终的胜利。

"看完了吗？"臭脸乔在一旁催促道，朱元忠负伤让他的心情不怎么好，想要尽快打发走赵国庆。

"看完了。"赵国庆将资料归还给臭脸乔，接着讲道，"这个任务我想找几个人一起行动，不知道……"

"你想找谁都可以，只要在规定的时间内完成任务就行了，至于积分的分配由你们自由决定！"臭脸乔打断赵国庆的话说。

赵国庆开始还担心组建战队外出执行任务会有繁杂的手续，听臭脸乔这么说也就放下心来。

臭脸乔刷刷几笔在档案盒上写下赵国庆的名字，随后讲道："回去吧，等你的监督员到达后你们就可以外出了。"

"是，教官。"赵国庆礼貌性地说了一句，然后就转身离开了任务屋。

刚刚走出来，就见焦鹏飞带着两个人迎了上来。

"怎么样？"焦鹏飞心切地问，说完见臭脸乔从里面走了出来，就拉着赵国庆走向一旁。

"已经接下了，等监督员过来我们就可以离开这里。"赵国庆说着看向另外两人。

跟着焦鹏飞的两人中，一个同样是上尉，肌肤黝黑，显着几分老成，实际年龄却和赵国庆基本相当；另一位则是名二级士官，站在两名上尉面前时刻保持立正姿势，看起来有些呆板。

"这位是雷刚，炸弹专家；这位是董英豪，我们的侦察员兼步枪手。"焦鹏飞先后介绍了上尉和士官两人，然后指着赵国庆向两人讲道，"我就不用介绍他了吧？国庆将担任我们这次任务的队长，行动过程中大家都必须听从他的指挥！"

两名上尉一名二级士官，却要听一名劣兵的指挥。

这要是换作以前的话，那不管是士官还是上尉都会觉得是个笑话，可现在却完全不同。

站在他们面前的可是完成了暗藏着 D 级任务的赵国庆，他们有的只是佩服，哪还有一丝的不服。

"刷!"上尉雷刚和二级士官董英豪同时向赵国庆敬了个礼,接着讲道,"很荣幸加入你的战斗小组。"

拥有这么高级别的组员还真让赵国庆这个劣兵多少有点不适应,可他知道战场上指挥者必须有指挥者的权威才行,因此也不矫情,回了个礼,正色道:"我想你们也知道我们将要执行的任务的危险性,连朱元忠都失败了,还身受重伤,此次行动或许有伤亡。如果你们现在想退出还来得及,否则的话到了战场上必须做到令行禁止!"

"绝对服从命令!"两名上尉及一名二级士官齐声应道。

接下来的时间赵国庆将任务的相关资料讲述给三人听,并且想要制订一个详细的行动计划。有人提出找朱元忠询问最新的一手资料,可因为朱元忠正在治疗,再加上那家伙也不一定会告诉大家,所以只能作罢。

"赵国庆,原来你在这里,让我好找!"贵卿说着话迎面走了过来,像是已经找了他一段时间。

"在这里说再多都只是纸上谈兵,具体的行动计划等我们到达目的地再说吧。"赵国庆先是向焦鹏飞三人讲道,接着向走到跟前的贵卿问道,"教官,找我有事吗?"

贵卿白了赵国庆一眼,就好像说:"咋的,没事我就不能来找你?"

事实上贵卿来找赵国庆确实有事,她依然担任赵国庆此次行动的监督员。

得知贵卿是自己的监督员后,赵国庆立即将另外三人向其介绍,并讲道:"他们三个是我的队员,将和我一起执行这个任务。"

贵卿看了看其他三人,满意地点了点头,对赵国庆的安排非常满意,只有做到不骄不躁才能够成大事。

焦鹏飞三人在贵卿的注视之下却有些不适,由女魔头担任监督员让他们感觉压力山大。

"你们打算什么时候出发?"贵卿直接问道。

"自然是越快越好。"赵国庆回道。

"那好,跟我去挑选武器吧。"贵卿说着就转身离去。

赵国庆四人后面跟着,赵国庆还好,其他人却依然不能完全放开,一路上还在小声嘀咕着怎么就让贵卿做了他们的监督员呢？

很快赵国庆四人就挑选好了各自所需要的武器装备，为了防止大家失散，这次还特意随身携带了定位装置。

一切准备就绪之后，赵国庆四人就在贵卿的带领之下离开准特种兵训练基地，接着乘坐了一段飞机，天黑之后才抵达目的地。

落地之后，贵卿伸手指着右前方讲道："朱元忠就是在那座山头上遇到袭击的，你们赶过去或许能发现点什么线索。"

"谢谢。"赵国庆感激地说。如果不是贵卿向他们提供了这个线索，并将他们带到附近的话，那他们估计要浪费上许多时间才能找到关于目标的线索。

监督员只能履行监督的职责，非特殊情况下不能参与战斗，贵卿这么做已经是在最大限度上帮助赵国庆等人了。

"老规矩，我会跟在你们后面。如果有需要的话你们可以找我帮忙，不过那样的话也就意味着你们的任务失败！"贵卿提醒道。

"明白。"赵国庆应了声就带队向右前方的山头潜去。

飞龙特种部队内。

一支五人的战斗小组全副武装，带队的不是别人，正是飞龙特种部队副大队长朱天成。

朱天成比朱元忠还要壮实，一张凶脸看起来非常生猛。

朱天成刚刚外出执行任务回来就接到了弟弟任务失败、受伤的消息，立即召集了一支小队，计划亲自带队前往为弟弟报仇，可刚准备出发就被拦了下来。

此时的朱天成正在气头之上，如果换成普通人拦在面前的话他一定会毫不客气地将对方放倒，甚至会直接拔枪相向。可问题是，拦在面前的是飞龙特种部队的最高领导——大队长宋飞扬。

朱天成不敢直接出手，一来是畏于宋飞扬的身份，二来是真正动起手来他并没有足够的信心能打败对方。

"天成，你这是要去哪？"宋飞扬语气和善地说。

明知故问！朱天成心里哼了一声。"边境地区有一伙流窜的毒枭，我正打算带队前去消灭他们！"

"你是指朱元忠失败的任务吧？"宋飞扬问道。

"失败"两字让朱天成眉尖上挑，心里非常不爽，却还是应道："没错。虽然那只是一个C级任务，但是他们能伤了我弟弟，足以说明这个任务设定上出现了问题，已经远远地超出了准特种兵所能执行的等级，因此我要亲自带队执行这个任务！"

宋飞扬一脸为难地说："天成，你这么说也对，可问题是已经有人接了这个任务……"

"有人接了这个任务，是谁？！"朱天成吃惊地问。

"哦，这个人你可能没听说过。他叫赵国庆，也是一名准特种兵，并且他已抵达目的地开始了行动，因此按规定你们不能去执行这个任务！"宋飞扬说，依然是一脸的为难。

赵国庆！我没听过？

朱天成为之一怔，他不但听过这个名字，更知道宋飞扬对这名劣兵有种特殊的偏爱。

好你个宋飞扬，我弟弟失败的任务你让另一个劣兵去执行，这是在打我脸吗？

朱天成一脸的愤怒，可转念一想又安下心来。

连我弟弟这样的人物都没有完成，他一个劣兵有什么能力去完成这个任务？

换作其他人的话朱天成一定会坚持带队前去，可因为宋飞扬对赵国庆的偏爱，他立即放弃了前往的想法，想要借助赵国庆任务的失败来对宋飞扬进行打脸。

16 遭遇伏击

"宋队长，你说得对。刚刚是我太冲动了，我不应该去破坏准特种兵的任务！"朱天成像是知错似的说了句，转身向其他四名特种兵吼道，"收队，该回去睡觉就去睡觉！"

"是！"特种兵应道，迅速解散。

"宋队长，我向你请个假，到准特种兵基地去看看我弟弟。"朱天成说着敬了个礼，也不管宋飞扬同不同意就转身离开了。

赵国庆四人将整座山头都搜查了一遍，却并没有发现想象中的线索。

"我说，教官是不是把地方给搞错了？"雷刚突然问道。

有这样的想法也不奇怪，如果朱元忠真的在这里和敌人进行过一场战斗，而且还受了伤，那势必会在这附近留下战斗过的痕迹。

赵国庆四人却并没有找到任何的战斗痕迹，这样的解释就只有一个，贵卿把战斗的地点给搞错了。

焦鹏飞摇了摇头，一脸认真地说："别忘了贵卿教官是飞龙特种部队除宋飞扬大队长外的第一狙击手，一个真正的特种兵把地点搞错的概率几乎等于零，一个一流的狙击手更不可能犯下如此错误！"

"你的意思是说战斗的地点确实在这里？"董英豪问道。

焦鹏飞点了点头。

"你们过来一下。"赵国庆在一旁轻声呼唤。

焦鹏飞三人聚了过来，见到赵国庆正蹲在一片草丛前。

"你们看。"赵国庆伸手指着面前的草丛，有十几根朝着同一方向断掉的草茎，"叶子还没有枯萎，应该是不久之前刚刚被踩断的，之前有人在这里埋伏过。"

说完，赵国庆又向旁边走了几步，然后伸手将地上的浮土扫开，下面是一片被覆盖了的血迹。

"看，这里有血迹。贲卿教官没有把地点搞错，这里确实是朱元忠和目标战斗过的地方，只是战斗的痕迹被人事后给掩盖了！"赵国庆沉声说。

其他人面面相觑，事情变得诡异起来。

通常来说盘踞在这里的毒贩被人发现之后会立即转移地点，哪会回到战场上清理痕迹？

"看来他们不是普通的毒贩。"赵国庆盯着黑暗的前方说了句，起身讲道，"走吧。"

焦鹏飞三人跟在后面，神情略显激动。

大家接下这个任务完全是因为焦鹏飞的推断，这个C级任务中隐藏着另一个高级别的任务，只要完成就能获得惊人的奖励积分。

以现在的情况来看焦鹏飞的推断没有错，能够打伤朱元忠，还懂得清理战场上的痕迹，这些毒贩确实不简单！

刚刚从山头上走下来，眼前就是一片山林。

赵国庆突然间将身子隐于山道旁的土石之后，目光盯着对面的山林看了看。

夜晚山里阴冷，眼前的山林更是透着一股寒意。

"过去看下。"赵国庆向侦察员董英豪吩咐道。

这种环境中普通人走路都会双腿发软，董英豪却没有任何的恐惧，拔腿就朝山林潜了过去。

赵国庆端着枪，透过瞄准镜观察对面的一举一动，焦鹏飞、雷刚也紧握钢枪准备随时战斗。

董英豪的战斗能力在所有准特种兵成员中并不突出，可他确实是一个优秀的侦察兵，一路弓着身子前行，不发出任何声音，就算对面山林里真躲着敌人也不会轻易发现他。

片刻之后，董英豪进入山林，消失在赵国庆几人视线之中。

四周静得吓人，气氛也显得有些紧张，时间仿佛过得比平常慢了几拍。

两分钟之后，通讯器里面传来了董英豪的声音。

"有敌人。"

只是三个字，却让赵国庆、焦鹏飞、雷刚三人的神经一下子紧绷了起来。

"有多少？"赵国庆问。

董英豪回道："四个或者五个，看不太清楚，或许还有更多。"

赵国庆向四周扫了一眼，伸手指着二十米外山道两旁的制高点，向身边的焦鹏飞、雷刚吩咐道："你们两个到那里埋伏，听我的指令再开火。"

两人轻点额头，迅速潜过去占领了制高点。

等焦鹏飞、雷刚藏好身后，赵国庆用通讯器向董英豪吩咐道："把他们引出来。"

"是。"董英豪应道，随后枪声就响了起来。

"在那边，别让他给跑了！"

"往那里，包围他。快！"

"哎哟，妈的，杀了他，快点杀了他！"

"他想要逃走，快追！"

……

山林里面一阵激烈的交火声，接着就是一片叫喊声，随后一个人影就从山林里跳了出来，正是前去侦察的董英豪。

几名武装人员跟着董英豪追了出来，枪声不断，却因为天色黑暗而没能伤得了董英豪分毫。

焦鹏飞和雷刚的手指已经紧贴在了扳机上，没有赵国庆的命令，却没敢按下去。

赵国庆死死地盯着对面，心里暗数着敌人的数量。

"一个、两个……五个、六个！"

一共六名武装人员，清一色使用 AK-47 全自动步枪，火力凶猛。

　　如果不是天太黑，董英豪又跑得快，他已经死在这六个家伙的枪下了。

　　"呼……"董英豪从赵国庆身边冲过去，身子一跳就躲进了一个土坑里。

　　敌人不知道这里有埋伏，一口气冲到了焦鹏飞、雷刚面前。

　　此时敌我双方最近的距离不过十米，距赵国庆也不过三十米。

　　如此近距离之下使用狙击步枪实属浪费，赵国庆伸手拔出了手枪，抬起枪口那一瞬间暴喝一声："打！"

　　"啪啪啪……"焦鹏飞、雷刚几乎同时扣动扳机，子弹形成交叉线向敌人飞射过去。

　　根本不需要去瞄准，只是随意地扫射就让三名敌人瞬间倒在了血泊中。

　　另外三名武装人员见遇到了埋伏，转身拔腿就跑。

　　"砰！"赵国庆扣动了扳机，跑得最慢的一人倒了下去，而另外两人也转眼之间死在了焦鹏飞与雷刚的枪下。

　　枪声戛然而止，六名敌人悉数被毙，没有一点还击的机会。

　　停止射击之后，赵国庆四人依然守在原地保持战斗的姿势，目光却全都盯着对面的山林。

　　赵国庆拿出望远镜看去，同时吩咐道："英豪，照明弹。"

　　"咻！"一颗照明弹飞到了山林上空，将下面一片地域照得通明。

　　赵国庆趁此机会迅速搜索了一遍，没有发现任何敌人。

　　"安全。"赵国庆说着收起了望远镜。

　　照明弹也在这时落下，四周再次陷入一片黑暗。

　　确定附近没有敌人之后，四人这才从藏身之地走出，对地上的六具尸体进行检查，很快就确定了他们的身份，只是毒贩。

　　"这些不过是小喽啰而已，真正的大鱼还在前面。"焦鹏飞讲道。

　　除了AK-47全自动步枪外，这六人的武器装备可以说相当简陋，而且从他们刚刚的打法来看并没有受过太多的专业训练，更像是一群地痞流氓。

　　朱元忠与敌人战斗的痕迹被人刻意清理掉，相距不远的地方又有六名武装人员埋伏，这一切都说明了一点，距离目标的老巢不会太远了。

　　"前面一定还会有敌人的埋伏，大家小心点。"赵国庆吩咐道。

焦鹏飞三人点了点头。

刚刚与之交手的敌人如此不堪一击，这让大家很好奇朱元忠是如何受伤的？

不过，这里就是战场，每个人都不敢有任何大意，大意会让人丧命。

接下来赵国庆四人以一二一的队形前进，侦察员董英豪走在最前面，负责侦察敌情；焦鹏飞、雷刚位于中间，一旦遇到敌人他们会立即设下防线并掩护董英豪撤回；赵国庆走在最后，他的任务是断后及控制大局。

山林非常大，赵国庆四人走了一个小时也没能走出去。

"啪啪啪……"枪声突然间就响了起来，之前并没有听到董英豪的任何汇报。

这说明了什么？

董英豪并未发现敌人，而敌人却发现了他，并且主动展开了袭击。

"焦鹏飞、雷刚，准备战斗！董英豪，汇报你那边的情况！"赵国庆接连下达命令，同时转身朝身边一棵大树爬了上去，利用制高点来观察敌情。

"我遭到了伏击，敌人的数量大概有十……不，应该在二十个之上，火力非常凶猛！"董英豪回道，声音有些急促。

赵国庆已经爬到了树顶，端着望远镜冲董英豪吩咐道："照明弹！"

"咻！"一颗照明弹升了起来，将大地照得如同白昼一般。

赵国庆一看之下发现董英豪被困在了一片灌木丛之后，而敌人的数量有二十多个，所使用的武器也要比刚刚敌人用的AK47全自动步枪更加专业一些，其中不乏重机枪、火箭炮等重火力装备！

敌人不只是武器装备精良，而且明显受过专业的军事训练，并没有像之前那些敌人盲目地攻击，而是坚守在自己的阵营有规律地向董英豪发动袭击。

"糟了！"赵国庆暗叫一声，看到一名火箭炮手扛着火箭炮正瞄向董英豪藏身的位置。

17　溪水前的战斗

"董英豪，快跑！"赵国庆急忙叫道。

董英豪并没有看到那名准备向他发射火箭弹的敌人，不过在听到赵国庆的提醒之后迅速反应，直接从灌木丛中跳出来，冒着被子弹击中的危险向后跑去。

几乎在董英豪跳出去的那一刻，火箭弹飞射了过去，直接在灌木丛中炸开，被击中的地方立即化为平地。

好险！

董英豪暗呼一声，可危机却一点也没有减轻。

之前有灌木丛作为掩护，敌人想要看到他并没有那么容易，现在却完全相反，他直接暴露在了敌人的枪口之下。

幸运的是，照明弹落了下来，黑暗之中董英豪的身形再次隐去，只有一串串子弹追着他跑。

赵国庆在光明完全消失的瞬间扣动了扳机，击毙一名机枪手才为董英豪减轻了压力。

"董英豪，快点撤回来，快！焦鹏飞、雷刚，开枪掩护他！"赵国庆一连叫道。

董英豪借着夜色的掩护一路狂奔，这时又听"咻、咻"两声，两颗照明弹飞到了空中，再次将大地照明。

眼前的敌人确实训练有素，见董英豪逃走，他们并没有一拥而上全部

追击，而是分出两组来从两侧追击，另一组则留在原地负责掩护。

焦鹏飞和雷刚也加入到了战斗之中，顺利掩护董英豪撤回，可三人的火力袭击在敌人的强悍攻击之下如同萤火之光，根本不能与之抗衡。

"撤，全都撤！"赵国庆下达了命令。

在这样的情况下和敌人硬拼绝对不是什么明智的选择，到最后大家全都得死在这里。

暂时的撤退有助于大家的调整，才能发出对敌人破坏力更佳的打击。

"噗。"赵国庆一枪击毙冲在最前面的敌人，在一定程度上缓解了焦鹏飞的压力。

在赵国庆的掩护之下焦鹏飞三人迅速向后撤退，中途焦鹏飞叫道："国庆，你怎么办？"

"别管我，你们三个先撤到安全的地方去！"赵国庆吩咐道。

"不行，那样太危险了。要留大家一起留，要走大家一起走！"焦鹏飞叫道，不愿意就这么丢下赵国庆离去。

"忘了来之前你们三个是怎么说的吗？这是命令，快点撤！"赵国庆吼道，声音一顿，略微缓和地说，"放心，我不会有事的。你们三个先走，我一定会过去和你们会合的。"

"好吧。"焦鹏飞无奈地应道，只能与雷刚、董英豪暂时先撤离。

这一仗打得实在是太憋屈了，每个人心里都有一种感觉，与他们作战的根本不是毒贩武装力量！

那些人全是职业军人，他们的作战能力甚至达到了真正特种兵的程度！

赵国庆躲在树上只不过开了三枪，这时却发现那名袭击过董英豪的火箭炮手竟然将火箭炮瞄向了自己。

这帮家伙究竟是什么人？！

赵国庆心里一阵疑问，虽然说狙击手在同一个位置连续开枪是大忌，但是敌人这么快就发现并锁定了自己的位置，他们的强悍程度已经达到了令人发指的地步。

来不及多想，原本想击毙距离自己最近敌人的赵国庆，立即将枪口微抬，随后就扣动了扳机。

又是仓促间一枪，子弹只是打中了敌人的肩膀，却成功地挽救了自己。

"嗖。"火箭弹飞射了出去，却因为炮手在发射之前身形晃动而改变了轨迹，打中了赵国庆右前的一棵树炸了开。

赵国庆知道自己的位置已经暴露，不敢久留，顺着树身就滑了下来。

"轰隆！"前面传来一声爆炸，一名敌人不小心触动了雷刚设置的陷阱而引爆了炸弹。

雷刚设下的防线可以暂时阻止敌人的脚步，赵国庆转身就向后撤去。

防线并没能拖延敌人太长时间，没过多久身后就传来了追击的脚步声。

这些家伙究竟是什么人？！

赵国庆再次有了这样的疑问，如果敌人没有特种兵的战斗能力，他们是不可能轻易就跃过防线追上来的。

不管怎么说，敌人确实追了上来。

赵国庆原本是想前往和焦鹏飞三人会合的，这时却改变了主意。

绝对不能将危险带给自己的战友！

赵国庆脚步一顿，转而朝另一个方向跑去。

敌人不疑有诈，在后面紧追不舍。

黑暗中，赵国庆奔跑的速度非常快，可敌人追击的速度却也不慢，一路上紧咬着不放。

"轰隆！"一声爆炸响起。

为了能甩掉这些敌人，每当敌人的脚步声逼近之时赵国庆就会扔出一颗手雷或者打一冷枪，然后迅速离开。

不知不觉赵国庆已经跑出山林，翻过了一座山头，又进入到了另一片山林中。

天色也渐渐放亮，这一场战斗的时间已经拉得非常长。

身后追击的脚步声也开始变得越来越稀少，不少敌人已经被赵国庆甩掉，或者已经放弃了追击。

越过一条小溪之后，赵国庆迅速脱下鞋子光着脚往前跑出二十米，然后隐于一片草丛之中，端枪指着身后。

片刻之后，小溪另一侧蹿出四道身影来。

透过瞄准镜赵国庆看清了四人的样子。

从衣着上来看这四个家伙和最开始遭遇到的毒贩没有什么不同，只是他们手中拿着的却是货真价实的 M 军武器装备，而且每一个人的眼神都非常的犀利。四人中年龄最小的也有二十五六岁的样子，最大的却也只有三十来岁，身上任何一个细微动作似乎都表达出一件事，他们受过最专业的训练。

四人在小溪边停了下来，年龄最长的冷目向四周扫了扫，然后说了一句话。

对方的声音不大，赵国庆却还是听到了。

猛地听到对方的语言，不懂的人会以为是山区少数民族话或者朝鲜话，可赵国庆却听懂了。

J 国语言！

赵国庆心里一惊，眼前四人看起来和 Z 国人没有什么区别，却是不折不扣的 J 国人！

出生于军人世家的赵国庆对 J 国话有所涉及，因此才能听得懂。

确定敌人的真实身份之后赵国庆立即流露出了仇恨的目光，心里充斥着沉重的杀意。

J 国人跑到 Z 国来干什么？

还伪装成毒贩的样子，不是间谍又是什么？

既然有可能是潜入我国的间谍，那下手就更加不能留情了。

一个字，杀！

在赵国庆暴出杀意之时，四名敌人已经分开行动，其中有两人越过小溪，另外两人则分别沿着小溪两侧查找。

这两名敌人非常谨慎，相互之间掩护着，越过小溪之后他们立即发现了赵国庆留下的水迹，只是发现水迹突然中断之后才没有招呼另外两名同伴过来。

对于敌人来说突然中断的水迹有两种可能，陷阱或者目标就在前面。

两名敌人一前一后，前面的负责搜查，后面的则负责掩护。

赵国庆透过瞄准镜看向两人，因为手中的狙击步枪并没有加装消音器，所以他没有贸然开枪。

枪声会引来更多的敌人，因此必须做到一击命中，迅速解决敌人。

当两名敌人在赵国庆的视线里成为一条直线时，赵国庆扣动了扳机。

"砰"的一声，子弹飞射出去，准确地打在了第一名敌人的心脏上。

彼此之间相距连二十米都不到，如此近的距离子弹的穿透力是非常强的，从第一名敌人的后心飞出来后又直接射中了第二名敌人。

"噗！"射杀第一名敌人的狙击弹成功地打在了第二名敌人的胸口。

虽然没能击中要害，但是对敌人所造成的伤害却是显而易见的，他的身体一晃，差一点倒了下去。

明知道开枪的就是目标，可是因为被自己同伴连累，所以第二名敌人端着枪却没办法扣动扳机。

"哗！"赵国庆从灌木丛中跳了出来，几乎同时一道寒光从他手中飞射而出。

"咻"的一声，飞刀贴着第一名敌人的脖子飞过，准确地刺进了第二名敌人的脖子。

"嗵！嗵！"两名敌人先后倒了下去。

从赵国庆扣动扳机，再到飞刀击毙第二名敌人，整个过程连两秒钟都不到。

赵国庆走过去从尸体上拔下自己的飞刀，擦拭干净上面的血迹之后迅速后退隐入树木之后。

枪声会将另外两名离去的敌人引过来。

果然，只过了短短十几秒的时间，就见在小溪另一侧搜寻的两名敌人先后跑了回来。

隔水相望，见到两名同伴被杀之后小溪另一侧的敌人非常吃惊。

先前赵国庆一直在逃跑，因此这两名敌人也根本没有想过赵国庆就躲在对面看着他们，一人掩护着另一人过河。

　　赵国庆没有急于开枪，等其中一人走到溪水正中间时他才扣动了扳机，而袭击的敌人则是小溪另一侧未入水的敌人。

　　"砰！"枪声一响，被赵国庆定为目标的敌人就仰头倒了下去，而另一名敌人则完全慌了神。

　　他正位于溪水正中间，避无可避，只能扣动扳机朝着对面一阵狂射，却根本不知道赵国庆躲藏的具体位置。

18 我来了

对于敌人赵国庆从来不留情，再加上担心会有更多的敌人追击至此，因此赵国庆也没有打算留活口审问的打算，直接瞄准对方的要害并扣动了扳机。

溪水很快被染红，一具尸体顺水而下。

赵国庆再次现身，对小溪这边的两具尸体进行了检查，结果发现两人身上都有一个相同的文身。

文身很简单，只有一个"伊"字，通体黑色。

伊字有很多解释，普通人看到这个字绝不会有太多的想法，赵国庆却为之一震。

伊贺流！

说起"伊贺流"，知道的人并不多，可提到另一个名字相信世俗之中有很多人都听说过。

伊贺忍者。

忍者的具体起源时期早已经无从考证，不过伊贺忍者与甲贺忍者早在幕府时期就成了忍者中最强的代表。

时过境迁。

随着现代社会的发展，忍者一词早已经随着它的辉煌成为了历史的一部分，对于人们来说忍者早已经成为了一个传说。

事实上，忍者还存在着，只不过是换了一个名字。

暗之佣兵就是由伊贺忍者演变而来。

在世人面前他们不再以忍者的称呼示人，只是在身上留下一个"伊"字，用来提醒自己真实的身份，忍者！

怪不得这些敌人战斗力会如此强悍，原来他们全都是来自于 J 国暗之佣兵的伊贺派忍者。

得知这件事后赵国庆吃惊不小，因为暗之佣兵就算是在佣兵界的名声也不响，可他们的单兵作战能力却非常强悍，任何一个普通的佣兵都相当于一名特种兵的实力。

暗之佣兵的家伙为什么会跑到这里来？

赵国庆绝不相信这些暗之佣兵是毒贩雇佣的，因为暗之佣兵可以说是 J 国政府的御用佣兵，他们几乎只为 J 国服务，很少听说过他们会受雇于其他人。

事情变得越来越诡异了，看来这个任务中的暗藏任务等级会非常高！

赵国庆心里想着，决定还是先与焦鹏飞三人会合再说。

焦鹏飞三人在赵国庆的帮助下顺利摆脱敌人的追击，可是因为撤退方向完全相反，与赵国庆之间的距离也是越来越远。

天亮之后，在焦鹏飞的提议之下三人开始寻找赵国庆。

大家身上都带着定位系统，只需要取出定位器就能清楚地知道每个人所在的位置，因此三人想要找到赵国庆并没有那么麻烦。

两个小时后，焦鹏飞三人的脚步停滞，他们又遇到了一伙武装人员。

这次的武装人员战斗力明显没有昨夜遇到的强悍，三两下对方就战败逃跑了，而焦鹏飞三人也没有追赶的打算。

"国庆正在往我们这边来，距离我们不是太远。"焦鹏飞看了眼定位器说。

"那我们是在这里等着他呢还是继续往前？"董英豪询问。

此时三人所在的位置草木茂盛，只要躲在这里基本上就不会有什么危险。

焦鹏飞刚想做出决定，却听雷刚低声叫道："有情况。"

隐约中一些细微的声音由前面传来，偶尔还能看到一两个身影闪动。

"难道是刚才逃走的敌人又回来了？"董英豪一阵好奇，如果是刚刚的敌人去而复返的话，那这些家伙就太不知死活了。

"不对，不是刚才那些人！"焦鹏飞神色紧张，发现对面敌人所使用的武器装备明显要高出几个等级，而且动作也要更为谨慎。"是昨晚那些厉害的家伙！"

一听是昨晚伏击大家的家伙，雷刚和董英豪立即绷起了神经，两眼紧盯着对面。

"怎么办，要撤吗？"雷刚问道。

大家现在所在位置便利，如果要撤退的话，那只需要设下诡雷陷阱就能拖住敌人的脚步。

撤？

焦鹏飞眉头一紧，扭头看向雷刚和董英豪，低沉地说："难道你们不想报昨晚的仇吗？"

昨天夜里那一仗打得憋屈，让人追赶着跑的滋味绝不是好受的，每个人心里都憋了一团火，说不想报仇绝对是假的！

"对方只有五个人，虽然比我们多，但是只要我们布置合理，灭了他们是完全可能的！"焦鹏飞接着讲道。

打！

雷刚和董英豪很快就做出了决定，昨夜跑得已经够多了，今天他们不想再跑了，要报昨天的仇。

出现在焦鹏飞三人面前的同样是暗之佣兵的人，因为J国的人长相和Z国人非常像，再加上衣着和毒贩没有什么区别，所以只要他们不说话是根本不会暴露身份的。不过，他们手中拿的武器装备还是让他们露出了一些马脚。

领头的是名三十岁左右的男子，手里面拿着M式全自动步枪，右手手背上有一道长长的刀疤。

左侧男子身形是这些人里面最为健壮的，使用的是挺机枪。

前面两人使用的全都是自动步枪，走在最后面的则是一名狙击手。

在距离焦鹏飞三人还有四五十米距离之时小头目抬起刀疤手，其他人的脚步立即停了下来，警觉地看着四周。

只见小头目的鼻子用力抽动了一下，像是想从空气中飘荡的微弱气味来分辨出目标躲藏的具体位置。

一道凌厉的目光突然投向了焦鹏飞三人所藏身的位置。

"哗啦！"一道身影突然跳了出去，正是炸弹专家雷刚。

雷刚端起枪朝敌人扫了一串子弹，一边往后跑一边叫喊道："龟孙子们！你们想杀爷爷吗？想的话就快点来追我呀！"

敌人非常警觉，几乎在枪声响起的同时他们就各自隐蔽起来，却并没有急于追击雷刚，就连狙击手也没有任何的行动。

雷刚的举动就是为了分散敌人的注意力，将敌人引到焦鹏飞和董英豪的包围圈之中，他在那里设下了些炸弹，就算是没能炸死敌人也能对他们造成致命的打击。

可是，敌人没动，明显是不会轻易上当。

雷刚也担心自己会成为狙击手射击的目标，因此跑出二三十米后就隐藏了起来，见敌人没有追自己就一脸郁闷，用通讯器低声问道："现在怎么办？"

怎么办？

敌人明显是发现了这是一个陷阱才没有动手的，既然不能伏击对方，那就只能打一场硬仗了。

"打！"焦鹏飞一声令下，率先扣动了扳机。

雷刚和董英豪也加入到了战斗之中，三人袭击的首要目标自然是狙击手和机枪手。

可惜，敌人的狙击手和机枪手都躲得非常隐蔽，子弹对他们造不成任何的伤害，这样打不过是白白浪费子弹而已。

况且，另外三名敌人可是毫不客气地向焦鹏飞三人袭击，不得已之下他们只能调转枪口与另外三人作战。

火力一转移，机枪手就加入到了战局之中，瞬间对焦鹏飞三人形成了火力压制。

暗之佣兵的每个人单兵作战能力至少相当于特种兵，而焦鹏飞三人的实力不过是准特种兵的水平，再加上敌人数量上占据了优势，因此战况急转直下，变得非常不利于焦鹏飞三人。

如果一开始焦鹏飞三人就选择撤离的话，那敌人奈何不了他们，可此时他们是想走也走不了了，只能撑着和敌人硬战下去。

"这些家伙究竟是什么人，怎么战斗力这么强？"董英豪射击的间隙叫了一声。

焦鹏飞阴沉着一张脸，他是做信息收集和统计工作的，错误地分析敌我之间的实力是他的工作失误，因此面色非常难看。"英豪，我掩护你们，你和雷刚快点撤退！"

董英豪为之一怔，那怎么能行？这种情况下，他要是和雷刚撤退的话，那等于是让焦鹏飞送死！

"不行，要撤一起撤！"董英豪叫道。

"昨天就已经逃了，今天再让我逃就算是打死老子，老子也不同意！"雷刚也不赞同撤退，主要也是考虑到不管是谁撤退了，留下的人都必死无疑。

焦鹏飞见无法说服两人，心里一阵焦急，却并不知道他现在已经成了敌狙击手狙击的对象。

狙击手已经锁定了焦鹏飞的位置，枪口已经指向焦鹏飞的要害，面上不带任何的表情，手指放在扳机上正轻轻施力。只要他的手指完全压下，那焦鹏飞就会倒在血泊之中。

"噗。"狙击手的脑袋晃动了一下，红色的液体从脑袋上流到狙击步枪上，他根本没有扣动扳机的机会。

狙击手一倒下，其他四人立即停止了射击，目光警觉地四周搜索着。

"我来了。"赵国庆的声音突然间在通讯器里响起。

只是简单的三个字，却像是无形中为三人注入了战斗的灵魂一般。

现在，不再有人想要撤退，也没有人会认为他们不是敌人的对手。这全都是因为赵国庆的及时赶到，他的出现让焦鹏飞三人坚信一件事，那就是这场战斗的胜利一定会是属于他们的！

"打！"焦鹏飞暴喝一声，三人立即战意沸腾，端起枪玩命地向敌人射击。

雷刚和董英豪同样异常勇猛，战斗力一下子提升了两成。

19 你们怕吗

敌人的战斗小组就像是一只会飞的老虎一般，随着狙击手被击毙，它的一对翅膀也就被折断，锐气大减。

紧接着，赵国庆又扣动扳机击毙了机枪手，连老虎的牙齿也给拔了下来。

不得不说这些由伊贺忍者演化而来的暗之佣兵确实有些本事，赵国庆只是开了两枪，其他人就立即发现了他的位置。

可惜的是，发现归发现，想要对赵国庆造成伤害却并没有那么容易。

在焦鹏飞、雷刚、董英豪的合力攻击之下，剩下的三名敌人完全被束缚住了手脚，很快就有一名佣兵倒了下去。

转眼之间，不可一世的暗之佣兵就只剩下两个人了，这也让他们头一次感到了心寒。

"撤。"小头目叫了声，随之扔了一颗烟幕弹出去。

"嘭"的一声，两名佣兵瞬间被烟雾所笼罩。

片刻之后，烟雾消失，那两名佣兵竟然神奇地消失不见了。

烟遁？

赵国庆对忍者的遁术有一定的了解，表面上好像变戏法似的能让人突然间消失，实际上不过是障眼法而已。

"那两个家伙跑哪去了，有谁看到了？"

"不知道。"

"这两个家伙该不会有魔法，竟然就这么在我们眼皮子底下消失了？"

......

通讯器里传来焦鹏飞三人惊奇的声音，任何人初次看到忍者遁术都会有类似的惊讶。

"大家不要慌，那两个家伙没有走，只不过躲起来了而已。"赵国庆低声提醒，目光警觉地搜索着刚才被烟雾笼罩的那一片地域。

烟雾之外的地方大家都可以看到，那两名佣兵唯一能躲藏的也只有刚刚被烟雾笼罩的那块地方。

听到赵国庆的话之后，焦鹏飞三人很快就冷静了下来，各自仔细搜索着敌人有可能藏身的地方。

焦鹏飞是搞统计工作的，记忆力自然不错，很快就发现对面景物与之前的微微不同之处。

"十一点钟方向，那棵树下之前没有草丛的。"焦鹏飞说。

赵国庆的目光立即移了过去，他和焦鹏飞的目光所看之处角度有很大的偏差，只能看到树下一块草丛，其他的却什么也看不到。

"交给我吧。"雷刚轻声说。

"咻。"一道流光突然落在了草丛之上，接着就蹿起了一股火焰。

这就是经雷刚之手改造而成的火焰弹，可以通过手枪发射，制造出类似于燃烧弹的效果，缺点是威力及射击距离都是非常有限。

火焰腾起，就马上有了反应。

只见那片草丛突然间蹿起一截，火焰之下明显有一个人，端着枪就朝雷刚所在的位置射击。

子弹飞来，雷刚早已经低头避开。

这边，赵国庆看到目标之后，立即瞄准扣动扳机。

"噗。"子弹射入对方体内，枪声停止，只剩火焰在燃烧着。

"十二点钟方向。注意看那名机枪手的尸体，他被向左挪动了二十公分。"焦鹏飞的声音再起。

赵国庆视线移动，目光落在了机枪手的尸体上。

机枪手是被他击毙的，因此他对机枪手倒下的样子有印象。

尸体确实被移动过了，最明显的是原本应该趴在机枪上的尸体与机枪分开了。

谁会去移动尸体？

唯一的可能就是那最后一名敌人，他躲在机枪手的尸体之下，借助周边的草木隐藏根本看不到他。

"留个活口。"赵国庆吩咐道。

"明白。"雷刚轻应一声，随后就又发射一发火焰弹。

和刚才不同，这次火焰弹没有直接命中目标，而是打在了尸体前二十公分的地方。

火焰四起，热浪滚滚，他想借此来逼出目标。

所有人的枪口都指向同一个方向，等待着目标现身。

被火烤的滋味不好受，加上草木被烧完之后目标也会暴露出来，现在就看对方能忍多长时间了。

一只爬着条长长刀疤的手突然间探进火焰里抓过了那挺机枪，随后机枪声就响了起来，疯狂地朝焦鹏飞三人扫射。

"砰。"几乎在机枪声响起之时，赵国庆的狙击步枪也发出响声，一发子弹飞射出去准确地击穿了目标的手腕。

"抓活的!"赵国庆再次提醒道，然后就飞身而起，直接朝目标冲了过去。

焦鹏飞三人则守在原地，一个个端枪盯着目标，一旦赵国庆受到威胁他们三人将毫不客气地击杀目标。

眨眼之间赵国庆就冲到了目标面前，一脚将机枪手的尸体踢飞出去。

寒光闪现，一把匕首朝赵国庆的另一只脚削了过去。

找死!

赵国庆暗叫一声，右手如勾向下探去，使用的正是鹰爪功中的鹰扑兔，一把抓住了对方握刀的手腕。

"咔嚓"一声，被赵国庆五指抓到的地方传来一声脆响，随后就是对方的一声惨叫。

右手被子弹打穿，左手被赵国庆硬生生地扭断，这名小头目却还是不死心，腰身一动，两只脚就连环向赵国庆的头部踢了过去。

赵国庆先是上身后仰避开敌人的攻击，紧接着左右手就分别抓住了对方的两只脚。

"咔嚓、咔嚓。"接连两声，小头目的两只脚也被扭断了骨头。

现在，暗之佣兵的这名小头目算是彻底废了，除了那张嘴外再也没有什么攻击力可言。

焦鹏飞三人赶了过来，听到俘虏叽里呱啦地叫喊着，心里一阵纳闷。

J国人？

发现对方是J国人后，三人无一例外地暴出仇恨的目光，都想一刀宰了对方。

"我有话要问他。"赵国庆还真怕这三个家伙不等自己开口就宰了对方，急忙说道。

焦鹏飞三人也知道他们现在急需一名舌头来搞清情况，为什么J国人会出现在这里？因此暂时按下心中的仇恨没有动手解决对方。

"你们是什么人？"赵国庆用J国语问道。

小头目见赵国庆会说J国语，颇感意外，随后就仰天大笑了起来。

"啪！"赵国庆狠狠地给了对方一个耳光，阴冷地叫道，"笑什么，快点回答我的问题！"

被打了一个耳光后小头目两眼阴毒地盯着赵国庆，恶狠狠地说："死，你们全都得死在这里，全都要死！"话刚说完，他的脸色就变得乌黑起来，接着牙关一咬，一股黑血顺着嘴角流了下来。

自杀了！

焦鹏飞三人都是眉头一皱。

赵国庆却暗暗自责，这是自己的失误呀，一时忘了忍者被俘之后通常会选择自杀来保存秘密，否则的话他们即使活着回去也会受到比死亡更可怕的惩罚。

"妈的，这家伙怎么说死就死了呢？"董英豪骂了一句。

本想审讯完后再好好惩治对方的，现在倒好，对方死得实在是太轻松了。

"他是服毒自杀的。"赵国庆检查之后讲道。

毒药一早就藏在对方嘴里，发现被俘之后对方就吞下了毒药，根本不给赵国庆任何审问的机会。

除了临死之前那句恶毒的诅咒。

"这算什么事呢？"雷刚不爽地叫了声，早知道这样不如刚才直接杀了这家伙。

赵国庆一言不发，伸手在尸体上摸索了起来，希望能找出一点线索来。

所有尸体检查过一遍，这些人身上都有一个共同的特点，也是暗之佣兵的标志——"伊"字文身。

除此之外，赵国庆在那名小头目身上发现了一枚胸章。

一个手里刀造型的胸章，刀身暗藏着一个"伊"字。

这就是暗之佣兵用来表示身份的胸章，而敌人却将胸章刻意收了起来，再一次证明这些家伙出现在这里有着不可告人的秘密。

"暗之佣兵！"焦鹏飞吃惊地看着赵国庆手中的胸章。

这里除了赵国庆外，也只有负责信息收集和统计的焦鹏飞对佣兵有所了解，雷刚和董英豪之前从来没有与佣兵交过手，更别说是对佣兵的了解了。

"你对暗之佣兵有多少了解？"赵国庆问。

焦鹏飞说了几句，对暗之佣兵的了解却非常有限，基本上和赵国庆知道的差不多。"这枚佣兵胸章的颜色是灰色的，也就是说之前与我们交手的家伙全都是暗之佣兵里面等级最低、战斗力最差的人！"

等级最低，战斗力最差！

头一次听说佣兵等级的雷刚和董英豪吓了一跳，敌人中实力最差的人都这样难以应付，那等级更高的人会拥有什么样的实力？

赵国庆目光在焦鹏飞三人身上一一扫过，突然间问道："你们怕吗？"

怕？

第一次遇到这样的事情，得知敌人的战斗实力远在自己之上，而且数量巨多，说不怕绝对是骗人的。

"我再说一遍，继续执行任务的话我们可能会有死伤，说不定连一个也没办法活着回去，现在退出的话还来得及。"赵国庆说着微微一顿，目光又在三人脸上扫了一遍，沉声说，"好了。做出决定吧，是继续战斗呢还是放弃？"

焦鹏飞三人相视一眼，随后雷刚第一个叫道："战斗！"

"战斗！"

"战斗！"

焦鹏飞、董英豪二人跟着讲道。

赵国庆满意地点了点头，这已经不是怕不怕的问题了，而是关系着一个男人、一个军人、一个国家的荣耀，面对敌人的入侵他们绝对不能有任何的退缩！

20 七品出场

　　这场战斗注定会变得越来越残酷，赵国庆四人简单地打扫战场，从死者身上补充武器弹药，刚要离开就听不远处传来"哗啦"一声。

　　赵国庆四人立即隐蔽、端枪相向，却见一道人影一闪而逝，仓皇而逃。

　　"别开枪。"赵国庆轻喝一声就追了过去。

　　突然出现的敌人显然不是暗之佣兵，跑了几步后见赵国庆追来就回头开了两枪，准头却非常糟糕，又跑出十多米就一头栽倒在地上。

　　"别动！"赵国庆追至，将枪口顶在了对方脑袋上。

　　趴在地上的是一名少年，那张稚嫩的脸看起来比赵国庆还要小一些，满脸的恐惧。

　　"该死的毒贩！"董英豪三人追过来对少年拳打脚踢，一点也不因为对方年纪幼小而手下留情。

　　"好了，都别打了！"赵国庆阻止众人的殴打，将少年的武器装备拿过来扔给焦鹏飞，然后蹲下身子看向对方。

　　少年鼻青脸肿，本能地向后躲了躲，身子瑟瑟发抖。

　　"你叫什么名字？"赵国庆问，看起来并没有什么敌意。

　　"七……七品。"少年哆嗦地说。

　　七品，这算什么名字？

　　难不成他父母还想让他当个芝麻官？

　　却不想他竟然成了毒贩。

"七品。"赵国庆轻声唤道，突然间问道，"杀过人吗？"

七品微微一怔，紧接着用力摇晃着脑袋，眼睛里的恐惧更深了。

"这帮毒贩，就算是没有亲自动手杀过人，可经他们手的毒品也不知道害得多少人家破人亡了，全都该死！"董英豪骂了句，也不知道为什么，他对任何毒贩都是深恶痛绝。

"我……我没卖过毒品！"七品急忙辩解，脸涨得通红，被董英豪犀利的眼神一瞪立马又向后缩了缩。

毒贩没贩过毒，这话说出来有谁会相信？

赵国庆却信，又问了几个问题后更加相信了。

原来七品是这附近的山民，后来金大成带人占据这一片地域后为了扩充队伍就到山村里抓人，结果就有一批像七品这样的山民被迫成为了毒贩。

"我说的都是真的，我可以发誓！"七品说话的时候还是哆哆嗦嗦的，显示出了他内心的恐惧。"开始我们谁也不愿意跟着他们干，可是谁要是不听他们的话就会被当着所有人的面杀掉，因此我们这些人才被迫跟着他们干的。"

"这帮混蛋！"董英豪捏了捏拳头，如果现在目标金大成站在面前的话，那他一定会将枪里的子弹全都打在对方身上。

"七品，想不想摆脱那些家伙的控制？"赵国庆问。

七品用力点头回道："想！"接着又一脸无奈地说，"可是我不敢，要是我逃跑的话，那他们会杀了我的家人的。"

"不用逃，我们这次来就是为了清除他们，只要把他们全部清除掉你们就可以不受他们控制了。"赵国庆说。

"真的？"七品兴奋地叫道，可随即又一脸担忧地看了看赵国庆四人，"只有你们四个……成吗？"

"兄弟，请你把后面那个'吗'字去掉，要说成！"董英豪讲道。

七品还是被董英豪吓了一跳，一时间没办法接受"兄弟"这个称呼。

赵国庆说："我们的人是少了一点，因此我需要你的帮助才行。"

"我……我能做点什么？"七品胆怯地问。

"你知道那些是什么人吗？"赵国庆这才将问题转移到了暗之佣兵上。

七品点了点头，接着又摇了摇头。"他们应该是毒贩，可应该又不是。"

"什么意思？"赵国庆问。

经过七品的解释，赵国庆得知金大成手下的武装队伍大致上分为三类。

第一类也就是原有就跟着金大成一起到这里来的人员，他们算是金大成的心腹，也是作奸犯科什么事都干得出来的坏人；第二类则是像七品这样被逼着加入毒贩武装队伍中的人，他们虽然顶着毒贩的名声，却根本上没有做过什么坏事；第三类则是眼前这些暗之佣兵，他们平时潜于前两类人之中，却根本不受金大成的调遣。

"那他们听谁的指挥？"赵国庆感觉自己找到了重点。

七品回道："聂小强。"

"聂小强，是谁？"赵国庆问，资料上根本没有聂小强的名字。

"聂小强……"七品沉吟一声，仔细想了一下说，"他算是金大成的军师，可是表面上看起来聂小强是听金大成的，可我感觉实际上金大成却是听聂小强的。"

"为什么？"赵国庆又问。

七品摇了摇头说："不知道，反正我就是有这么一种感觉，而且聂小强这个名字也是假的。"

"假的，你怎么知道的？"赵国庆追问。

七品回道："是我无意中听到的，当时金大成叫聂小强什么德川次郎，而且聂小强还打了金大成一个耳光，金大成却连手都不敢还。"

德川次郎？还打了金大成一个耳光！

赵国庆有一种感觉，这个叫德川次郎的就是隐藏任务中的目标。

看来得和贵卿联系一下了，先确定隐藏任务再说。

赵国庆心里有了决定，吩咐焦鹏飞三人负责警戒，独自到一旁调整频道联系上了贵卿。

"你们需要我的帮助？"贵卿开门见山地说。

"是的。"赵国庆应道。

"我得提醒你，要是让我出手的话就算是你们的任务失败了。"贵卿说，她一直跟在赵国庆等人身后，并没有发现赵国庆四人现在遇到了什么麻烦，因此很好奇赵国庆现在联系她的目的是什么。

"教官，我们还是见面后再说吧。"赵国庆讲道。

"好。"贵卿隐约中感觉到事情的严重性，也没有多犹豫就答应了下来。

片刻之后双方就见面了，赵国庆直接将发现暗之佣兵和德川次郎的事情说了出来，更是直接讲道："如果我没有猜错的话，这会是一个暗藏任务！"

又是暗藏任务？！

贵卿惊讶地看着赵国庆，心里想着怎么这小子每次接任务都会有暗藏任务，却不知道赵国庆就是冲着暗藏任务才接下这个C级任务的。

虽然贵卿很不愿意去相信，但是暗之佣兵的尸体摆在眼前，再加上俘房七品的证词却也让她不得不相信。

"好吧，我这就向上面求证一下。"贵卿应道，随后吩咐，"在得到确切的回复之前你们隐蔽起来，暂时停止执行任务。"

"是。"赵国庆应道，带着焦鹏飞三人和七品隐藏了起来。

贵卿的直接汇报人正是飞龙特种部队的大队长宋飞扬，宋飞扬得到这个消息后也是吃了一惊，因为J国御用佣兵出现在Z国绝对是个敏感事件。

宋飞扬立即调动所有的情报力量，很快就有了德川次郎的相关资料。

其实，关于德川次郎的资料并不多，却绝对让人吃惊。

德川次郎，男，三十九岁。从小就接受J国的间谍培养，二十岁就成为了一名传奇人物，三十岁任职于J国情报机构二把手，三十五岁后行踪成谜。

一个已经失踪近五年的J国间谍突然出现在Z国境内，而且还担任一名毒贩的军师，这让事情更透着一股迷雾。

半个小时后传来了新的资料。

J国在Z国境内有一个隐秘的情报中转站，综合多方面消息得到证实，这个情报中转站的负责人就是德川次郎。

摧毁敌情报中转站，活捉德川次郎，任务等级F级。

一个 C 级任务里竟然隐藏了一个 F 级任务，这是之前所有人连想都不敢想的。

朱天成一直关注着赵国庆所执行的任务，因此宋飞扬一展开调查他就得到了消息，作为飞龙特种部队的副大队长，他有权得到消息的结果，因此这时他正坐在宋飞扬的正对面。

D 级任务已经超过了准特种兵执行的标准，更别说是级别更高的 F 级任务了，更是赵国庆这些准特种兵不可能完成的任务。

要想完成一个 F 级任务，至少也需要飞龙特种部队的一个中队才行。

可是，朱天成现在却有不同的想法。

"为什么要取消任务？"朱天成不慌不忙地说，瞟了面色沉重的宋飞扬一眼，接着讲道，"虽然这是一个 F 级任务，但是它是隐藏在 C 级任务中的。既然赵国庆他们四人接下了任务，那就有权继续完成任务，除非是他们几个怕了，主动放弃任务！"

宋飞扬眼神里含着一丝怒意，真想朝着朱天成的嘴巴狠狠地来上一拳。

让四个准特种兵去执行需要飞龙特种部队一个中队才能完成的任务，这是什么意思？

是让他们四个去白白送死！

宋飞扬握了握拳头，却没有挥出去，因为朱天成说得有几分道理。

虽然出现了一个 F 级任务，但是这个 F 级任务是隐藏在 C 级任务中的，而赵国庆四人又已经接下了这个 C 级任务，按规定他们就拥有优先的选择权。

继续执行暗藏着 F 级任务的任务。

或者是，放弃！

在此之前，任务人都没有权力插手，包括宋飞扬这位大队长。

21　一帮疯子

"好吧，由他们自己决定。"宋飞扬轻叹一声，接着向朱天成吩咐道，"朱副队长，你去调集一支中队。万一赵国庆四人放弃或者任务失败后，我要你带着人立即冲上去，必须摧毁敌人的情报中转站并活捉德川次郎！"

"是！"朱天成暗自得意，起身离去。

宋飞扬联系上了贵卿，并转达自己所获得的消息。

贵卿得到传回来的消息后一惊，问道："大队长，既然是 F 级任务，那为什么不取消赵国庆他们的任务？"

"他们拥有优先选择权。"宋飞扬略显无力地说，在他内心却也不希望赵国庆继续执行任务，那样完成的概率几乎没有。

"好吧，我明白了。"贵卿也略显无奈，随即向赵国庆四人进行了转述。

德川次郎竟然是个传奇特工？

隐藏任务竟然达到了 F 级！

一连串的意外让赵国庆四人完全愣在了那里，尤其是任务的困难等级已经完全超出了他们的想象。

那可是需要一个特种兵中队才能完成的任务！

贵卿看到四人的反应并没有太多的意外，毕竟任务的困难等级实在是太高了，作为准特种兵的他们被吓到也是理所应当的。"你们拥有优先选择权，是继续执行任务还是放弃？"

在贵卿看来四人根本不需要什么选择，尤其是四人的反应已经说明了一切，他们应该放弃这个任务才对，让真正的飞龙特种兵前来接替他们执行任务。

放弃？

赵国庆回过神来，在其他人开口之前向贵卿问道："如果我们完成了任务，那可以获得多少奖励积分？"

如果……有如果的可能性吗？

贵卿眉心轻锁，像看怪物似的看着赵国庆。

这小子难道不懂得什么叫"害怕"吗？难道不知道任务的等级已经远远地超过了他们的能力范围吗？

"教官？"赵国庆叫了声。

贵卿见其他三人也是一脸的好奇，这才回道："如果……我说的是如果，任务能完成的话，那你们除了C级任务的积分外，每人至少能获得五百奖励积分。"

五百奖励积分！

还是每个人都可以有的！

这是个什么概念？

认真训练一天只能获得一个奖励积分，完成一个A级任务可以获得十个奖励积分，完成一个B级任务可以获得二十个奖励积分，就算是完成一个C级任务也才六十个奖励积分。

五百积分相当于没日没夜地训练五百天，完成五十个A级任务或二十五个B级任务，C级任务也得需要八个才行！

这次最终考核也就一个多月，根本没有时间去完成这么多的任务。

每个人都惊讶得合不拢嘴，只需要完成这一个任务，接下来的时间全用来休息也不一定有人的积分能超过他们几个。

拥有了这次的积分，基本上也就注定了他们将会成为真正的飞龙特种兵。

贵卿见几人的花痴样，沉着脸说："喂，你们该不会是觉得只凭你们四个就能完成F级任务吧？实话告诉你们吧，就算是一个中队的飞龙特种兵也没有十足的把握去完成它，因此你们还是不要痴心妄想了！"

一句话如同盆冰水浇在了众人头顶，也让他们一下子冷静了下来。

是呀，如果F级任务真的那么容易完成，那也不会给他们如此高的奖励积分。

贵卿的目光在四人脸上一一扫过，见到焦鹏飞、雷刚、董英豪三人的反应后她略微松了口气，可看到赵国庆的表情时心却一下子提了起来。

这小子是什么表情，他该不会到现在还以为只凭这四人战队就能完成F级任务吧？

赵国庆面色冰冷，却透着一股坚毅，没有一丝的恐惧，心里却如同波涛汹涌一般反复念着四个字，"痴心妄想！痴心妄想……"

痴心妄想又如何？！

"你们是怎么看的？"赵国庆突然扭头向焦鹏飞三人问道。

焦鹏飞三人本来已经放弃了，可看到赵国庆那不屈的眼神后却突然间感到了一股猛烈的震撼，一个个又提起了勇气。

站在一旁的贵卿眉心深锁，她突然间发现赵国庆有一种无形的感染力，他正在改变着其他三人的看法，此时就算是让他们去战死也不会有人轻皱一下眉头。

"你是队长，由你决定。"

"对，由你决定！"

"我们三个听你的，你说继续就继续，放弃就放弃！"

"听你的！"

……

焦鹏飞、雷刚、董英豪先后表态，他们全都听赵国庆的，这是来之前就已经决定好的事情。

另外，三人有一种感觉，赵国庆是一个可以创造奇迹的人，只要跟着他就能将不可能的事情变为可能的事情！

贵卿盯着赵国庆，她什么话也没有说，可她的眼神却已经表达得很明白了。"别做傻事，F级任务不是你们四个就可以完成的！"

"我选择继续执行任务！"赵国庆一字一顿地说，他内心不服，可做出这样的决定却也绝非头脑发热。

"你们三个真的确定了？"贵卿扭头看向其他三人，她知道自己根本不可能说服赵国庆，因此将希望寄托在焦鹏飞三人身上。

"国庆的决定就是我们的决定。"

"我们选择继续执行任务。"

"绝不放弃，死也要死得光荣！"

……

焦鹏飞三人一一讲道，对于赵国庆的决定和命令他们将会坚定不移地去执行。

疯子，一帮疯子！

贵卿差一点骂出口，却忍了下来，向四人讲道："好，我这就将你们的意思转达给上级。"

宋飞扬接到贵卿的汇报之后似乎并没有太多的意外，只是长长地出了口气，苦笑一声抬头看向天花板，心里面叫道："队长，这小子还真是像你。"

"好，准许他们继续执行任务。"宋飞扬向贵卿吩咐道。

贵卿微讶，在她看来对赵国庆有着特殊关爱的大队长一定会阻止的，却没想到他竟然同意了。"好，我明白了。"

结束通话后宋飞扬就起身拿起靠在办公桌上的狙击步枪，这次任务他将要亲自前往，无论如何也要确保队长赵爱国的弟弟活着，即使因此背上处分或者革职也在所不惜。

"你们可以继续执行任务了。"贵卿向赵国庆四人讲道。

赵国庆脸上闪现出一丝难以捉摸的笑意，这让贵卿又一次眉头紧锁。

这小子竟然在笑，在这样危机重重的环境中他竟然还笑得出来？

他是不是人？怪物！

"和之前一样，我会跟在你们后面，有需要的话你们可以请求我出手相助。"贵卿接着说，心里也一点儿底也没有。一个F级任务，四个准特种兵，就算是加上她这位飞龙特种部队里面的第二狙击手，顺利完成任务的概率也是非常渺茫的。

"是，教官。"四人齐声应道。

贵卿悄悄地退了回去，只留赵国庆四人和俘虏七品在这里。

这时焦鹏飞突然苦笑一声，雷刚、董英豪也跟着苦笑一声。

四个准特种兵去执行一个F级任务，这恐怕是他们这辈子做出的最疯

107

狂的决定了，不过他们现在却一点也不怕，因为有赵国庆在身边。

"国庆，你有什么计划？"焦鹏飞问道，雷刚和董英豪也是一脸期待地看着赵国庆。

计划。

赵国庆当然有。

没有计划的话他是绝对不会接下这个任务的，因为他还没有疯。

赵国庆的目光落在了俘虏七品身上，能否顺利完成任务的关键就在这个看起来无关紧要的小毒贩身上。

"七品，像你这样被逼着加入毒贩队伍的一共有多少人？"赵国庆突然问道。

"三十五个，不过之前死了五个，现在只剩下三十个了。"七品回道，话语里有一股悲伤，那五名同伴原本不该死的，他们之前全都是纯朴的山民。

赵国庆也为死去的五名被逼的山民感到惋惜，可是在那种情况之下他们必须开枪，因为当时对方是随时都会要了他们命的毒贩。

"其他两类人呢？"赵国庆接着问。

"听金大成命令的人应该不会超过二十个了，至于受命于聂小强的人原本有二十八个，现在有多少我就不知道了。"七品回道。

听命于金大成的不过是普通的亡命之徒，对赵国庆四人构不成真正的威胁，因此四人也没有太过于在意这些人。

相反，真正让赵国庆四人顾忌的是追随聂小强，也就是德川次郎的暗之佣兵。

七品的话要是没错，暗之佣兵原本有二十八个。

最开始交锋时对方的伤亡应该是三到四人，后来在小溪附近被赵国庆击毙四人，之与四人合力又击杀了五人，现在暗之佣兵的数量最多不会超过十六人。

十六名暗之佣兵，作战能力相当于十六名真正的特种兵，这让身为准特种兵的赵国庆四人依然是压力山大。

要想消灭毒贩和十六名暗之佣兵，并且活捉德川次郎，这绝对是一件麻烦事！

22 定位器

赵国庆从焦鹏飞手里拿过七品的武器装备递还了过去。"我需要你帮个忙。"

"什……什么忙?"七品诚惶诚恐地问。

"回去告诉其他人我们在这里,特别是那些听命于德川次郎的人,最好能让他们过来。"赵国庆说。

七品听到这话,吓得双手一抖扔掉了手里的武器,接着腿一软就跪在了地上,嘴里哆嗦地说:"我不敢。你们相信我,我是绝不会告密的,我发誓! 求求你们了,请相信我,我不敢也不会告密的!"

赵国庆知道自己刚才的话吓到了这位少年,就连身边的同伴也是一脸不可思议地看着自己,以为自己刚才是在开玩笑。

"起来吧。"赵国庆伸手将七品从地上拉起来,捡起武器再次塞回对方手中,一脸认真地说,"我不是在和你开玩笑,希望你可以帮我这个忙,回去告诉那些家伙我就在这里。"

"真……真的? 你不是在开玩笑?"七品还是一脸怀疑地看着赵国庆,认为这不过是赵国庆在试探他会不会告密。

赵国庆在七品肩膀上拍了拍,表示自己不是在开玩笑,接着讲道:"另外还有一件事,回去之后你想办法劝劝和你一样被逼的山民,让他们别再跟着金大成干了,我不想在战场上伤到他们。"

"好……好吧。"七品这才应道,确定赵国庆不是开玩笑,当真要让他回去告密。

"走吧。"赵国庆又在七品肩膀上拍了一下。

"哦。"七品腿脚发软地向前走去,一步三回头,直到彻底看不到赵国庆四人后才拔开腿大步跑起来。

"国庆,为什么要放他走,还要让他告诉敌人我们在这里?"焦鹏飞不解地问。

这同样是雷刚和董英豪想不通的问题。

赵国庆笑道:"这就是我的作战计划。"说完让焦鹏飞拿出定位追踪器。

追踪器上显示赵国庆正在快速移动,离大家越来越远。

"你把定位器放在那小子身上了?"焦鹏飞问。

赵国庆点了点头。

其他人若有所思。

与其去逼问七品,让他告诉大家目标的老巢在哪,倒不如让这家伙亲自带大家过去。

"这只是我计划的第一步。"赵国庆说着转身面向正东的方向,接着讲道,"我来的路上发现距离这里五公里的地方有一座山谷,因为它的三面都是悬崖一样的峭壁,入口只有一个,所以我称它为死亡山谷。如果我们能将敌人引到死亡山谷,并事先在那里设下埋伏的话,那将有利于我们消灭敌人!"

现在焦鹏飞三人终于明白了赵国庆的行动计划,他们与敌人之间的实力差距实在是太大了,与其冒险去敌人的老巢送死,倒不如将敌人引到陷阱中一网打尽。

"行,我们听你的!"焦鹏飞点头应道。

"听你的。"雷刚、董英豪跟着说。

时间紧迫,赵国庆四人必须在敌人赶来之前在死亡山谷设下埋伏才行,因此不敢浪费任何时间,全速朝着死亡山谷进军。

位于半山腰上分散着二十来户人家,这里的原居民早已经被金大成给屠杀或者软禁,这里成了他的大本营。

原本意气风发的金大成面上却没有一丝的光彩,整个人都愁眉苦脸的,目光时不时地瞟向一旁的军师，聂小强。

聂小强是德川次郎的化名，人前人后他都要求其他人叫自己这个名字，有一次金大成脱口叫出了他的真名就被他毫不客气地抽了个耳光。

德川次郎四十来岁，长相普通，身体微微发福，属于那种扔在人群里根本不会被人注意的一类。

可正是这么一个人，却J国近代最具传奇色彩的特工，而他也为了更易于混入人群中不被人发现才特意吃得稍胖一些。

此时德川次郎的脸色不比金大成好看多少，就在不久之前他得到消息称为自己服务的暗之佣兵有多人受伤，这让他的脸阴沉得好像要下雨一般。

"德……聂小强，我看我们还是撤吧。"金大成小声说了一句，接着低声嘀咕道，"我早就跟你说过Z国士兵不是好惹的，可你偏偏不听我的。"

德川次郎投去一道犀利的目光，吓得金大成闭嘴不再说话。

撤？

德川次郎倒是想撤，可这里是自己用了几年时间才辛辛苦苦建立起来的情报中转站，并且借助金大成这个毒贩的身份来掩人耳目，就这么放弃让他不甘心。

本来一切都顺风顺水的，一切改变都要从几天前开始。

当时一个士兵前来找金大成麻烦，自己为了保住金大成让暗之佣兵出手，原本以为能够轻易搞定的事情却被一个特种兵突然出现给搅局了。

德川次郎命人处理了战场，也想到会有人再次到这里来，却没想到来得会这么快，而且一出现就杀了数名暗之佣兵。

这是德川次郎所没有想到的。

"Z国特种兵！"德川次郎低沉地叫道，双手紧紧握成拳头。

他不是不想撤离，而是在没搞清情况之下就让他放弃几年的心血，他不甘心，真的不甘心。

况且，真的需要撤离的话，他还需要一些时间来毁掉这里的一切才行，掩盖自己几年来在这里出现过的痕迹。

因此，他需要一些时间，至少也要弄清这次Z国特种兵来了多少才行。

派出去的人已经有几波了，可直到现在也没能给他一个满意的答案，这让他非常气愤。

全是帮吃干饭的！

德川次郎暗骂一句，正当他思量的时候一名毒贩中的小喽啰闯了进来，他立即向金大成使了个眼色。

明面上金大成还是这里的一把手，有些事情必须由他出面才行。

金大成早已经为德川次郎憋了口气，当初与德川次郎搭上线时他还以为自己找到一个有力的靠山，现在他才发现自己完全是一只被拴在绳子上的蚂蚱，想走也走不了，完全被困在了这里。

"慌什么慌，有他妈的什么事？！"金大成没好气地骂道。

进来的毒贩算是金大成的心腹，对金大成和德川次郎之间的关系也多少有些了解，因此特意看了德川次郎一眼，这才向金大山回道："老大！我们的一个人回来了，他说……说看到了那帮来找麻烦的家伙！"

德川次郎眼睛一亮，也顾不得在外人面前的主次之分，一把推开金大成冲毒贩叫道："人在哪里，快点叫他进来！"

"是。"毒贩应道。

七品被带了进来，金大成和德川次郎再次恢复了主仆关系，一切问题由金大成来问，德川次郎则候在一旁。

"我记得你叫七品，是吧？"金大成问道。

"是的，我叫七品，七品芝麻官的七品。"七品应道。

"嗯。"金大成轻应一声，接着问道，"你说你见到了敌人？"

"是的。"七品再次应道，还伸手擦了把汗，装着自己到现在还没有完全回过神来的样子。

"说，你是在哪儿见到的，当时他们在干什么，你又是怎么避开他们逃回来的？"金大成突然抬高了音调问，话语里充满了一股霸气。

七品心里确实害怕，被金大成一连串的问题吓得哆嗦了一下，这才回道："他们距离这里并不远，翻过前面那座山头，穿过一片山林就是了。当时他们正在和我们交火……"说到这里突然停下来看了德川次郎一眼，接着讲道，"我说的不是普通人，而是那些非常厉害的人。"

金大成跟着回头看了德川次郎一眼，明白七品指的是暗之佣兵。

德川次郎使了个眼色，让金大成继续问下去。

"结果呢？"金大成问。

"对方有四个人，我们这边有五个人，可是我们的人却都被杀了，对方却连受伤都没有。"七品说。

金大成身子颤了一下。

德川次郎也是眉尖一挑，露出不可思议的神色。

特种兵，一定是Z国特种兵，不然的话怎么可能只有四个人就能杀了五名暗之佣兵，而且还一点伤也没有？

德川次郎耐不住了，上前走出两步越过金大成站到了七品面前，两眼像能看穿一切似的盯着七品。

七品暗自一哆嗦，不敢与德川次郎对视，急忙低下了头。

"看着我的眼睛！"德川次郎叫道。

七品抬起头看着德川次郎，眼神却还是有些回避，内心充满了恐惧，担心对方会看出一切来。

"对方真的只有四个，而我的人却有五个？"德川次郎问。

七品点了点头。

"我的五个人全都死了，对方却连伤也没有？"德川次郎接着问。

七品又点了点头。

德川次郎突然间抬高声音喝道："那你是如何逃回来的？我就不相信他们会没有发现你，快点说！"

"小子，你他妈的是在说谎，对吧！"金大成一股子怒气，冲上去一拳打在了七品脸上。

七品直接被放倒在地，差点没晕过去，牙齿更是松动得快要掉下来，鲜血顺着口腔往外流。

德川次郎瞪了金大成一眼，斥道："谁让你动手的？"

"这小子他妈的说谎，我要教训……"金大成话说到一半，看到德川次郎那足以杀人的眼神之后硬生生地将后半句话给吞了回去。

23　识破伪装

德川次郎蹲到七品面前，态度突然间变得和蔼起来，问道："请你向我解释一下，你是怎么避开那些人逃回来的？"

"我……我没有避开他们，我被他们抓起来了。"七品如实回道，一来是他不擅长说谎，二来说实话更容易取得对方的信任。

"哦？"德川次郎颇感意外，皱着眉说，"既然你被他们给抓了起来，那是怎么逃走的？"

"是……是他们放我走的。"七品回道。

"为什么？他们杀了那五个人，却要放你走，这是为什么？"德川次郎不解地问。

七品恐惧地看了金大成一眼，然后回道："我说我是被逼着才加入毒贩的，而且我没有杀过人、没做过坏事，他……他们就放我走了。"

金大成一脸的怒意，可畏于德川次郎在这里，却也不敢发火。

"就这么简单？"德川次郎不可思议地问。

七品点了点头，随后恐惧地叫道："我说的是真的，不信的话我可以发誓！我确实被他们给抓到了，然后他们听说我是被逼的后就又放了我，这全都是真的！"

"鬼才会相信你！"金大成冷哼一声。

"我相信你。"德川次郎说完站了起来。

金大成一脸尴尬，刚才的话等于他是在骂德川次郎，这让他心里非常恐惧。

"你见过他们，让你再回去你能找到他们吗？"德川次郎问道。

七品点了点头，随即又摇了摇头，回道："我记得路怎么走，如果他们没离开或者离得并不太远，那应该能找到他们。"

"好。"德川次郎轻应一声，扭头向金大成吩咐道，"集合所有的人，由你亲自带队去剿灭那些家伙！"

金大成一听要让自己去和特种兵打仗，吓得腿都哆嗦了起来，一脸乞求地向德川次郎讲道："我确实想杀了那帮家伙，可你也知道那几个人非常厉害，连你的人都不是他们的对手，我去的话只是……"

"我这边还有十六个人，让他们陪你一起去。"德川次郎打断金大成的话，也算是彻底封住了他的嘴。

金大成一怔，扭头向七品问道："他们真的只有四个人？"

七品点了点头。

金大成长吸一口气，回头豪气十足地向德川次郎讲道："我向你保证，不杀了那几个浑小子的话，那我就提着脑袋来见你！"说完转身冲七品吼道，"走，前面带路！"

德川次郎在人都离开之后轻哼一声，他并不是认为十六名暗之佣兵加上其他武装人员连四名Z国特种兵都干不掉，而是认为就算杀了这四人又能怎么样？

这里可是Z国，杀了四人后会有更多的特种兵赶到。

既然这里已经守不住了，那也就没有留在这里的必要了。

德川次郎早在下达命令之前就已经做出了决定，彻底放弃这几年的心血，让金大成带队去剿灭赵国庆四人不过是为了争取时间，抹去他在这里出现过的一切痕迹。

赵国庆四人在死亡山谷设下埋伏之后就撤了回来，躲在敌人行经的半路上。

负责侦察的董英豪很快就传回了消息。"好像有些不太对劲。七品走在最前面，跟在他身后的是二三十名武装人员，可这些人看起来像是没有经过任何训练的山民，而且武器装备也非常的差。"

赵国庆端起望远镜看了看，山道上出现一支队形松散的武装人员，正是董英豪所说的武装人员，从这些人紧张的神情上不难看出他们全都是像七品一样被逼参加毒贩队伍的山民。

望远镜微微上抬，看向更远的地方。

与这支队伍相隔百米之外，后面鬼鬼祟祟地跟着另一支武装队伍。

这支队伍的人数比前面的稍少，武器装备却要精良许多，再从他们凶恶的神情上不难判断出他们才是真正的毒贩武装组织。

望远镜再次抬起看向更远的地方。

毒贩身后二百米外，十多道身影正在快速闪动着。这些人的武器装备更为先进，行动极为隐蔽，任何一个细微的动作都透着不可思议的警觉。他们正是对赵国庆四人最具危害的敌人，暗之佣兵！

"我们应该放七品他们过去，真正的敌人在后面。"焦鹏飞轻声讲道。

雷刚和董英豪也没有什么意见。

赵国庆这时却是眉头轻皱。

按七品所说，暗之佣兵应该还有十六个左右，可走在最后面的暗之佣兵数量明显少了许多。

"先等一下。"赵国庆说着目光落在了七品身上。

透过望远镜，七品被镜头直接拉到了赵国庆面前。

七品看起来神色紧张，眼神闪烁，不时地会回头看上一眼。

有情况！

赵国庆看出七品并非是回头看金大成那些毒贩，而是在看自己队伍中的人，正是这些人让他感到心神不宁的。

赵国庆迅速检查了一下七品身后的队伍，很快就看出了疑点。

表面上看起来这近三十名武装人员并没有什么区别，全都是附近的山民。

可是，细看之下会发现不同来。

山民因为生活环境的原因通常会皮肤粗糙黝黑，可这些人里面却有几个皮肤细腻的家伙，而且这几个人的恐慌表情还是装出来的，一路上都在观察着周围有可能藏人的地方，非常警觉。

"山民里面混有暗之佣兵！"赵国庆提醒道。

敌人当真是狡猾。

他们将队伍分成三批，让山民走在最前面就已经够无耻的了，谁会去想山民里面竟然会混有战斗力最强的暗之佣兵？

暗之佣兵伪装成山民的样子，一方面是想迷惑赵国庆四人，另一方面则是对山民起到监视的作用，以防他们搞任何诡计。

"怎么办？"焦鹏飞问。

原本只要放山民过去就行了，现在却不能那样做了。

山民里面至少混进四名暗之佣兵，这四人的战斗力都相当于真正的特种兵，一旦放他们过去，他们将会和后面的敌人形成合围之势对赵国庆四人造成前后夹击的局面。

"打！"赵国庆低沉地说，随后吩咐道，"雷刚，引爆一颗炸弹。"

"是。"雷刚应道，随即引爆了一颗距离七品比较近却又没有什么实质性危害的炸弹。

"轰隆"一声巨响！

真正的山民哪经受过这阵势，爆炸突然在面前响起时他们根本不知道就地隐藏躲避，而是一窝蜂地转身逃去，有的人甚至直接将手中的枪给扔在了地上。

相反，受到过严格训练的暗之佣兵却迅速找掩体躲了起来，以避免受到进一步的袭击，却不知道这样反而将他们的身份暴露了出来。

"打！"赵国庆再次吼道。

既然山民和真正的敌人已经分开了，那也就没有什么好顾忌的了，赵国庆四人以重火力袭击将那四名伪装成山民的暗之佣兵压制得连喘气的机会也没有。

前面枪声、爆炸声一响，后面的人立即紧张了起来。

别看金大成和他的毒贩武装组织平时无恶不作，可这时却没有一个愿意上前送死的，一个个趴在原地不动，却反而朝那些跑回来的山民开枪。

"回去，快点回去！谁他妈的往回跑老子就毙了谁！快点给老子回去战斗，快！"金大成吼叫着，抬起枪就指向七品，想要杀鸡儆猴。

赵国庆早就看到了金大成，这家伙可是C级任务的主角，虽然C级任务的奖励积分不算是多，但是也不能白白浪费吧。

见金大成抬枪想杀七品，赵国庆索性扣动了扳机。

"噗。"金大成刚刚抬起手臂来就觉得胸口一痛，接着就一屁股坐倒在地上，看到鲜血从胸口涌出就浑身直冒冷汗地叫了起来。"完了，我中弹了，我要死了！"

他这么一叫不要紧，却把那些真正的毒贩武装人员给吓到了，一个个缩在掩体后面连头都不敢露，更别说是威胁那些山民了。

赵国庆这一枪非常有把握，足以重伤金大成，却不会真的要了他的命。

毒贩们不敢动，跟在后面的暗之佣兵却不会就此罢手。

原本落在最后面的暗之佣兵转眼之间就冲到了最前面，惊人的战斗力和强大的火力瞬间形成反扑之势，将赵国庆四人给压制了下去。

赵国庆四人原本就没打算在这里和暗之佣兵决战，因此见敌人有反扑之势就立即下达了撤退命令。

"轰隆隆……"随着一阵爆炸声，暗之佣兵的脚步被阻挡，赵国庆四人成功脱身。

爆炸结束之后，暗之佣兵又追了上去，想要一举歼灭赵国庆四人。

金大成和他的毒贩武装人员就被远远地扔在了后边，好长时间那些武装人员都不敢动一动。

七品目光阴冷地盯着金大成，他早就受够了毒贩的生活，之前被金大成打得牙都快掉了，刚刚还差点被这家伙给枪杀，更激发了他的怒气。

正痛苦呻吟的金大成，猛地抬头与一双怨毒的目光相撞，吓得他心里哆嗦一下，随后扯着嗓子一脸凶相地叫道："你想干什么？"说话间还去伸手拔腰间的手枪。

七品扑了过去。

24 死亡山谷战

"啊！"金大成发出一声痛叫，根本没有反抗的力量，紧接着手中的枪就被七品给夺了过去。"杀了他，快点杀了他！""老子要扒了你的皮，快点松手！"

……

金大成拼命地叫道，被七品狠狠地按在地上加重了他胸口的伤势。

"砰！砰！砰！"七品连开两枪击毙了迎面想扑过来的一名毒贩，接着枪口顶在金大成的脑袋上吼道，"都不要动，否则我就打穿他的脑袋！"

这招还真灵。

首先山民是不会向七品动手的，其次金大成的手下慑于他的淫威，见他受制也不敢再轻举妄动。

"快点放了我们老大！"

"听到没？再不放了我们老大，那我们就杀了你！"

"对，杀了你！"

一直以来都非常胆小的七品此刻也不知道哪来的勇气，或许是因为他觉得这是唯一摆脱毒贩控制的机会，或许是受到了赵国庆四人的感染，总之现在的他在山民的眼里简直就是英勇无敌。

"老乡们，你们难道还想受这些毒贩的控制吗？他们杀了我们的亲人朋友，难道你们不想报仇吗？快点动手，把这些毒贩给抓起来！"七品叫道。

山民们手里面有武器，他们也真的想替死去的亲朋好友们报仇，可是

119

他们心里面怕，犹豫着却不敢动手。

金大成一见山民们蠢蠢欲动，有了策反之心，当真也害怕起来，急忙改变态度讲道："兄弟，七品兄弟，你放开我，有话我们好好说！我可以发誓，只要你放了我我就当这件事从来没有发生过。还有你们，以后你们想继续跟着我干的，那我保证你们吃香的喝辣的，想要回家的我绝不为难你们，还给你们钱！"

"闭嘴！"七品用枪托砸了金大成脑袋一下，嘴里喝道："你以为老子会相信你们的话吗？"

山民们却更加犹豫了，如果毒贩真的能放他们走，而且还给他们钱，那他们宁愿不去得罪这些毒贩。

七品见状急忙劝说山民，却没发现金大成暗中使了几个眼色，两个毒贩正从后面悄悄地靠近他。

金大成眼角余光见自己的两名手下暗中握着匕首，已经站到了七品身后，只要抬手就能宰了七品，不由得意起来，"小子，去死吧。"

一名毒贩率先扑了过去，手里的匕首朝七品后心捅去。

"噗。"一颗子弹突然闪现将扑过来的毒贩击毙。

狙击手！

金大成面色为之一变，能有这么精准枪法的必是狙击手无疑。

七品也发现了自己背后的动静，急忙转身开枪击毙了另一名毒贩。

"别动，都别动！"七品晃动手中的枪指向其他毒贩，一把拉起金大成挡在自己身前，冲山民们叫道："你们都看到了，这些家伙一点信用都没有，别听他们的！"

山民们也是一脸的气愤，可真的要让他们拿枪和这些毒贩对着干，他们还欠缺了一份勇气。

七品瞟了一眼地上的尸体，又向周围看了看，突然间有了主意。

"刚才救了我的是军人，他们来这里的目的就是消灭这些毒贩！现在他们正暗中保护我们，大家快点动手把这些毒贩给抓起来，这是我们立功的好机会！"七品叫道。

军人、立功！

这两个概念在山民们脑海里面激烈碰撞着。

首先他们都知道有人来找毒贩的麻烦，刚刚也亲眼看到了；其次他们也担心自己毒贩的经历会给以后留下什么麻烦，立功则是他们唯一的选择。

"动手！""快点动手！""啊！放开我，否则老子就杀了你！"

"噗……啊……"

现场一片混乱，山民们一拥而上和毒贩们打了起来。

别看山民们没有受过正规的格斗训练，可他们有的是一膀子力气，真打起来了那些毒贩也不一定是他们的对手。

况且，隐蔽处还躲着一名狙击手，一旦有毒贩做出危害到山民们的举动，立即就会成为狙击手的枪下亡魂。

现场很快就平静了下来，一众毒贩全部被擒，至于怎么处理这些毒贩却成了一个问题。

七品看向四周，原本想等暗中帮他们的狙击手出来做决定的，可等了一段时间却连个人影也没有见到，只能带着大家先押着毒贩转移到安全的地方。

救了七品一命和暗中帮助山民们擒拿毒贩的不是别人，正是赵国庆一行人的监督员贵卿。

贵卿目睹了赵国庆四人与暗之佣兵的战斗，她原本想追随而去的，却看到了七品的突然举动，无意间引起了她对七品的兴趣。

也正是这突然间泛起的兴趣，让她有机会救了七品一命，这也许注定她在不久的将来和七品之间结下了一段师徒情。

赵国庆四名准特种兵对战十六名暗之佣兵，原本是没有什么胜利的希望。

不过，赵国庆四人这次是有备而来，并不恋战。

再加上早已经探察过路线，打不过他们难道还跑不过他们吗？

不过，这些暗之佣兵的本事还真不是假的。

一路上十六名暗之佣兵紧咬着赵国庆四人不放，只要他们的步伐稍微慢一点就会有被击毙的风险。

"啊！"跑在最后面的焦鹏飞突然惊叫一声摔倒在了地上。"我中弹了！"

赵国庆回头一看，叫喊道："董英豪、雷刚，火力掩护！"

枪声响了起来，赵国庆四人被迫停下脚步与敌人作战。

焦鹏飞伸手向后摸了一把，痛声叫道："这帮混蛋！打老子哪儿不好，偏偏打中了老子的屁股，这他妈的以后还让不让老子坐了？"

赵国庆趁着雷刚和董英豪的掩护一把将焦鹏飞拉到了安全的地方，这时却又听到了董英豪的惨叫声。

敌人的火力实在是太猛了，而且每个人的单兵素质都不比他们差，甚至还要强上一些，这才刚停下来就又有人受伤了。

"撑不住了，必须得撤……啊！"雷刚话还没说完就被一颗子弹击中了左臂。没法打了，再打下去人非得全都死在这里不可。

"手雷、炸弹，还有没有了？"赵国庆吼道。

"只有一颗手雷了。"雷刚摸出一颗手雷来，不解地看着赵国庆。

焦鹏飞和董英豪也各自摸出一颗手雷来，其他的爆炸物已经全用在死亡山谷和之前的战斗中了，各自身上基本没剩什么了。

"雷刚，扔出去！"赵国庆叫道。

雷刚没弄明白赵国庆的用意，却还是按命令将手雷朝着敌人扔了出去。

"砰！"赵国庆扣动了扳机，手雷还没有落地就被子弹击中，在空中炸了开。

敌人躲得隐蔽，即使是扔出手雷也不一定能伤到对方，可是手雷在空中爆炸就不同了。即使没有对敌人造成最直接的伤亡，却也对敌人形成了有效的打击。

雷刚眼睛一亮，忙将另外两颗手雷也先后扔了出去，瞄准的全是敌人聚集最多的地方。

每颗手雷都是在空中爆炸，爆炸产生的碎片如同仙女散花一般飞射向四周，覆盖面积非常广，使敌人被迫停止了射击。

"走！"赵国庆叫道，抓起焦鹏飞扛在肩上就转身跑去，雷刚、董英豪也急忙跟了过去。

四个人有三人受伤，虽然都不是致命伤，但是对赵国庆四人的战斗力

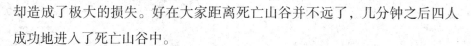

却造成了极大的损失。好在大家距离死亡山谷并不远了，几分钟之后四人成功地进入了死亡山谷中。

躲在山谷中，四人的枪口一致对外，可敌人的脚步追到谷口却突然间停了下来，没有一个人进来的。

这些暗之佣兵还真是谨慎！赵国庆暗骂一句。

"敌人好像不上当呀。"焦鹏飞抬头看了赵国庆一眼。

雷刚也是伸手摸了摸脑袋，皱着眉头说："他们要是不进来的话我们的埋伏就全白搭了！""怎么办？"董英豪也跟着问。

三人的目光全都看向赵国庆。怎么办？

必须想个办法将敌人引进来才行，否则时间拖得越久对大家越不利。

"啊！这里怎么是条死路？"赵国庆突然一惊一乍地叫道。

其他三人还没弄明白过来，赵国庆却又叫了起来。

"你他妈的是怎么带路的？竟然把我们领到了死胡同里！"赵国庆吼道，好像非常的生气。

焦鹏飞最先会意过来，知道赵国庆这话是说给敌人听的，要不然也不会这么大声，马上装着委屈的样子回道："我……我又不知道这里是死胡同，要不然我也不会带着头往这里跑！"

"妈的，不认识路你跑在前面干什么？"

"队长，别说这些了，还是想想办法我们怎么离开这里吧。"

"敌人全都守在外面，你说怎么离开？"

"夜里……对了，夜里再离开！队长，天马上就黑了，我们等天黑之后再想办法离开这里！"

"现在也只能这样了。都给我守好了，千万不能让那些家伙闯进来，等天黑之后我们想办法离开这里！"

"是！"

赵国庆与焦鹏飞一唱一和唱起了双簧，话全都是说给山谷之外的敌人听的。

25 山火

敌人并非是放弃了对赵国庆四人的追杀，而是对山谷内的情形不明，怕中了圈套，这才没有贸然进去的。

听到赵国庆和焦鹏飞的对话之后，敌人的队伍中出现了一阵骚动，却还是没有立即行动。

隔了十几秒之后，一道人影在山谷入口闪现，接着就没入碎石堆后面。

"来了。"赵国庆一阵窃喜，却发现进来的就只有一个人，应该是敌人的侦察兵。

看来得加把火才行。

赵国庆心里想着，扭头向焦鹏飞三人吩咐道："开枪，但别真的杀了那家伙。"

三人各自点头，表示明白。

"有人进来了，快点杀了那家伙！"赵国庆大声吼道，同时扣动了扳机，这一枪故意打在了石头上。

焦鹏飞三人也同时扣动了扳机，那阵势就像是要把目标打成筛子似的。

潜进来的敌侦察兵被逼得抬不起头来，开几枪还击之后就迅速退了出去，而在他想走的时候赵国庆才第二次开枪，打在了他的后背上。

一名四十岁左右的男子上前扶住负伤出来的侦察员，他正是驻扎这里的暗之佣兵负责人，中队长。

"里面的情况怎么样？"中队长问。

侦察员忍着背上的伤痛回道："里面确实是个死胡同，那几个家伙被堵在里面跑不掉了。"

中队长轻点了下头，吩咐其他人为伤员处理伤口，这时却又听到山谷里面传来了动静。

"队长，我在后面发现了一条小路，应该能带我们离开这里！"

"笨蛋，吼什么吼，还怕外面的家伙听不到？"

"是，是。"

……

接着里面就没有任何动静了。

中队长眉头微微一皱，面上流露出一丝的担忧，怕真的让赵国庆四人给跑了。

"你们进去探探情况！"中队长向身边的佣兵吩咐道。

一支四人的战斗小组相互掩护着踏进了死亡山谷。

此时天色已经微暗，四人进入山谷内就迅速找了一个相对的制高点观察，巡视一遍后并没有发现赵国庆四人。

"中队长，他们不见了！"小组长用通讯器叫道。

守在外面的中队长神色一变，亲自带着剩下的人冲进了死亡山谷，目光扫了一圈没发现赵国庆四人，厉声叫道："给我搜，找到那条小路，千万不能让他们给跑了！"

"是！"佣兵们齐声应道，一窝蜂似的往山谷尽头冲去。

死亡山谷外宽内窄，越往里面空间就越小，两侧全都是悬崖峭壁，就算是特种兵在不借助工具的情况下也别想爬上去。

当这些佣兵距离山谷尽头还有二十米左右之时，一声闷雷突然响起。

炸弹！

每个暗之佣兵心里面的弦都像是被用力弹了一下，急忙停下脚步，找掩体躲藏。

爆炸并非来自于脚下，而是来自两侧的峭壁。

这就是赵国庆四人费尽心力为这些暗之佣兵设下的陷阱，有谁能想到连特种兵都难以攀爬的山壁上会被安放了炸弹呢?

炸弹爆炸原有的威力对下面的暗之佣兵伤害并不大,可爆炸却带动了大量的石块落下。

如果暗之佣兵在听到爆炸声后就立即全速向前冲或者撤退的话,那他们还不会有太大的危险,可脚步一停下来就相当于站在那里等着被石块掩埋。

"嗵、嗵嗵……"爆炸一声紧接着一声响起。

无数石块从头顶落下,躲在下面的暗之佣兵不是被巨大的石块直接砸死就是被小些的石块砸伤。

此时,任你战斗力再强,在这种如暴雨一般砸下来的石块面前也没有一点办法。

经过石块的洗礼之后,十六名佣兵死的死、伤的伤,能够战斗的已经不足五人。

幸存下来的暗之佣兵还没有从刚刚的震惊中回过神来,这时枪声却突然响了起来,子弹由山谷尽头如飞蝗一般袭来。

匆忙之间暗之佣兵还了几枪,却根本没有任何的作用,转眼之间幸存下来的暗之佣兵就全被子弹击毙了。

四道身影站在山谷尽头的一块巨石上,正是赵国庆四人。

这里是死亡山谷,出入口只有一个,根本没有什么可以离开的小路。

在赵国庆脚下的巨石后面有一个不大的山洞,刚好可以容下赵国庆四人,再加上前面巨石遮挡,不到跟前是根本不会发现他们的,这才让敌人误以为他们从什么小路逃离了山谷。

"赢……赢了?"董英豪不敢相信地问。

"赢了。"赵国庆轻点了下头,二十八名暗之佣兵已经全部被他们给击毙。

"啊,我们真的成功了!"

"快点打我一拳,看看我是不是在做梦。"

"哎哟,你还真的打我呀!"

……

焦鹏飞三人兴奋得不知如何是好，曾经被他们认为不可战胜的暗之佣兵全都死了，这都是在赵国庆的带领之下才做到的，否则的话他们几个根本不可能是暗之佣兵的对手。

"事情还没有完。"赵国庆突然说了句。

焦鹏飞三人为之一怔。

怎么回事，这暗之佣兵已经全都消灭了，怎么会还没有完？

"你们忘了那些毒贩和德川次郎了吗？不瓦解这里的毒贩组织和活捉德川次郎，那我们得不到任何积分！"赵国庆提醒道。

焦鹏飞三人这才算是回过神来了。

以四名准特种兵之力在无人员伤亡的情况下消灭一支暗之佣兵战队，这算得上奇迹了，可并不是他们此行的任务。

如果想要完成任务，那就必须瓦解毒贩组织和活捉德川次郎才行。

"我把这茬给忘了！"焦鹏飞伸手拍了下脑袋。

"我们这就赶过去！"

"对，别让德川次郎给跑了！"

雷刚和董英豪跟着叫道。

赵国庆扫了眼自己的队伍，除了自己外其他三人全都受伤，在此之前更是没时间好好处理伤口，连续作战已经让他们耗尽了精力。

"你们在这里休息一下，顺便处理一下身上的伤，我先过去好了。"赵国庆吩咐道。

焦鹏飞三人也清楚，要是执意跟着赵国庆一起行动的话，那等到达目标老巢时黄花菜都凉了，因此也没多说什么。

"国庆，你先去，我们一会儿就跟上！"焦鹏飞说。

"国庆，你要是腾不开手对付那些毒贩的话，那就先想办法把德川次郎给抓住，可不能让这条大鱼给跑了！"雷刚有些担忧地说。

"对，把那些毒贩交给我们三个就行了！"董英豪跟着叫道。

赵国庆点头笑了笑，转身全力向山谷外跑去。

德川次郎可关系着每人五百积分，赵国庆比任何人都不希望那家伙溜走，因此跑起来是不留余力，连心脏到达了爆发临界点也不管。

七品和其他山民此时正战战兢兢地躲在一个山沟里，虽然他们手里面有枪，还俘虏了包括在金大成在内的二十多名毒贩，但是他们怕那些追击赵国庆四人的暗之佣兵会回来找到他们。

天色暗下来后山民们就更加恐惧了，尤其是很长时间没听到枪响就以为赵国庆四人牺牲了，甚至有人开始后悔与毒贩作对。

正当山民们的精神快崩溃时，赵国庆有如天神一般出现在他面前。

"别开枪，是自己人！"七品眼尖，认出了赵国庆，急忙阻止山民们开枪。

当山民们得知赵国庆四人杀光了暗之佣兵后，他们那颗悬着的心这才算是放下，一个个喜形于色。

"干得不错。"赵国庆伸手拍了拍七品的肩膀。

老实说，七品能带着山民俘虏了这些毒贩，这完全出乎了赵国庆的预料。

七品不好意思地伸手挠了挠脑袋，突然想起什么事似的问道："对了，你是怎么找到我们的？"

当然是通过追踪器！

赵国庆自然没告诉七品这点，刚才趁着拍对方肩膀时已经将追踪器收了回来。

因为不知道德川次郎长什么样，所以赵国庆直接向七品问道："聂小强在这里吗？"

七品摇了摇头，随后讲道："他一定还在村子里，你要是想找他的话我带你过去！"

"好。"赵国庆应道，将这里的情况用通讯器告诉焦鹏飞三人，让他们尽快赶过来，然后委托山民们继续看管毒贩们就与七品先行离去。

穿过山林又翻过一座山头后，七品伸手指着前面半山腰说："村子就在前面。"

话音刚落，半山腰上突然冒出火光来，还伴随着滚滚浓烟。

"失火了！"七品惊叫一声。

赵国庆眉头紧了下，心里清楚那根本不是失火，而是有人故意纵火，德川次郎打算烧了这里后溜走。

"我先过去，你在后面跟上来！"赵国庆吼了声就先一步向前冲了出去。

七品从小在山里长大，早已经习惯了山路上的奔跑，全力追上去竟然也没有落下多远的距离。

散落在山腰上的房子全都被点燃了，好在火势刚刚起来，并没有烧到山林里。

当七品赶到时发现数十名老人和小孩被聚在一片空地上，而赵国庆则拿枪指着他们。

"别开枪，他们全都是这里的山民，是被金大成一伙软禁在这里的！"七品急忙冲到赵国庆面前讲道，生怕赵国庆会伤到这些无辜的山民。

26　绝对的硬汉

赵国庆没打算伤害任何山民，要是想的话，凭七品的能力也根本阻止不了。

"德川次郎应该在这些人里面，告诉我哪个是他。"赵国庆低沉地说，目光在每个人脸上扫过，细微地观察每个人的表情。

德川次郎？

七品这才回想起他们到这里来的目的，慌忙扫了一眼，随后摇了摇头说："他不在这里。"

不在？

赵国庆眼皮微沉，目光并没有从眼前这些人身上移开。

火一烧起来自己就第一时间赶到了这里，并把所有人都集中在了这片空地上，德川次郎根本没有离开的机会，除非他还在那些正在燃烧的房子里面。

那显然是不可能的。

德川次郎不会选择在这里自杀，他至少也会搏一下才对，不然哪能对得起他传奇特工的名号？

赵国庆端着枪走进了人群之中，一边走一边盯着身边每一个人。

聚集在这里的全都是老人、小孩或者妇女，这些人对金大成没有太多的用处，才被软禁在这里的。

此时，周边火焰四起，眼前还有拿着枪的赵国庆，吓得山民们浑身发抖，年龄小的孩子更是哭了起来。

赵国庆面无表情地走到最后，猛地转身朝空中开了一枪，同时暴喝一声："德川次郎！"

枪声突然响起让山民们都有不同的恐慌，可唯独一人的反应却有些特殊，那就是被赵国庆喊到名字的德川次郎。

不管一个特工再怎么厉害，隐藏得再怎么深，一旦突然被人叫出真名也会露出细微的马脚来，即使他们很快就会将其掩盖。

人群之中有一名肥胖的妇女在枪声响起时微微一怔，紧接着就搂着身边一个十二岁的孩子抖个不停，像是被枪声吓到了。

赵国庆分开人群，一边朝胖女人走去一边讲道："我早就听说 J 国忍者的易容术不凡，今天算是开了眼界，没想到大名鼎鼎的德川次郎竟然易容成了山妇！"

胖女人一直背对着赵国庆，当赵国庆走到她背后时，她突然间回过身来叫道："别过来，否则我就杀了他！"

赵国庆停下了脚步。

"聂小强！"七品吃惊地叫道，那个胖女人开口竟然是德川次郎的声音。

德川次郎化了装，想要伪装成一名妇女混在这些山民中逃走，却没想到被赵国庆拦了下来。

他手里面拿着一把明晃晃的匕首，刀尖顶在孩童的脖子上，赵国庆刚刚要是没停下脚步的话他就会直接杀了孩子。

"你是 Z 国特种兵？"德川次郎盯着赵国庆问，似乎有点不相信会有这么年轻的特种兵。

赵国庆想着自己是一定要进入飞龙特种部队的，因此回道："算是吧。"

"你们真的只来了四个人？"德川次郎不可思议地问。

赵国庆点了点头。

德川次郎眉头紧皱，简直是不敢相信，四个人却打败了一支暗之佣兵中队，这是以前他绝不会相信的事情。

"德川次郎，放开他吧，我们两个决一胜负。"赵国庆说着将狙击步枪扔在了一旁，赤手空拳面对德川次郎。

J国人无信，却流传着一种武士道精神，尤其是受过忍者训练的更是尊崇武士道。

因此见到赵国庆扔掉武器要挑战自己，德川次郎稍作犹豫后就放开手中的孩子，冲赵国庆讲道："好，就让我看看Z国特种兵究竟有何能耐吧！"

德川次郎不是暗之佣兵，可他被称为J国的传奇特工，受过最专业的训练，其格斗技术要远在被赵国庆杀掉的暗之佣兵之上。

接受赵国庆的挑战，德川次郎并不仅仅是因为武士道精神，更为重要的是他不相信眼前如此年轻的少年会有战胜暗之佣兵的能力，他要通过打败赵国庆来挽回J国的荣誉。

匕首在德川次郎手中散发出阵阵寒意，那些山民们被吓得纷纷后退。

赵国庆赤手空拳，却毫不畏惧地站在德川次郎面前，嘴里讲道："七品，别愣在那里，带大家救火！"

"哦？哦！"七品回过神来，急忙招呼山民们救火。

山民们靠山吃山，深知大火蔓延开来对大山的危害，因此听到招呼后不管是老人还是小孩都一拥而上拼尽全力去救火。

德川次郎冷哼一声："小子，你还是顾一下自己吧！"说完就一刀朝赵国庆刺了过去。

犀利的刀风袭来，德川次郎使用的是J国的忍者刀术，刀法刁钻阴冷，自成一体，与赵国庆以前见过的完全不同。

德川次郎生于名门望族，虽然不是忍者，但是却受过最专业的忍者训练。

如果按暗之佣兵的等级划分，那德川次郎的战斗力至少也是黑色级别，甚至达到了铜色级别。

这样的单兵战斗力在特工里面已经算是顶级的了，毕竟特工所受到的训练并不只是打打杀杀，他还要接受更全方位的职业训练才行。

战斗一起，手中没有武器的赵国庆就陷入到了被动局面。

德川次郎见赵国庆有招架不住之势，刀法就更加凌厉，每一刀都朝赵国庆的要害刺去，想要让赵国庆一刀毙命。

老虎不发威你当我是病猫！

赵国庆怒了，已经到圆满境的形意拳使了出来。

心跳速度瞬间达到了临界点，体内的真气快速流动，爆发出五倍的力量。

　　直攻直进，霸气十足的形意拳一经使出，局面立即发生了逆转。

　　刚刚还不可一世的德川次郎立马陷入到了被动局面，几招过后他手中的匕首就被打飞了出去。

　　"啊。"德川次郎发出一声痛叫，人直接被踹飞出去摔在了地上。

　　这一脚正好踹在德川次郎的胸口，至少有两根肋骨被踢断，让他张嘴就吐出一口鲜血。

　　"别打了，我投降！"德川次郎忙向赵国庆叫道。

　　如果不是任务的要求是带一个活着的德川次郎，那赵国庆真的想杀了他，见他投降也就收手不再攻击。

　　德川次郎装着一脸痛苦无法动弹的样子，暗地却在谋划着他的诡计，再次显现出了J国人无耻无信的一面。

　　当赵国庆来到德川次郎面前，弯腰想要将他绑起来时，德川次郎藏在背后的手突然暗自发力。

　　"咻。"一道寒光闪现。

　　忍者专用的十字形手里剑飞向赵国庆。

　　十字形手里剑是J国忍者的专用暗器之一，十米之内称得上百发百中，更别说是赵国庆与德川次郎之间的距离不足一米，根本是避无可避。

　　或许是赵国庆从来就没有相信过J国人，一直暗中防范，因此暗器一出他就闪身避让。

　　虽然没能躲开暗器，但是却避开了要害，没让暗器伤及心脏，只是刺中了胸口。

　　赵国庆不会去骂德川次郎卑鄙无耻，毕竟大家站在敌对面，正所谓兵不厌诈，只当是自己买了个教训。

　　不过，德川次郎的偷袭却是真的激怒了赵国庆。

　　好吧，任务要求带着一个活的德川次郎回去，我不杀你就是！

　　赵国庆五指如钩，鹰爪功瞬间使了出来，直接抓住德川次郎投掷暗器的手，接着就听"咔吧"一声，德川次郎的手腕断掉了。

　　事情并没有就此结束，"咔吧、咔吧、咔吧"又是三声，德川次郎另外一只手和两只脚也跟着断掉了。

赵国庆精于医术，下手非常准确，将来就算是德川次郎经过医治康复，他也会落下残疾。

丢下痛叫不止的德川次郎不管，赵国庆拔下胸口暗器迅速检查了一下伤势。

还好，暗器上没有毒，只要没有伤到要害自己就不会死。

"你受伤了？"七品目睹了刚才那一幕，吃惊地叫道。

伤在胸口，赵国庆可以自我医治，只是包扎却有点困难，见七品来到身边就微笑道："没事。你来得正好，帮我包扎一下吧。"

"哦。"七品应道，目光落在赵国庆的胸口却是满脸的感叹。

都伤成这样了，竟然还说没事？

硬汉，绝对的硬汉。

赵国庆先是吞下一颗护心丸下去，让自己彻底平静下来，然后取出金针封住伤口四周要穴，接着取出急救包止血、缝线，至于包扎的工作则交给了七品。

七品默默地为赵国庆包扎，一颗热血的种子却在他心里种下。

我要成为他这样的人，一个保家卫国的军人！

赵国庆根本不知道自己的一举一动无形中改变了一个人的梦想，他不只成为了七品的偶像，而且也彻底改变了七品的命运轨迹。

一年后，七品踏上了从军生涯，一路奋斗就只为再见到自己的偶像，并且在多年之后成为了赵国庆最得力的手下之一。

焦鹏飞三人带着其他山民押着毒贩赶了过来，大家一起加入救火的队伍中终于将火势压了下来，在天色微亮时火才算是被完全扑灭。

来不及喘口气，赵国庆立即将情况向贵卿进行汇报，然后四人押着德川次郎和二十多名毒贩回去复命。

只凭四人之力，竟然完成了连一支飞龙特种兵中队也没有十足把握完成的 F 级任务，赵国庆注定了要再次成为准特种兵中的传奇！

27 最终考核

赵国庆带队完成了 C 级任务和隐藏的 F 级任务，这让各方面的反应都不同。

贵卿一直跟在赵国庆等人身后，可以说她是看着赵国庆等人完成任务的，只是她一脸的茫然。

好半天贵卿才回过神来，喃喃了一句。"看来我真的是太小看他了，他注定是个创造奇迹……不，是个创造传奇的人！"

作为飞龙特种部队的大队长，宋飞扬也在这大山之中隐匿多时，他的出现就连贵卿和朱天成带领的另一队人马都没有察觉。

宋飞扬得到贵卿的汇报之后脸上露出兴奋的笑容，仰头看着天空。"队长，他和你一样，很强！"

朱天成带着准备接替赵国庆四人执行任务的飞龙特种兵远离战场，他认为赵国庆就算是不死也会重伤于此，因为准特种兵中没人比他弟弟朱元忠还强。

可是，朱天成接到的却是撤退的命令。

为什么要撤退？

什么，那小子完成了任务？！

朱天成吃惊得连下巴都快掉地上了，同行的飞龙特种兵们也是一个个不敢相信，只凭四个准特种兵就完成了本应由他们来完成的任务？

这简直就是个讽刺！

特种兵们的脸色难看，朱天成的脸更加难看，就像抹了层锅灰似的。

"撤！"朱天成不情愿地下达了命令。

不管怎么说，赵国庆确实带队完成了不可能的任务，并得到了应得的一切。

除了C级任务的六十积分外，参与作战的四人更是每人得到了五百奖励积分。

赵国庆遵守行动前的承诺，将那C级任务的六十积分也进行了平分，每人获得十五积分。

跟随赵国庆外出执行任务的焦鹏飞三人都认为自己沾了大光，虽然他们明确表示不需要再拿那十五积分，但是赵国庆还是坚持分给了他们，没有多拿一分。

至此，赵国庆的总积分已经达到了惊人的六百三十三，稳居准特种兵第一的位置。

消息传开之后，其余的准特种兵都是一阵羡慕嫉妒恨，后悔自己为什么没有和赵国庆一起外出执行任务呢？

赵国庆一下子成了准特种兵基地里面的香饽饽，总有人来找他，希望可以和他组队外出执行任务，却都被他拒绝了。

赵国庆拒绝的理由并非是因为看不起其他准特种兵们，而是隐藏任务就像买彩票似的，不可能次次都中奖。就算是真的再碰到了隐藏任务，那也不一定像前两次那么轻易完成，这谁也没有十足的把握。

另外，还有一个更充足的理由让赵国庆拒绝其他人的邀请，那就是朱元忠。

朱元忠在赵国庆归队后第二天就离开准特种兵训练基地了，据说他是要外出进行更好的治疗，可真实的目的却是想要强化自己的战斗力。

临走之前朱元忠找到了赵国庆，毫不客气地说："别以为你现在拥有六百三十三积分就一定能以准特种兵第一的成绩进入飞龙特种部队。别忘了还有最终考核，到时候我会夺回第一名的，我保证！"

准特种兵最终考核还有一个名字，逆袭之战！

最终考核时赵国庆这些准特种兵们将会被扔到一个完全陌生和封闭的

环境之中，进行为期一周的生存大挑战。

期间，准特种兵们不但要想办法生存下来，更为重要的是要防范其他参加队员，因为他们会想尽办法去掠夺你的积分。

经过前期的积累，每个准特种兵都会拥有一定量的积分，而在最终考核的时候积分少的可以使用任何手段夺取他人的积分，以此来增加自己的积分量。

只要你够强，哪怕在最终考核时你的积分还是负数，只要掠夺足够多的积分就有可能成为积分最高的人，因此最终考核才会被称为逆袭之战！

逆袭之战吗？

赵国庆心里一笑，既然朱元忠已经向自己下了战书，那自己绝没有回避的理由，不管如何自己都要保住这准特种兵第一的宝座，这是对自己的承诺。

好，到时候就让我们看看究竟谁才是准特种兵第一！

反正逆袭之战可以掠夺其他人的积分，赵国庆也不用担心积分会暂时被反超，接下来到最终考核这段时间他将要全心去打磨自己，让自己在最终考核时变得更强！

六百三十三积分，这已经完全打破了准特种兵基地有史以来的积分最高纪录，让作为准特种兵训练基地总教官的臭脸乔也为之动容。

无形中臭脸乔再次与赵国庆相遇时态度也发生了微妙的变化，当赵国庆提出不再接受任何任务及不参加基地里指定训练时，臭脸乔没有任何的意见，完全同意赵国庆留在基地里面进行自我训练。

一个月的时间转眼即过。

这一个月里除了赵国庆和朱元忠的积分停滞不前外，其他准特种兵的积分都在增加着，只是第一名六百三十三的积分却依然没有人能打破。

最终考核前十天，所有准特种兵都归队不再外出执行任务。

原因就只有一个，每个人都想利用这最后十天进行一次冲刺，看能不能将自己的实力进一步提升，好在逆袭之战中取得好成绩，至少也要保住自己原有的积分。

最终考核前一晚，已经没有人再进行任何训练了。

　　所有人都对自己彻底放松，让自己好好休息一夜恢复体力，准备以最好的状态迎接明天的逆袭之战。

　　晚饭后，一直在外治疗的朱元忠终于归队。

　　朱元忠的归来让大多数准特种兵都产生了一种无形的压力，每个人都看得出来，朱元忠不只是伤好了，他的实力也明显比一个月之前更强了。

　　"完了，又多了一个强有力的竞争对手！"

　　"我还以为他不会回来了，看来我想得太天真了，他怎么会放弃进入飞龙特种部队的机会呢？"

　　"朱元忠一定会夺取一个名额的，还有赵国庆，剩下的就只有三个名额，看来我想进入飞龙特种部队变得更渺茫了！"

　　"谁说不是呢？"

　　"唉，现在就看朱元忠和赵国庆之间谁能夺取准特种兵第一的成绩了，最高积分会是多少！"

　　……

　　人们小声地议论着，基地无形中飘荡着一股浓浓的火药味。

　　朱元忠现在的积分已经沦落为准特种兵中最后一名，可没有一个人因为他的积分最少而小看他，反而是把他看成了不可逾越的对手。

　　朱元忠本人也保持着一如既往的高傲，眼里根本无视他人，所有的注意力都集中在一个人身上。

　　赵国庆。

　　这里也只有赵国庆能被朱元忠视为竞争对手。

　　朱元忠直接走到赵国庆面前，沉声说："我回来了。"

　　"我一直在等你。"赵国庆毫不畏惧，与朱元忠对视着。

　　朱元忠的目光在赵国庆身上扫了扫，突感失望地说："你好像和一个月前没有什么不同。"

　　和锋芒外露的朱元忠不同，赵国庆锋芒内敛，外表完全看不出来有什么精进，以至于不少人都认为他这一个多月来都是在找地方偷懒睡觉。

　　赵国庆微微一笑，却什么话也没有说。

　　"实话告诉你吧，我已经领悟了八卦掌的真意！"朱元忠话里透着一丝得意，不到二十岁就领悟了八卦掌的真意，他被称为八卦门中的武学奇才一点也不为过。

"哦。"赵国庆轻应一声，却没有任何多余的表现。

其实赵国庆也不可能有更多的反应，因为他并不理解八卦掌，更不知道什么是八卦掌的真意。

八卦掌真意，很厉害吗？

朱元忠眼皮微微一沉，对赵国庆的反应非常不满，冷哼一声说："希望明天的逆袭之战中你不要太让我失望！"说完就转身离去。

"呸，臭屁的家伙。"冷无霜吐了一口唾沫，低声骂道。

虽然对朱元忠的态度非常不满，但是包括冷无霜在内，所有人都不得不承认一个事实，朱元忠确实很强。

"国庆，你有几成的把握打败他？八成有吗？"冯小龙低声问。

赵国庆摇了摇头。

冯小龙脸色微变，冷无霜和李实诚也是面色难看，相比而言他们更希望赵国庆拿准特种兵第一，而不是朱元忠这个高傲的人。

"那七成呢？"冯小龙接着问。

赵国庆又摇了摇头。

"六成呢？五成？四成总该有了吧？"冯小龙越问越心凉，却非常不甘心，可赵国庆却总是摇头。

"唉。我看你也别逼国庆了，这种事也是强求不得的。"冷无霜轻叹一声。

冯小龙也无奈地摇头叹了一声，轻拍了拍赵国庆的肩膀说："别灰心，就算是拿不到准特种兵第一也没关系，至少你还能获得第二名，进入飞龙特种部队是板上钉钉的事。"

"国庆，我会一直支持你的！"李实诚跟着讲道。

赵国庆一阵苦笑，心里暗道："我有说我一定会输给他吗？他现在实力究竟有多强没有人知道，没和他打之前你们让我怎么说？唉，不管如何这准特种兵第一我一定是要拿到的！"

28　魔鬼岛

距离边境十公里的深山里。

火光在黑夜里跳动得十分诡异，上面架着一只烤得焦黄的野鸡，一名浑身黑衣的男子坐在火光照不到的阴暗处，仿佛与黑夜融为一体。

黑夜男子胸口配着同为黑色的手里剑造型胸章，正中间位置一个清晰可见的"伊"字在火光的照映下闪动。

带有"伊"字的手里剑胸章，这是暗之佣兵的标志，而黑色显示对方在暗之佣兵中的等级。

黑夜原本就显得诡异，黑色级别的暗之佣兵出现在 Z 国境内更显诡异，最为诡异的则是黑衣男子那张脸。

准确地来说是张面具，鬼王面具。

散发着阴气的鬼王面具将黑衣男子的脸完全遮挡，构成了一副充满诡异色彩的画面。

"噗噗……"火架上面的烤鸡不断流油，散发着阵阵香气，已经熟了。

黑衣男子撕下一块鸡腿，刚想咬一口来缓解肚子里的饥饿，却听后面传来"哗哗"之声。

一名同样身着黑衣、面戴鬼王面具、胸前有着黑色暗之佣兵胸章的男子出现，单腿跪在先前的男子身后。

"队长。"跪在地上的黑衣男子轻声叫道。

两人都是暗之佣兵中鬼王战队的队员。

鬼王战队是暗之佣兵黑色级别的精英，他们虽然还属于黑色级别，但是其真正的战斗实力却已经可以和铜色级别的佣兵相当，尤其是鬼王队长的实力已经远远地超越了铜级佣兵的水平。

手里面拿着鸡腿的黑衣男子正是鬼王战队的队长，另一名则是他派出去的探子。

一个多月前德川次郎突然间消失，不久之后 J 国在 Z 国建立多年的情报网络就开始逐一被摧毁，鬼王战队出现在 Z 国的目的就是调查这件事。

一个星期前鬼王战队获得准确的消息，德川次郎被俘。

作为 J 国的传奇特工和德川家族的人，暗之佣兵接到密令，要不惜一切代价救出德川次郎，而鬼王战队的任务也变为了替德川次郎报仇，暗杀俘虏他的赵国庆。

经过周密的调查，鬼王战队对赵国庆的资料也有了初步的掌控。

一个刚刚入伍不到一年的列兵，一个飞龙特种部队的准特种兵，竟然以四人之力杀了二十八名灰色级别的暗之佣兵、活捉德川次郎。

得知这个消息后整个暗之佣兵团都受到了极大的震撼，这已经不单单是所接任务的事了，更关系到暗之佣兵的荣誉，不管出于何种目的他们都必须要让赵国庆死！

"说。"鬼王队长吐出一个字。

跪在地上的鬼王成员回道："已经得到了确切的消息，那些准特种兵们明天会被送到魔鬼岛接受为期一周的最终考核。目标赵国庆也在其中，这是我们动手的唯一机会。"

"魔鬼岛。"鬼王队长轻声念道，突然起身将手中的鸡腿扔到火堆中，沉声吩咐道，"立即召集十二鬼王，我们要在天亮之前潜入魔鬼岛！"

"是！"鬼王成员应道。

鬼王战队只有十二人，他们的实力却惊人的强，与飞龙特种部队的三十人中队硬碰硬也未必会有败迹。

他们全是高手中的高手！

转眼之间，两名黑衣男子消失于夜色之中，只留下不断闪烁的火光和已经烤得焦黑的野鸡。

一夜休整之后，准特种兵踏上了飞往魔鬼岛的飞机。

此时他们并不知道自己所要前往的目的地是魔鬼岛，更不知道暗之佣兵的鬼王战队已经潜上岛，开始了一场针对赵国庆的暗杀行动。

当然，其他参赛人员同样会受到生命威胁，那些暗之佣兵为了完成任务会不择手段的！

几个小时后，一架运输机飞经Z国海域上空。

直到此时赵国庆等人才知道最终考核的地点是有着"魔鬼岛"之称的小岛。

魔鬼岛位于Z国海域边沿线上，不管是岛上的地形还是自然条件都十分凶险，就连常年出海打鱼的渔民也不愿意靠近这座小岛，因此才有了魔鬼岛之称。

运输机内，每个人都是全副武装，臭脸乔刚刚向他们宣布了所有的注意规则。

每个人的衣服上都有一颗"扣子"摄像机，可以将赵国庆等人路上所遇到一切拍摄下并传到考核指挥部。

当遇到险情或者需要退出考核也可以直接呼救，隐藏于岛上的监督员会在第一时间赶到营救。

总之，每个参加考核的人员的一切行动都会被考核指挥部的人员看到。

另外还有一个重要的规则，那就是此次考核必须单兵作战，不准组队。

时近中午时飞机开始在魔鬼岛上空盘旋，臭脸乔下达命令之后，赵国庆等人开始一个个从运输机上索降。

跳伞对特种兵来说是再平常不过了，可对于赵国庆这些考核者来说却非常惊险刺激，因为他们只是刚刚在飞机上接受了臭脸乔对于跳伞动作要领的介绍，并且马上就要实践。

大部分人都是第一次跳伞，紧张是在所难免的。

一个倒霉的家伙因为落地的时候没有掌握动作要领，结果把两条腿给摔断了，考核才刚刚开始就被淘汰出去了。

因为迅速掌握一项完全陌生的生存技能也是对特种兵的基本要求，所以考核中才给这些人加上了跳伞这个环节，目的就是让这些准特种兵提前适应未来战场上的一切需求。

赵国庆也不太顺利，降落伞挂在了一棵树上。

他抽出军刀割断伞绳，双脚一着地就隐入了身边的灌木丛中，端着枪警觉地观察着四周。

刚刚在空中赵国庆已经对四周的地形进行了观察。

魔鬼岛说大不大，可说小也不小。

岛上三面是山，一面是水，中间的区域算是平原地带。

因为终年少有人上岛，所以岛上的植被都长得非常茂密，算得上原始森林了。

大家是飞机行驶的过程中跳伞的，因此非常分散，想要立即在岛上相遇并没有那么容易。

赵国庆躲在灌木丛中所要防范的也并非只有其他准特种兵们，还有岛上原居的飞禽走兽，这么好的生长环境天知道会遇到什么样的怪物？

确定自己没有危险后，赵国庆这才从灌木丛中走了出来，检查了一下身上的武器装备后开始在小岛上游荡了起来。

赵国庆对掠夺其他准特种兵的积分没有兴趣，他想要找的就只有一个人，朱元忠！

以实战来确定两人之间谁才是准特种兵第一！

考核指挥部中，宋飞扬亲自坐镇观看考核现场传回来的画面。

老实说，宋飞扬对准特种兵们的初期表现还算是满意。至少从每个人的现场反应来看，他们的作战能力比刚刚进入准特种兵训练基地时至少提升了一个档次，其中还不缺佼佼者。

准特种兵里只有五个人可以成为飞龙特种兵。

这个说法其实并不确切，如果准特种兵们的表现都非常突出的话，那宋飞扬是有权力多接收几个人的，毕竟飞龙特种部队里的人员一直都很紧张。

"吱。"指挥部的大门被推了开。

宋飞扬不用回头看就知道来人是谁，因为整个飞龙特种部队没有一个人敢进入自己所在的房间而不打报告。

"你来了。"宋飞扬头也不抬地说，并伸手指了下身边空出来的座椅说，"坐吧。"

一个长相俊美却面如冰霜的少女坐在了宋飞扬身边，正是赵国庆的未婚妻萧娅婳。

别看萧娅婳最近没有出现过，可她对赵国庆在准特种兵训练基地里面的表现却是一清二楚，谁让她有宋飞扬这个眼线在呢。

虽然宋飞扬已经向萧娅婳打过了包票，以赵国庆现在的条件进入飞龙特种部队是板上钉钉的事，但是她还是有所担心，特意请假过来亲自观看。

"那个就是国庆了。"宋飞扬伸手指了下移动的画面，接着向一名负责操纵满屋子仪器的特种兵吩咐了一声，画面就切换到了赵国庆的脸上。

画面不止是从赵国庆这些准特种兵身上的摄像头传来，在岛上的许多地方更是被安装了隐蔽摄像头，兼职为监督员的飞龙特种兵们同样带着摄像器材，因此这里所能看到的画面是多方位多角度的。

看着画面上的赵国庆，作为未婚妻的萧娅婳表面上没有什么反应，内心却是一阵悸动。

他比上次见面时又强了许多，也更帅气了，不愧是我看中的男人，他将来一定能……

心里面正胡思乱想着，眼睛的敏锐观察力却没有减弱一分，萧娅婳突然间叫道："把画面倒回去！"

技术员立即将赵国庆所在的画面往回倒。

"停！"萧娅婳叫道，接着吩咐，"把画面放大，拉到脚部！"

画面被放大拉到赵国庆脚部，那里是一片茂密的草丛，可是缝隙中却隐藏着一双明亮的眼睛。

要不是画面被放大的话根本不可能发现，草丛里面藏着一个人，身上经过周密的伪装，完全与草丛融为了一体。

"不用紧张，那是我们的监督员。"宋飞扬镇定地说。

"不！"萧娅婳一脸坚定地摇了摇头，眼神中闪过一丝担忧。

29　潜伏的危机

岛上每个监督员身上都携带着摄像器材和定位系统，宋飞扬为了让萧娅婻安心，当即向技术员下达命令将画面切换到影像上"特种兵"所拍摄的画面。

画面没有切换成功，同时技术员传来了一个令人紧张的消息，"报告，那个可能不是我们的人！"

每个定位器都有一个相应的编码，就像一个人的身份证，可以透过编码轻易识别出对方的身份来。

透过定位系统可以看到每个特种兵所在的位置，一个不少，却没有人潜伏在画面上的草丛中。

敌人？

宋飞扬心里"咯噔"一下，什么人会潜到魔鬼岛上来？

萧娅婻要比宋飞扬更紧张，确定隐藏在赵国庆身边的并非特种兵之后，她一下子站了起来。

宋飞扬却还算是镇定，抬头向萧娅婻讲道："你应该相信国庆，他有能力处理这次危机的！"

萧娅婻站在那里没动，心里明白宋飞扬的潜台词是什么。

如果赵国庆没有能力处理这次危机，那就算是你赶过去也没用，他早就被敌人给杀了。

"你可以联系上他的，快点告诉他有危险！"萧娅婻突然叫道。

赵国庆这些准特种兵都带着通讯装置，因此宋飞扬可以联络上每一个人。

事出突然，谁也不知道潜到岛上的敌人是出于什么目的，宋飞扬也同意萧娅嫡的建议，至少要告诉赵国庆他身边有潜在的危险才行。

"等一下。"萧娅嫡突然阻止宋飞扬联络赵国庆。

宋飞扬一脸好奇，见萧娅嫡盯着画面看就也将视线移了过去。

画面上的赵国庆似乎并没有发现身边草丛中潜伏着一名敌人，从草丛旁走过去继续小心翼翼地向前。

草丛里的敌人明显对赵国庆有着强烈的敌意，当赵国庆走过去之后一把明晃晃的匕首出现在了画面中，接着身上严密伪装、手中握着匕首的敌人就从草丛中站了起来，猛地扑向赵国庆。

敌人的动作迅速敏捷，毫不拖泥带水，在他身子腾空而起之前更是没有发出一点声响。

那把散发着寒光的匕首瞄准了赵国庆的后心，任何人面对这样的突然袭击都会束手无措，就算是避开了要害也会身受重伤。

宋飞扬着实为赵国庆捏了一把汗，后悔没有一开始就听萧娅嫡的话，认定那是个敌人。

萧娅嫡盯着画面的眼睛连眨也没眨一下，面色却看起来非常平静，并没有为赵国庆受到突袭而有过多的担心。

赵国庆就像是背后长着眼睛似的，敌人腾空跳起时他的身子微微一顿，接着就一个后踢踹了出去。

这一脚踢得非常及时，刚好踢中袭击者的胸口，成功阻止了刺来的匕首。

"咚。"袭击者坠入草丛中。

见赵国庆成功地化解了危机，宋飞扬完全松了口气，轻声嗔道："这小子。"

萧娅嫡也再次坐了回去，不再为赵国庆过度担忧。

宋飞扬和萧娅嫡都有一种感觉，赵国庆一早就发现了躲在草丛中的家伙，他们都被赵国庆那神一般的演技给骗了。

事实上赵国庆也确实察觉到了草丛中潜伏着一个人，只是并没有确定对方的身份，直到对方袭击自己时他还以为是一同参加最终考核的准特种兵。

袭击者偷袭失败，也被赵国庆的反应吓了一跳。不过，他并没有就此罢手。

在身子坠入草丛的一瞬间，袭击者将手中的匕首当作飞刀扔了出去。

赵国庆是玩飞刀的高手，在对方手腕摆动的时候他就已经知道接下来的动作，闪身避开。

飞刀从赵国庆身边飞过，深深地刺在了树身上。

赵国庆也在这时看清了对方的样子，根本不是什么参加考核的准特种兵，而那身打扮更像是潜伏在岛上担任监督员的飞龙特种兵。

飞龙特种兵怎么会偷袭我，而且还是下狠手?!

赵国庆想到自己刚才要不是提前察觉到危险并做出相应的对策，那现在自己已经是具尸体了，这让他心里一阵发凉。

袭击者见赵国庆避开了飞刀袭击，再感意外，身子与地面一接触就又弹跳了起来，手里面再次多了把匕首刺向赵国庆的要害。

敌人的动作如同行云流水一般，没有一丝的停滞，目的只有一个，不给赵国庆出手杀他的机会。

赵国庆举起手中的狙击步枪格挡住对方的袭击，目光也在这时落在了对方的胸口上，面色微微一变。

刚刚坐下来的萧娅嫱也是眉尖轻挑，袭击者攻击的动作似曾相识。

"把画面切换到赵国庆身上的摄像头！"萧娅嫱吩咐道。

技术员已经知道萧娅嫱身份特殊，因此不需要宋飞扬转达命令，立即将画面切换到了隐藏在赵国庆身上摄像头拍摄的画面。

"停，把画面放大！"萧娅嫱接连下达命令。

画面被暂停在袭击者胸口位置，接着被放大。

在袭击者的胸口位置有一枚胸章，之前一直被身上的伪装物遮挡，只是在与赵国庆交手中才偶尔闪现出来。

那是一枚手里剑造型的胸章，黑色，正中部位有一个明显的"伊"字。

宋飞扬这时也是面色突变，两眼死死地盯着画面上的胸章。

萧娅嫱再次站起身来，冰冷的面容难掩内心的担忧，扭头向宋飞扬讲道:"宋大队长,你应该清楚那枚胸章所代表的含义吧?"

宋飞扬用力点了点头,飞龙特种部队原本就会执行许多境外任务,与各个国家的佣兵交手是常有的事。

担任飞龙特种部队大队长之前,宋飞扬所在的部队执行更加凶险的任务,他曾经与佩带这样胸章的敌人交过手,知道那是暗之佣兵。

黑色级别的暗之佣兵,在暗之佣兵团中算不得什么真正的高手,可是其单兵作战能力却绝不亚于飞龙特种部队里面的顶尖高手,况且现在与之交战的是准特种兵!

"宋大队长,我有一种感觉!"萧娅嫡沉声讲道。

"你认为暗之佣兵出现在这里是冲着国庆而来的?"宋飞扬惊声问道,同样非常担忧。

有这样的想法也不难理解,在一个月前摧毁J国情报站的任务中赵国庆就已经与暗之佣兵交手,暗之佣兵回来报仇也是情理之中的事情。

"不止是这些。"萧娅嫡轻摇了下头,目光盯着正与赵国庆打斗的暗之佣兵讲道,"这个不过是普通的黑色级别暗之佣兵,赵国庆应该还能应付。可是,你应该听说过,这个级别中的暗之佣兵有一支强大的战队!"

"你是指鬼王战队?!"宋飞扬可以感觉得出自己在说出这句话的时候心脏猛烈地跳动了一下,接着又不确信地说,"鬼王战队应该不会出现在这里吧?"

"如果是你的话,你会派鬼王战队来吗?"萧娅嫡反问。

宋飞扬哑口无言,如果换成自己的话,那为了确保任务的顺利完成,一定会派出实力最强的鬼王战队亲自执行这个任务。

倒抽一口凉气,宋飞扬看向萧娅嫡,沉声问道:"你有什么看法?"

看法?

萧娅嫡当然不希望赵国庆出现任何问题。

可那是私人的角度,站在国家的角度,暗之佣兵竟然再次出现在境内明显是一种挑衅,必须将对方嚣张的气焰打压下去才行。

"杀光他们!"简单四个字表达出了萧娅嫡的霸气,和她俊美的面孔与年龄完全不符，也许这就是她的生活和命运。

宋飞扬眼睛微微一亮，向萧娅嫱讲道："我有一个想法。现在敌人出现在这里的具体目的和数量都不详，我想改变最终考核的规则，借助这些准特种兵们把敌人全部逼出来消灭。如果准特种兵们能完成任务最好，要是完不成的话，那再由我们亲自上阵除掉那些家伙！"

萧娅嫱点了点头，毕竟宋飞扬才是这里真正的指挥官，她不能过多干预这里的决定。

不管你是谁，既然你要杀我，那我就先让你死在我手里！

这就是赵国庆的原则，敌人想要他的命，他也就毫不留情，一招紧接着一招进行还击。

早在一个月前赵国庆的单兵作战能力就超过了普通的飞龙特种兵队员，经过一个多月的特训之后，他的实力更是精进。

此时赵国庆并没有拿出全部实力，只是以最普通的格斗技与对方过招，二十招之后就抓住机会将军刀狠狠地刺进了对方的心脏。

袭击者发出一声痛苦的闷哼，身体猛烈地挣扎一下就软了下来，无力地倒在地上。

干掉敌人之后，赵国庆迅速端枪后退，背靠着一棵大树警觉地看着四周，以防又有敌人偷袭自己。

同时，赵国庆脑子里面有着几个疑问。

暗之佣兵为什么会出现在这里？

他们的目的是想杀我吗？

除了眼前这个家伙外，岛上还有多少暗之佣兵，实力比这家伙更强吗？

其他人是不是也和我一样受到了暗之佣兵的袭击，是否有人遇难？

……

30 董英豪遇袭

确定周围没有其他敌人之后，赵国庆的目光再次落在了尸体上，看着对方胸口那枚黑色的暗之佣兵胸章。

应该把这个消息通知给其他人，好让大家早做防范。

念头刚起，赵国庆耳朵里就响起宋飞扬的声音。

"大家注意，因为出现了意外事件，所以最终考核的规则会稍微调整。"宋飞扬讲道。

最终考核已经开始了，规则却发生了调整，这恐怕是准特种兵最终考核有史以来第一次。

宋飞扬先是向大家简单介绍了一下暗之佣兵的来历及等级划分，之后讲道："除了之前的规定外，你们现在又多加了一项任务，那就是清除潜到岛上来的暗之佣兵！俘虏或者猎杀一名灰色级别的暗之佣兵可以获得五十积分、一名黑色级别的暗之佣兵一百积分、铜色级别的暗之佣兵两百分、银色四百分、金色八百分！"

虽然大家已经知道了暗之佣兵的战斗能力要远在他们之上，但是听到如此诱人的积分奖励后还是非常心动。

况且，就算是没有积分奖励，作为Z国士兵他们也有义务和觉悟去和这些暗之佣兵战斗。

"请问，是否能组队？"突然有人问道。

既然单兵作战能力不如对方，那组队无疑是最好的选择，至少可以增加战胜敌人的可能性。

这个问题问出之后，几乎所有人都肯定宋飞扬一定会回答"可以"的，结果却让他们非常失望。

"不能。"宋飞扬直接回道。

不能组队？

这无疑是一道晴天霹雳在每个人头顶炸开，有人甚至认为宋飞扬是不是吃错药了？

单兵作战能力相差巨大，如果不能组队的话，那与敌人相遇岂不是白白送死？

"为什么？"有人问道。

"为什么？你们难道忘了作为一名军人的第一守则吗？"宋飞扬问。

服从命令，不该问的不问！

宋飞扬接着讲道："除非你们是想主动退出考核，否则的话就按命令行事！"

没有人退出考核，面对死命令大家只能选择执行。

下达完命令之后，宋飞扬又接连向飞龙特种兵们下达了命令。

潜伏在岛上的飞龙特种兵一共有两个中队，六十人，此时被宋飞扬分成了若干个小组。

每个准特种兵身后至少跟着一个特种兵小组，他们的任务是负责暗中保护这些准特种兵，而准特种兵们的真正任务则是引出敌人。

赵国庆看着地上的尸体，既然不能组队，那就只能单独作战了，伸手揣下敌人的胸章就开始在岛上游荡起来，寻找暗之佣兵。

同时，每个参加考核的准特种兵还得防范着其他人的偷袭，宋飞扬可没说过取消之前的考核规定，它依然有效。

萧娅婳已经登上魔鬼岛，她不放心赵国庆，可在没有必要的情况下她是绝对不会出手的。

宋飞扬留在指挥室内掌控全局，命令技术员调查之前的所有监控录像，查看暗之佣兵是什么时候潜上来的，一共来了多少人。

151

还没开始调查，技术员就告诉宋飞扬一个不好的消息，那就是安装在岛上的隐蔽摄像头正在一个个被人为破坏。

从一个残存的画面上得到了证实，鬼王战队也在魔鬼岛上。

很快就又有一个不好的消息传来，暗之佣兵是趁着夜色潜到岛上的，唯一能确定的是他们在这里，却不能确定他们究竟来了多少人。

"这帮混蛋！"宋飞扬暗骂道，同时捏紧双拳，心里暗暗担忧。

如果暗之佣兵来的不止是黑色级别的，还有更高级别的佣兵，数量又过多的话，那只凭眼前这些人真的能消灭他们吗？

宋飞扬想到了萧娅婻，她确实是那个部队里面被称为百年难得一见的战斗天才，论单兵作战能力的话暗之佣兵里怕没有一个是她的对手，可其他人呢？

这会是一场硬仗。

魔鬼岛，西南山峰之上。

一棵参天大树顶端立着一名黑衣男子，面戴鬼王面具，正是这次敌人的总指挥，鬼王战队队长。

鬼王队长身形完全隐于阴影之中，即使是站在树下也很难发现他，更别说是更远地方的人了。

他手里面拿着高倍望远镜，已经将整座鬼王岛观察了两遍，脸上露出阴冷的笑容。

宋飞扬安排准特种兵在前，飞龙特种兵在后的布局已经完全被他看到。

破坏岛上的隐藏摄像头只是他行动计划的第一步，第二步才是行动的真正开始。

赵国庆这些准特种兵们分散在整个魔鬼岛，经过整整一下午的寻找，却再也没有遇到一名敌人，以至于他们在想宋飞扬是不是和他们开了个玩笑。

天色暗下前赵国庆就找了个隐蔽的地方躲了起来。

这一天也只有赵国庆碰到了真正的暗之佣兵，他自然知道这不会是宋飞扬开的玩笑，而暗之佣兵由伊贺忍者演变而来，他们更加擅长暗杀。

月高风黑夜，晚上是暗之佣兵行动的最佳时机，因此赵国庆才会事先找个地方躲起来。

这么做一来是避免受到敌人的伏击，二来则算是守株待兔，等待着敌人自动上钩。

天色很快就暗了下来，还刮起了阵阵寒风。

赵国庆将身子完全缩在山石后面，背后是崖壁倒也不用担心有人偷袭，他只需要注意眼前的动静就行了。

"哗啦啦……"一阵碎石响动。

这也是赵国庆选择这一片地域埋伏的一个主要原因，附近有许多因风化而形成的碎石，只要有人从这里经过，任你再怎么谨慎也会发出轻微的响动来。

听到声音响起，赵国庆的神经立即绷了起来，微微冒出点头，端起狙击步枪指向声音传来的方向。

透过加装俯视仪的瞄准镜看去，赵国庆很快发现了目标。

董英豪？

赵国庆认出来人并非暗之佣兵，而是同为准特种兵的董英豪。

董英豪并不知道赵国庆藏在这里，他只是无意间经过这里，自己不小心发出响声之后就立即停下脚步，端枪警觉地看向四周。

既然不是敌人，而考核的规定不准组队，赵国庆也就没有出去和对方打招呼的想法，董英豪也就没有发现他的存在。

原地站了几秒之后，董英豪继续前进，走出碎石区后身子一晃消失在草丛中。

"这家伙不会也打算在这里落脚吧？"赵国庆心里想，透过瞄准镜看了看他正躲在草丛中正取出压缩饼干啃着，然后又向周围检查了一圈，接着就再次隐到了山石后面。

"哗啦。"几分钟之后又一次传来石块滑动的声音。

董英豪躲在草丛中不会这么快就又跑回来，赵国庆听到声动后立即端枪看去。

一道身影从碎石上中跃过，接着就迅速隐到了灌木丛之中，其速度之快难以想象，而所隐藏的位置也正好是董英豪无法开枪打中的地方。

他知道董英豪躲在那里？

赵国庆突然有了这么个想法，可奇怪的是对方躲在那边也没有向董英豪发起攻击的打算。

"啪啪啪……"正当赵国庆感到奇怪的是，枪声突然在另一个方向响了起来，而且听声音距离自己也就百米远，只是中间隔着茂密的树木而无法看清。

这是怎么回事？

赵国庆一阵好奇。

这就是鬼王队长的计划，既然每个准特种兵身后都跟着飞龙特种兵，那他就先让人拖住飞龙特种兵，然后再派人去袭击准特种兵。

敌人已经得到了很明确的消息，因此他们并不打算和飞龙特种兵死战，只是拖住对方的脚步。

至于准特种兵们，他们抱着宁可错杀一百也不放过一个的心态，决定不管遇到的是不是赵国庆都要击毙。

那边枪声一起，赵国庆就看到这边隐于灌木中的敌人扔出一个东西来。

炸弹？

不对，它明显是飞向空中的，并非要袭击董英豪！

闪光弹！

几乎在看到东西飞出之时，赵国庆脑子里面就闪过数个想法，接着就将眼睛闭了起来。

"嘭！"四周突然间被照得比白天还亮。

"啊！"董英豪发出一声痛叫，接着就扣动扳机盲目射击。

幸亏赵国庆事先察觉到并闭上了眼睛，否则他现在就会像董英豪一样暂时失明。

敌人潜伏在灌木丛中没动，等枪声微顿之时，他如同一头饥饿的猎豹一般蹿了出来，直接朝董英豪扑了过去。

董英豪听到响动再次扣动扳机，只可惜他已经失去了先机，再加上双目暂时失明，根本看不到敌人，射击的子弹没有一发击中目标。

　　"咔。"弹匣里的子弹眨眼之间就打光了，而这时敌人也已冲到草丛前，飞身跃起。

　　"噌。"一把 J 国武士刀被拔了出来，在黑夜中散发着阴冷的寒光，划出一道弯月般的弧线砍向董英豪的脖子。

　　董英豪看不见敌人，却有一种直觉，知道自己现在非常危险。

　　"完了。"董英豪暗道，紧张地咽了口唾沫。

　　明月照映之下，敌人脸上戴着一张阴森的鬼王面具，和那把武士刀一样散发着浓重的死亡气息袭向董英豪。

31　不死不休

寒风凌厉，对射击的影响非常大。

敌人移动的速度也非常快，更是造成了射击困难。

赵国庆本想等更加合适的机会再开枪，可看到董英豪处在生死一线间，只能选择扣动扳机。

因为知道这些暗之佣兵不好对付，所以赵国庆一早就为自己的狙击步枪加装了消音器，以避免枪声惊动其他敌人。

子弹飞射了出去，和赵国庆预料的一样，并没能击中对方的要害。

"噗。"子弹打在了目标右肩上，对方手中的武士刀也失去了准头。

"噗。"刀身在董英豪肩膀上划出一条深深的口子，看起来非常吓人，却并不算是致命伤。

疼痛让董英豪回过神来，他的视力也在逐渐恢复之中，隐隐约约看到一个模糊的影子，左手拔出军刀就刺了过去。

刀身在敌人身上划出一道浅浅的口子，并没有造成什么伤害，却成功地逼退对方。

敌人选择撤退并非因为董英豪的反击，而是肩膀上中的那枪让他意识到了附近躲着一名狙击手，为了避免自己再次成为射击的目标才慌忙离开董英豪的。

目标既然出现了，赵国庆怎么能容对方逃走？

双脚一蹬，赵国庆就从山石后面跃了出来，先是来到了董英豪身边。

董英豪的视力还没有完全恢复，见有人靠近就本能地挥刀刺去，却被赵国庆一把抓住。

"是我。"赵国庆轻声喝道，目光却紧盯着敌人藏身的方向，时刻防范着对方的偷袭。

董英豪听出是赵国庆的声音，心里松了口气，知道刚刚是赵国庆出手救了他的，感激地道："谢谢。"

敌人看起来暂时不会再现身，赵国庆瞟了一眼董英豪的肩膀。

伤口很深，已经伤及骨头，如果不及时治疗的话那条手臂估计会废掉。

这才是考核的第一天，董英豪一直坚持到了现在，却要因为肩膀上的伤而退出考核了。

"以后还有机会的，先保住命再说。"赵国庆安慰道。

董英豪明白赵国庆说的什么，他的特种兵之路暂时要终结了，要是不顾身上的伤继续战斗下去他将失去更多。

想到这一路走来的艰辛，突然要退出，让董英豪心里有些不舍，面色更是难看到了极点。

"能不能答应我一件事？"董英豪说着看向敌人藏身之地，语气阴沉地说，"替我狠狠地教训那个家伙！"

赵国庆还在担心董英豪心里会放不下，听到他这么说就已经知道他想开了，轻点了下头就提枪追了过去。

至于董英豪，刚才发生的事已经通过画面传到了指挥部，要不了多久就会有人来救他。

赵国庆这时还不知道什么鬼王战队，只是从那张鬼王面具上分析出对方身份的特殊性，因此非常小心，以免中了对方的埋伏。

来到目标藏身的地方，赵国庆却发现敌人已经离开了这里，地上只留下一摊血迹，看来刚刚那一枪对敌人造成了一定的伤害。

赵国庆没有犹豫，顺着血迹就追了出去。

两分钟之后，散落在地上的血迹突然间在一棵树前消失了，也就在这时头顶突然砸下一股寒风。

"呼。"赵国庆全力向后退出一步，几乎同时一道寒光从他眼前闪过，他要是退得稍微慢一点就会被武士刀劈成两半。

肩膀受伤的鬼王面具佣兵站在赵国庆面前，刚才那一刀显然使出了他的全力，此时身体正在喘着气微微起伏。

赵国庆瞟了眼对方那还在淌着血的肩膀，开口讲道："失血过多会让你死在这里的。投降吧，我可以保你不死！"

"呼！"回答赵国庆的是凌厉的刀风。

找死！

赵国庆怒了，原本就非常讨厌这些J国佣兵，答应留对方一条命也只是想从对方嘴里探知一些敌情，可既然对方找死的话就怨不得自己了。

闪身避开对方袭击之后，赵国庆一脚就踹了出去。

这一脚没有任何的花招，却快而准，时机把握得也刚刚好，一脚正中对方的胸口。

"咚。"敌人向后飞起撞到树身后砸在了地上。

看似赵国庆随意的一脚就打败了对方，可事实上却并没有那么简单。

鬼王战队十二鬼王，每一个人都是暗之佣兵黑色级别中最强的，实力基本上达到了铜色级别的暗之佣兵。

就算是赵国庆的单兵实力在十二鬼王之上，可要想击败对方也得费些力气才行。

可惜的是，眼前的鬼王先前就被赵国庆的狙击枪所伤，经过这一阵奔跑后失血过多，加上刚才的全力袭击更是耗尽了体力。其实力大打折扣，这才被赵国庆一脚就踹趴下的。

这一脚踹断了对方几根骨头，使他伤上加伤，鲜血顺着鬼王面具流了出来。

鬼王挣扎了一下还想爬起来，却被赵国庆一脚踩住。

赵国庆已经摸清了这家伙的品性，知道只要留着一口气在他就不会收手，因此也是毫不留情。

右手五指如钩，鹰爪功跟着就使了出来。

"咔吧……"随着几声脆响，敌人的四肢已经被赵国庆废掉，想要再动手已经是不可能。

接着赵国庆就一把捏住对方的下巴，防止对方咬舌或者吞毒自杀，另一只手迅速摘掉了对方的鬼王面具。

随着鬼王面具被摘，赵国庆盯着敌人的脸微微一怔。

女人？

眼前这个难缠的家伙竟然是一个女人，而且年纪绝不会超过三十岁。

有的人会因为对方是个女人就放松了警惕性，甚至抱着不打女人的心态，这实在是可笑。

别忘了战场上只有敌我之分，哪有男女之分。

不知道有多少抱着大男子主义思想的人，因为小看了自己的敌人而死在女人之手。

赵国庆也是心神微微一顿，接着就没有再将对方当作女人去看，也正是归正了这个想法，下一秒才救了他自己一命。

"你们一共有多少人？"赵国庆问，同时手上略微松了点劲道，方便对方讲话。

只见对方嘴巴微张，却没有声音发出，而是吐出一道寒光。

赵国庆观察细微，反应也是非常快，察觉到不对劲之后就立即将手中的鬼王面具挡在了面前。

"啪！啪！啪！"三声，鬼王面具上多了三根寸长的针，通体发黑明显是浸过毒的。

都说最毒妇人心，看来果真如此。

眼前这个恶毒的女人已经被赵国庆废了四肢，竟然还想着要杀了他，如果反应稍慢点就会死在她手中。

赵国庆从对方嘴里取出发射毒针的暗器装置，同时取出暗藏在牙齿里的毒丸，然后才讲道："我知道你们是暗之佣兵，因此我劝你还是不要再和我耍花招了，否则我会让你生不如死的！"

眼前的女鬼王连最后的杀手锏也被赵国庆给破了，此时连自杀都做不到，似乎也放弃了抵抗，目光在赵国庆脸上转了转，问道："你就是赵国庆？"

赵国庆面色微变，对方说出这句话至少有八成的概率证实了自己之前的想法，这些暗之佣兵是冲着自己来的。

女鬼王看到赵国庆脸色变化后就冷哼一声，沉声讲道："别以为打败了我就有什么了不起的，我在鬼王战队里面只不过排名十二，是最弱的一个。魔鬼岛上除了我们十二鬼王外，更有五十名黑色级别的暗之佣兵。我们的任务就是杀你，不死不休！"

果然是冲着我来的。

赵国庆早就有了心理准备，因此并没有太多的意外。

坐在指挥部里的宋飞扬两眼盯着画面上的女鬼王，他已经完全听到了对方的话，心里却是一惊，比当事人赵国庆还要紧张。

五十名暗之佣兵，另外还有鬼王战队的十二鬼王！

出动如此庞大的力量竟然只是为了杀赵国庆这个准特种兵！

宋飞扬坐不住了。

魔鬼岛上的飞龙特种兵加上准特种兵，再算上自己和指挥部这些人也不过百人。

要是双方全力一战的话，那宋飞扬绝不会有丝毫的害怕、恐惧，可现在却完全不同。

敌人的目标是赵国庆，而且还不死不休，凭眼前的力量自己很难保全赵国庆。

思考再三之后，宋飞扬联络上了潜伏在魔鬼岛上的萧娅嫣，将敌人的数量和目的告诉了她，并讲道："我觉得应该立即护送国庆离开魔鬼岛！"

作为赵国庆的未婚妻，并且偷偷潜到魔鬼岛上来保护他的萧娅嫣，原本应该是最为赞同宋飞扬这个提议的人，可她接下来说的一句话却让宋飞扬愣住了。

"你有没有考虑过国庆的想法？"萧娅嫣问。

宋飞扬愣在了那里。

没错，他可以上级的身份直接向赵国庆下达撤退的命令，甚至可以采取强制措施带赵国庆离开。可这都忽略了一个细节，让赵国庆离开魔鬼岛只是他宋飞扬一个人的想法，他根本没有征求过当事人赵国庆的意见。

宋飞扬盯着画面上的赵国庆，心里淡淡地说了句："有必要问他吗？"

宋飞扬苦涩地摇了摇头，画面上赵国庆那张毫不畏惧的脸已经给出了答案，他是绝不会在这个时候离开魔鬼岛的！

32　白热化的战斗

打不过就跑，暂时撤退只是为了将来更好的胜利！

这是赵国庆从小就被灌输的信条，他也一直贯彻执行这个信条。

现在，赵国庆却没有任何逃离这里的想法，因为他并不认为自己已经陷入了绝境之中，他还能战斗。

"啊！"女鬼王突然发出一声尖锐的呐喊声。

这种声音很奇特，并非疼痛而发出的声音，却透着一股悲切的死亡气息。

身在跟前的赵国庆耳膜都快被震破了，心脏更是受刺激而加速跳动起来，浑身的血液迅速流动，几乎难以控制。

反观发出尖锐叫声的女鬼王，面色狰狞，两只眼球充血好像将要炸开一般，耳朵、鼻孔、嘴巴更是流出黑色的血液来。

音波功？

小说和电影中经常会出现音波功，赵国庆小时候也曾听长辈们谈起过音波功，现实中确实存在着这种武学，可以用声音来杀人。

奇怪的是，赵国庆除了心跳加速、浑身莫名的躁动及耳膜将要被震破外并没有更进一步的死亡表现。

看来对方的音波功还没有练到家，不足以杀人。

不对！

赵国庆面色微变，突然间意识到对方发出这尖锐的声音并不是为了杀自己，而是……信息传递！

女鬼王一定是以这种特殊的方式来通知魔鬼岛上的其他暗之佣兵，告诉他们目标就在这里。

赵国庆的猜测大致上正确。

女鬼王的叫声有一个名称，死亡呐喊。

是耗尽生命之力而发出生命的最后一声叫喊，以此来通知同伴她的遭遇。同时这种叫声还有另一个含义，她找到了目标，赵国庆就在她身边！

在这三面环山的魔鬼岛，回音加速了死亡呐喊的传播，很快就响彻了整个魔鬼岛。

几乎同一时间内，潜伏在魔鬼岛上的暗之佣兵们全都停止了各自的行动，目光同时看向死亡呐喊的源头。

鬼王队长还潜在那棵树端，整张脸都藏在鬼王面具之下，唯一露在外面的那双眼睛却在死亡呐喊传来时变得更加阴冷。

"行动，不管付出多大代价也要杀了赵国庆！"鬼王队长下达了命令。

遍布在魔鬼岛上的暗之佣兵们停止了先前的任务，开始朝着一个方向奔去，他们将以最快的速度赶过去，全力刺杀赵国庆。

赵国庆察觉到女鬼王是在传递消息之后，拇指微微一用力，对方的声带就遭到了彻底破坏，声音也跟着停了下来。

"你是想叫其他人过来，对吧？"赵国庆面上露出一丝诡异的笑容，接着讲道，"这样正好，省去了我去寻找他们的麻烦。"

女鬼王面色依然狰狞，赤红的眼睛却有些不解，并开始变得恐惧起来。

她完全看不透赵国庆，却有那么一种不好的感觉。

之前他们全都小看了赵国庆，只凭十二鬼王和五十名黑色级别的暗之佣兵就真的能杀得了他吗？

宋飞扬原本想不顾一切命令赵国庆撤离魔鬼岛的，却因为萧娅婳的一个反问而犹豫了起来，听到敌人所发出的死亡呐喊后面色完全变了。

宋飞扬是为数不多知道那叫声含义的人，知道用不了多久魔鬼岛上的敌人就会出现在同一个地方，将赵国庆团团包围，不死不休！

让赵国庆撤离魔鬼岛似乎有些晚了，敌人已经知道了赵国庆的位置。

接着赵国庆的举动更让宋飞扬无法理解。

只见赵国庆并没有直接杀了女鬼王，甚至还用金针刺穴法帮助对方吊了一口气，让她还活着。

随后，赵国庆将对方绑了起来，扛着她迅速转移了地方。

女鬼王被扔在了一个较为显眼的地方，赵国庆在女鬼王身下设了诡雷陷阱。

"他在干什么？"宋飞扬不解地问了一句。

"你难道到现在还看不出来吗？"萧娅嫚反问，接着就又讲道，"他是在准备和敌人战斗，利用那个俘虏来吸引敌人的注意力！"

宋飞扬刚才的问题原本是问自己的，没想到却得到了萧娅嫚的回答，同时也明白了赵国庆的想法。

"这个臭小子！"宋飞扬暗骂一句，想法也跟着发生了改变。

既然作为当事人的赵国庆都丝毫不怕，还能冷静地与敌人作战，自己一直想着让他撤离魔鬼岛是不是有些太沉不住气了。

这真是皇帝不急太监急！

宋飞扬自嘲地骂了句，向萧娅嫚讲道："我知道该怎么做了。"

接下来宋飞扬就下达了命令，让魔鬼岛上所有的飞龙特种兵在最短的时间内赶到赵国庆附近。以赵国庆为中心点，在方圆五百米之内设下防线，尽最大的努力阻止敌人靠近赵国庆！

虽然宋飞扬明白自己的人根本不可能阻止所有的敌人接近赵国庆，但这也是他唯一能做的事情了，尽可能地减少敌人对赵国庆的威胁。

此时埋伏在女鬼王附近，等待着敌人上钩的赵国庆并不知道，他的举动可谓是牵一发而动全身，无形中加快了敌我双方决战的时间。

一场大战即将在魔鬼岛上展开！

"啪嗒。"赵国庆的手背突然被一滴水珠砸中。

"啪嗒、啪嗒……"水珠落下的速度越来越快，这时竟然下起了雨。

黑夜、寒风、雨水，不管哪一个都对射击会产生影响，尤其是对射击精准性要求很高的狙击手来说。

恶劣的自然环境注定了不久之后的战斗将会是一场恶战，除了比拼各自的实力外，更重要的则是每个人的勇气。

　　狭路相逢勇者胜，这时任何一方的士气稍微弱些就会注定失败。

　　任凭风吹雨打，赵国庆趴在那里都没有动一动，两眼紧盯着数十米之外奄奄一息的女鬼王及四周的环境，仿佛已经石化一般。

　　"轰隆！"

　　这并不是来自于天空的闷雷，而是地面上的爆炸声，接着就是密集的枪声。

　　怎么回事？

　　赵国庆微讶，放下狙击步枪，端起夜视望远镜看向战斗声传来的方向。

　　战斗并不止一个地方。

　　赵国庆身后是断崖，断崖后是翻涌的海浪，除了正后方外其他三个不同的方向都先后传来战斗声。

　　从战斗的规模来看，至少有上百人在战斗中。

　　直到此时赵国庆才明白了点什么，自己无意中的举动引爆了一场全规模的战斗。

　　这样也好。

　　赵国庆心里露出一丝笑意，至少将躲在暗处的敌人全都逼了出来，接下来就看谁更强悍一点了。

　　飞龙特种兵事先就已经在防线上埋伏好，占据了地理优势，战斗打响之后双方势均力敌。

　　飞龙特种兵没办法一口气吞掉暗之佣兵，暗之佣兵想要闯过飞龙特种兵的防线却也没有那么容易。

　　这时似乎所有人都忽略了另一支本不应该被忽视的战斗力，那就是原本应该是魔鬼岛上主角的准特种兵们。

　　之前准特种兵接到命令要猎杀暗之佣兵，可是一下午的寻找连个鬼影也没有发现，夜晚刚发现点线索却又突然间失去了敌踪。

　　战斗声无疑为准特种兵们指明了方向，二十多名准特种兵不约而同地围了过来。

虽然最终考核规定他们不能组队，但是这些人一拥而上却迅速成为了一支不可轻视的战队。

飞龙特种兵加上准特种兵们，在人数上远多于暗之佣兵，再加上他们以前后合围之势夹击敌人，使那些原本擅于暗杀的佣兵们不再具备任何的优势。

战况突然间变得对暗之佣兵非常不利，作为此次行动总指挥鬼王队长开始头疼，同时非常恼怒。

"一、二、三、四小组对付前面的特种兵，第五组对付后面的菜鸟，鬼王战队准备突破防线过去杀了目标！"鬼王队长接连下达命令，将队伍一分为三。

敌人一分为三，表面上看起来是弱化了自己的力量，实际上却体现出了鬼王队长的精明。

只凭那五十名普通的黑色级别暗之佣兵们或许不是飞龙特种兵的对手，可是却能在短时间内牵制住飞龙特种兵们的力量，而鬼王战队则向藏在袖子里面的利刃一般，随时会发出致命的一击。

鬼王队长的安排短时间内就取得了效果。

飞龙特种兵们所面对的压力确实突减，可此时敌人也已经建立了自己的防线，强攻并没有那么容易，反而会加大己方的伤亡。

作为后方作战力量的准特种兵们，他面对的敌人虽然只有区区十个，但是战斗起来却比飞龙特种兵们更加吃力，能保全自己就已经是件不容易的事了。

战斗很快就进入到了白热化状态。

鬼王战队依然如同袖里藏刀一般等待着，等飞龙特种兵们疲惫之时也就是他们出手之际。

战斗进行了整整一夜，寒风稍微小了些，雨势却没有丝毫停止的意思，天空中乌云密布好像还是黑夜一般。

赵国庆嘴里面嚼着一块压缩饼干，两眼却没有任何的倦意，保持着以往的警惕性，手指始终轻搭着扳机。

差不多是时候了吧？

赵国庆有种感觉，自己的战斗马上就要开始了。

33　鬼王战队受阻

飞龙特种兵固然厉害，可他们面对的暗之佣兵实力却也不弱。

经过整整一夜的恶战之后，不管是飞龙特种兵还是敌人都已经疲惫，而这时正是鬼王战队行动的时刻。

"给我杀进去，不惜一切代价！"鬼王队长下达了严格的命令。

鬼王战队队员个个拥有一身过硬的本事，在昨天的恶战中他们却休养了一夜，这时如同恶狼一般冲杀了过去。

本已经疲惫的飞龙特种兵见状立即打起精神来应战，无奈的是敌人的实力实在是太强了，战斗刚开始就被两名鬼王队员突破防线冲了过去。

眼看着就要失守，所有敌人都有可能冲过去之时。

这时一颗子弹突然飞至，击毙了第三名想越过防线冲过去的鬼王队员。

及时出现并开枪击毙敌人正是拥有飞龙特种部队第一狙击手之称的宋飞扬。

宋飞扬在指挥部里早已经坐不住了，尤其是战斗出现疲软之时他更是清楚一直隐而未出的鬼王战队，这才匆匆赶来亲赴前线。

与宋飞扬一起赶到这里来的还有飞龙特种部队第二狙击手，贵卿。

贵卿已经战斗了一夜，更是因为受到敌人的集中火力攻击而身上多处受轻伤，可作为飞龙特种部队里面的唯一女特种兵，她的表现比一个男人还要强悍。贵卿非但没有因为身上的伤而撤出战斗，反而是发现鬼王战队打算突围之时赶了过去，与大队长宋飞扬一起将这个缺口给补上。

面对飞龙特种部队两大狙击手的拦截，刚刚还气势汹涌的鬼王战队被拖住了脚步，想要再从这里突围必须考虑一下自己的脑袋才行。

"大队长，有两个鬼王战队的人跑过去了。"贵卿心急地叫道，她知道后面就只有赵国庆一个人，同时面对两个鬼王战队的人，赵国庆有胜利的可能吗？

"守好这里就行了！"宋飞扬下达命令。

魔鬼岛上宋飞扬是除萧娅嫣之外最不愿意看到赵国庆有任何伤害的人，可作为飞龙特种部队的大队长他更加清楚自己现在没有能力去阻止所有敌人越过防线。另一方面，宋飞扬清楚赵国庆不是被关在笼子里的金丝雀，而是一只凶狠的猛兽，就算是有两名鬼王队员跑过去了也未必能从赵国庆手中讨得好处。

况且，几乎没有人知道赵国庆身边还隐藏着一个厉害的人物，那就是萧娅嫣。

宋飞扬不知道萧娅嫣现在的战斗能力高到了什么程度，可他却非常肯定一件事，那就是即使再有两个鬼王队员跑过去了，只要萧娅嫣出手他们就绝无活着的可能！

越过防线的两名鬼王分别在鬼王战队排名第七和第十一，至于那名被宋飞扬击毙的鬼王则排名第五。

十一号鬼王和赵国庆一样是个狙击手，看到躺在显眼位置的十二号鬼王时他并没有直接冲过去，而是迅速找掩体藏了起来。

七号鬼王身材庞大，拥有一身结实的肌肉，力量惊人，使用的是重机枪。他唯一的缺点是智商比常人略低了一点，在鬼王队长的指挥下他的战斗力将会是鬼王战队中最强的，可一旦失去了指挥，那只能用蛮牛来形容他了。

发现同伴之后，七号鬼王并没有像十一号那样躲起来，而是直接冲了过去。

此时一同前来的十一号只需要喊一声，那七号就会立即停止脚步不再前进，他却并没有那么做。

十一号鬼王身材瘦小，力量上是他的一个弱项，只是凭借着狙击方面的天赋才挤进鬼王战队的，因此在实力排名上一直是他的忌讳。他想要在鬼王战队中排名更高，那牺牲一个排在他前面的人无疑是一条捷径，况且这个人死了之后或许还能为他创造一个狙击目标的机会，他又何乐而不为呢？

十一号鬼王以狙击手的角度去分析问题，一眼就看出躺在显眼位置的十二号是个陷阱。

他端枪敏锐地观察着周围有可能藏人的地方，只等着七号被击毙之时目标暴露，那时是他狙击的最佳时机。

已经在这里潜伏了一夜的赵国庆自然也看到了闯入视线的两名鬼王队员，他没有去狙击完全暴露在他枪口之下的七号鬼王，而是锁定了距离更远、躲避更深的十一号鬼王。

原因很简单，一来七号鬼王到十二号鬼王身边就有可能触动诡雷陷阱，二来作为狙击手的十一号鬼王明显才是对自己最具威胁的人。

七号鬼王只是智商稍微低了那么一点而已，并不是不会思考，否则他也不可能在战场上活那么久，更不可能成为鬼王战队的队员，还位列第七。

跑到中途见与自己一起前来的狙击手突然间不见了，七号鬼王就隐约间意识到了什么，很快停止脚步向四周看了看，几乎同时枪声跟着响了起来。

几个被他认为有可能藏着人的地方遭到了袭击，有一颗子弹甚至是擦着赵国庆脑袋飞过去的，只是赵国庆却连眼皮都没有眨过一下。

大概是觉得附近没有敌人，七号鬼王再次迈开脚步向前走去，在十二号鬼王身边蹲了下来。

"静子，静子。"七号鬼王连叫两声，接着将手伸过去探了探，发现对方还有微弱的呼吸之后就伸手将其抱了起来。

"笨蛋！"十一号暗骂一句，一脸的不屑，眼睛却更加敏锐起来，寻找着赵国庆所躲藏的位置。

赵国庆早已经锁定了十一号鬼王，只是对方的身形完全隐藏于草丛之中，不能直接锁定对方的要害，因此才没有开枪。

机会，赵国庆在等待着射击的最佳机会，即使一枪未击中目标，那也不能让自己暴露。

静子一被抱起来，藏在她身下的诡雷就跟着被触动了开关，接着就是一声爆炸。

这就是赵国庆等待的机会。

不管一个人注意力有多么集中，爆炸突然间响起都会让对方分神。

爆炸声一响，一颗狙击子弹就从赵国庆的枪口飞射了出去，袭向对面的十一号鬼王。

因为不能直接看到目标的要害，所以赵国庆只能根据露在外面的枪管去判断敌人的要害位置，精确度也就出现了偏差。

十一号鬼王的心神因爆炸突然响起而有些动荡，几乎同时他感觉耳朵一痛，左耳听到的尽是"嗡嗡"声，鲜血顺着脸颊流下，疼痛刺激着他的大脑皮层。

不得不说能进入鬼王战队的人绝非常人，普通人耳朵被子弹打掉一定会做出疯狂的举动，可是十一号鬼王却是将牙齿用力咬了咬，没有发出一点声音来。

在哪儿，在哪儿？

十一号鬼王不断在心里问自己，两眼更是来回巡视着，清楚赵国庆已经知道了他的位置，而他却还不知道赵国庆躲在哪里。

爆炸产生的大部分威力都被静子承受了，本来还有一口气的她也彻底去了地下世界。

七号鬼王也受到了强大的冲击，最直接的伤害是他的两条腿，膝盖之下早已经是血肉模糊，整个人躺在地上痛苦地大叫着。

赵国庆依然没有理会七号鬼王，目光紧盯着对面的十一号鬼王，对方的枪口只是微微晃动了下，却还处在原来的位置，因此确定自己刚才那一枪并没有击毙对方。

一枪未中，赵国庆变得更加谨慎了，没有急着开第二枪，等待着下一次机会的到来。

十一号鬼王已经将周围所有可以藏人的地方巡视了两遍，可依然没有找到赵国庆，再加上耳朵的疼痛和血液的流失几乎让他失去了理智。

冷静，我一定要冷静才行。

十一号鬼王暗自告诫自己，深吸几口气后他启动了通讯装置。"队长，十二号已经死了，七号几乎成了废人，我也受伤了，需要增援！"

这再次体现出了十一号鬼王的狡诈，他不愿意拿着自己的命去冒险，想要叫来更多的人帮助自己寻找赵国庆。

鬼王队长这边也陷入到了苦战，当两名手下冲破防线之时他本以为这次任务可以顺利完成的，却没想到收到了这样的消息。

十二号、十一号、七号，三名鬼王竟然杀不了一个准特种兵，那个叫赵国庆的列兵究竟强大到了什么程度？

"十号、八号，火力掩护，其他人强行突破！"鬼王队长下达命令。

十号和八号同样是机枪手，他们的火力可以暂时压制宋飞扬和贵卿。

强行突破则是不顾生死。

鬼王队长已经没有什么耐心了，他不在乎在这次任务中会牺牲多少人，他考虑的就只有任务。

只要能完成任务，在他看来不管牺牲多少人都是值得的。

机枪声率先咆哮了起来，宋飞扬、贵卿被迫潜伏下去，鬼王队长趁机带着其他人不顾生死地冲杀了过去。

此时在宋飞扬附近还有几名飞龙特种兵，只是这些人或多或少都已经受了伤，一夜的苦战更是疲惫不堪，再加上附近其他暗之佣兵的火力牵制，面对鬼王队长的带队冲杀他们显得心有余而力不足。

34　大战鬼王队

"队长，怕是守不住了！"贵卿叫了一声。

"先挡住眼前这些人再说！"宋飞扬吼道，说完向后瞟了一眼，心里暗道，"国庆，现在只能靠你自己了。"

宋飞扬现在也是无奈，根本腾不出人手去帮赵国庆。

鬼王战队一共有十二人，赵国庆和宋飞扬各击毙一人，只剩下十人。

十人中赵国庆牵制住两人，宋飞扬、贵卿牵制两人，真正突破防线跑过去的也只有六人。

六人，看起来不多，可他们全都是暗之佣兵里黑色级别中的精英所在，每个人的单兵作战实力可谓都在普通的飞龙特种兵之上，赵国庆真的能应对吗？

结局如何真的没人能保证。

赵国庆虽然只是一名准特种兵，当兵连一年的时间都不到，但是他这半年来已经创造出太多太多的奇迹，绝不能以常理来看待他。

十一号担心增援赶来之前自己就已经死在了赵国庆的枪下，目光游动之后落在了七号身上，用通讯器叫道："七号，快点起来！"

"我的腿断了，起……起不来！"七号没有使用通讯器，直接吼道。

"只是腿断了而已，你的手又没有受什么伤！听着，不想死在那里的话就和我一起想办法找到那家伙，杀了他！"十一号讲道，七号是现在他唯一能借助的力量了。

就算是傻子也不会想死，更何况七号并不算是太傻，他心里也有着强大的求生欲望。

"我……我要怎么做？"七号询问。

"拿起你的枪，我要你往附近所有可疑地点射击，逼那家伙出来！"十一号吩咐道。

"好，好。"七号连声应道，忍着断腿的疼痛，挣扎着拿起重机枪开始扫射起来。

远处突然变得激烈的战斗让赵国庆意识到用不了多久就会有更多的敌人到此，再加上眼前七号的疯狂射击，他决定改变之前的战斗计划才行。

枪口微微移动，锁定了身在显眼位置的七号身上，手指跟着就扣动了扳机。

"噗。"七号的脑袋向后一仰，枪声也跟着停了下来。

在那里！

十一号暗自兴奋，他终于找到了赵国庆的位置，枪口指向十一点钟方向的一棵枯树。

赵国庆躲在枯树后面，用军刀在树身上挖了一个洞，前面借以杂草掩护，这样他能看到别人，别人却看不到他。

不过，每次扣动扳机之时，子弹飞射出去都会带动树洞前的杂草飞扬。

虽然雨水和风可以立即将其掩盖，但是对于一个观察入微的狙击手来说这点已经足够了，一次可以忽略，第二次就很容易被发现。

十一号找到了赵国庆的位置，却并没有扣动扳机。

原因很简单，枯树成了最好的掩体，赵国庆就好像藏身于碉堡中的枪手一般，敌人明明知道他在那里却苦于没有下手的机会。

只能等其他人来了再说。

十一号心里想着，确定赵国庆的位置后就好办多了，只要有其他帮手就很容易将其击杀。

对方想等，赵国庆却不愿意再耗下去，开始朝目标射击。

"当。"这一枪将十一号的狙击镜打烂了。

十一号心里一惊，明白赵国庆是凭借着他露在外面的枪口来判断性射击。

幸好角度出现了一点点微弱偏差，子弹打中瞄准镜后弹跳开了，否则那一枪应该能击中他的脑袋。

不过，即使是这样，十一号也着实被赵国庆的枪法给吓了一跳，急忙将露在外面的枪给拉了回来，完全隐藏于草丛中。

此时十一号心里多少已经对赵国庆产生了一定的恐惧，干脆将脑袋完全趴了下来，用双手护住头部，免得成为赵国庆射击的活靶子。

小子，你给我等着！

先让你嚣张一会儿，等我的人来了，看我怎么收拾你！

十一号心里一句接着一句咒骂，想着增援到达后也就是他翻身的机会了。

"咻。"一颗子弹贴着十一号的头皮飞过，这让十一号暗自庆幸他刚刚的英明决定，否则现在已经成为一具尸体。

"咻、咻、咻。"子弹一颗接着一颗飞过，每次都稍微有些偏差，却足以对十一号造成威胁，让他趴在那里一动不敢动。

"啪啪啪……"身后突然传来一阵脚步声，接着就在十一号附近停了下来。

"人在哪里？"通讯器里传来了鬼王队长的声音。

终于赶来了！

十一号心里一喜，忙回道："在我十一点钟的方向。看到没，那里有棵枯树，目标就躲在树后面！"

鬼王队长看向百米之外的枯树，在众多树木中它是那么扎眼，同时也是那么容易被人忽视。

"过去，杀了他！"鬼王队长下达命令。

跟着鬼王队长来的人刚想行动，却听十一号叫道："等一下！队长，那家伙是一个厉害的狙击手，就这么冲过去是往他的枪口上撞。"

鬼王队长一抬手，其他人立即停止了行动，并且迅速隐藏于掩体之后，避免成为赵国庆射击的目标。

眼珠子转动了一下，鬼王队长再次开口。"二号，炸掉那棵树。十一号，那家伙要是跑出来就给我立即击毙他！"

"是。"十一号应道，伸出舌头舔了舔嘴唇，双手紧握狙击步枪，心里暗道，"小子，现在该看我的了！"

二号背上背着一个奇怪的桶，得到命令之后他就将桶取下来放在地上，经过拆解组装，片刻之后他手里面就多了把火箭筒。

装上火箭弹，二号向鬼王队长轻点额头。

"火力掩护！"鬼王队长下达命令。

枪声立起，子弹由多个方向袭向枯树，二号趁机从掩体后站起，瞄准、射击。

"嗖……嘭！"火箭弹准确地击中了目标，枯树应声倒下，火光四射。

听到爆炸声，十一号立即半跪在地上端起枪，这样更便于他看清目标，再说有这么多人掩护他似乎也不需要担心什么。

瞄准镜遭到了破坏，可十一号的视力却非常好，只要赵国庆被逼出来他有十足的把握一枪毙命，只是……

人呢？

十一号怔在了那里，本应该从树后被逼出来的赵国庆并没有出来。

不，准确地说树后面根本没人！

十一号不敢相信地放下了狙击步枪，瞪着眼睛看向百米之外，那地方确实连个人影也没有。

糟了！

十一号突然想到刚刚自己为了躲避赵国庆的射击将脑袋完全趴在地上，那段时间里赵国庆完全有机会转移位置。

"噗。"心念刚起，十一号的脑袋就被一颗子弹击中，身体轰然倒地。

狡诈的十一号心机算尽，自以为可以成功猎杀赵国庆，可自始至终他连一枪也没开过，到头来反被赵国庆狙杀。

赵国庆之前接连向隐于草丛中的十一号射击，看起来像是被逼无奈而做出的疯狂之举，可实际上每一枪都是有目的的。

当十一号将狙击步枪收回，整个脑袋都贴在地面上后，赵国庆就已经开始从枯树后撤退，同时还继续朝对方射击让他以为自己还躲在枯树之后。

怎么回事？

鬼王队长一脸的不解，被狙杀的人不应该是目标吗，怎么成了自己的人？

"混蛋，谁能告诉我那家伙躲在哪里？"鬼王队长低沉地吼道。

"在上面！"有人叫道。

鬼王队长目光投了过去，看到断崖上有人影一闪就消失了。

太好了，上面是断崖，我看你能往哪跑！

"你们两个往那边，你们两个去那边，你跟着我。听我的命令，大家一起开枪向上冲，一定要杀了他！"鬼王队长吩咐道。

"是。"众人应道。

六人被分成了三组，从三个地方同时向断崖上面突袭，枪声一刻也没有停止过，不给赵国庆任何还击的机会。

敌人的突袭看起来很顺利，没有任何伤亡的情况下就登到了断崖之上，将包围圈缩小到了极限。

这时，鬼王队长变得更加小心了，指挥着每一个人谨慎地行动。

根据鬼王队长的判断，赵国庆就躲在十米之外的山石后面，已经没有了任何退路。

在鬼王队长的指挥之下，敌人先是用炸弹袭击，紧接着一起扑了上去。

人呢？

所有人都愣在了那里，山石后面只有一声接着一声的海浪，哪有赵国庆的人影？

"队长，那小子该不会是跳下去了吧？"其中一人讲道。

鬼王队长向下看了看，这里距离海面有数十米高，崖下更是暗礁无数，从这里跳下去根本没有什么生还的希望。

"不！"鬼王队长摇了摇头，他太了解Z国军人了。

就算是被逼上了绝路，Z国军人也会想办法弄死几个敌人来陪葬，而不是就这么跳下去自杀。

可是，如果赵国庆没有从这里跳下去的话，那他去哪了？

暗之佣兵由伊贺忍者演化而来，至今暗之佣兵里还流传着许多古老的忍术，因此鬼王队长第一时间想到的就是赵国庆有可能利用类似于忍术之法躲起来了。

"找，给我找，他一定就躲在附近！"鬼王队长吼道。

赵国庆既然选择这里作为伏击敌人的地方，自然不会给自己准备一条绝路，一早他就为自己安排了退路，好方便自己在情况不利的条件下转移。

在敌人还为他的消失而疑惑不解之时，他已经转移到了敌人屁股后面。

这就是以彼之道还施彼身。

暗之佣兵由伊贺派忍者演化而来，喜欢用障眼法，那赵国庆也就用障眼法来迷惑敌人。

枯树、断崖，这都是赵国庆用来迷惑敌人的工具。

趁着敌人不注意，赵国庆端起狙击步枪就朝最容易被击中的家伙开了一枪。

"噗。"一名同伴在鬼王队长身边倒了下去。

突如其来的变故让剩下的五人全都一惊，纷纷躲避在掩体之后。

"看，他往那边跑了！"其中一人叫道。

鬼王队长很快就锁定了赵国庆的身影，渐渐失去理智的他吼道："追上去，杀了他！"

"是！"其他人应道。

作为暗之佣兵，鬼王战队的等级虽然只是黑色级别，但是他们也在佣兵团里面享有极高的荣誉，尤其是在同一级别内更是神一般的存在。可是现在，他们却被一个当兵不过一年，连特种兵都不是的准特种兵给耍得团团转。怒了，全都怒了，五人中已经没有一人能保持清醒的头脑与理智。

赵国庆非常聪明，是个战斗天才，再加上从小受到特殊环境的熏陶，知道如何才能掌控战场上的节奏。

以单兵作战能力而言，赵国庆现在也不过是比普通的飞龙特种兵高出那么一点点而已，与一名鬼王战队队员的实力也只在伯仲之间。

问题是，赵国庆拥有其他人所没有的天赋，这场战斗已经完全被他掌控，他掌握着战场上的节奏。

　　赤手空拳的搏斗，也许只需要两名鬼王战队队员就能杀了赵国庆。

　　因此赵国庆尽量不让这种局面发生，他使用狙击步枪战斗，擅长远攻，时刻保持着与敌人间的距离。

　　另一方面，狙击手的大忌是停留在同一个地方连续开枪，那样会被敌人发现并围攻，很容易死在敌人的炮火之下。

　　赵国庆不停地移动着，一来是避免这种情况的发生，二来是想尽可能地分化敌人的战斗力。

　　即使同为鬼王战队的成员，每个人的战斗能力和身体素质也不尽相同，这就为赵国庆提供了便利。

　　看起来赵国庆是不敌鬼王战队而狼狈地逃命，实际上他则是利用快速奔跑来拉开敌人之间的距离。

　　不知何时雨已经停了下来，道路却依然泥泞。

　　赵国庆躲在一棵大树后面接连深呼吸，好让自己尽快平静下来。

　　"啪嗒、啪嗒。"泥泞的道路上奔跑最不可能避免的就是脚步声。

　　听到身后传来的脚步声后，赵国庆停止了快速呼吸，集中精力去听敌人的位置与动向。

　　一名鬼王队员站在距离赵国庆不足五十米的地方，周围树木茂密，别说是五十米了，就连二十米之内躲着一个人也不容易被发现。

　　追到这里，鬼王队员突然间发现自己跑得太快了一点，同伴都已经被自己远远地甩在了后面。

　　这就好像踢足球一样，你必须时刻兼顾身边的队友，一旦跑得太快就只能单兵作战，失去了同伴的支援。

　　此时，这名鬼王队员还没有意识到自己的处境危险，脸上还露出一丝得意的笑容，目光盯着地面上的脚印。

　　脚印一直延伸到三十米之外，消失于灌木丛之中。

　　他又向前走了两步，看到灌木丛中露着一截枪管，身子马上躲到了旁边的树后，脸上的笑意更浓。

　　脚印是赵国庆留下的，枪管也是赵国庆的狙击步枪，只是赵国庆人并不在灌木丛中。

那里不过是赵国庆给敌人留下的陷阱而已。

将狙击步枪藏在灌木丛中并特意露出一小截枪口后，赵国庆就从灌木丛后面绕到了现在的位置，目标的斜后方。

敌人完全上当了，并没在发现赵国庆实际上躲在他身后，将注意力完全集中在了灌木丛中。

其实这也不能怪他，赵国庆是名狙击手，已经射杀多名鬼王战队队员，如果他不集中精力全力应对的话根本没有可能去击毙一名狙击手。

赵国庆右手握着手枪，左手端着枪托，透过瞄准具锁定目标，身上的感官则在感觉空气的流动及一切影响射击的环境因素。

这完全是一个狙击手在全力狙击时的表现。

用一把手枪去狙击，这在一般人眼里觉得不可思议。

怎么，不是只有用狙击步枪才能狙击吗？

对于一个真正的狙击手来说，他们不在意自己手里使用的是何种武器，或者说任何武器在一名狙击手手中都能成为置敌于死地的狙击器材。

被赵国庆锁定为目标的鬼王并没有将自己的发现告诉其他队员，这是他的一点私心。

为了猎杀赵国庆已经牺牲了那么多人，如果他能凭借一人之力猎杀了赵国庆，那他在鬼王战队……不，应该说是在整个暗之佣兵团内的地位都将提升一个等级！

鬼王战队？

哼，是时候和鬼王战队告别了，还有这枚黑色的胸章，不久之后它至少将变成铜色的。

敌人脸上的笑意更浓了，已经开始做起白日梦。

"啪啪啪……"敌人枪里的子弹在毫无征兆的情况下向灌木丛扫射，一口气将弹匣里的子弹全都打了出去。

即使是这样，他也不认为就能杀掉赵国庆。

右手拽下一颗手雷朝着灌木丛中投了过去，左手扔掉手中的步枪，抓起手枪就朝枪管露出的位置射击，直到子弹再次打光为止。

这下该死了吧？

鬼王队员一脸的得意，认为赵国庆就算是拥有三头六臂，面对刚才的密集攻击也是必死无疑。

"砰！"赵国庆扣动了扳机。

鬼王队员心神一动，那得意的笑容还挂在脸上，太阳穴的位置却流下血浆来，接着身体就倒了下去。

成功射杀敌人之后，赵国庆没有任何犹豫，迅速冲到灌木丛中找回自己的狙击步枪离去。

后面的敌人很快就会赶来，他在原地多停留一分钟就有可能被敌人包围。

不到一分钟的时间，鬼王队长就和一名鬼王队员赶至，看到地上的尸体后立即隐藏了起来，随后另外两名队员也先后到达，四人在尸体附近隐藏了起来。

除了偶尔传来的鸟叫声外，四周静悄悄的。

很快这些人就根据现场留下的战斗痕迹和脚印分析出之前这里发生了什么。

鬼王队长突然间冷静了下来，明白过来赵国庆并不是被他们逼得亡命而逃，而是想等他们落单之后再将他们一一击毙。

"这个狡猾的家伙！"鬼王队长心里暗骂一声，向其他三人下达了新的命令。

接下来的时间里谁也不准单独行动，必须集体行动！

"队长，那家伙应该已经跑远了。"一名鬼王队员轻声提醒。

鬼王队长看向消失在远处的脚印，心里也明白赵国庆既然是想等他们落单后独个解决，那一定不会在此久留。

"你在前面，你们两个走中间，前进。"鬼王队长下达命令，将四人分成一二一的队形前进，自己躲在最后面，也最不容易受到赵国庆的狙击。

所有人都认为赵国庆已经趁机逃远了，事实上他们又错了。

出其不意，一直以来都是战场上的制胜法宝，赵国庆也将它融会贯通到了自己的战斗中。

先前赵国庆一直在跑，想要以速度让敌人落单，现在他却反其道而行突然间停下来等着敌人的到来。

赵国庆没有远离刚刚狙杀敌人的地方，只是换了一个地方又躲了起来，此时抓在他手里面的是狙击步枪。

狙击步枪比手枪的射击距离更远，更准确，因此赵国庆现在躲的地方也稍远一些，藏身于草丛之中。

敌人非常警觉，却根本没想到赵国庆就在附近。

当第一名敌人出现在赵国庆的视线中时，赵国庆没有丝毫的犹豫，迅速扣动了扳机。

狙击步枪加装了消音器，子弹几乎没有发出一点声响，走在最前面的敌人也没有任何察觉就倒了下去。

跟在后面的两人见同伴突然间倒了下去，脑袋上还多了个血窟窿，吓得两人迅速躲在了掩体后面。

鬼王队长跟在最后面还不知道发生了什么事，喝道："怎么了，为什么停下？"

"队长，那家伙就在前面！"其中一人回道。

鬼王队长这时才看到远处同伴的尸体，心里也是微凉。

赵国庆，他究竟是什么身份，他真的只当了不到一年的兵，他真的只是一名准特种兵？

这怎么可能？

一个当了不到一年的兵、一名准特种兵怎么会如此厉害？！

鬼王队长突然间有个想法，一定是他们的情报错误，否则整个鬼王战队对付一个当了不到一年兵的准特种兵怎么会伤亡这么大？

这要是传出去的话，绝对是一个笑话。

"赵国庆。"鬼王队长嗓子里面低吼了一声，充满了愤怒。

35　决斗

成功击毙目标后，赵国庆没有停留，立即抓起狙击步枪转身就跑。

追赶赵国庆的鬼王战队包括鬼王队长在内只剩三人，他们已经被赵国庆不时变动的战术搞得有些神经质。明明该追的时候不追，该停的时候却又不停，生怕会再次中了赵国庆的圈套，成为下一个被击毙的目标。

对于赵国庆来说现在是摆脱三人的最佳机会，可他并不打算那么做，因为他的目的是杀了对方。

只是，敌人变得越来越谨慎小心，稍微有点风吹草动就立即隐藏起来，为赵国庆的狙杀增加了难度。

从天亮到天黑，又从天黑到天亮。

敌人紧追着赵国庆不放，却又伤害不了他。

同样的，赵国庆也没有再获得任何机会去狙杀他们中的任何一人。

四人就这么在魔鬼岛上来回转，似乎谁也奈何不了谁，一时间达了奇特的平衡状态。

另一边，宋飞扬他们的战斗早已经告一个段落。

暗之佣兵在飞龙特种兵的双双围剿之下伤亡过半，剩下的人散落在魔鬼岛上躲藏了起来。

飞龙特种兵这边伤员也有近半，幸运的是并没有阵亡数字，只是有两名准特种兵身受重伤早早地被淘汰了出去。

虽然没有死亡数字，但是宋飞扬的愤怒却已经达到了极点。

魔鬼岛可属于 Z 国境内，你们暗之佣兵跑到这里来伤了我这么多人，不把你们全部剿灭对得起我飞龙特种部队的威名吗？

哼，我看我这飞龙特种部队大队长也别干了！

宋飞扬所做的第一件事就是送伤员离开魔鬼岛进行治疗，第二件事是调派地方海军力量将魔鬼岛团团包围，以防散落在岛上的暗之佣兵逃窜出去，第三件事才是下达命令让魔鬼岛上凡是能战斗的士兵全都加入对暗之佣兵的寻找及歼灭任务。

魔鬼岛上敌我之间的大规模战斗演变成地方性的短暂冲突，惊险性却一点也没有降低。

准特种兵的战斗能力确实不如飞龙特种兵或者暗之佣兵，可为了获得更多的积分他们也是拼了命，竟然也屡屡传来佳绩，宋飞扬不时收到准特种兵消灭飞龙特种兵的消息。

看来这批准特种兵的韧性还是非常强的。

宋飞扬已经暗自做出了决定，等最终考核结束之后，他将要尽自己的能力争取留下更多的人进入飞龙特种部队。

不知不觉，鬼王队长和另外两名鬼王队员已经跟在赵国庆屁股后面追了两天两夜，期间没有任何的休息。

这不管是对一个人的体力还是意志力都是一种极大的消耗，人已经达到了崩溃的边缘。

即使是这样，鬼王队长也没打算放弃对赵国庆的追杀，在他看来赵国庆的状态只会比他们差，而不会比他们强。

事实恐怕要让鬼王队长失望了。

赵国庆精通金针刺穴手法，还研究了国宝级医术——华佗医针。

在平时的训练中，赵国庆就利用金针刺穴及华佗医针帮助自己保持比别人更多的精力，一天中只需要休息两个小时就能达到常人熟睡八个小时所能达到的状态。

这种办法在战场上更是得到了优异的体现。

虽然这些天来赵国庆同样没有真正睡过一觉，但是只要一有机会他就会利用金针刺穴和华佗医针之法来帮助自己提起精神。

此时，赵国庆的体力同样受到了极大的消耗，可他的精神却非常的好，这让他明显处于优势状态。

"噗。"最后一颗狙击子弹打出去，却并没有击毙目标，只是暂时阻止了敌人进击的脚步。

身后是高耸入云的崖壁，前面和左右是密林，分别被三名敌人守着。

看起来赵国庆已经被逼到了一个死角，逃无可逃。

赵国庆脸上却看不出一丝的失望与恐惧之色，处在绝境中却非常镇静。

是时候和这些家伙来个了断了。

赵国庆暗自讲道，他是特意将三人引到这个地方来的，借此来和敌人来个了结。

鬼王队长和另外两名鬼王队员的体力和意志力都处在崩溃的边缘，他们真正的实力最多只能发挥出平常的三成。

赵国庆的精神状态却非常的好，他的战斗力保持在日常的八成左右，就算是三人同时攻击他也有七成的把握获胜，因此才在这时决定和敌人来个了结。

"砰！砰！砰！"赵国庆故意用手枪开了三枪，以此来吸引敌人的注意力。

"队长，那小子的子弹似乎是打光了！"一名鬼王队员兴奋地叫道。

"别中计了，小心一点！"鬼王队长警惕地叫道，担心赵国庆是故意装着狙击步枪没子弹的样子，等他们冲上去时却又突然间狙击。

经鬼王队长这么一提醒，另外两人立即潜伏下来没敢冲出去。

赵国庆心里苦笑一声，暗道："这三个家伙还真是一朝被蛇咬十年怕井绳。"

自己有意吸引对方过来了断，可对方却怕会是个陷阱而躲着不敢上前。

好吧，既然你们不过来，那就由我过去好了。

犹豫之后，赵国庆决定主动攻击。

将手枪里的子弹重新填满之后，赵国庆分别往前面和左侧分别投出一颗手雷，接着就全力朝右侧冲了出去，同时手中的枪也是火力全开袭向右侧的敌人。

赵国庆拥有飞刀绝技，三十米之内谓是例无虚发，这投掷手雷的水平也是一绝。

两颗手雷都准确地落在目标附近，如果他们不躲避的话就只能被炸死，而要是躲避的话短时间内根本没机会去防备赵国庆，这也就为赵国庆创造了机会。

右侧的敌人躲在一棵双生树后面，当赵国庆猛地朝他冲过来时他还想着还击，可在赵国庆的火力全开之下，他很快就被一颗子弹击中了右臂，吓得他慌忙躲了起来。

赵国庆全力奔跑之下很快就赶到了敌人面前，而这时手枪中的子弹也悉数打光。

敌人把握时机非常准确，枪声一顿他就再次冒出头来，可还没看到赵国庆就见一个黑影砸来，吓得他本能地又缩了回去。

"啪。"一把已经没有子弹的手枪砸在双生树上落在了敌人身边。

混蛋！

敌人暗骂一声，早知道只是一把没子弹的手枪，那他冒着被手枪砸中脑袋的风险也要开枪击毙赵国庆。

只可惜，机会已经失去，他后悔也没有用。

赵国庆已经绕过双生树，手中握着一把军刀，快如闪电般朝敌人刺了过去。

"啊！"敌人发出一声痛叫，他的右手直接被军刀贯穿，手中的枪也落在了地上。

赵国庆动作不停，手腕上提。

"噗"的一声，军刀从敌人的手掌中被拔了出来，接着就在对方脖子上狠狠地划了过去。

"唔！"敌人发出一声闷哼，双手捂着脖子痛苦地挣扎了起来。

"啪啪啪……"另外两个方向的敌人这时扣动了扳机，赵国庆身子一滚躲到了双生树后面，成功地避开了子弹的袭击。

几乎没有喘一口气，赵国庆伸手抓起敌人落在地上的全自动步枪，脚一蹬就将尸体踹了出去。

"啪啪啪……"一串子弹落在了尸体上，而此时赵国庆已经在双生树另

185

一侧扣动了扳机。

误将同伴尸体认为是赵国庆的两人又有一人被击毙，另一人则迅速躲了起来。

赵国庆也回到了双生树后，至此追杀他的鬼王战队就只剩一人。

唯一还存活着的是鬼王战队队长，他到现在还活着也不知道应该说是幸运还是悲哀。

被称为黑色暗之佣兵中最强的鬼王战队，十二人几乎全都死于赵国庆之手，另外一起同来的五十名黑色级暗之佣兵被困在了这魔鬼岛，相信用不了多久他们也会全部被歼灭。

整个鬼王战队、五十名黑色级别的暗之佣兵，耗费了这么庞大的力量竟然还没能完成任务！

鬼王战队队长已经没有任何活着的理由了，即使他真的能杀了赵国庆，那等待着他的也将是剖腹自杀来谢罪。

赵国庆绝不会因为杀了几个鬼王战队队员就自大得迷失自我，他此时依然非常的冷静，只是所面对的压力却已经减至最少。

这样的情况下，只面对一名鬼王战队成员，即使对方是队长，赵国庆依然有九成的把握杀了对方。

就在赵国庆想着如何才能将这最后一人引出来击毙之时，却听鬼王队长先开了口。

"赵国庆！"鬼王队长吼了一声，用的是还算流利的Z国话。

赵国庆有些意外，却还是应了一声，"什么事？"

"实话说，我承认这次任务失败了，从接到任务之初我们就犯了一个致命的错误。那就是，不该将你当成一个准特种兵来看待，更不该把你看成一个入伍不到一年的新兵，你……非常的强，强到了出乎我们所有人的意料！"鬼王队长说着一顿，接着吼道，"赵国庆，你是我真正的敌人，敢不敢像一个男人一样出来和我进行决斗？"

决斗？

赵国庆有些意外，这该不会是对方给自己设下的陷阱吧？

36 中毒

"哈哈……"随着一阵自得、嚣张、嘲笑的笑声传来，鬼王队长叫道，"我就知道，你们Z国男人根本不能算是男……"

"闭嘴！"赵国庆吼叫一声打断了对方的话。

赵国庆绝对不是一个易怒或者容易中激将法的人，可是你侮辱我一个人可以，把整个Z国男人都带进去就不行！

就算是不为我自己，那我也得给所有Z国男人挽回面子！

陷阱又如何？

老子就要看看你们无耻的J国人还能玩出什么花招！

"怎么个决斗法？"赵国庆问。

"我知道你没有弹药了。这样吧，我们把手中的武器都扔掉，走到前面的空地上像个男人一样格斗，怎么样？"鬼王队长回道。

无耻！

赵国庆暗骂一句，自己之前确实没什么弹药了，可现在却是弹药充足！

害怕我的枪法就说害怕我的枪法，还打着为我着想的旗号，其实就是想着比我多吃几年饭，认为我打不过你是吧？

"好，你出来吧！"赵国庆没有任何犹豫，要是论格斗的话，自己还真不怕他。

"嘻嘻。"鬼王队长先是阴险地笑了笑，接着就讲道，"小子，你让我出去，该不会是想趁机开枪杀我吧？"

赵国庆没有说话，反正对方不出来的话自己才不会傻到主动走出去吃对方的枪子。

原因很简单，无耻是 J 国人的天性。

"我相信你们 Z 国军人不会说话不算数的。那好，我先走出来！"鬼王队长一副大义凛然的样子，接着就走了出来站到前面一小块空地上。

赵国庆没有急于出去，先是仔细地审视了一下鬼王队长，接着又认真看了看附近有没有其他敌人。

确定这里只有自己和鬼王队长两人后，赵国庆这才走了出去。

鬼王队长一双犀利的眼睛在赵国庆上身上来回转了转，尤其是那张还略显稚嫩的脸让他的目光久久无法移开。

年轻，真的好年轻！

之前鬼王队长还在怀疑他们是不是情报有误，赵国庆不可能是一名刚参军不到一年的准特种兵，直到现在他才真正地确定是自己错了。

"你看够了吗？"赵国庆突然问道，自己站在这里可不是让对方来相亲的。

鬼王队长被问得一脸尴尬，轻咳一声摆出个架势说："来吧。"

赵国庆也不矫情，直接一拳打过去。

普普通通的一招直拳冲击，被赵国庆使得虎虎生威，鬼王队长耗进全部力量才挡下这招。

"嘭！"赵国庆的拳头狠狠地砸在鬼王队长的双臂上，对方被震得接连后退。

只是一招，胜负立分，赵国庆无论是在精力还是体力上都占据了绝对的优势。

鬼王队长似乎并没有因为赵国庆的强势表现而有太多的惊讶，脚步微顿之后就反扑而上，使用的则是伊贺忍者暗杀技巧，直取赵国庆身上要害。

好凌厉的攻击！

赵国庆不敢大意，立即改用形意拳迎了上去。

形意拳已经达到了圆满之境，可谓是滴水不漏，一经使出赵国庆就完全占据了上风。

好香。

与鬼王队长生死格斗的赵国庆突然间闻到一股淡淡的樱花香气，也就在这时他发现被自己压制得狼狈不堪的鬼王队长脸上露出一丝狡诈的笑容。

不对，这樱花香有问题！

赵国庆急速后退，避开那樱花香气，可这时却突然间觉得体内真气不畅，像是受到了某种阻碍，浑身有种无力感。

糟糕，中毒了！

"哈哈……"鬼王队长阴冷地笑了起来，盯着赵国庆讲道，"小子，你上当了！"

"那香气是你下的毒？"赵国庆问。

鬼王队长一脸自得地说："没错。那叫死亡樱花，是伊贺派忍者利用古老秘术从樱花里面提炼出来的死亡之毒，中了这种毒的人最多只能活半个小时！"

"无耻！"赵国庆恼怒地骂道，这家伙说了要和自己像个男人一样决斗，却暗中下毒，这算他妈的哪门子男人？

鬼王队长却不以此为耻，反以为荣，得意地说："知道什么叫兵不厌诈吗？我的任务本来就是要杀了你，是你自己太笨了，竟然会以为我真的要和你决斗！"说着他手里面突然多了一把手里剑，甩手就要朝赵国庆扔去。

"嗖。"赵国庆的动作更快，一把明晃的飞刀刺进了鬼王队长的喉咙。

"唔。"鬼王队长发出一声闷哼倒了下去，那把手里剑还握在手中没有机会扔出去。

赵国庆冲过去又在对方心脏上补了一刀，接着就匆匆离去。

中了死亡樱花之毒只有半个小时可活，赵国庆必须找个安全的地方想办法逼出体内的毒素才行。

十分钟之后，赵国庆躲到了一个山洞之中，洞口用山石封起来。

只要他不出去，那外面很难有人会找到他。

此时死亡樱花之毒已经在赵国庆身体内扩散，可以说赵国庆现在就算是拿一根针都非常困难。

强吸一口气，赵国庆取出金针先刺入心口几处大穴，阻止毒气攻心。

只要护住了心脏，那就算是保住了一条命，想要解毒并非什么难事。

华佗医针里面有一篇关于祛毒的介绍，几乎可以逼出体内任何的毒素，前提是这个人必须拥有真气才行。

赵国庆非常幸运，他恰巧知道这篇祛毒之法，而且在几个月之前体内产生了真气。

将那篇祛毒之法在脑子里面过了一遍之后，赵国庆按鹰爪功的内功心法将体内真气运转到心脏附近。

"嗡。"刺在心口几处大穴的金针同时产生共鸣。

现在才是最关键的时候，赵国庆手里面握着一根金针，猛地刺进自己的心脏上面。

这一刺，正是解除金针锁心术之法。

随着金针锁心术被解除，赵国庆的心脏也彻底爆发，心口那些金针震动达到了极限。

"噗！"一口黑血被赵国庆吐出，接着他跟着晕了过去。

不知过了多久，赵国庆醒转过来，睁眼看着四周的黑暗。

我……死了吗？

"咚、咚咚……"心脏还在跳动，强而有力。

赵国庆动了动手指，自己还能动，体内的真气似乎强了不少。

难道是经过这生死劫难我又突破了？

赵国庆感到不可思议，紧接着他就察觉到了不对，那就是自己的心脏。

为了更好更彻底地祛毒赵国庆破除了金针锁心术，那自己的心脏应该暴走才对，可现在却跳动得那么平稳，丝毫没有暴走的迹象。

不对，是金针锁心术。

赵国庆暗自检查之后发现自己的心脏是受到了金针锁心术的压制才没有暴走的。

难道是我失败了，并没有真正破除金针锁心术？

赵国庆更加疑惑了。

要是自己没能破处金针锁心术，那自己昏倒之前心脏为何会暴走，体内的死亡樱花之毒如何会清得这么干净？

很快赵国庆就迅速检查了一下四周的环境，除了自己刺在心脏上面用来破除金针锁心术的金针被拔下来外，其他的都没有任何变动。

有人来过！

赵国庆非常肯定，虽然来人清理了所有的痕迹，但是他还是非常确定，不然的话金针是谁拔下来的，金针锁心术又是谁为自己下的？

"难道是萧大哥？"赵国庆心里有着一丝怀疑。

山洞之外，与之遥遥相对的黑夜里隐藏着一名全身黑衣的绝色女子——萧娅婻。

进入山洞和为赵国庆施金针锁心术的都是萧娅婻，她不想让赵国庆怀疑到自己头上才清除了自己在那里出现过的痕迹，至于拔下心脏上的那根金针也是无奈之举。

"臭小子，再敢这么胡来我非狠狠地教训你不可！"萧娅婻恨恨地说，心里却非常的甜蜜，自己的未婚夫现在真的很强，很强！

萧娅婻在赵国庆从山洞里出来之前就离开了魔鬼岛，此时魔鬼岛上真正的危机已经解除，剩下的只是收尾工作。

赵国庆从山洞里走出来时天已经大亮，他再次在魔鬼岛上转悠起来，寻找剩余的敌人并将其斩杀。

时间过得很快，转眼之间就到了最终考核的最后一天。

这期间赵国庆偶尔也会与其他准特种兵相遇，大家都非常默契地选择相互避让，就好像并未相见一样。

凡是与赵国庆相遇的准特种兵都非常感激他，每个人都知道赵国庆要想夺取他们手中的积分是非常容易的，可赵国庆却并没有那么做。

赵国庆也根本没有那样做的理由，他现在的积分依然远远领先。

早在考核之前赵国庆的积分就是最多的，规则改变之后歼灭敌人数量最多的也是他，此时他的总积分已经达到了一千六百三十三分。

如此高的积分，怕是根本没有人能超越他，除非是有人能夺取他的现有积分。

只是，真的有人能办到吗？

在所有准特种兵，敢有夺取赵国庆积分想法的怕是只有一人，那就是曾经的准特种兵积分第一保持者，朱元忠。

37　大败朱元忠

从最终考核开始，赵国庆和朱元忠就在互相寻找对方，想要一决高下。

只可惜几天来两人总是不能相遇，直到这最后一天中午时分两人才在海滩相遇。

与赵国庆不同，朱元忠争夺准特种兵第一的欲望更浓，为此更是有些不择手段。

赵国庆遇到实力远不如自己的准特种兵会主动避让，这主要基于大家这一路走来都不容易，就算是对方注定会被淘汰，那也没有必要再在对方头上浇一盆冷水。

朱元忠却完全相反，不管其他人的积分是多是少，只要被他给撞上了，那毫无例外都会被他夺取积分，甚至提前退出考核。

几乎有一半被迫退出考核的准特种兵都是因为遇到了朱元忠的缘故。

与朱元忠相遇之时，赵国庆着实被对方的样子吓了一跳。

只见朱元忠一身的鲜红，就像是在血浆里面漂过了一样，非常骇人。

朱元忠轻哼一声，不以为意地说："不要怕，我身上的血有一多半都不是我自己的！"

这话倒是一点也没错，在与暗之佣兵作战的时候朱元忠非常凶猛，明明只是一个准特种兵，可敌人见到他时就像见到了凶神一般立即退让。

"我一共杀了五名暗之佣兵，再加上抢夺其他人的积分，到现在一共有八百二十二分！"朱元忠一脸高傲地说，轻哼一声后，不屑地问，"你呢？"

　　单比清除暗之佣兵数量的话赵国庆绝对在朱元忠之上，重要的是敌人中实力最强的鬼王战队几乎全死于他的手下，只是他并没有拿这点来炫耀，这是他与朱元忠的另一个不同之处。

　　比积分的话，赵国庆也甩了朱元忠几条街。

　　赵国庆轻摇了下头，他只知道自己现在的积分很高，可具体数字却真的没有去算过。

　　朱元忠又不屑地哼了一声，认为赵国庆的积分无论如何也是不可能超过他的。"赵国庆，不管你的积分是多是少我都要和你一战，看看我们两个究竟谁是准特种兵第一！"

　　"好。"赵国庆轻声应道，这也正是他所想的。

　　"看拳！"朱元忠暴吼一声挥拳向赵国庆打去，他为人霸道、让人厌恶，可在决斗上倒还算是公正，不愿意落个偷袭的名声。

　　赵国庆迎了上去。

　　刚开始两人都没有使出全力来，只是以普通的格斗技巧去攻守，目的也只是想探测一下对方的实力强弱。

　　这可是两人真正意义上的硬碰硬，因此都想摸下底再说。

　　两人的格斗术都达到了一流水平，可比较之下赵国庆还是占据了上风，在他的压制之下朱元忠渐渐有了败退的迹象。

　　指挥部内，暗之佣兵被全部清除之后宋飞扬就回到这里来掌控全局。

　　这两天魔鬼岛上可以说是风平浪静，根本没有什么看点，直到赵国庆和朱元忠撞到一起为止。

　　两人究竟谁才是准特种兵第一，这点也是宋飞扬和众多飞龙特种兵想知道的。

　　那些受伤休息的人全都挤进了指挥部内观看摄像头传回来的画面，身体好继续执行任务的人也在接到消息后一个个赶到接近两人的位置现身观看，两人之间的格斗一下子成为了魔鬼岛上最瞩目的焦点。

　　"好凌厉的格斗技巧！"贵卿忍不住夸了一句。

　　宋飞扬轻点额头表示赞同，就算是将两人丢到飞龙特种部队里，两人

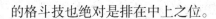

的格斗技也绝对是排在中上之位。

"国庆似乎更强一些，朱元忠看来是要输了。"贵卿作出评论。

这样的定论显然有些过早，不少人都不认同。要知道这里全都是高手，大家都看出双方并没有拿出真正的实力来，以真正的实力对决两人谁胜谁负还不一定呢。

"别忘了朱元忠可是八卦门的高手，一套八卦掌已经有所小成，一旦他使出了八卦掌结局一定会发生逆转的！"臭脸乔一脸肯定地说，他算是这些人里面最为支持朱元忠的人。

"难道赵国庆就没有绝招吗？"贵卿针锋相对地说，她已经由刚开始最为讨厌赵国庆转为了最为看好他的人。

臭脸笑呵呵一笑，不再与贵卿争辩。

她可是飞龙特种部队里面唯一的女人，虽然被称为女魔头，但是在飞龙特种部队里面绝对是国宝级别的人物，得罪了她就相当于把飞龙特种部队里面其他男人给得罪了。

宋飞扬也是笑而不语，他同样期待着这场决斗的结局，却并不过早下结论。

朱元忠已经被完全压制了下来，这让他非常愤怒，暴吼一声使出了八卦掌。

八卦掌又称为八卦游身掌，一经使出形势立即发生了逆转。

朱元忠就像是一条泥鳅一般在赵国庆身边游动，见缝插针，不等赵国庆的招术使出就已先机压制，将赵国庆逼得不断后退。

"看，我说得怎么样？"臭脸乔洋洋得意地说，事实证明了他刚才的判断是正确的，朱元忠只要使出八卦掌就可以完全反压赵国庆。

贵卿黑着张脸无话可说，就在这时赵国庆使出了形意拳。

形意拳大开大合，充满了霸气，如大风大浪一般将朱元忠逼得无法近身。

"嗯，你说得没错。"贵卿突然来了一句，脸上的表情也变得愉悦起来。

臭脸乔一脸的尴尬，哪能听不出贵卿那话是在奚落自己？"咳，没想到赵国庆把形意拳练到了如此地步。不过，我听说朱元忠已经领悟了八卦掌的真意，如果他使出八卦掌真意的话赵国庆依然不会是他的对手。"

贵卿脸色微变。

飞龙特种部队同样有一位八卦门的高手，那就是朱元忠的哥哥朱天成，飞龙特种部队的副大队长。

飞龙特种部队里不少人都领教过朱天成的厉害，知道八卦掌真意意味着什么，而画面上的朱元忠也很快发挥出了八卦掌真意的威力。

朱元忠被赵国庆逼得无法近身，干脆猛地后退几步与赵国庆拉开了距离，喘了口气叫道："姓赵的，你别太嚣张，现在我就让你看看我八卦掌真意的厉害！"

赵国庆收拳看向朱元忠，他也想知道所谓的八卦掌真意究竟是什么，真的那么厉害吗？

八卦掌再次使了出来，同样的掌法威力却完全不同。

如果将朱元忠刚刚比作是溪水里的泥鳅，那他现在就是游走于大地上的巨蟒，张着血盆大口像是要将赵国庆直接吞掉一样。

臭脸乔面露喜色，出声叫道："看，是八卦掌真意，这下赵国庆完了！"

贵卿恶狠狠地瞪了臭脸乔一眼，心里也变得没底起来。看样子朱元忠确实掌握了八卦掌真意，赵国庆要是没有更大的绝招，那是必输无疑。

宋飞扬眉心轻锁，目光紧紧地盯着画面上的朱元忠，心里暗自叫道："不可思议，没想到朱元忠这么年轻就领悟了八卦掌真意，国庆怕是……"

几乎一边倒，所有人都认为赵国庆必输无疑。

作为当事人的赵国庆，却并没有其他人想象中的那么悲催，至少他的脸色看起来依然是那么镇定。

原来这就是八卦掌真意。

亲眼见识之后赵国庆才算是明白过来，在普通人眼里朱元忠领悟了八卦掌真意后实力突飞猛进，至于为何会如此却并不明白。

赵国庆却是一清二楚，所谓的八卦掌真意，其实就是朱元忠体内产生了真气。

此时朱元忠体内真气流动，再经拳法发出，其威力自然是大增。

只有体内产生了真气才算是真正踏入了武道。

虽然朱元忠才刚刚领悟八卦掌真意，体内的真气存量可以说是少得可怜，可经真气发挥出来的拳法却是威力惊人，由此可见真气对一个武者来说是多么的重要。

真气是一个练武之人的分水岭，不能领悟产生真气，那你永远是个门外汉。只有领悟了天地真意，在体内产生了真气，才算是真正踏入了武学世界。

赵国庆有幸学会了真正的形意拳，形意拳练到圆满境之后形意化气，在体内产生了真气，再加上特殊心脏与体内真气的配合，他体内真气存量是朱元忠的数十倍。

更为重要的事，同样量的真气，经特殊心脏的帮助可以发挥五倍的力量，他的实力远在朱元忠之上。

根本不需要发挥出全部的实力，赵国庆只是调动了体内少量的真气，经形意拳使出之后立即压制了朱元忠的气势。

"这怎么可能？！"臭脸乔惊声叫道，朱元忠已经使出了八卦掌真意却依然无法击败赵国庆，反而在赵国庆的反扑之下现出了败迹。

贵卿没有再奚落臭脸乔，因为她还没有从震惊中回过神来。

赵国庆这小子究竟有多强？

宋飞扬同样感觉不可思议，却是面露笑容，一双赞许的目光落在赵国庆身上。

"嘭！"赵国庆一拳打在了朱元忠身上，接着朱元忠就倒飞出去摔在了地上。

朱元忠挣扎了两下竟然没能起身，一只手捂着胸口不可思议地看着赵国庆，语无伦次地说："我输了，我竟然输了？这怎么可能？我朱元忠怎么可能会输给他？我可是领悟了八卦掌真意，他怎么会打败我？"

38 迎接礼物

朱元忠承认也好，不承认也罢，事实上他都输给了赵国庆。

两人之间的格斗已经被完整地记录了下来，赵国庆获胜之后顺理成章赢得了朱元忠的积分，总积分增加到两千多，稳居准特种兵第一。

赵国庆只是打败了朱元忠，并没有下狠手，在他离去后朱元忠又休养一个小时后就恢复了五成的实力。

只是五成的实力，在这准特种兵除了赵国庆外已经算是无人能敌。

接下来的一段时间对于赵国庆来说稀松平常，到最后他干脆找个地方猫起来等待着最终考核的时间结束。

对于朱元忠来说却是整个最终考核最为繁忙的一段时间，他的积分被赵国庆夺走之后就清为了零，必须利用接下来仅有的时间尽可能多地夺取他人的积分，否则的话他将会面临被淘汰的命运。

宋飞扬列了一个名单交给臭脸乔说："考核结束之后将这十个人送到二号基地去。"

"是！"臭脸乔应道。

每个人都知道，名单上所列的人名就是通过考核加入飞龙特种部队的新队员。

十个人，比预计的多了五个，由此可见宋飞扬对这批准特种兵是多么青睐。

等宋飞扬离去之后，臭脸乔就匆匆扫了一眼单子上的人名，第一个赫然是赵国庆!

剩下的人名也基本上是现在还留在岛上的人员,基本上是按照每个人的现有积分排列的。

当看到最后一个人名时臭脸乔长长地吐了口气,朱元忠的名字排在最后面。

也就是说,不管朱元忠有没有获得足够多的积分,他都被宋飞扬所看好成为飞龙特种兵。

"幸好元忠在这上面。"臭脸乔暗自讲道。

其实他也不需要过于担心,以朱元忠的能力,在接下来的一段时间内他有足够多的机会去夺取积分,顺利进入前五也是没有问题的,这才是宋飞扬将他的名字加上去的一个重要原因。

夜幕降临时考核也跟着结束,赵国庆等人按通讯器里传来的指示在魔鬼岛上的一片空地上集合。

臭脸乔、贵卿及几个飞龙特种兵和一架武装运输机等在这里。

此时还留在岛上的准特种兵一共还有十三人,可以说每个人心里面都忐忑不安,心里面想着自己会不会幸运地挤进前五。

尤其是那几个在最后关头被朱元忠抢走积分的几人,每一个都用怨毒的目光盯着朱元忠,心里想着自己这次怕是没机会了。

朱元忠不受人待见,他自己也站在队伍的最后面,这主要的原因是不愿意和赵国庆见面。

赵国庆见冯小龙、李实诚、冷无霜也在这里,感到非常高兴。不管最后大家有几人能进入飞龙特种部队,只要能活着就已经足够了。

四人主动聚在一起低声谈论着之前的惊险战斗。

至于其他熟识的人都在与暗之佣兵战斗的时候不幸负伤,提前退出了考核。

赵国庆简单说了几句后看到一双哀怨的目光看向自己,扭头发现是焦鹏飞,于是就主动走了过去。

"成绩怎么样?"赵国庆问。

大家一起执行了个隐藏任务，并且获得了高昂的积分，再加上焦鹏飞之后任务中又赚取了一些积分，没有意外的话他应该挤进前五才对。

焦鹏飞长长地叹了一声，扭头看了眼躲在最后面的朱元忠，无奈地说："别提了，我的积分全都成他的了。"

朱元忠也恰巧看向这边，与赵国庆目光相撞后就立即避了开。

被赵国庆打败后朱元忠发疯似的在魔鬼岛上寻找着其他准特种兵，开始打败两个却发现对方的积分都太低，直到遇到焦鹏飞后他才乐开了花。

其实焦鹏飞根本没有和朱元忠打，擅于收集情报和统计的他知道自己真的和朱元忠动起手的话，那是必败无疑，还得受到皮肉之苦。于是，与朱元忠一照面，焦鹏飞不得不主动投降，将自己的积分拱手相让。

"好了，都别说了，集合！"臭脸乔吼了一声。

十三人立即站成了两排。

臭脸乔少不了对这些准特种兵们一阵奚落，继续打击他们的自信心，然后将每个人的积分由高到低当众念了一遍。

果然，赵国庆的积分稳居第一，比第二名高出了近两千分，一时间成为了无人能超越的对象。

朱元忠顺利挤进了前五，冷无霜、冯小龙、李实诚三人略显可惜，分别排到了六、七、八名，焦鹏飞更是只有可怜的零积分。

就在大家认为都没什么希望之时，臭脸乔开口讲道："下面我念到名字的人都上飞机。"

"朱元忠！"

不等大家弄明白臭脸乔说的到底是什么意思时，臭脸乔已经拿出宋飞扬留下的名单念了起来，并且第一个念到的名字并非赵国庆，而是排在最后面的朱元忠。

朱元忠轻哼一声，一脸高傲地走上了飞机。

赵国庆第二个，当他从贵卿身边走过去时，只听这位女魔头突然开口讲道："表现不错。"说着还报以一笑。

表现不错。

这是在夸我吗？

受到女魔头的夸奖，这让赵国庆一刹那间有些无法接受，尤其是女魔头的笑容更是让他起了一身的鸡皮疙瘩，忙加快了脚步上去。

"冷无霜！"当名字念到排在第六的冷无霜时，所有人都没会过意来。

是在叫我吗？冷无霜更是没回过神来，怎么回事，我也可以上飞机吗？

"冷无霜，你耳聋了吗？"臭脸乔一个白眼。

"到！"冷无霜这才确定自己没有听错，并且试探性地问了句，"教……教官，我是可以上飞机吗？"

大家以后算是战友了，臭脸乔也没有再像之前那样不耐烦，轻点了下头说："上去吧。"

"是！谢谢教官！"冷无霜连声应道，抬起脚那一刻险些摔倒。他太激动、太紧张了，以至于有些脱力，深吸一口气缓了下神后才勉强走上了飞机。

"冯小龙、李实诚……"臭脸乔接着念出剩下四人的名字。

因为心里已经有了准备，所以再被点到名字的人并没有表现得像冷无霜那样不知所措，可还是长长地出了口气，暗道："侥幸。"

最后被念到名字的是焦鹏飞，积分只有零的他简直不敢相信，却又兴奋地连翻了几个跟斗，在臭脸乔的催促下才登上了飞机。

剩下的三人也是长长地出了口气，知道奇迹没有发生在他们身上，他们也不用再期待什么了。

临走之前臭脸乔突然间少有的向这最后被淘汰的三人说了几句好话，告诉他们今年虽然没希望了，但是下年他们的机会将非常的大，这也让三人重新点燃了进入飞龙特种部队的希望。

登上飞机之后，臭脸乔才明确地告诉赵国庆十人，他们全都将进入飞龙特种部队。

飞机里顿时炸开了锅，大家一路走来付出的艰辛和努力得到了回报。

臭脸乔、贵卿这些老人选择了避开，给赵国庆十人留下足够的空间去庆祝和发泄。

这些天来大家在魔鬼岛上根本没好好吃过一顿饭，运输机上简单的食物成了他们的美食，这里甚至还为他们准备了各种酒水。

只是，这些天大家真的太累了，尤其是精神压力几乎要把人给压垮了。

此时一放松下来，大家只是吃了一些食物就进入了梦乡。

二号基地是飞龙特种部队众多基地里面一个小基地，这个基地的主要任务是为队员们提供休息和各种技能训练。

运输机降落在二号基地的操场上，这里除了武装运输机外还有武装直升机、战斗机、坦克及越野车等各种战斗物资，在这里赵国庆这些刚刚进入飞龙特种部队的特种兵将要学会各种驾驶技能及武器使用技能。

运输机的舱门被打开时赵国庆十人还横七竖八地躺在那里睡觉，可等待他们的并非舒适的床铺或者热烈的欢迎，而是一颗炸弹。

准确地来说是一颗烟幕弹，它是欢迎赵国庆这些新队员的唯一礼物。

"嘭！"烟幕弹在机舱里面炸了开。

爆炸声一响，赵国庆十人就条件反射地跳了起来，可还是没有逃过呛人的烟雾，一个个咳嗽着跑了出来。

赵国庆刚从飞机里出来就感觉有阴冷的目光看着自己，就像是一把匕首随时会从背后伸出来割断自己的喉咙一样，惊得他连忙看了过去。

宋飞扬站在赵国庆对面，虽然不苟言笑，但是绝不会给人任何死亡的威胁。

阴冷的目光来自宋飞扬身后，赵国庆看了看对方后感觉很奇怪，自己并不认识对方，这算是第一次相见，可对方为什么会如此针对自己？

没过多久赵国庆就知道了站在宋飞扬身后的男子是谁。

飞龙特种部队的副大队长，朱天成！

朱天成，朱元忠的哥哥。

此时赵国庆大致上也明白了什么，知道对方为什么第一次见面就会如此仇视自己，心里不由苦笑一声。

看来我在飞龙特种部队的日子不会太好过。

不过，赵国庆一点也不畏惧，直接对视着朱天成。

39　最强者之路

见赵国庆不但不回避自己的目光，而且还敢于自己直视，朱天成目光更显阴冷，杀气也跟着散发了出来。

他竟然想杀我？

赵国庆有些不解，就算自己和朱元忠之间因为争准特种兵第一而闹得有些不愉快，那也不至于想杀了自己吧？

想杀我，得看看你有没有那个本事！

赵国庆的眼神变得犀利起来，如同两把利剑般迎了上去，一场无声战斗在两人之间展开了。

虽然没有刀光剑影，但是其凶险程度一点也不亚于实战，朱天成的厉害怕是只有作为当事人的赵国庆能体会。

宋飞扬似乎察觉到了点什么，有意无意地向旁跨出一步，挡在了赵国庆与朱天成之间，一场无声的战斗瞬间化为乌有。

朱天成什么话也没说，却轻哼一声，表示自己的不满。

赵国庆则松了一口气，有着深深的体会，这朱天成的实力要远远在朱元忠之上，要真是交起手来自己怕是连三成获胜的机会都没有。

这就是真正的飞龙特种兵吗？

好厉害！

赵国庆暗自感叹，看来自己的强者之路还很长。

除了赵国庆与朱天成之间展开了一场无声的较量外，其他人在飞龙特种部队大队长宋飞扬面前一个个都是老老实实地站在那里，感受着飞龙特种部队的庄严与肃静，更多的则是一种无形的霸气压迫得他们喘不过气来。

"很高兴你们能加入飞龙特种部队，从现在开始你们就已经是真正的飞龙特种兵了，在接下来的日子里面你们必须保卫自己的国家和维护飞龙特种部队的名誉，即使是为此付出生命也……"宋飞扬发表了一段简短却足以让人热血沸腾的演讲。

站在这里的十人，一路走来的艰辛只有他们自己才能体会，而现在，他们终于实现了自己的愿望。

站在这里不是他们的终点，而是真正的起点！

宋飞扬讲话完毕之后，作为飞龙特种部队副大队长的朱天成免不了也要讲些话。

和宋飞扬比起来，朱天成的话充满了官腔，少了一些真诚，让人多少有些不喜欢。

老实说，朱天成究竟讲了些什么赵国庆一点也没有听进去，他的注意力全都放在了宋飞扬身上。

进入准特种后训练基地那天宋飞扬对自己说过的话依然响于耳边。

你太弱了！

我太弱了，那我现在经准特种第一的成绩进入飞龙特种部队，你总该回答我的问题了吧？

朱天成这边话声刚顿，赵国庆就大声叫道："报告！"

所有人的目光都集中在了赵国庆身上，因为除了赵国庆之外其他人都知道，朱天成只不过是稍微顿了一下而已，话还没有讲完呢。

有什么事竟然敢打断副大队长的讲话？

赵国庆却完全不知道这点，还以为朱天成讲完了话，怕宋飞扬离开就匆匆喊了一声。

朱天成原本就对赵国庆充满了敌意，无端被打断话就显得有几分生气，沉着张脸问道："什么事？"

赵国庆完全忽视了朱天成的情绪，直接面向宋飞扬讲道："大队长，我想和你单独谈几句。"

如同晴天霹雳一般，在场所有人都被雷倒了。

什么，你打断副大队长的话只是想和大队长单独谈几句？

有什么话你就不能等副大队长讲完之后再说吗？

这……太不给副大队长面子了吧？

明显就是在打脸。

"啪"的一声。

副大队长朱天成感觉自己被赵国庆打了一个响亮的耳光，而且还是当着这么多人的面，他的肺都快气炸了。

在场唯一能体会朱天成感受的怕是只有臭脸乔，因为在准特种兵报到那天他有着类似的经历，完全被赵国庆给忽视了。

这下完了。

得罪了副大队长，你以后在飞龙特种部队里面别想混了。

赵国庆隐约中察觉到了点什么，却并不知道自己无意中给了朱天成一个耳光，让他难以下台。

就算是知道了赵国庆也不怕，反正朱天成本来就不喜欢自己，刚刚那股杀气可是做不了假的，就算是把他给得罪了又能怎么样？

情况已经很坏了，不会再坏到哪里去。

朱天成憋了一肚子的火，可是却没办法发出来，因为宋飞扬站在这里，而赵国庆要找的人正是宋飞扬。

宋飞扬站在那里显得有些不自在了，虽然明知道朱天成对赵国庆有意见，但是现在闹得已经没有丝毫缓和的余地了，而且自己也被逼得必须做出表态才行。

"跟我来吧。"宋飞扬说道，声音尽显无奈。

朱天成瞪着赵国庆，那双眼睛像是要吃人一样，就连身边的人也感觉到了浓浓的杀气。

赵国庆跟着宋飞扬来到了稍远些的地方，不等脚步站稳就直接讲道："宋队长，现在你可以回答我的问题了吗？"

宋飞扬的目光在赵国庆脸上徘徊着，准特种报到那天到现在赵国庆的表现和成长都让他非常满意，只是……

"你太弱了。"宋飞扬回答的同样是这句话。

我太弱了？

准特种兵第一，打破准特种兵训练基地多项记录，我……还是太弱了？

赵国庆站在那里好半天都没回过神来，这算是什么回答，自己努力了这么长时间等待的却还是同样的答案。

"等你成为飞龙特种部队最强者的时候我会告诉你答案的。"宋飞扬接着讲道。

飞龙特种部队最强！

赵国庆又是微微一怔，感觉却比刚才好多了，至少有了一个前进的目标。

只要成为飞龙特种部队最强就可以了吗？

好，我知道了！

赵国庆给自己定下了一个目标，一定要成为飞龙特种部队最强，而且还要在最短的时间内做到！

"回去吧。"宋飞扬吩咐道。

"是。"赵国庆敬了个礼，没有多余的废话。

宋飞扬看着赵国庆远去的背影，嘴角浮现出一丝笑容。他有一种感觉，而且也非常相信，赵国庆一定会做到的，成为飞龙特种部队第一。

"报告！"赵国庆来到队伍前叫道，声音高昂，充满了兴奋与激情，此时的他热血沸腾。

迎接赵国庆的却是一双冰冷的目光，接着是更为冰冷的声音。"你就是赵国庆，准特种兵第一？"

赵国庆看向朱天成，不明白对方突然问这么一个问题是什么意思。"报告，我就是赵国庆。"

"好，很好。"朱天成说着话突然间毫无征兆地一掌拍了过去。

八卦掌！

赵国庆心里一惊，不明白朱天成为什么会突然偷袭自己，却认出了朱天成使用的正是八卦掌。

这一掌来得突然，非常凌厉，却让赵国庆躲无可躲，所能做的只有迎击。

逼赵国庆出手，这正是朱天成想要的，只有这样他才能出手教训赵国庆。

同样是八卦掌，不同的人使出来效果却完全不同。

朱元忠没有领悟八卦掌真意时效果就像是一只游动的泥鳅，使用八卦掌真意后如同一条骇人的巨蟒。

朱天成的八卦掌修为显然是更高，赵国庆感觉对方就像是一只张牙舞爪的巨龙，只要那只爪拍在自己身上就能将自己拍成肉泥。

不敢有任何的犹豫，赵国庆急忙握拳打了过去，使用的正是已经被他练至圆满的形意拳，并且爆发出了体内所有的真气。

真气在赵国庆体内迅速流动，在心脏的带动之下爆发出五倍的力量。

霸气十足的一拳如同一杆樱枪般刺向巨龙，这也让赵国庆信心十足。

五倍的力量，就算是伤不到你，应该也能击退你才对！

面对赵国庆全力一击，朱天成没有任何避让的意思，脸上反而露出了不屑的神情。

"嘭！"樱枪与巨龙撞到了一起，接着……樱枪折断，巨龙却丝毫无损。

赵国庆整个人都倒飞了出去，接着感觉到一只大手按在了自己背上，化解了所有的力道，这才没有使自己摔在地上重伤。

不过，赵国庆与朱天成碰在一起的拳头不住地颤抖，已经麻木得完全失去了知觉。

好强，朱天成真的好强。

朱天成看到接住赵国庆的是宋飞扬，也就没有再动手，心里暗骂一声："这次算是你走运。"

走运？

真正走运的不是赵国庆，而是朱天成。

所有人都看到是朱天成将赵国庆打飞了出去，却不知道因为他那强悍的一击差点击破了赵国庆心脏爆发的临界点。

如果赵国庆的心脏在这个时候爆发，那以他现在的身体承受力所能爆发出的力量绝对是惊人的，别说是朱天成了，就算是加上宋飞扬和其他飞龙特种兵也不一定能压制住他。

因此，宋飞扬真正救下的不是赵国庆，而是朱天成。否则，赵国庆心脏爆发后第一个倒霉的就是朱天成。

朱天成还不知道自己躲过了一劫，鄙视地看了赵国庆一眼，转身冲其他准特种兵们吼道："这就是准特种兵第一？哼，不堪一击！别以为进入飞龙特种部队你们就有多了不起，你们还差得远呢！飞龙特种部队……"

朱天成借题发挥，又说了一大堆打击新人的话。

40　两队竞赛

"咚咚咚……"

赵国庆的心脏速度由快到缓，慢慢地恢复了正常，直到此时他才吐出了胸中的一口浊气，扭头向宋飞扬报以感激的一笑。"谢谢，我没事了。"

宋飞扬在赵国庆的肩膀上轻拍一下。"回自己的位置去吧。"

"是。"赵国庆轻应一声走回到了自己的位置。

朱天成自以为当众教训了赵国庆一顿，至少挽回了一些之前失去的面子，却不知道赵国庆一点也没有因为他的突然发难而生气，反而感激他让自己明白了一件事。

"你太弱了。"这是宋飞扬对他说的话，直到此时他才明白这句话的含义。

虽然说朱天成是偷袭自己，但是面对一个朱天成自己连一招不到就被打败了，自己不是太弱了是什么？

这个世界人外有人天外有天，强者无数。

我真的太弱了，连一个朱天成都打不过，必须尽快让自己变得更强……更强！

飞龙特种部队最强，不久的将来一定是属于我的！

赵国庆十人现在真正成为了飞龙特种部队的菜鸟，他们被分成了两个小队，更准确地来说应该是两个小组。

每支小队五个人，分别由赵国庆和朱元忠担任小队长。

另外，每个小队都有自己的带队教官，分别是贵卿和臭脸乔。

名义上是教官，其实大家已经成为了真正的战友，贵卿和臭脸乔的主要任务是让赵国庆这些菜鸟们尽快熟悉飞龙特种部队的作战环境，算是他们进入飞龙特种部队的引路者。

至于为什么要将赵国庆这十人分为两个小队，名誉上是为了让他们竞争，更加迅速地成长起来。

可是，稍微细心一点的人都会发现，在组员分配上存在着极大的问题。

赵国庆担任小队长，队员分别是冷无霜、冯小龙、李实诚、焦鹏飞。

除了焦鹏飞外，其他人清一色的士兵。

反观朱元忠的小队，除了朱元忠本人外其他人全部是军官，小队的整体实力一下子拉开了。

队员实力不公平的分配，不过是变向打压赵国庆而已。

"小心点，二号基地是朱天成的地盘，他是这里的总负责人。"贵卿暗中向赵国庆讲道，对于队员的分配也是非常有意见。

赵国庆倒是不在意这些，反正自己的队员全都是熟识的朋友，要是将他们分到朱元忠的小队里反而有些不放心。

至于打压……

故意把实力最弱的分给我就能确保你们最终会赢吗？

等着瞧好了，我们这支小队只是暂时实力弱而已，不出两个月我要让他们成为整个飞龙特种部队实力最强的！

赵国庆将自己的想法告诉了队员们，每个人的反应都出奇地一致。

"他娘的，拼了！"

"我就不信了，都是一个鼻子两个眼，我们会比他们差？！"

"国庆，我听你的。"

"他们的实力确实比我们强一些，不过大家都是通过最终考核才站到这里来的，据我分析他们也不比我们强到哪里去，只要我们认真训练至少可以和他们拉平。"

"对，没错。"

……

赵国庆感到很欣慰，至少自己的小队非常团结，有着不服输的精神。

这里可是飞龙特种部队，是一个实力为王的地方，讲究的是实力、实力，还是实力！

只有拥有过人的实力，那才能获得别人的认可，否则就算是暂时进入了飞龙特种部队也会随时被淘汰出去。

在二号基地的一个密封的房间里，朱元忠与哥哥朱天成单独在这里。

"哥……"朱元忠刚叫了一声就被朱天成那双阴冷的目光吓得说不出话来。

从小到大朱元忠被称为天才，可以说天不怕地不怕，只是这位大哥却是唯一让他感到恐惧的人。

朱天成对朱元忠要求极高，朱元忠也为了能让哥哥满意而不断努力拼搏，可似乎不管他如何做都不能达到朱天成的要求。

朱元忠在准特种兵最终考核中取得了第二名的好成绩，可他并不觉得有什么骄傲的，因为这样的成绩绝对不能让朱天成感到满意，朱天成要的是第一！

"啪！"朱天成狠狠地给了朱元忠一个响亮的耳光。

朱元忠站在那里没敢躲，就算是想躲也根本躲不过，只是委屈地抽了一下鼻子。

"没用的东西！"朱天成骂了一句。

"哥，对不起。"朱元忠脸上再也没有傲气，有的只是委屈，就像是一个受了欺负的小姑娘一样，这场景要是让其他人看到怕是绝不敢相信。

"我给你两个月时间，你必须把赵国庆的势头压下去，否则的话就别认我这个哥哥，给我滚出飞龙特种部队！"朱天成越说越生气，抬起手又想扇过去，吓得朱元忠眼睛微微一闭。

这一巴掌没有打下去，朱元忠心里一阵暖流，感激朱天成没有再打他。

"赵国庆！"朱元忠用力捏着拳头，认为自己所有的耻辱都是赵国庆带来的，就算是没有朱天成的交代他也会想办法报复的。

"哥，你放心，我一定会为你挽回面子的！"朱元忠一字一顿地说，字字充满着杀气。

朱天成的态度这才好了些，向朱元忠讲道："你先回去休息吧，从明天开始全力训练。只要你的战斗力能提升上去，不管你需要什么尽管开口，哥会想办法为你弄到的！"

"谢谢哥。"朱元忠感激地说，觉得受到了莫大的恩赐。

在最终考核中赵国庆这些准特种兵们毫无例外全都受了不同程度的伤，可是飞龙特种部队里面就像是有一根无形的鞭子在时刻鞭打每人一样，让他们不敢停歇片刻，为的只是让自己的战斗力变得更强。

平时多流汗，战时少流血。

这是亘古不变的真理。

转眼之间赵国庆已经在飞龙特种部队二号基地待了两个月，这两个月来他不断地强化自己训练，实力也是突飞猛进。

在形意拳和特殊心脏的配合之下，他体内的真气也培养出了更多，相当于准特种兵考核时候的两倍。

鹰爪功方面更是得到了惊人的进展，只是用了两个月的时间就由初级达到了中级。

虽然只是跨了一个等级，但是其中困难度却是常人所难以想象的。

想想鹰门山修炼了几十年才只是鹰爪功初级，就知道这门武学的困难程度，而赵国庆却只是用了两个月就迈进了中级，他已经是天才中的天才了。

这件事如果是让鹰爪门的先祖知道的话，那他们怕是要从坟墓里面爬出来吐血再死一次才行。

这还是人吗？

人的修炼速度哪能这么快？

怪物，他就是一个超级无敌大怪物！

和赵国庆比起来小队里面的其他四人进步并不怎么明显，可他们却实实在在地进步了，再把他们丢回两个月前的魔鬼岛上，他们一定会有惊人的表现。

这天训练刚刚结束，赵国庆等人就和朱元忠的小队在餐厅里碰到了。

"哟，这不是准特种兵第一的赵国庆队长吗？听说你们小队一直窝在基地里面，到现在还没有外出执行过任何任务。怎么，你们是怕呢还是说担心出去会坏了飞龙特种部队的名誉？"朱元忠奚落道，字里行间充满了挑衅。

赵国庆白了朱元忠一眼，什么话也没有说。

两支小队竞争的方法还是积分，而获得积分的唯一途径就只有外出执行任务。

与准特种兵时不同，此时赵国庆等人完成一个 D 级任务才能获得一个积分，E 级任务也不过可怜的两个积分，因此积分获得相当困难。

朱元忠为了压制赵国庆的势头，不等队员们的伤势完全恢复就已经开始外出执行任务了。

用他的话来说，战场上是最好的训练地，他要用实战来提升队员们的实力。

这话说得确实没错，只是显得朱元忠太心急了。

与朱元忠不同，赵国庆非常稳重，这两个月来蛰伏不出，所做的唯一一件事就是让队员们尽可能恢复伤势，再经由适当的训练来提升自己的实力。

正因为两人的处事方式不同，渐渐地朱元忠在飞龙特种部队的势头完全盖过了赵国庆，以至于连赵国庆准特种兵第一的名号都被拿出来奚落。

截止于目前为止，朱元忠的小队已经完成了五个 D 级任务、两个 E 级任务、一个 F 级任务，总积分十二分。

赵国庆小队，目前积分维持在零，两只小队的对比性非常强。

做得不错，这是朱天成对朱元忠的评价，简单却让朱元忠心花怒放。

为了得到哥哥更好的评价，朱元忠不断地逼迫和压榨队员们外出执行任务，包括他在内每个人脸上都拥有一丝难以抹去的疲倦。

这样下去朱元忠的队员迟早会出事的。

赵国庆暗自摇了摇头。

等朱元忠率队离开之后，一直坐在一旁沉默不语的贵卿突然问道："你真能受得了他这个样子？"

赵国庆微微一笑，没有说话，其他四名队员也没有说话。

41　老班长

贵卿是赵国庆小队的带队教官，赵国庆小队被压着，让她感觉非常不爽。

"你们呢，难道就没有一点想法？"贵卿看向其他四人。

冷无霜四人只是抬眼看了一下，接着就听冯小龙开口讲道："国庆是队长，他的决定就是我们的决定。"

贵卿微怔，目光又落在了赵国庆身上。

相处两个月来她早就该想到这点，赵国庆身上具有一种无形的感染力，能让身边的人都非常信任他。

他是一个天生的领导者，将才！

可惜，现在是和平年代，如果出生在战争年代，那赵国庆一定可以成为传奇。

不，即使是在这和平年代他也有可能成为传奇。

要知道他现在已经是飞龙特种部队中的一员了，将来或许还有可能进入……

我在想什么呢？

贵卿摇晃了下脑袋，那个部队里的人都是天才中的天才，整个飞龙特种部队中也只有大队长宋飞扬以前在那个部队里面待过，其他人根本没有资格进入。

再说了，据说那个部队的人都是从小就被发掘出来经过特殊培养的，在年龄上有着严格的要求。

赵国庆已经将近二十岁了，年龄上已经远远超出了规定，怎么可能进入那个部队？

唉，我想太多了。

贵卿看着赵国庆，目光里充满了惋惜。

"教官，你在想什么？"赵国庆突然问。

贵卿猛地回过神来，见其他人也都在盯着自己看，想到自己刚才看赵国庆的样子一定非常花痴，脸色不由一红。为了掩饰自己的尴尬，贵卿吼道："你还没有回答我的问题呢！难道想一直待在这里，永远被别人踩在脚下？"

"我……"赵国庆刚张口就被贵卿给打断了。

"我不管你是怎么想的，我以教官的身份命令你们明天必须给我接个任务去，哪怕是最低级别的D级也成！"贵卿叫道，说完也不给赵国庆说话的机会，起身就走。

"队长，怎么办？"冷无霜问道，以前高傲的他现在对赵国庆心服口服，队长叫得也特别顺口。

还有冯小龙和焦鹏飞，他们虽然年纪比赵国庆大，肩上的级别比赵国庆高，但是都绝对听从赵国庆的指挥。

赵国庆耸了下肩，一脸无奈地说："还能怎么办？你们谁敢去招惹她？"

招惹女魔头？

冷无霜几人都打了个寒战，连臭脸乔那些人都不敢去招惹贵卿，他们哪有那个胆量？

除非他们的脑袋是被驴踢了。

赵国庆轻叹一声说："一会儿你们几个去看看现在有什么任务，按教官说的，找个最低级别的先练练手。"

"是！"四人齐声应道。

其实冯小龙四人这两个月待在二号基地里面早就被憋坏了，都想出去透透气，只是赵国庆不发话他们才没敢提。

赵国庆把冯小龙四人打发走，自己则离开了二号基地驻地，一口气跑出了二十里地，躲进了一片小树林里。

小树林泥土地上留着明显的脚印，附近的石头和树身上也有着打斗的痕迹。

这里就是赵国庆偷偷训练的地方，每个星期他至少都会来这里一次。

还记得第一次到这里来是一个很偶然的机会，当时赵国庆正在训练，突然察觉到有人在偷窥自己，于是就追着对方一路来到了这里。

对方是一个四十多岁的中年人，穿着飞龙特种部队的队服，却是赵国庆根本没有见过的人。

开始赵国庆以为对方是潜入飞龙特种部队的间谍，二话没说就和对方打了起来。

交手之后赵国庆才发现自己根本不是对方的对手，对方打败自己之后指出了自己的不足之处，并且约定一个星期再在这片小树林里决斗。

就这样，每个星期这个时候赵国庆都会赶到这片小树林里面和对方决斗，每次到这里来对他来说都是一次成长。

也正是因为每个星期都在这里找出了自己的不足之处，所以赵国庆这两个月来才会有了惊人的进步。

这算是赵国庆的一个秘密，从头到尾他都没有问过对方的名字，只是称呼对方为老班长。

见对方还没有到，赵国庆就将形意拳和鹰爪功各自打了一遍，也就在他准备收功时身后突然传来了破空声。

"咻！咻！咻！"三颗石头以品字型飞了过来，分别击向赵国庆三处要害。

赵国庆嘴角微微一笑，一个旋转飞踢击中第一块石头，接着一把抓住第二块石头，挥拳打破第三块石头，随后扣在手中的石头就被他扔出去砸向十米外的草丛。

"哗！"一道身影从草丛中跳出躲过赵国庆扔来的石头，接着就飞奔上前一拳朝赵国庆面门打了过来。

来人正是赵国庆在此等候的老班长，每次两人都没有过多的言语，见面就打了起来。

对方拳法凌厉，招招击敌要害，是格斗高手中的高手。

赵国庆也毫不相让，形意拳、鹰爪功先后使了出来，一点也没有落败的迹象。

已经两个月了，这是赵国庆与对方的第八战。

前七战赵国庆都输了，这一战他似乎有持平的迹象。

转眼之间两人就已经交手五十招，老班长拳法汹涌，却无法再像以前那样压制住赵国庆。

再观赵国庆，大有厚积薄发之势，五十招之后非但没有任何颓废的迹象，反而是越战越勇。

不知不觉中老班长的脚步开始后退，借此来躲避赵国庆的攻击。

"啪!"第一百招时两人拳对拳来了一次硬碰硬。

赵国庆连续后退三四步，老班长却站在原地没有退一步，双手背于身后看着赵国庆。

赵国庆稳住身子之后就想再次扑上去，见老班长双手背于身后就皱起眉头说："怎么，不打了?"

老班长轻点额头，不苟言笑地说："没有必要再打下去了，你的格斗技巧和拳法已经没有什么破绽了，现在唯一欠缺的就是力道。只要你将力道弥补上去了，那用不了多久我将不会再是你的对手!"

力道?

赵国庆轻点了下头，深知力量是自己的一大缺陷。

不过这也急不得，力量是慢慢培养的。

其实参加格斗季以来赵国庆的成长已经像是坐在火箭上面似的，力量更是突飞猛进，足以吓死一帮小伙伴们。

"谢谢老班长指点，下周我们再比过。"赵国庆一脸诚恳地说。

"不，下周你不用再来这里了，以后我也不会再出现在这里，你已经不需要我的任何指点了。"老班长说。

赵国庆眉头一皱，有些失望，问道："那我什么时候还能再见到你?"

虽然赵国庆到现在还不知道对方的名字，但是对他来说老班长无疑已经成为了他人生道路上的一位良师益友。

"有缘的话自然会相见的，再见。"老班长说完身形一闪就消失于黑暗之中，就像他来时一样非常的突然。

赵国庆早已习惯，也没有追出去，只是想着以后不能再在这里和老班长切磋而感到失望，摇头微叹一声后就独自一人练了起来。

老班长走出小树林后就将藏在身后的手拿了出来，与赵国庆硬碰硬的那一拳让他的手到现在还有些麻木，脸上更是浮现一丝痛苦之色，暗骂一声："臭小子，没想到这才两个月就变得这么厉害，力量竟然这么大！差点没把我这手给废掉！"

说完，老班长伸手在脸上抹了一把，脸皮竟然掉了下来。

月光之下老班长的样子完全变了，竟然是飞龙特种部队大队长宋飞扬。

这两个月来每周都在小树林里和赵国庆切磋并指点他的正是宋飞扬，宋飞扬这么做实在是用心良苦，也是受人之托。

什么一年之后。

只有宋飞扬自己心里面清楚，刚刚是他故意停下来不再和赵国庆交手，否则继续打下去的话他非落败不可。

一个黑影从宋飞扬左前方的山石后面飘了出来，如同幽灵一般没发出任何声响，直接站到了宋飞扬面前，正是萧娅婻。

宋飞扬暗中指点赵国庆正是受萧娅婻之托，此时与萧娅婻见面后他面上露出一丝苦笑说："娅婻，你也看到了。国庆现在的成长已经超出了我指点的范围，要不是你提前告诉了我他的破绽，我今天早就败在了他的手中，因此我中止了我们的计划。"

萧娅婻轻点了下头，赵国庆的表现也远超她的预料，以论格斗术的话现在飞龙特种部队里面恐怕就只有朱天成有能力与他一战。

不过，战场上并不是一个人的格斗术高就能胜利，宋飞扬能担任飞龙特种部队大队长之职，他自然也有自己的过人之处。

论综合作战能力，朱天成不敌宋飞扬，光说宋飞扬的狙击天赋就足以秒杀飞龙特种部队任何一人。

狙击方面，宋飞扬同样是一个传奇，即使是在那个部队里面也是如此。

"接下来要怎么做？"宋飞扬问。

"让他出去磨炼一下吧。"萧娅婻说。

宋飞扬有些吃惊，这两个月来不让赵国庆的小队外出执行任务其实也是萧娅婻的意思，因为暗之佣兵一直没放弃过对赵国庆的追杀。

42 陷阱

魔鬼岛一战对暗之佣兵来说可谓是雪上加霜，使其声誉在国际佣兵中一落千丈，同时也让赵国庆这个名字不知不觉地传了出去。

不死不休！

暗之佣兵和赵国庆之间成了死仇，不管付出多少代价他们也要杀了赵国庆。

两个月来赵国庆一直待在飞龙特种部队的二号基地中，这也让他像是人间蒸发了一般，暗之佣兵没有一点关于他的消息。

过了两个月还没能杀了赵国庆，这让暗之佣兵在国际佣兵中的地位再次受到了打击，反而让赵国庆的名气越来越大。

只是，赵国庆这个当事人却一点也不知道。

萧娅婻面色微寒，沉声讲道："暗之佣兵这次算是下了本钱，就连J国间谍也加入了对赵国庆的情报收集之中，用不了多久他们就会知道赵国庆在这里的。"

宋飞扬明白了萧娅婻的意思，赵国庆在二号基地是躲不了多久的，他也不可能一直躲在二号基地里面。

"以赵国庆现在的能力，只要他不遇到金色级别的暗之佣兵，足以自保。"萧娅婻接着讲道。

"好吧。"宋飞扬应道，已经决定了放赵国庆出去。

赵国庆一直练到深夜才回到二号基地，而四名队员也一直在等着他。

"什么事？"赵国庆问。

"是关于任务的事，你不是让我们去看看有什么能接的吗？"焦鹏飞说。

赵国庆差点把这事给忘了，问道："怎么，有合适的任务吗？"

焦鹏飞点头回道："我找到了两个 D 级任务，一个是前往边境打击毒贩组织，另一个是追捕潜伏在国内的间谍。我调查过了，这两个任务相对于同一级别中的任务来说是最容易完成的，只需要将我们的队伍分成两个小组，那就能在同一时间段内去完成这两个任务！"

"是的，队长。这两个任务我们最好同时接下来！"冷无霜跟着讲道。

赵国庆看了眼冯小龙和李实诚，问道："你们两个也是这么想的？"

冯小龙和李实诚同时点了点头。

赵国庆看出自己的队员已经提前合计好了，认为和朱元忠的小队积分差距太大了，想要同时完成两个任务来拉近积分。

这个办法看起来非常好，可是却非常冒险。

五个人的作战小队人数本就不多，分成两组的话战斗力也会跟着大幅度削弱。

"这是我们组建小队来第一个任务，主要目的不是为了积分，而是队员之间的相互磨合，同时接两个任务的话就起不到磨合作用了。"赵国庆轻摇了下头，接着讲道，"如果你们真的想追积分的话，那我们完全可以接下积分更多的高等级任务，没必要同时去完成两个低积分任务。"

冯小龙四人微微一怔，紧接着也明白了赵国庆的意思，相互之间的磨合才是更重要的。

"那好吧，毒贩和间谍你选择哪一个？"焦鹏飞问。

"哪个更好玩一些？"赵国庆反问。

"间谍！"焦鹏飞回道，言语之中充满了喜悦，并做出了解释。

原来这个任务间谍来自于 J 国，被发现之后连杀两名警察想要逃离 Z 国，任务就是在对方逃离之前抓捕对方！

J 国。

只凭这两个字就足够了。

"好，就这个间谍任务。"赵国庆点头说。

休息一夜后赵国庆五人第二天一早就找到了教官贵卿，作为带队教官，不管赵国庆这支小队执行任何任务贵卿都是必须参加的。只是，贵卿在任务中完全没有指挥权，必须像其他人一样听从赵国庆的指挥才行。

"你们还真找了一个D级任务！？"贵卿得知赵国庆等人的任务等级后非常不满，感觉这是在敷衍她，根本没打算外出执行任务。

片刻之后，当贵卿得知这个任务内容后就很快也产生了兴趣。

"好，我们就接这个任务。"贵卿应道。

接下任务、吃饭、领取装备、出发。

目标有个Z国名字，鲁水。

从发现鲁水是J国潜伏进来的间谍到这家伙连杀两名警察逃跑已经两天了，他早已经躲到靠近边境的大山里，在这深山老林里面想要找到一个人比登天还难。

这就是任务被定为D级的一个重要原因，考验的是作战小队的搜查能力。

鲁水相貌普通，看起来不过是一个普通的中年男子，可就是这么一个人在Z国潜伏多年，为Z国带来了巨大的损失。

作为一名职业间谍，鲁水受过专业的训练，从进入山里那一刻他就完全在警察眼皮子底下消失了，就连警犬也闻不到他的气味。

此时鲁水正整个人缩在树洞里面，洞口被杂草遮挡，外面有任何风吹草动都足以让他紧张得发抖。

他嘴唇干裂，嗓子早已经冒烟，可他却没有出去的打算，因为那样实在是太危险了。

他的右手握着把警枪，左手拿着一个打火机。

这个打火机实际上是个伪装的求救器，每隔十秒就会发出一次求救信号，并将它所在的位置显示出去。

他缩在这里就是等J国的援兵前来救他，他清楚地知道只凭他一个人是根本没办法穿越过边境线的，因此他必须在这里等着。

夜里天气寒冷，他被冻得瑟瑟发抖。

"吱。"一声微弱的声音传来，已经困得眼睛微闭的鲁水立即睁大了眼睛，枪口也跟着抬了起来，两眼紧张地盯着树洞外。

外面传来轻微的脚步声，接着在距离树洞两米的地方停了下来。

"火鸟。"一个冰冷的声音传来。

火鸟是鲁水的代号，只有他的身份被识破之后才会被启动，因此听到这个代号时鲁水兴奋得差点没跳起来。

鲁水从树洞里钻了出来，看到两米之外站着两个男人，一身迷彩伪装，胸口的位置戴着一枚手里剑造型的胸章，铜色的胸章。

暗之佣兵闻名于 J 国，尤其是潜伏在他国的间谍更是牢记暗之佣兵的特征。

J 国安排暗之佣兵接应身份被识破的间谍也是有原因的，万一任务失败的话暗之佣兵会先杀了间谍，彻底切断和 J 国的关系。

"你们终于来了。"鲁水激动得差点没流出泪来。

"跟我们走吧。"其中一人讲道，说完就转身在前面带路。

鲁水轻点额头就跟了上去，低声问道："你们来了多少人？我们要怎么越过边境？还有人追我们吗？……"

不管鲁水问什么，前来接应他的两名暗之佣兵都闭口不言，对于他们来说鲁水不过是他们负责押运的货物，自己没必要和货物说话，更没必要和货物间有任何的感情。

鲁水只是从暗之佣兵那里分得了少量的食物和水，其他什么也没有得到。

就在鲁水被暗之佣兵接走不到十分钟的时间，黑暗之中几道身影悄悄地接近鲁水曾经待过的树洞。

"来晚了一步！"一个人轻声道。

一个身着迷彩服、脸上涂抹着油彩、手里面拿着狙击步枪的青年蹲在地上仔细地检查着周围的一草一木，这一路来正是通过他的细微观察才能一路找来这里的，他那敏锐的观察力和细致的分析力也让其他人折服。

幸亏身边有这么厉害的追踪高手，否则的话就算是在这大山里面转上两天两夜也不一定能找到这里来。

"队长，有线索了吗？"先前说话的人向拿狙击步枪的人问道。

被称为队长的正是赵国庆，其他人是他的小队成员和带队教官。

赵国庆蹲在距离树洞两米之外看着地上被踩倒的小草，低沉地说："有人来接应他，目标多了两个，而且还是高手！"

高手，我们难道就不是高手吗？

其他人并没有被赵国庆的话给吓到，带队教官贵卿更是直接问道："知道他们往哪走了吗？"

赵国庆抬手指向一个方向。

"追。"贵卿轻声叫道，却忘了执行任务中她根本没有指挥权，其他人都守在原地看着赵国庆。

贵卿心里自嘲了下，想着就算是大队长宋飞扬亲自到这里来也不一定能指挥得动赵国庆手下的兵。

"小心点，这两个家伙可能会很难对付。"赵国庆低声说，接着起身向前走去，其他人这才跟了上去。

黑暗中追踪是件相当麻烦的事情，即使赵国庆等人都戴了夜视仪，可是稍不注意就会追丢目标，同时也极有可能遇到敌人设下的陷阱和埋伏。

"小心！"赵国庆低喝一声，脚步也跟着停了下来，其他人立即隐于掩体之后做好了战斗准备。

所有人的目光都盯着二十米之外的灌木丛，在夜视仪的帮助之下隐约间可以看到那里躲着个人。

"烟幕弹。"赵国庆低声吩咐。

"啪。"一颗烟幕弹被扔了出去，落在灌木丛中炸了开，烟雾瞬间在灌木丛中窜了出来。

糟了，是个陷阱！

赵国庆暗叫一声不好，如果那里真的躲着个人的话，那在烟幕弹炸开后不可能连一丁点反应也没有。

43 有埋伏

　　两名暗之佣兵带着鲁水在黑夜中奔跑，身后突然传来的一声爆炸让两人脚步微微一顿，后面的鲁水也跟着停下了脚步。

　　"怎么了？"鲁水不解地问，他的听觉远没有暗之佣兵灵敏，并没有听到那声爆炸。

　　"有人触动了陷阱，距离我们应该还有两公里。"其中一人说。

　　"我留下，你带他走。"另一人讲道。

　　鲁水不傻，立即听出追捕他的人已经在两公里外了，吓得浑身哆嗦，不敢有任何的犹豫，跟着其中一人迅速离去。

　　隐藏于灌木丛中的"人"很快就被清查了出来，竟然是一个充气玩偶，经过伪装后在这样的环境中就算是再厉害的人也难免会上当。

　　"这帮混蛋！"冯小龙骂了一句。

　　只是一次小小的交锋，却印证了赵国庆刚才的话，接应目标的人不简单。

　　"地图。"赵国庆轻声叫道。

　　焦鹏飞立即取出地图平铺在地面上，并用手电照明。

　　赵国庆一边观察着地图一边讲道："以敌人的去向来看他们是往边境线上走的，一定是想要趁今夜越过边境。"说着伸手在地图上一指，接着讲道，"山谷关，这里是前往边境的必经之地！"

　　"你的意思是说我们提前赶到山谷关等着他们？"贵卿问了句。

　　赵国庆轻点了下头，开口讲道："我要将队伍分成两组。冯班长、冷班长、实诚，你们三个和贵卿教官一组，由贵卿教官负责指挥，抄小道提前赶到山谷关进行埋伏；鹏飞和我一组，我们两个继续在后面追击迷惑敌人！"

"行。"贵卿马上应道。

"是。"其他四人纷纷应道，对赵国庆的安排绝对服从。

队伍被分成两个小组，贵卿带着一组抄小道全速前进，赵国庆和焦鹏飞也是在后面急速追击。

敌人具体在什么位置还不知道，为了吸引敌人的注意力，拖住对方的步伐，一路上赵国庆并没有再像先前那样小心谨慎，反而故意弄出一点声响来。

两公里之后，赵国庆突然轻声叫道："停一下。"

跑在前面的焦鹏飞立即驻足隐藏到掩体之后，端着枪警觉地看着四周，低声询问："有问题吗？"

赵国庆这一路跑得确实有些夸张，可并不代表他就盲目，快速奔跑中他还时刻观察着路上的痕迹，此时他们所停的位置就是敌人之前听到爆炸声停过的地方。

"这里可能有埋伏。"赵国庆说着取出红外线望远镜仔细观察。

第一圈巡视没有发现什么，赵国庆立即展开第二圈巡视。

敌人是高手，他并不会因为一次巡视没有发现目标就认为对方不在。

"我把他引出来。"焦鹏飞说完就蹿了出去。

"回来！"赵国庆急忙叫道，却已经晚了，焦鹏飞已经跑了出去。

混蛋！

赵国庆暗骂一声，却不敢有任何的迟疑，端起狙击步枪为焦鹏飞掩护。

眨眼之间焦鹏飞就跑出二三十米，在这树木、杂草茂密的山林里已经算是很远的距离了，几乎跑出了赵国庆可以掩护的位置。

"停下来！"赵国庆呵斥道。

焦鹏飞也知道这个距离已经非常冒险了，继续往前的话受到敌人的伏击他很难获得赵国庆的掩护，因此听到赵国庆的命令后就立即闪身躲到了一棵树身后。

几乎在焦鹏飞隐于树身后同时，前面响起了枪声，一串子弹擦着树身飞了过去。

"好险！"焦鹏飞暗叫一声，要不是赵国庆及时下达命令让他停下来的话，再往前一步他就和子弹撞到一起了。

"找到他了，在我十一点钟方向的山石后面。"焦鹏飞用通讯器讲道，同时眉头轻皱，低声说，"奇怪了，似乎就只有一个人，目标和另一个人不知道哪去了。"

"这个人是留下来阻止我们的，另外两个一定是往山谷关去了。"赵国庆回道，说着微微一顿，接着讲道，"吸引他的注意力，我想办法击毙他！"

"没问题。"焦鹏飞应道，人躲在树身后，枪口则伸出去朝着目标所在的位置射击。

他的任务只是吸引敌人的注意力，因此不需要去冒险和敌人拼杀。

趁着敌人火力被压制那一刻，赵国庆迅速起身转移位置，寻找可以看到目标的位置。

敌人躲藏在半米高的山石后面，周边是越过石头的杂草。

这个位置看起来非常不起眼，实则非常关键，可以看到对面所有的位置，而山石又能为他提供最好的掩护。

黑色级别的鬼王战队单兵作战能力已经达到了普通飞龙特种兵的水准，铜色级别的暗之佣兵实力则更强。赵国庆这边刚刚跑出十多米的距离就被对方看透了目的，并且遭到了袭击。

赵国庆俯身趴在了地上，连滚几圈才避开敌人的射击。"鹏飞！"

焦鹏飞见敌人在自己的火力压制下还能袭击赵国庆，一下子恼了，更换弹匣后先是扔出了一颗烟幕弹在前面阻挡敌人的视线，接着就跳出去直接面对面地袭击敌人。

与刚才的射击相比，焦鹏飞此时的袭击明显更具效果，敌人完全缩在了山石后面。

赵国庆再次飞身跃起朝前面蹿出了五米，身子倚着一棵树而立，这个位置正好可以看到对面的山石。

枪口对着山石，眼睛透过瞄准镜锁定对方的位置，只等着对方再次露头时开枪击毙对方。

焦鹏飞这一弹匣子弹如流水一般被打光了，他本人也在打出最后一颗子弹后就立即躲在了掩体后面，竖起耳朵倾听着，等待敌人被赵国庆击毙的声音。

说也奇怪，按说敌人这时应该从山石后面露出头来反击才对，可是对面却一点动静也没有了。

焦鹏飞躲在那里等了十多秒见对面一点动静也没有，低声问道："队长，那家伙不会是跑了吧？"

跑？

自己一直盯着对方，对方能往哪跑？

焦鹏飞取下弹匣一边填装子弹一边询问："要不我过去看看？"

赵国庆非常确认敌人还躲在那里，只是对方要是不出来的话他们也不能一直在这里耗着，于是轻声应道："小心一点。"

焦鹏飞装回弹药，探出头往对面瞟了一眼，确定敌人依然没有动静之后深吸一口气走了出去。

从刚才的交战中焦鹏飞就已经察觉到对方的实力要在他之上，虽然说有赵国庆这名神枪手掩护，但是说焦鹏飞此时心里面一点也不紧张，那绝对是假的。

这就是真正的军人，就算是害怕，那也要鼓起勇气上！

焦鹏飞每一步都非常小心，眼睛盯着山石的位置连动也没动过一下，双手紧握着枪准备随时开枪袭击敌人。

距离敌人也就二十多米的距离，焦鹏飞却感觉非常漫长，距离敌人还有十米的时候停了下来。

"扔颗手雷过去。"赵国庆吩咐道。

在看不到敌人的情况下，扔一颗手雷袭击对方无疑是最明智的选择，这算是投石问路。

焦鹏飞左手松开，下探摸到一颗手雷在手里面，刚想拔下火环对面就突然有了动静。

一把枪口从山石后面探了出来，紧接着一串子弹就朝焦鹏飞射了过去。

焦鹏飞此时单手持枪，左手里面还握着一颗手雷，想要做出准确的反击根本不可能，再说敌人也根本没有露头。

完全出于本能，焦鹏飞向后倒去来躲避子弹的袭击。

好在敌人也是根据声音判断进行的盲射，并没有真正看到焦鹏飞本人，射击准头也就没有那么准。

"噗。"一颗子弹击穿了焦鹏飞的右肩。

焦鹏飞脸上闪过一丝痛苦的神情，却咬了咬牙拔下火环将手雷扔了出去，直接落在了山石后面。

"嗵！"几乎在爆炸响起的瞬间，一道身影从山石后面蹿了出来。

"砰。"赵国庆手中的枪也在看到人影之时扣动了扳机。

"啪啪啪……"焦鹏飞也跟着开枪。

赵国庆、焦鹏飞同时向敌人发起致命的袭击，敌人被五六发子弹击中落在了地上，其中赵国庆开的那一枪威胁最大，打在了胸口上。

敌人落在地上就一动不动，貌似已经死了。

赵国庆和焦鹏飞却不敢有任何大意，两人各自端枪走了过去。

焦鹏飞先到达，检查之后惊讶地叫道："这家伙竟然还活着！咦，他是暗之佣兵！"

赵国庆并没有太多的惊讶，他们的目标是来自于J国的间谍，有暗之佣兵接应也就不是什么稀奇事了。

"竟然还是个铜色级别的暗之佣兵！怪不得这么难对付！"焦鹏飞继续惊讶地叫道。

赵国庆来到敌人面前看了眼，他哪还能算是活着，顶多只是还有口气而已，要不了两分钟就会自己死去。

敌人身受重伤，早已经放弃了活着的希望，一双眼睛死一般的颜色，看到赵国庆后两眼却突然间放出了亮光！

"你是赵国庆？！"敌人吃惊地叫道，人也因回光返照而恢复了生气。

44　信号弹

"队长，他认识你？"焦鹏飞一脸的意外。

赵国庆闭口不语，面色却稍显沉重，隐约间察觉到了一点什么。

暗之佣兵对自己真是念念不忘呀！

焦鹏飞话一出口就开始后悔了，因为他看到敌人脸上露出一丝诡异的笑容，就好像是在说："嗯，没错，你就是赵国庆！"

"嗖！"一道红光突然从敌人身上蹿了出去，如同穿云箭一般射入夜空，接着又"嘭"的一声炸了开，在空中盛开一朵烟花。

糟糕！

赵国庆和焦鹏飞都察觉到对方是在报信，想要阻拦已经来不及，再说敌人放出那颗信号弹之后也就停止了呼吸。

"队长，对不起。"焦鹏飞发自内心地说，如果不是自己突然冒出那么一句的话对方就不能肯定赵国庆的身份。

赵国庆抬起手轻摇了下。

这事怪不得焦鹏飞，敌人放出信号弹时自己有些走神，这才给了对方可乘之机。

再说了，就算是没有这茬事暗之佣兵也不会放过对自己的追杀。

现在反而更好，将这一片地区的敌人全都引来倒是省得自己去找他们了。

"队长，现在怎么办？"焦鹏飞低声询问，想着要怎么才能弥补自己刚才的过错。

"先给你包扎伤口，然后我们继续往前追。"赵国庆说着开始着手为焦鹏飞处理肩膀上的枪伤，趁着这个机会将他们发现暗之佣兵的事告诉了贵卿等人。

铜色级别的暗之佣兵出现在了这里，一下让任务的困难等级节节攀升。

赵国庆和他的小队却没有就此停下，因为这是他们的任务，他们必须去完成，不管有多困难。

信号弹一发射出去，带着鲁水已经距离山谷关非常近的另一名铜色级别暗之佣兵马上停了下来。

鲁水见佣兵面色沉重地看着在天上炸开的信号弹，紧张地问道："出……出什么事了？"

刚才的枪声和爆炸声他可都是有听到的，因此害怕得不行。

佣兵第一次正眼看着鲁水，沉声讲道："计划有变，我必须赶回去才行！"

"为……为什么？"鲁水紧张地问，说完马上追问了一句，"那我怎么办？"

佣兵瞟了眼鲁水手中的枪，黑着脸说："你手里有枪。"

混蛋，我当然知道我手里有枪，可那又能怎么样？

如果老子能一个人越过边境的话，那还叫你们来接应我干吗？

真没有一点职业道德！

鲁水心里面咒骂着，却不敢表示出一点怨言来，暗之佣兵不是他能得罪得起的。

佣兵接着讲道："顺着这条路继续往前走就能到达边境，你可以选择在这里等我或者自己一个人先去边境。"

"我……"鲁水刚张嘴就见佣兵丢下他一个人走了，后面的话也跟着硬生生地给卡在了那里。

混蛋！

鲁水又骂了一句，往前朝边境的路看了看，暗自哆嗦一下。"我看我还是在这里等着吧。"

边境线上。

黑暗之中大地一片平静，可当信号弹在空中炸开后却多出二十道黑影来。

这二十人每一个都全副武装，两眼阴冷，在他们的胸口同样位置佩戴着铜色的手里剑胸章。

这些人竟然也是暗之佣兵。

他们潜伏在这里的目的原本是负责接应另外两名同伴，如果一切顺利的话他们会一直潜伏在黑暗之中像是从没有出现过，可现在他们却全都现身了。

"队长，是信号弹。"一名佣兵低声向这些人中最为高大的男子讲道。

他就是这二十人战队的队长，名为井上太郎。

井上太郎原是一名孤儿，从小就被暗之佣兵收养，因为天资不错，他是暗之佣兵之中少有受到正统忍者训练的人，是一名真正的现代忍者。

作为从小在暗之佣兵中长大的井上太郎，他参加过的战斗大大小小数百个，是凭着自己实力爬到现在位置的。对于他来说，暗之佣兵就是他的家。

赵国庆的出现让井上太郎察觉到了家的危机，因此他早就想亲手杀了赵国庆来维护家的荣誉，现在机会竟然突然间到来了。

"任务更改，全力击杀赵国庆！"井上太郎阴冷地说，话语里透着股死亡气息，或许对于他来说赵国庆现在已经是一个死人了。

其他暗之佣兵同一时间内轻点额头，随着井上太郎一挥手，他们如同一道道鬼魅般朝着山谷关的方向潜去。

赵国庆、贵卿和其他人都已经猜想到了敌人不止眼前的这两个，可是却没有人料想到出现在这里的铜色级别暗之佣兵会多达二十个，如果知道的话他们会想一下更改作战计划，至少会呼叫增援。

正因为没有人知道，所以注定了在不久之后敌我之间会进行一场残酷的战斗。

此时，赵国庆和他的小队按照之前的计划行动。

贵卿四人已到达山谷关并在这里设下了埋伏，赵国庆为焦鹏飞处理好伤口后也朝着山谷关的方向前进，不到三分钟的时间就与返回来的另一名暗之佣兵相遇。

"啪啪啪……"焦鹏飞已经打光了两弹匣的子弹，可直到现在也没能击毙敌人。

敌人居高临下，占据了地理优势，险些射杀焦鹏飞。

不过，焦鹏飞并不是他所担心的人。

赵国庆的资料早在两个月前就在每个暗之佣兵手中传开了，所有人都知道他是个狙击手，使用的是狙击步枪，因此眼前的家伙也不会认为焦鹏飞就是赵国庆。

一边与焦鹏飞交火，敌人的目光一边警觉地观察着四周，提防着随时都可能出现将他狙杀的赵国庆。

焦鹏飞也是压了一股火气，想着老子现在怎么说也是飞龙特种部队的队员了，怎么到了这里却处处受到压制？

这就叫作人外有人天外有天，对于普通军人来说飞龙特种部队就如同天一般的存在，可真的进入了飞龙特种部队后才明白这个世界还有许多比他们更厉害的敌人存在。

别的不说，光说萧娅婳所在的部队，随便出来一个人就能秒杀飞龙特种部队队员。

因此，这个世界上还有许多强者，厉害的敌人。

如同赵国庆给自己定下的目标，唯有自己不断变强变强再变强，那才能应对不断冒出头来的强大敌人。

队长，还没好吗？

焦鹏飞心里暗自叫道，他已经有了一种顶不住的感觉，如果赵国庆再不出手的话他怕是要在这里阵亡了。

敌人不但占据了地利，而且还设下了许多屏障阻止赵国庆和焦鹏飞靠近，就连赵国庆也因为一系列的原因而完全对敌人进行狙杀。

不得已之下，赵国庆只能让焦鹏飞先独自和敌人作战，自己以最快的速度寻找合适的位置。

此时赵国庆后退了近两百米的距离，爬到了一棵十几米高的树端，透过狙击步枪瞄准镜看向两百米外的战场。

黑夜，距离两百米，即使有夜视仪的帮助也不能完全看清对面的情况。

"鹏飞，我需要一颗照明弹。"赵国庆用通讯器讲道。

终于好了吗？

焦鹏飞心里一喜，马上取出了照明弹，嘴里轻声倒数，随后射出了照明弹。

"咻……嘭！"照明弹在敌人头顶炸开，射出耀眼的光芒将大地照得通明。

敌人作战经验丰富，他的眼睛并没有受到照明弹的刺激，可是焦鹏飞一发射照明弹他就知道这是在为赵国庆的狙击做准备，因此没有任何犹豫就停止射击将身子缩了起来。

虽然他不知道赵国庆具体位置在哪里，但是他非常肯定赵国庆现在根本没办法击中他。

事实上他错了。

之前他占据了地理优势，居高临下，对赵国庆的射击造成了非常大的难度，可现在却完全不同了。

赵国庆后退出两百米，人在树端，与敌人的位置几乎平行，或者说还要高于对方。

因此，赵国庆不但能看到对方，而且在照明弹的帮助之下看得一清二楚。

把握住机会就开枪，这一向是赵国庆的原则，绝不错失狙杀敌人的机会，否则下一秒死亡的就是自己。

距离、风速、温度等有可能影响射击的因素早就被赵国庆计算清楚，目标一出现在自己的视线之下赵国庆就扣动了扳机。

"噗。"二百米外的距离使用狙击步枪狙杀目标对飞龙特种部队的人来说是轻而易举的，更何况赵国庆这位神枪手？

目标成功被击杀。

焦鹏飞松了口气，在赵国庆赶过来之前他就已经越过敌人设下的屏障来到了尸体旁，在四周进行了详细检查之后倍感失望。

"队长，那个间谍不在这里。"焦鹏飞用通讯器汇报情况。

这点赵国庆早就猜到了，并没有什么失望感，立即询问了贵卿那边的情况，确定鲁水并没有在山谷关出现后讲道："目标一定还在我们之间。贵卿教官，你们继续守住山谷关，我和鹏飞会把那家伙找出来的。"

"明白。"贵卿应道，想着这个简单的 D 级任务马上就要完成了。

45　山谷关大战

鲁水躲在一个小山洞中，手里那把枪被他攥得布满了汗渍，每当枪声响起或者消失时他都会紧张得手脚发抖。

怎么还不来，不会是出什么问题了吧？

鲁水将脑袋探出去往外看了眼，人也跟着像弓一样绷了起来，两眼紧盯着十二点钟方向，下一秒手中的枪就一声接一声响了起来。

焦鹏飞手里面拿着从敌人身上找到的定位器，鲁水那打火机不断发出信号将他引到了这里来，可还没找到山洞对方倒是先开枪了。

枪声一响，焦鹏飞就躲到了掩体后面，扯着嗓子叫道："鲁水，你已经被包围了，快点弃械投降吧！"

投降？

鲁水冷哼一声，知道继续待在山洞里的话就真的跑不掉了，又朝着焦鹏飞开了几枪，随后不顾一切地冲了出去。

"站住，再不站住我就开枪了！"焦鹏飞大声吼道，嘴角却露出一丝的笑意，还故意朝天空开了两枪。

鲁水慌不择路，听到背后的枪声更是一个踉跄摔在了地上，连手中的枪也不知道掉哪去了。

此时他根本顾不得去找枪，挣扎着从地上爬起来后就又拼命地往前跑。

"哗。"道路旁的杂草丛中突然蹿出一道身影，正是早已潜伏于此的赵国庆。

"啊!"鲁手惊叫一声倒在了地上,随后两只手就被反绑到了身后,挣扎着叫道,"放开我,快点放开我,不然我和你们没完!"

"闭嘴!"赵国庆直接掰断了对方一根手指,威胁道,"再多一句废话我就把你剩下的手指全都掰断!"

鲁水吃痛之后才意识到自己遇到的根本不是普通的警察,警察不可能下如此狠手,更不可能杀了接应他的两个暗之佣兵。他一下子学乖了,趴在地上一动不动,连呻吟一声也不敢。

"队长,成功了?"焦鹏飞跑过来问道。

赵国庆点了下头,鲁水成功被俘也意味着他的D级任务完成了。

"啪啪啪……嗵嗵嗵……嗒嗒嗒……"

赵国庆刚想通知贵卿那边撤退,猛然间一阵激烈的交火声从山谷关那边传了过来。

"贵卿教官,那边发生了什么事?"赵国庆急忙问。

"是暗之佣兵,数量非常多!"贵卿回道。

暗之佣兵?

赵国庆的眉头一下子紧皱了起来,看来是那两名死去的暗之佣兵同伴,他们出现在这里一定是为了自己。

混蛋,又跑到我们这里来了!

哼,既然来了,那就别想走了!

赵国庆一身的杀气,趴在地上的鲁水却得意了起来,仰头讲道:"是我们的人!哈哈,你们最好放了我,否则的话我保证……啊!"

赵国庆一口气掰断了鲁水剩下的手指,嘴里骂了一句:"蠢货,以为我是在和你开玩笑吗?"说完一拳打晕了对方。

"队长,这个家伙怎么办?"焦鹏飞问道。

如果带着鲁水前往山谷关势必会影响速度,赵国庆简单想了下吩咐道:"我先赶过去,你把这个家伙扒光扔进山洞里面,然后带着他身上的东西追上来。"

"是。"焦鹏飞立即应道,知道将鲁水扒光带着他身上的东西是为了防止其他敌人找到这家伙。

赵国庆先一步前往山谷关。

山谷关这边的战况惨烈，二十名铜色级别的暗之佣兵的单兵战斗能力都不亚于贵卿等人，而且数量多，在一阵猛攻后贵卿这边就每个人都挂了彩。

"实诚，守住两点钟方向，别让他们冲上来！"

"小龙、无霜，你们两个看好十点钟方向！"

……

贵卿下着一道又一道命令，利用地理优势和事先设的埋伏成功地阻止敌人通过山谷关。

井上太郎早已经开始冒火了，二十名铜色级别的暗之佣兵连四个敌人都拿不下，反而自己这边折了四五个人，这让他非常恼火。

"火攻！"井上太郎下达命令，改变了作战策略。

正打得激烈呢，对方突然停止了攻击，让贵卿等人一下子有些摸不到头脑。

"他们不会是被我们打跑了吧？"

"不可能，那些暗之佣兵没那么容易对付，他们一定是又在想什么歪招。"

"他们确实够难缠的，我这边的弹药已经不多了，继续打下去怕是就守不住了。"

"我这儿的弹药也不多了。"

……

因为任务之初目标只有一个，所以赵国庆等人所携带的武器弹药都非常有限，使用的也全是常规装备，根本没想过会遇到这么大规模的袭击。

"都别说话了！全都给我瞪大眼睛盯着，别让敌人摸上来！"贵卿下达命令，阻止冯小龙三人继续说下去。

"呼、呼呼！"几乎同时山谷下面突然冒出几个着火点来。

这里植物茂盛，火一烧起来就迅速蔓延，大有火烧连城之势。

火攻！

贵卿等人一下子傻眼了，谁也没有想到敌人会采用这么卑鄙的手段。

火光冲天，温度直线上升，贵卿四人宛如置身于火炉中一样。

"妈的，这帮龟孙子，是想把我们几个给烤了吗？"

"这真是太热了，该怎么办才好？"

"贵卿教官，受不了了，我们还是撤吧！"

……

贵卿眉头紧皱，他们继续守在这里的话不被烧死也会被烟给呛死。

枪声和火光一定会将边防军引来的，只是等他们赶过来就已经晚了。

略微犹豫之后，贵卿下达了撤退的命令。

"后退，寻找下一个伏击地点，快！"贵卿叫道。

贵卿几个这边一撤，十几名暗之佣兵就在井上太郎的带领下从火焰缝隙中穿插了过去。

虽然井上太郎知道放火会引来更多的 Z 国军队，但是他顾不了那么多了，现在他只想杀了赵国庆，根本不会去想之后会有什么样的后果。

贵卿几个后退一百多米就迅速组织新的防线，只可惜这里地域宽广，并没有山谷关那边那么容易防守。

不过，这个位置有一个优势。

那就是他们正对着山谷关出口，狭小的出口注定了敌人不可能一口气全扑出来，他们完全可以利用山谷关的出口将敌人逼死在山谷关里面。

只要敌人没办法出来，山谷关的火势再将敌人的退路给封锁，那敌人就会被烧死在里面。

第一个敌人冲了出来，早已经锁定这个位置的贵卿立即扣动了扳机。

作为飞龙特种部队的第二狙击手，她的狙击天赋非常高，只要潜伏在合适的位置，找到了合适的机会，那她就能狙杀战斗等级远在她之上的敌人。

子弹准确地击穿了第一个冲出来的敌人脑袋。

紧跟着，李实诚手中的重机枪也跟着咆哮了起来，第二个冲出来的敌人被十几颗子弹贯穿身体倒了下去，剩下的敌人察觉情况不妙之后就立即缩回到了山谷关里。

"干得好。"贵卿轻声夸道。

事情看起来进展得非常顺利，大家成功地将敌人封死在了山谷关中，只要继续下去不管敌人有多少都会葬身于火海。

这是你们自己放的火，现在就让你们自己来吞下这苦果吧！

就算是真的让这些暗之佣兵活活地烧死在了火海中，贵卿等人依然不觉得解气，毕竟大火烧山难以控制，会为自己的国家带来巨大的经济损失。

敌人又试着冲了几次都没能成功，接着就没有什么动静了。

就在大家以为作战计划将要完美成功之时，却又出现了变数。

只见几块石头一样的物体从山谷关中飞了出来，落地后就迅速产生了大量的烟雾。

烟幕弹！

不好！

贵卿暗叫一声，烟雾迅速扩大阻碍了大家的视线。

山谷关就在百米之外，可是却没有一个人能直接看到，敌人必将会借助这个机会玩出花招来。

"打，火力全开，快点打！"贵卿下达作战命令。

李实诚、冷无霜、冯小龙不敢犹豫，为了避免敌人借机跑出来，他们是火力全开，不留一点余力。

烟雾慢慢散去，山谷关再次显现出来，贵卿四人的脸却跟着沉了下来。

中计了！

敌人刚刚根本没有一个人跑出来，也就是说大家之前只是对着空气一阵射击，白白浪费了那么多弹药。

可这也是没办法的事，如果不开枪的话敌人就会有可能冲出来，谁也不能保证接下来会发生什么。

"啪、啪啪……"又有几颗烟幕弹从山谷关内被扔了出来，释放出来的烟雾再次将山谷关入口处掩盖。

此时贵卿四人陷入到了两难境地，开枪吧，大家的弹药将殆尽，子弹浪费光了怎么和敌人打？不开枪吧，那敌人一定会借机冲出来的。

"李实诚，打！"贵卿下达了命令。

这次只有李实诚一个人射击，等烟雾散去之后却发现同样没有敌人冲出来。

"教官，这样打下去不是办法。"李实诚为难地说，他的子弹只剩下四五十发，根本不可能再次阻止敌人冲出来。

此时又有几颗烟幕弹被扔了出来，看来敌人是想利用这个办法先耗光贵卿这边的弹药，然后才会展开进一步的攻击。

46　贵卿落难

"撤!"贵卿第二次下达了撤退命令。

贵卿四人小组一撤退,困于山谷关内的暗之佣兵马上就冲了出来,在后面紧追不舍。

因为井上太郎还不能确定赵国庆是哪一个,所以他下达了一个命令,杀光所有见到的人。

敌人的疯狂追杀让贵卿四人陷入到了困境,除非能找到一个利于他们作战的地方和补充充足的武器弹药,否则这场战斗会让他们陷入绝境。

作为一名老队员,贵卿的临场应变能力远比其他人强,她看出这样下去的话大家都会被敌人吞噬掉,于是又下达了一个命令。

"你们先和赵国庆、焦鹏飞会合,我留下来拖住敌人的脚步!"贵卿吩咐道。

"这怎么能行?"

"教官,敌人实在是太多了,你一个人怕不是他们的对手!"

"要留下大家一起留下,让一个女人在后面为我们掩护算什么事?"

……

贵卿的命令立即遭到了其他三人的反对。

"啪!"贵卿挥拳以迅雷不及掩耳之势将冷无霜打倒在地上,阴冷地问,"现在你还认为我是个女人吗?"

冷无霜一脸的委屈,这才意识到自己说错了话。

贵卿根本不是女人，而是女魔头！

"这是命令，立即执行！"贵卿厉声叫道。

得罪女魔头绝对没有什么好下场，即使冯小龙三人非常不情愿，但是贵卿不论是教官的身份还是小组长的身份，所下达的命令都是他们不能违抗的。

"是！"冯小龙三人齐声应道，现在他们所能做的事就是以最快的速度与赵国庆会合，然后再反扑过来解救贵卿。

贵卿闪身隐于灌木丛中，持枪等待着暗之佣兵的到来。

暗之佣兵没有那么傻，知道路上随时都会遇到伏击，因此速度非常快的情况下却也非常谨慎。尤其是他们以作战队形前进，走在最前面的尖兵一旦受到了攻击，那后面的敌人就会立即补上去援救或者还击。

只可惜，冯小龙三人快速奔跑所发出的声音完全迷惑了他们，再加上贵卿这位狙击高手隐藏得不露一点痕迹，以至于他们并没有发现贵卿的存在。

按照狙击手的惯例，贵卿应该先击毙最后一名不易被其他人察觉到的敌人，然后再循序渐进解决其他目标。

不过，贵卿的目的是拖住这些人的脚步，并不是凭借一人之力就去狙杀这十几名敌人，因此她的作战方针也跟着发生了改变。

当第一名暗之佣兵出现在贵卿的枪下之时，她立即扣动了扳机。

"噗。"目标仰头向后倒了下去。

"狙击手！"跟在后面的敌人叫道，其他人立即躲到了掩体后面。

狙击手的震慑力非常大，即使这些暗之佣兵的单兵战斗力在贵卿之上，此时他们躲在掩体后面也不敢轻举妄动，以免成了下一个被击毙的目标。

此时，暗之佣兵所要做的第一件事就是找到贵卿躲藏的位置，否则的话他们将会一直被困在这里。

"咻！"一颗照明弹升到了空中，几乎同时数十发子弹朝着十几处有可能藏人的地方射击，以此来确定贵卿的位置。

照明弹一落下，立即又有一颗升起，子弹再次射出袭向其他可能藏人的地方。

"这些人还真难对付。"贵卿心里嘟囔了一句,趴在那里一动不动,全神贯注地盯着前面,以免自己的位置暴露。

只要敌人不露面,那贵卿就不动,这是贵卿打算好的事。

当第三颗照明弹落下之后,贵卿突然间发现情况不对劲。

没有第四颗照明弹,枪声也停了下来,可片刻之后黑暗中却传来"沙沙"声。

有人在移动位置!

贵卿立即将枪口指向声音响起的地方,还没等看到目标的声音就停了下来,对方躲了起来,紧接着另一个地方响起了声音。不等贵卿移动枪口,声音很快停下来,转而是完全不同的一个方向传来声音。

狡猾的家伙。

想要利用这样的方法一点点将我包围吗?

贵卿看透了敌人的目的,可又显得有些无可奈何,她不可能同一时间内监视着所有人,只能选择一个目标等候射击。

那样的话,其他人会将她包围,到时候情况就更加不利了。

撤退也不是个完美的选择。

敌人应该还没有发现她的位置,可她一动就会暴露在敌人的枪口下,将自己暴露在敌人的枪口下是狙击手的大忌。

战场上狙击手所要做的往往就是如同鬼魅一样隐藏自己,在敌人发现自己之前就击毙对方,只有这样才算是一个优秀的狙击手。

危机感越来越浓重,贵卿似乎没有更好的办法。

就在贵卿将注意力完全放在前面的时候,身后突然传来响动,而且距离如此之近。

贵卿的身体已经训练到了一个本能的反应,身后传来声音她的身体就立即直接向一旁滚动。

"噗。"一把军刀深深地刺入贵卿之前所在的地面,如果不是她及时避让的话军刀会直接刺穿她的心脏。

贵卿还没有看清对方的样子,却已经感觉到了对方超强的实力,能在神不知鬼不觉地绕到自己身后并发起袭击，这个人的潜伏水平和战斗力绝对在自己之上。

一击未中，刀光闪动，第二击就朝着贵卿的要害再次刺了过去。

贵卿被逼得连喘气的机会也没有，手中的狙击步枪在如此近距离之下也完全失去了作用，只能当棍子来使用格挡敌人的攻击。

敌人的攻击不只是快而准，而且力量强大。

力量始终是女人的一大弱点。

三招过后，贵卿手中的狙击步枪就被震飞了出去。

刀光再动，这次刺向的是贵卿的心脏。

还没有从地上起来的贵卿只能再次滚动身子来躲避，只是这一次并没有那么成功，散着寒意的军刀深深地刺入了她的左肩。

"啊。"贵卿发出一声痛叫。

"女人？"敌人轻咦一声。

袭击贵卿的是井上太郎，他的实力是这些暗之佣兵中最强的，先前的照明弹等都是他用来分散贵卿注意力的方法，自己则借助这个机会观察、寻找并成功地潜到贵卿之后发起了袭击。

如果贵卿是个男人的话，那井上太郎绝对会将她当成赵国庆先杀了再说，可一发现贵卿是个女人他的计划就跟着改变了。

贵卿忍受着左肩传来的剧痛，伸手拔出腰间的手枪就抬了起来。

井上太郎脑子里面转动着，手上的动作却没有一丝的停顿，先是一拳擒住贵卿拿枪的手，使其不能对自己造成任何危害，紧接着就一拳将贵卿打晕了过去。

"赵国庆。"一个生硬的语言突然在通讯器里响起，赵国庆的脚步也跟着停了下来。

这个声音不是自己小队里的人，也就是说至少有一个人落入了敌人手中，甚至有可能……

"我刚刚抓到了一个女人，是个狙击手，我相信你应该知道她是谁。"声音再次响起。

女人、狙击手，那只可能是贵卿。

赵国庆却是松了口气，对方只是说抓了贵卿，并没有说杀了她，也就是说她还活着。

只要活着，那就有希望。

"你是谁？"赵国庆问。

"井上太郎。"井上太郎说。

赵国庆没有听说过这个人，却也知道这家伙绝对不好对付，因为他生擒了贵卿。

"你想干什么？"赵国庆接着问，只有搞清楚了对方的目的才能计划接下来怎么做。

"杀了你！"井上太郎的话非常直接。

做梦！

赵国庆却骂了一句，自己当然知道对方的目的是想杀自己，刚才问的是他现在联络上自己打算怎么做。"你想怎么杀我？"

"我非常了解你们Z国军人，绝不会丢下自己的同伴不管，况且对方还是这么一个美人儿。哈哈……"井上太郎邪恶地笑道。

"别废话！"赵国庆不耐烦地说。

井上太郎收起笑声说："一命换一命，你过来我就放了她，否则我就将她带回J国为我们国家贡献一份力！"

无耻！

赵国庆暗骂一句，嘴里则问道："你在哪里？"

"山谷关往西两公里的山头上。我给你半个小时时间，如果到时还没有看到你的话，那你也就永远别想再见到这个狙击美人了！"井上太郎说完就关闭了通讯装置。

"混蛋，你有种动动她试试！"一个怒吼声传来。

赵国庆眉头轻皱，听到那是冯小龙的声音，而且距离自己不远。

片刻之后赵国庆就和冯小龙三人会面，大家一见面就纷纷焦急了起来。

"队长，你不会真的打算过去吧？"

"他们一定会在那里设下陷阱等你的！"

"过去的话简直就是送死！"

"队长，你可要考虑清楚了！"

……

面对冯小龙、李实诚、冷无霜的你一言我一语，赵国庆只说了一句话就让三人全都闭上了嘴。

"我不去的话贵卿教官怎么办？"赵国庆问。

冯小龙三人彼此相望，却没人能说一个更好的办法，除非赵国庆过去，否则的话贵卿一定会生不如死。

47　假死诱敌

贵卿被绑在一棵树上，肩膀上的伤口已经被简单处理过，此时正两眼冰冷地盯着面前的暗之佣兵。

站在贵卿面前的暗之佣兵鼻梁上有一颗黑痣，正是这队暗之佣兵的随行军医，刚刚在为贵卿包扎伤口时看到她那洁白的皮肤就产生了邪欲。他两眼盯着贵卿胸口，呼吸也变得沉重起来，将手探向了那两块大馒头。

"你要是敢碰我一下，我就把你的手给剁下来！"贵卿阴冷地威胁道。

军医的手在贵卿胸前顿了下，冷笑一声说："你要是能活着的话再说吧。"说完就再次向胸口按去。

就在军医的手将要和贵卿胸口那两块大馒头碰到一起时，一只大手如闪电般探过来一把抓住了他的手，这就他非常恼火，张口就要骂！

"队……队长！"军医心中的怒火变为了恐惧，尤其是在井上太郎那杀人目光注视之下更显颤抖。

"滚！"井上太郎吼了一句，一把将军医推倒在地上。

军医从地上爬起来仓皇而逃，他知道井上太郎现在的心情不好。

越过边境线时一共二十人，现在却只剩下十四人，算上被赵国庆杀掉的两人，一共死了八个，换了谁都不会有好心情的。

这时，谁招惹井上太郎谁就会倒霉。

贵卿并没有因为井上太郎替自己解围而有丝毫的感激之情，反而一脸仇视地盯着对方，认出他就是将自己打败的家伙。"有机会的话我一定会一枪毙了你的！"

井上太郎嘲弄地笑了笑，开口讲道："作为一个女人，你有这样的能力已经很不错了。"说着微微一顿，接着讲道，"放心，等我杀了赵国庆之后会给你一个痛快的，绝不会让其他人侮辱你！"

贵卿冷哼一声。

"队长，有人出现了。"一个声音从井上太郎耳朵里的通讯器里响起。

井上太郎身上立即散发出了浓烈的战意，低声叫道："准备战斗！"

"队长，可能是我们要接应的目标。"刚才的声音再次响起。

井上太郎眉头微皱，走上前拿出望远镜看了过去。

山脚下正有一名男子顺着崎岖的山道向上攀爬，他看起来非常慌忙，每走几步都会回头看一眼，像是有人在追赶他。

暗之佣兵这边收到的求救信号并没有中断过，根据追踪器的显示正是这名正在爬上山来的目标。

井上太郎观察了片刻，可奇怪的是总是不能看清对方的面目，只能从对方的神态上去确认他是J国间谍。

暗之佣兵分散隐藏于这座山头上，目的就是为了伏击赵国庆，可突然出现的J国间谍却打乱了他们的计划。

"队长，怎么办？"一名暗之佣兵询问。

"先等等。"井上太郎谨慎地说，他总觉得J国间谍突然出现在这里有些奇怪。

J国间谍低着脑袋一路上爬，距离第一名暗之佣兵已经不足十米的距离了，却并没有发现对方。

"砰！"枪声突然在这时响起，紧接着J国间谍就一头栽倒在了地上。

狙击手！

几乎所有人都是心里一动，意识到有狙击手躲在山脚下，而且还击毙了这名J国间谍。

赵国庆！？

井上太郎眉头紧皱，一脸的不高兴，心里想着一定是赵国庆故意放J

国间谍到这里来的，然后击杀了他。

混蛋，这么做是想惹怒我吗？

井上太郎回头看了眼贵卿，走过去沉声讲道："看来那小子是在逼我杀了你！"

"不，他一定会杀了你的！"贵卿一脸认真地说，被俘虏后她连一点恐惧也没有，因为她对赵国庆非常有信心，相信赵国庆一定会救她离开并杀了这些人。

与赵国庆第一次见面时贵卿绝不会有现在这种想法，可随着相处时间的增加，她对赵国庆的态度也发生了极大的转变。

赵国庆是个能创造奇迹的人！

赵国庆是不会丢下战友的人！

这是贵卿对赵国庆最为直观的感受。

"我会让你亲眼看到我是如何杀死他的！"井上太郎针锋相对地说，之后就将贵卿的嘴堵上了。

"队长，发现目标！"一名暗之佣兵叫道。

山脚下一道身影快速移动，手里面拿着一把狙击步枪，似乎是发现了暗之佣兵的埋伏而想要逃离这里。

"杀了他！"井上太郎命令道。

枪声响了起来，紧接着一道道身影从J国间谍的身边跳过去，全力追击山脚下的狙击手。

接应J国间谍是这些暗之佣兵原本的任务，他们负责将他带回J国。

可是，一个死了的J国间谍对他们已经没有一点用了，不过是一具尸体而已，躺在那里连看也不会多看一眼。

两分钟之后山脚下传来了激烈的交火声，看起来暗之佣兵和狙击手打了起来，只是狙击手在山脚下还有其他帮手，双方一见面就如同油见了火一样燃烧了起来。

这时，原本死去的J国间谍突然一蹿隐于路边的草丛中，一双警觉的眼睛向山前看了看后，接着身法敏捷地朝山上冲去，一点之前的狼狈相也没有。

片刻之后，这名"死去"的 J 国间谍就来到了贵卿面前。

"教官。""死去"的 J 国间谍轻声叫道。

"赵国庆。"贵卿张嘴叫道，只是嘴巴被堵着而无法听清，却能从她那激动的神情隐约辨认出来她是在呼喊赵国庆的名字。

"死去"的 J 国间谍正是由赵国庆伪装的。

用屁股想就知道敌人会在这里埋伏，因此赵国庆穿了 J 国间谍的衣服，身上带着对方的装备，伪装成间谍的样子演了刚才那出戏。

敌人看到的狙击手其实是焦鹏飞，而埋伏在山脚下的则是冯小龙、冷无霜、李实诚三人。

这场戏演得非常精彩，成功地迷惑了敌人，并将隐藏在山上的敌人引了下去，从而给赵国庆来到贵卿面前提供了便利。

赵国庆刚想伸手去为贵卿解开绳子，突然感觉一股阴风扑来，本能地将手缩了回来。

"呼。"一片银光由空中落下，一把武士刀险些将赵国庆的双手给砍下来。

刀光一转，接着朝赵国庆的脑袋削了过去。

赵国庆仰头避开过武士刀的袭击，接着身子连翻几个跟斗与袭击拉开了一段距离，盯着对面的男子。"你就是井上太郎？"

手握武士刀偷袭赵国庆的正是井上太郎，他早已经察觉到了不对，这才隐于附近没有离开。

"赵国庆！"井上太郎上下打量了一下赵国庆，有些不敢相信，赵国庆当真如同传言那样年轻，却已经是暗之佣兵的大敌了。"你确实很厉害，而且很聪明，竟然懂得引开我埋伏的人！"

"是你那些手下太笨了。"赵国庆警觉地看着对方，只从井上太郎刚才劈出的那两刀就已经看出对方是一个高手。

井上太郎却并没有生气，笑了声说："知道我发现你后为什么没有用枪直接杀了你吗？"

"为什么？"赵国庆问，这也是他感到好奇的地方。

这井上太郎绝对是一个高手，之前隐藏在附近竟然没有被自己发现，完全有机会用枪暗杀自己的，可是他为什么没有那么做？

难道说这井上太郎也是个笨蛋？

"根据资料显示你是一个狙击手，我们的人几乎都是被你狙杀的，可你现在手里却没有狙击步枪，一个没有狙击步枪的狙击手还有什么能耐？我很好奇，你究竟有多厉害！"井上太郎振振有词地说。

赵国庆微怔，突然发现这井上太郎非常高傲，而且自大。

可是，不管他是高傲也好，自大也罢，都还是个超级无敌大笨蛋，或者叫高傲自大的笨蛋。

这里可是战场，战场上就应该抓住机会杀了敌人，而他却没有那样做，这不是笨蛋是什么？

赵国庆不知道自己是不是应该庆幸，要不是遇到了一个高傲自大的笨蛋，那自己恐怕已经没命了。

"很快你就会后悔刚才没杀我的。"赵国庆说着拔出了军刀。

井上太郎把刀一横，做出了迎战的准备。

两道身影同时迎了上去，接着刀刃就撞在了一起。

"叮！叮！叮！"短暂的交锋之后两道身影各自分开。

赵国庆吃惊地看着井上太郎，说他是一个高傲自大的笨蛋有点看轻他，至少他是一个拥有实力的高傲自大的笨蛋，刀法非常强悍。

赵国庆手中的军刀断为了两截，手臂更是出现了一条血痕，看起来非常的恐怖，而井上太郎却一点伤也没有。

"看来你也不怎么样。"井上太郎嗤之以鼻地说。

刀法原本就不是赵国庆所擅长的，被对方看不起之后突然暴怒地叫道："去死吧！"说完就将手中的断刀朝井上太郎砸了过去。

"当。"井上太郎凌空一砍，准确地将断刀劈了开。

赵国庆再次吃惊，刚刚的愤怒不过是他故意装出来的，看似随意扔出去的断刀实际上是他故意使用飞刀手法去刺杀对方，却没想到被对方轻易破解了。

"你还有什么本事，全使出来吧。"井上太郎不屑地说。

48　救出贵卿

刚才那一招算是糊弄过去了，井上太郎并没有发现赵国庆的飞刀绝技。

在井上太郎精妙的刀法面前，赵国庆的飞刀绝技却也受到了强大的限制，在没有十足把握的情况下绝不会第二次使出，否则只会过度暴露自己的实力而让对方有了防范。

此时赵国庆赤手空拳，看起来情况非常不利于他。

事实上却刚好相反，刀法不是赵国庆的强项，空手格斗反而更能发挥出他的实力。

见赵国庆双手握拳做出了格斗准备，井上太郎眉头微皱，有点弄不明白情况。"怎么，你想赤手空拳和我打？"井上太郎疑惑地问。

赵国庆没有回答，直接挥拳而上，以实际行动来表达自己的意思。

"找死！"井上太郎怒声叫道，挥刀迎击，刀法凌厉一点也不弱于之前。

圆满境的形意拳被赵国庆如同泼墨一般打得洋洋洒洒，滴水不露。

体内真气流动，在心脏的快速跳动之下发挥出五倍的力量，爆发出的拳力将井上太郎的气势直压而下。

初时井上太郎被打了个措手不及，完全没想到赵国庆赤手空拳会比刚刚使用军刀时战斗力更强。片刻之后，井上太郎就稳住了心神，刀气大发，再次将赵国庆的气势压了过去。

十招之后赵国庆猛地抽身后退，两眼死死地盯着对面的井上太郎，身上又多了几道刀伤。

井上太郎同样凝视着赵国庆，脸上已经没有了半分不屑，沉声讲道："之前我有些错看你了，你确实很强，强到了出乎我的意料。以你的年龄来看，再过几年你的实力绝对会吓倒许多人，到时我一定不会是你的对手。只可惜……现在的你根本打不过我，也就是说今天你必须死在这里！"

武士刀被画出一个半月，接着就听井上太郎暴声喝道："半月斩！"

刀光闪烁，如同天上的月光一般阴冷，朝着赵国庆的胸口劈了过去。

赵国庆急速后退，却没能完全躲过这一刀，胸口被划出了道长长的刀口。

井上太郎的刀没有任何停顿，紧接着第二刀就砍了过来。

赵国庆再次后退。后退、后退、后退……

井上太郎每砍出一刀赵国庆就会连退数步，被逼得连还手的机会也没有，直到他的后背撞到一块巨大的山石，再也退不了为止。

绝境？

井上太郎眼里流露出一丝难以压抑的喜悦，就像是在说："小子，现在你已经无路可退，受死吧！"

刀光闪动，这一刀爆发出了井上太郎所有的实力，朝着赵国庆要害部位砍了过去。

"咚咚咚……"赵国庆的心脏快速跳动着，似乎它察觉到了死亡的威胁，想要自己冲破金针锁心术的禁锢来帮助赵国庆发挥出巨大的力量来杀了井上太郎。只要赵国庆愿意，心脏就可以冲破最后一道防线，从而爆发出巨大的力量。赵国庆两眼殷红，死死地盯着井上太郎的刀，却没有同意心脏的突破，强自压制着它的爆发。

武士刀距离赵国庆越来越近了，眼看着就要一刀将赵国庆斩为两段，这时一只手如同惊鸿一笔般突然降临抓住了刀身。空手入白刃！井上太郎一脸的不可思议，不敢相信一直被他刀法压制得连出手机会都没有的赵国庆能挡得住他这一招，而且是用手抓住了刀身，这种事简直是完全不敢想象。

突然间，井上太郎明白了一件事，那就是赵国庆的实力要远在他之上，不然如何凭借着空手就能破解他的刀法？

事实上赵国庆的战斗力也确实在井上太郎之上，萧娅婳就曾经说过他只要不遇到金色级别的暗之佣兵，那自保是没有什么问题的。

也就是说，赵国庆的实力至少要比井上太郎多出一个等级。

此时赵国庆使用的正是鹰爪功。

鹰爪功已经被赵国庆练至中级，其强悍的攻击力是难以想象的，此时单手抓着刀背就如同铁钳一般将其紧紧地禁制住。

井上太郎双手使出全力用力拉了一下，竟然没能将刀从赵国庆的手中抽出，这让他第二次感到不可思议，惊讶程度远超之前。

这时赵国庆的右手动了起来，一道寒光从他手中飞射而出。

飞刀绝技，三十米之内例无虚发。

两人之间不过一个刀身的距离，这样的距离之下就算是战斗力更高的人也难逃赵国庆飞刀的突然袭击，更何况井上太郎的武士刀被禁，根本没办法去挡下这一刀。

"噗。"被赵国庆全力扔出的飞刀劲道惊人，直接刺进了井上太郎的眉心处。井上太郎两眼暴睁，身子直直地倒了下去，大有死不瞑目之势。

现在，他或许会后悔之前为什么没有直接用枪击毙赵国庆，只可惜他已经没有重来一次的机会了。

赵国庆将武士刀扔在地上，从井上太郎身上拔下飞刀迅速奔到贵卿身边将绳子割断。

"教官，你没事吧？"赵国庆关心地问。

贵卿此时的表情非常复杂，难以用笔墨来形容。

她亲眼看到了赵国庆与井上太郎之间的惊险之战，着实没想到赵国庆此时的战斗力已经强到了如此惊人的地步，更没想到赵国庆浑身是伤的情况下竟然还会关心地询问她的情况，这样的人实在是让人……

"教官，你没事吧？"赵国庆第二次问道。贵卿一脸羞红，刚才又胡思乱想了，就算是她愿意，赵国庆也绝对不会和她有什么关系的。

此时贵卿大有"我生君未生，君生我已老"之感叹。

如果我能再晚几年出生，哪怕是只比他大一岁，那我们两个之间或许就会发生点什么。

"哦，没事。"贵卿发现自己又开始胡思乱想了，急忙说了句话打断自己的思维，接着讲道，"你流了这么多血，让我给你包扎一下吧。"

"来不及了。"赵国庆说着就取出金针刺入身上穴道帮助自己止血，目光紧张地看着山下的方向，沉声说，"他们四个坚持不了多久的，我们必须过去支援他们！"

贵卿明白冯小龙四人的实力远不如赵国庆，只凭四人之力能阻挡十几名铜色级别的暗之佣兵这么长时间已经很不容易了，如果自己和赵国庆现在不赶过去的话，那就有可能会发生什么不愿意看到的事情。

当真是连包扎伤口的时间都没有，每浪费一秒冯小龙四人就会多添一分死亡威胁。

"好，我们过去！"贵卿起身拿起井上太郎的武器就朝山下冲去，现在只有尽快解决了剩下的敌人……至少也要先稳住局势，那样赵国庆才能有机会处理身上的伤势。

冯小龙四人的情况确实不容乐观，他们的弹药原本就紧张，虽然在这里伏击占据了一定的地理优势，但是坚持到现在子弹也基本上打光了。

十三名暗之佣兵被四人火力压制，伤亡并不大，可他们都压着一股子火气。

见冯小龙四人的火力渐弱，暗之佣兵们也抓住了机会，开始了强烈的反击。

"他们快没有子弹了，大家上去杀了他们！"

"往那边，从那边过去包抄他们！"

"别让他们给跑了！"

……

暗之佣兵们分成两路，想要从斜面包抄过去切断冯小龙四人的退路。

"怎么办，我们怕是撑不住了！"

"国庆还在上面呢，撑不住也得撑！"

"对，我们必须撑下去才行，否则国庆就算是成功救出了贵卿教官也没办法对付这么多人！"

"死就死吧!"

……

冯小龙这边也是急了,怕他们一后撤赵国庆和贵卿就会陷入到危机之中,因此不要命地战斗,一时间竟然又将敌人的攻势给压了回去。

敌人的攻击也只是稍微被阻碍而已,紧接着就又反扑了过来。

在强大的火力攻击之下,冯小龙四人的处境是越来越危急,再这样下去用不了一分钟他们就会全被拿下。

眼看着冯小龙四人就要完全失利,这时敌人背后突然传来了枪声。

"啪、啪、啪……"随着一阵枪声响起,最后面的两名暗之佣兵瞬间倒在了血泊之中。

"后面有敌人!"一名暗之佣兵叫道。

原本正全力攻击冯小龙四人的暗之佣兵不得不停下来,分出人手来对付后面的枪手,这样冯小龙四人所面对的压力顿减。

"是国庆,他成功了!"

"太好了,现在我们就让这群 J 国的混蛋们尝尝我们的厉害!"

"没错,看他们以后还敢不敢潜入 Z 国!"

"杀光他们!"

……

冯小龙四人一个比一个兴奋,也不再有任何保留,火力全开,计划与赵国庆、贵卿前后夹击杀敌人一个片甲不留!

凶悍的暗之佣兵遭到前后夹击并没有显得惊慌失措,迅速分成两批人马,一批用来抵挡冯小龙四人的攻击,另一批则寻找赵国庆和贵卿所在的位置。

"在那边!"有人叫道,枪声也跟着响了起来,子弹朝着数十米外的草丛飞射过去。

方向一指明,立即引来了更多人的袭击。

49 我们的事不用你操心

数十发子弹同时朝着一个地方射击，在基本上没有掩体的情况下，就算是命中率再低也会有几发子弹打中目标才对，更何况这些人全都是射击高手，命中率更高。

"打中了！"

"那家伙没有还击，应该是死了！"

"过去看看。"

……

一名佣兵在同伴的掩护下向对面的草丛潜去，虽然已经认为对方死了，但是心里面难免还是有些紧张。

万一对方没死怎么办？

草丛里的家伙确实死了，身上至少被打中了二十多发子弹，身子早已经烂了。

不过，那些子弹并不是他的致命伤，真正杀死他的是眉心处的刀伤。

"队长！"前去查看情况的佣兵认出死者是他们的队长井上太郎，同时确定这是一个陷阱。

当他想要抽身离去之时，爆炸突然从井上太郎的尸体下响起，他当场被炸飞了出去。

诡雷陷阱。

当敌人触动井上太郎尸体的时候，也就引爆了藏在下面的炸弹。

爆炸一响，枪声就突然间从另一侧的山石后面响了起来，对面的佣兵几乎没有什么防备，瞬间又有两人被子弹击毙。

"那边，在那边，快点开枪!"佣兵吼道。

躲在石头后面的是贵卿，她连续射杀两人后就立即躲到了石头后面，避开敌人的子弹袭击。

敌人只将注意力放在了贵卿身上，却根本没有注意到另一个死亡枪手已经锁定了他们，枪声也跟着响了起来。

与贵卿交火的敌人瞬间被子弹吞噬。

赵国庆和贵卿设计了一个完美的战斗布局，先是由赵国庆把井上太郎的尸体藏于草丛中吸引敌人的注意力，然后再由贵卿现身射杀敌人，最后由赵国庆出手杀了剩下的敌人。

两人都是狙击高手，此时手中拿的武器虽然不是狙击步枪，但是却一点也不影响两人的发挥。

这是赵国庆与贵卿的第一次合作，堪称完美。

二十多名铜色级别的暗之佣兵，以实力来论他们的战斗力绝对在赵国庆的小队之上，可到现在还活着的却不足五人，剩下的已经全部被歼灭。

就像贵卿说过的那样，赵国庆是一个能创造奇迹的人，换了其他人绝不会有这样的战斗效果。

剩下的五名敌人心理上已经受到了严重的打击，在赵国庆、贵卿与冯小龙四人的两面夹击之下，他们根本无心恋战，打了一阵之后突然跑了。

"这几个家伙想要逃走!"

"绝不能让他们给跑了，快追!"

"杀光他们!"

……

冯小龙四人叫喊着冲杀了过去，一个个化身为恶狼一般追赶自己的猎物，一反之前的疲态。

贵卿受伤最轻，实力也是除赵国庆外最强的，因此跑得也是最快。

明明有机会射杀前面敌人的，她却并没有开枪，而是冲冯小龙等人吼道："前面那个家伙是我的，你们去对付其他人！"

贵卿开口了，冯小龙几个哪敢和她去争，纷纷避开目标去寻找其他敌人。

被贵卿追赶的敌人突然间回身射击，贵卿却抢先扣动了扳机，先是一枪废掉了对方握枪的手，然后一枪打在了对方大腿上，让他无处可逃。

"放……放了我吧！"敌人竟然向贵卿乞求了起来。

"放了你？"贵卿一脸阴冷地哼了声，拔出军刀讲道，"记得我说过要砍掉你的手吗？"

这名佣兵正是敌人的军医，他在为贵卿处理伤口的时候想要污辱她。

贵卿说过要砍断他的手，这也就是为什么她没有直接杀掉对方的原因。

"啊！"佣兵军医发出一声凄惨的叫声，两只手已经脱离肢体落在了地上，"杀了我，求求你杀了我吧。"

贵卿冷哼一声，丢下对方不理，继续追杀其他的敌人。

佣兵军医痛苦地在地上挣扎，失去双手的他想要自杀都难，只能眼睁睁地看着鲜血从断腕处喷洒出来，要不了多久他就会因为失血过多而死。

亲自目睹自己的死亡，这是贵卿对他的惩罚。

敢招惹女魔头，绝没有什么好下场！

剩下的几名暗之佣兵想要越过边境逃回去，只可惜他们忘了自己将通往边境的山谷关给点燃了，大火阻止了他们的去路。

这正是自己酿下的苦果自己尝。

没过多久，最后几名暗之佣兵被赵国庆等人在山谷关的大火前击杀了。

边防军早已经赶到，在山谷关另一面努力扑火，要不了多久就会有更多的救火队员到此，赵国庆等人也没有留下的必要。

简单的休整之后，赵国庆等人带着鲁水回去复命，至于那二十多具暗之佣兵的尸体也会有人来清理的。

对于普通人来说，他们根本就没在这里出现过。

边境突发大火，除此之外什么也没有。

以六人之力大战二十多名铜色级别的暗之佣兵，对其他人来说这是一个奇迹，可对赵国庆等人来说却是一场生死之战。

他们取得了最终的胜利，却一个比一个疲惫不堪，回到二号基地连身上的伤都来不及彻底处理就一个个睡了过去。

第二天一早，赵国庆等人被贵卿从床上揪起来送到了医务室里治疗，确保他们不会留下什么后遗症后才放他们离开。

其实贵卿这么做大没必要，要知道赵国庆的医术远在医务室里的军医之上，他早已经为兄弟们检查过了伤势，知道不会有多么大的问题才让他们先行休息的。

中午吃饭的时候赵国庆等人再次与朱元忠的小队相遇，带队的教官臭脸乔也在里面。

因为看到了贵卿，所以臭脸乔躲在后面没敢开口，朱元忠却上前奚落起赵国庆来。

"哟，这不是赵大队长吗？"

"听说你们刚刚完成一个D级任务。真是不错，恭喜恭喜……"

"啊？只是一个D级任务而已，你们竟然全都挂彩了？"

"厉害，真是厉害！"

"这个我们没办法和你们比。你看看，我们刚刚完成一个F级任务，除了实力最差的一个被子弹擦伤外，其他人都没事！"

"呵呵。"

"……"

这话说得有些过分了，臭脸乔躲在后面偷笑，赵国庆这边却一个比一个面色难看。

赵国庆不开口，冯小龙几个也不说话，可有一个人却跳了出来，那就是带队教官贵卿。

贵卿直接拔出手枪指着朱元忠的脑袋，厉声叫道："你信不信我一枪崩了你？"

朱元忠虽然只是飞龙特种部队的一个新人，但是他也知道贵卿的厉害，这女魔头没什么事做不出来，惹毛了她她当真会冲自己开枪的。

可当着这么多人的面，朱元忠又不肯服软，强撑着叫道："你敢！"

"砰！"枪声突起。

谁也没想到贵卿说开枪就开枪了，这一枪只是让子弹从朱元忠的脸面上划了过去，却把朱元忠吓得双腿都抖了起来。

女魔头，你给我等着！

朱元忠心里面咒骂着，却不敢说出一个字来了，强撑着站在那里没有直接坐倒在地上。

臭脸乔作为带队教官，这时不得不出场了，挤出笑容上前讲道："贵……贵卿，大家都是自己人，在这里动枪怕是不好……"后面的话还没有说完就被贵卿冰冷的目光给吓了回去。

"咳……咳！"臭脸乔干咳一声，站在那里不知如何是好。

"别以为自己完成了个F级任务就有多么了不起的！"贵卿将目光移回到朱元忠身上，沉声讲道，"赵国庆他们接下的虽然只是个D级任务，但是他们的对手却是二十多名铜色级别的暗之佣兵，论起任务的难度远在你那F级之上！"

二十多名铜色级别的暗之佣兵！

朱元忠的脸一下子绿了，他刚刚带队执行任务回来，只是听说赵国庆完成了个D级任务，暗之佣兵的事却还不知道。

"五个人，对付二十多名铜色级别的暗之佣兵，将敌人全歼，自己这边却是零伤亡，换成是你的话你能做到吗？"贵卿问。

"我……"朱元忠张了张嘴却没办法说出话来，额头更是渗出了汗来，那是因为紧张的。

实话说，朱元忠心里清楚，要是换成他的小队的话，那未必就能活着回来。

总之，赵国庆看起来完成的不过是个D级任务，可他出色的表现却已经完胜朱元忠的F级任务。

"贵卿，既然是这样，那你为什么不上报提高他们的任务等级？"臭脸乔笑呵呵地问，想要化解朱元忠的尴尬。

提高任务级别就能获取更多的任务积分，这个贵卿早已经想到，并且一回来就将这件事向上级做出了汇报。

可是……二号基地的负责人是朱天成，他直接给回拒了。

正因为朱天成回拒了贵卿的请求，所以贵卿心里一直压着火，见到朱元忠没事奚落赵国庆就把这股火给发在了朱元忠身上。

朱元忠却不知道自己无意中替哥哥当了一回出气筒。

"我们的事不用你操心！"贵卿冷冰冰地回了一句。

臭脸乔尴尬地站在那里，心里面一万个不爽。

怎么说我们也是老同事、老战友，你这么说未免太不给我面子了吧？

50　潜入二号基地的敌人

"有本事的话你就完成一个困难度更高的任务，否则的话就给我闭上你的臭嘴！"贵卿白了朱元忠一眼，"滚！"

怎么说朱元忠也是小队长的身份，在自己的队员面前被一个女人毫不客气地大骂一顿，最后还让他滚！

朱元忠觉得颜面扫地，可就是没办法发火。

那可是女魔头呀，就连朱天成也不敢招惹的人物，朱元忠怎么敢？

朱元忠不敢招惹贵卿，却将满腔的怒火都发在了赵国庆身上，恶狠狠地瞪了赵国庆一眼，说："赵国庆，你给我等着，我一定会完成一个困难度更高的任务证明我比你更强！"

赵国庆之前被奚落也是满腔的怒火，经过贵卿这么一闹之后他也算是出了一口恶气，听到朱元忠的话也就无所谓地耸了耸肩。

朱元忠见到赵国庆那毫不在乎的样子更显生气，用力哼了一声带着队员们走出了餐厅，连饭也不吃了。

一走出餐厅朱元忠的脚步就停了下来，扭头向跟在后面的臭脸乔讲道："乔教官，我需要一个困难度更高的任务！"

"现在？"臭脸乔微讶。

"现在！"朱元忠表情坚定地说。

大家这才刚刚完成一个F级任务回来，还没来得及休息呢就又要接任务，而且还是级别更高的任务，这……

我们不是机器，是人！

就算是机器也得停下来抹点油吧？

朱元忠的队员一个个满腹怨言，可却知道朱元忠的脾气，这关头上没有一个敢去招惹他的。

臭脸乔一脸的为难，作为带队教官他也知道这些飞龙特种部队的新兵已经过度消耗战力，继续下去的话一定会垮掉的。

"元忠，你听我说。赵国庆他们完成的不过是一个 D 级别的任务，只获得了一个积分，而我们现在的积分却远高于他们，没必要去冒险接级别更高的任务，依我看……"臭脸乔想要劝朱元忠改变想法，可话还没说完呢就被打断了。

"我说我需要一个困难度更高的任务，难道你没听懂吗？"朱元忠沉着脸喝道。

臭脸乔怔在了那里，面色难看到了极点。

好呀，贵卿不给我面子就算了，连你小子也不给我面子！

我可是带队教官，你竟然敢这样跟我说话，而且还是当着这多人的面！

不给我面子是吧，那也就别怪我不给你面子！

"朱元忠，你想执行困难度更高的任务是吧？那去找你哥哥吧，必须得到他的授权才行！"臭脸乔说完就甩袖而去，很明显意思是说我不跟你玩了。

朱元忠眉头轻皱，感觉这臭脸乔真是太意气用事了。

自己执行困难度更高的任务完全是想用实力来证明自己，而不是简单的积分游戏胜过对方。

好，找我哥就找我哥去。

朱元忠也没有犹豫，丢下队员就去找副大队长朱天成。

队长和带队教官都走了，剩下的四名队员被晾在了那里，一时之间不知道该如何是好。

饭还没吃，肚子饿得咕咕直叫，犹豫之后四人又返回到了餐厅。

餐厅里面。

朱元忠带人一走出去，赵国庆五人就立即将贵卿围了起来。

"教官，刚才你真的是太牛了！"

"对，对。敢拿枪指着朱元忠的脑袋，还开了一枪，这整个飞龙特种部队里恐怕也只有你贵卿教官一人敢这样了！"

"没错。你们看到朱元忠当时的样子了吗？那小子直接被吓傻了！"

"对。教官，你刚才不会是真的想杀了那小子吧？"

……

贵卿猛地回头一瞪，厉声叫道："你们觉得还不够丢人吗？"

丢人？

我们做什么丢人的事了吗？

赵国庆几个都是一脸的纳闷，不知道贵卿这又是哪根神经搭错了线，怎么无缘无故地就冲他们发起了脾气。

"到现在只不过完成了一个 D 级任务，而且还全体受伤，照这样的速度你们要到什么时候才能追上朱元忠他们小队的积分？"贵卿呵斥道。

这个……

刚刚你不是还说我们完成的 D 级任务困难度非常高吗？

怎么现在……

这真是女人心海底针，让人捉摸不透呀！

作为带队教官，贵卿似乎对赵国庆这支小队的表现非常不满，冷哼一声就丢下五人离开了餐厅。

贵卿这么一走，赵国庆五人算是从刚刚教训朱元忠的兴奋中冷静了下来。

"我说。队长，我们的积分确实太低了，必须想个办法追上他们才行。"焦鹏飞讲道。

"追，怎么追？我们几个现在全都受了伤，除非是执行低级别的任务，否则的话稍微困难点的任务就能要了我们的命！"冯小龙讲道。

冷无霜不说话，却也知道两人说得都有道理。

李实诚则看着赵国庆，一如既往地等待着赵国庆的命令。

"队长，你说吧，下一步我们要怎么做？"焦鹏飞无奈地问。

赵国庆抬头看了看四人，想了下说："大家这些天先留在基地里面养伤，同时留意一下最近的任务有没有什么适合我们的，有的话就给我接下来。"

"是。"众人应道。

现在也只能这样了，养伤要紧，否则的话遇到合适的任务也没办法接。

接下来的一周时间赵国庆的小队一直留在基地里面养伤，贵卿也知道大家必须把伤养好才行，因此也没有再催着他们去执行任务。

朱元忠倒是又出去完成了一个F级任务，将两个小队的积分进一步拉大，不过他们有一名队员受伤被送到了医院，暂时是没办法执行任务了。

看着积分一步步被拉大，冯小龙四人心里面都非常焦急，可赵国庆却坚持要让他们先养好伤再说，他们也就只能服从命令。

这天晚上赵国庆将形意拳和鹰爪功各练了两遍，突然想到执行任务的时候经常会有夜战，而夜间射击还算是自己的一个弱项。如果能将夜间射击的准确性进一步提高，那就能在很大程度上加大获胜的筹码，于是就拿着狙击步枪领了数发子弹到基地后山去练习夜间射击。

为了避免枪声会影响别人休息或者引来不必要的麻烦，赵国庆在狙击步枪上加装了消音器。

这才刚刚潜伏好，还没来得及寻找合适的射击目标呢，赵国庆突然间就发现了情况。

黑暗中一道身影闪现，接着就消失在了山林之中。

有人？

难道是和自己一样进行夜间训练的？

出于职业的敏感性，赵国庆开始留意对面的黑影。

片刻之后那道黑影再次出现，对方看起来非常的狡猾，而且动作敏捷，一看就是个高手。

因为没有戴夜视望远镜，所以赵国庆没办法看清对方的样子，只能透过瞄准镜看到一个模糊的影子。

不对，不是飞龙特种部队的人！

赵国庆先是发现对方的着装和飞龙特种部队略有不同，接着就发现对方身上的那套武器装备也不是飞龙特种部队里面有的。更为重要的是，那家伙手里面拿着望远镜，正在打量着二号基地，明显居心叵测。

间谍！

赵国庆意识到对面出现的可能是会对二号基地不利的敌人。

赵国庆身上没有带通讯器，没办法将自己的发现通知给别人。

同时，赵国庆不能肯定对方的数量究竟有多少，也就不能直接开枪杀了对方，必须先摸清情况再说。

敌人在距离赵国庆一百米左右的一棵树下停了下来，拿着望远镜继续打量着山下的二号基地，并没有发现百米之外的赵国庆。

透过瞄准镜，赵国庆看到对方的嘴唇偶尔会动上一动，似乎在和什么人通话，也就是说潜伏到附近的敌人不止他一个。

赵国庆迅速检查了一下四周，并没有发现其他隐藏的敌人。

看来只能先抓活的了。

赵国庆决定先俘虏这名敌人，然后再从对方嘴里逼问出其他敌人的下落。

确定计划后，赵国庆再次将枪口锁定在了对方身上，随后扣动了扳机。

"噗。"子弹悄无声息地射出，准确地击中了对方拿着望远镜的右手。

"啪"的一声，望远镜摔在了地上。

敌人反应非常快，右手被子弹打中就立即移动脚步想躲到树的另一端，只可惜和赵国庆的子弹比起来还是太慢了。

"噗。"第二颗子弹击中了他的大腿，让他一个踉跄摔倒在了地上。

发现自己无法逃走之后，敌人急忙探出左手去拔枪，可手指刚和枪体相触就被一颗子弹打断了。

两只手被废，一条腿也被子弹击中，敌人只能将身子滚动到一旁的低沟内来躲避接下来的子弹袭击。

赵国庆的目的基本达到，却知道对方还可以透过通讯器将这边的情况告诉其他敌人，因此不敢有任何停留，以百米冲刺的速度跑过去一拳砸在了敌人的脸上。

"嘭！"敌人直接昏了过去。

赵国庆担心其他敌人会接到信号赶过来，急忙将目标一把抓起来躲到了一个更利于自己隐藏及射击的位置，然后才将俘虏扔在地上。

目光落在对方胸口，赵国庆的脸色一下子变了。

51　俘虏死了

敌人的胸口有一枚胸章。

黑色。

手里剑造型。

暗之佣兵！

这正是赵国庆惊讶的原因，眼前的俘虏赫然是一名黑色级别的暗之佣兵！

他们竟然找到了这里，意味着二号基地已经暴露。

另外，他们到这里来一定是为了我！

赵国庆有一种危机感，不是因为暗之佣兵来这里是想对付自己，而是这些人的到来可能会对二号基地造成破坏，对基地内的其他战友产生威胁。

敌人一共来了多少人，有什么计划……

这些赵国庆都还不知道，也根本没有去想那么多，此时唯一能想到的就是示警。

没有通讯器，那唯一能让基地内的战友们知道有危险的办法就只有枪声。

枪声一响，基地里面的战友们会立即进入作战状态。

赵国庆以最快的速度取下狙击步枪上的消音器，手指刚刚触碰到扳机枪声就响了起来，赵国庆的目光也立即落在了二号基地。

枪不是赵国庆开的，而且来自于二号基地的另一个方向。

几乎是在枪声响起的那一瞬间，二号基地里面又传来了一连串的爆炸，四面八方都受到了袭击。

敌人的行动开始了！

赵国庆心里一阵恼怒，这些暗之佣兵竟然找到了这里，还发起了袭击，真是太胆大了。

凶狠的目光落在了俘虏身上，赵国庆真想端起枪再给对方几发子弹，却并没有那么做。

俘虏不能死。

不管这场袭击到最后二号基地会有什么损失，都需要一个知道敌情的俘虏来询问情况才行。

想到这里，赵国庆将俘虏的手脚都绑了起来，然后从对方身上扯下布条将伤口简单地包扎了起来，这样俘虏就不会因为失血过多而死。

处理好俘虏之后，赵国庆抓起狙击步枪就朝二号基地跑去，想要参加战斗。

整个战斗持续的时间可以说非常短，前后也就二三十秒。

敌人看起来从一开始就没有打算久攻，随着一阵突然发起的猛攻之后，在二号基地里的特种兵们开始反击时这些家伙就跑了。

这些家伙一早就计划好了逃跑的路线，以至于大家追出去后并没有什么重要的线索，反而还遭到了他们埋设的陷阱。

"混蛋！有谁能告诉我刚才袭击我们的家伙是谁，他们现在在哪里？"朱天成愤怒得像一头发疯的公牛，见到谁都要撞上一撞。

没有人能回答朱天成的问题，事实上没有人看清袭击者的样子，连对方有多少人都不清楚。

耻辱，这绝对是二号基地有史以来最大的一次耻辱。

事实上二号基地并没有受到什么大的损失，只有几处无关紧要的地方遭到了敌人的火箭炮袭击，一名飞龙特种兵在敌人突发袭击时受了伤，除此之外没有任何伤亡。

可不管怎么说，飞龙特种部队的二号基地确实遇到了袭击，而这里又是朱天成负责的，他感觉这是一次针对他的袭击，一次预谋已久的袭击！

"报告，袭击我们的是暗之佣兵！"赵国庆扬声叫道。

所有人的目光都看向了赵国庆，贵卿在一旁低声叫道："喂，不要瞎说。"

如果是其他人回答的话，那朱天成或许还会夸上两句，可回答的人是赵国庆，他报以的就只有恶毒的目光。

赵国庆像是没听到贵卿的话，更没有注意到朱天成那恶毒的目光，再次讲道："袭击我们的是暗之佣兵，是我亲眼看到的。"

见赵国庆说得如此肯定，这时才有人想到战斗开始后赵国庆是从基地外面跑进来的。

"你说你是亲眼看到的，袭击我们的是暗之佣兵？"朱天成站到赵国庆面前，两只眼睛死死地盯着赵国庆，那模样就像是要把他给吃了一样。

赵国庆毫无畏惧地应道："是的，副大队长！"

"混蛋！"朱天成一把抓住了赵国庆的衣服，厉声叫道，"既然你见到那些家伙，那为什么没有一早通知我们？既然你见到了那些家伙，那你为什么没有杀了他们？既然你见到了那些家伙，那你为什么还让他们给跑了……"

面对朱天成的一连串指责，就连赵国庆也有些晕头转向。

什么意思，这全都成我的责任了吗？

明眼人一看就知道，朱天成这是有意在针对赵国庆，将所有的责任都推到了赵国庆身上，也算是提前找了个替死鬼。

万一有人查下来的话，那可以说一切都是因为赵国庆才会有这样的事。

冯小龙、冷无霜、李实诚、焦鹏飞四人受不了了，作为赵国庆手下的队员，他们清楚事情绝对不是这样的。

你是副大队长又怎么样，总得讲究证据不是，怎么什么也没调查就把所有的责任推到了赵国庆身上？

再说了，敌人还没有跑远，我们不是应该先想办法找到他们吗？

在这里追究责任算什么意思？

年轻气盛，管你是不是飞龙特种部队的副大队长，作为赵国庆最亲密的战友、朋友，冯小龙四人当时就要发作。

一个人影一闪挡在了四人前面，正是带队教官贵卿。

贵卿作为飞龙特种部队的唯一女特种兵，有着女魔头之称，平时敢作敢为，这时挡在冯小龙四人面前讲道："报告！"不等朱天成同意就接着讲道，"副大队长，我们是不是应该问问赵国庆有没有什么线索，尽快找到那些人？"

朱天成有些不满地瞪了贵卿一眼，当着这么多人的面他也不便做得太过了，于是向赵国庆问道："你有什么线索？"

"我抓到了一个俘虏。"赵国庆回道。

俘虏？

这可是大功一件呀，就连朱天成听到后也是心里一动。

"在哪？"朱天成不动声色地问。

"就在后山上，我把他藏在草丛中，现在应该还活着。"赵国庆回道。

朱在成使了一个眼色，立即有两个飞龙特种部队的老兵朝后山跑了过去。

二号基地在整个飞龙特种部队里面只相当于一个新兵训练基地，这里的人手及安全防备力量也是最为薄弱的，因此才给了敌人可乘之机。

在连敌人身份、数量都不知道的情况下，赵国庆生擒一名俘虏绝对是大功一件，是逆转局势的关键所在。

可是，朱天成却没有给赵国庆任何的嘉奖，反而将所有的过错推到了赵国庆身上。

"因为赵国庆的失误而让二号基地受到袭击，遭到了巨大的损失，现在我正式宣布，将赵国庆关入禁闭室作为处罚！"朱天成一脸无耻地下达了对赵国庆的处罚令。

这……

真是让人无语了，冯小龙四人再次想要发作，却发现贵卿挡在他们面前不给任何机会。

"先对付敌人，这事以后再说。"贵卿低声叫道，一双愤怒的目光紧盯着朱天成，如果不是大敌当前需要大家团结一致，那她是绝不会给朱天成任何面子。

赵国庆不笨，哪能不知道朱天成是借机针对自己，只是他的想法和贵卿一样。

大敌当前，先稳住内部再说。

见俘虏已经被带了回来，赵国庆回头冲冯小龙四人讲道："你们几个好好听贵卿教官的话，不许胡来！"

"是。"冯小龙四人压着性子说。

就这样，赵国庆被关到了禁闭室内，其他人留出一部分人手在二号基地防守，其他人全都外出寻找敌人的下落。

整整一夜，赵国庆在禁闭室内盘膝而坐，根本没有一点睡意，暗自修炼鹰爪功心法来消磨时间。

"为什么不让我们进去？"

"就是，里面关的是我们的队长，我们有权进去！"

"让开，否则我们就不客气了！"

……

天色大亮后门外传来了争吵声，赵国庆一听就知道是冯小龙四人，他们想要进来看望自己却被外面的看守给拦了下来。

最终，冯小龙四人没能进入禁闭室，不过有一人却走了进来。

女魔头，贵卿。

虽然朱天成下达了不准任何人看望赵国庆的命令，但是在这飞龙特种部队内又有谁敢去得罪女魔头呢？

况且，贵卿是给赵国庆送饭来的。

人总得吃饭吧？

与贵卿相见，赵国庆只是抬头看了一眼就轻叹一声说："看来你们没有什么收获。"

贵卿微点了下头。

昨天夜里方圆数十里之内都被他们给翻遍了，可是根本没有找到敌人的影子，那些家伙就像水蒸气一般消失得无影无踪。

"先吃点东西吧。"贵卿说着将带来的早餐放到赵国庆面前。

面包、牛奶、鸡蛋。

禁闭室里能出现这样的食物绝对是一顿丰盛的大餐，可是赵国庆却没有任何胃口，尤其是在得知昨夜袭击这里的人是暗之佣兵后。

"那个俘虏呢，难道没能从他嘴里得到任何的线索？"赵国庆问。

"俘虏死了。"贵卿叹了声。

死了！？

赵国庆一脸的惊讶，虽然那家伙被自己打中了三枪，但是自己临走之前已经为他处理过了伤口，就算是把他扔在草丛里到现在也不应该死了才对呀！

52　朱天成的私心

赵国庆想不通，也想不明白。

如果说是朱天成对自己有意见，想特意整自己，那也没必要做出暗杀俘虏这种事吧？

"他是怎么死的？"赵国庆问。

"询问的过程中咬舌自尽的。"贵卿回道，她特意检查过了俘虏的尸体，对方确实是死于咬舌，这点没有什么疑问。

自杀。

赵国庆松了口气，看来朱天成还没有坏到那一步，在大义面前他还是能把持住方向的。

"你先吃点东西吧，我会想办法让你尽快出去的。"贵卿做出了保证，对朱天成依然非常有意见，赵国庆压根就不应该待在这禁闭室内。

赵国庆点了点头。

那些暗之佣兵是冲着自己来的，昨夜的袭击不过是次试探。

只要自己还活着，那他们就一定会再次出现。

想要和敌人作战，那就必须保证充足的体力才行。

赵国庆没有什么胃口，却强迫自己将贵卿带来的食物全吃了下去，然后盘膝而坐，静心养气等待着敌人的再次出现。

说朱天成在大义面前能把持住方向，这点赵国庆多少有点高看他了。

审问俘虏的过程就只有朱天成和俘虏两人，没有摄像、没有录音，当时究竟发生了什么也只有朱天成一人知道。

朱天成对外讲道俘虏未吐出一个字就咬舌自尽了。

可是，作为飞龙特种部队的副大队长，朱天成应该有所防范才对，怎么可能让俘虏一醒过来就自杀了呢？

猫腻，这里面绝对有猫腻！

不少人都对朱天成的说法和做法有意见，可是却没有一个人说出来，因为这里是二号基地，是朱天成的地盘。

此时朱天成、朱元忠兄弟两个躲在办公室里面，朱元忠神情紧张地看着自己这位哥哥。

这两个多月来朱元忠已经很拼命了，可他还是从哥哥朱天成的眼里看出了不满意。

"你是不是觉得自己完成了很多任务，获得很多积分，你已经超过了赵国庆？"朱天成声音阴冷地问。

积分只是证明实力的一种手段，以积分来看，朱元忠和他的作战小队在实力上确实远超赵国庆。

朱元忠却不敢有这样的想法，他和赵国庆交过手，知道以单兵实力而言自己现在依然不是赵国庆的对手，重要的是……哥哥朱天成绝不会这么想的。

"没有。"朱元忠小心地回道。

"没有就好。"朱天成轻哼一声，看着朱天成的眼神充满了不屑。"知道赵国庆上次完成的那个D级任务吧？"

朱元忠点了点头，心里却非常好奇哥哥为什么会突然提起这件事来。

朱天成接着讲道："那个任务虽然只是个D级任务，但是实质上却已经达到了G级或者更高。"

朱元忠怔了一下，如果这么说的话，那赵国庆完成一个任务所获得的积分就已经大幅度拉近了彼此之间的差距。

"你在想什么？"朱天成问。

"没……没什么。"朱元忠急忙掩饰自己的想法。

朱天成却不高兴了，骂道："别他妈的像个目光短浅的妇人。你以为他完成了一个G级任务就只是为了积分吗？别愚蠢了！那个任务的实质远远

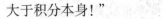

大于积分本身！"

朱元忠的身体颤了一下，突然间明白了哥哥说的是什么意思。

积分本身并不重要，哪怕是像现在赵国庆只获得了一个积分，可他完成任务的困难度已经传开了，在飞龙特种部队里面产生了巨大的影响力。

可以说，赵国庆只是完成了一个任务，却远超朱元忠这两个多月来所有的努力。

赵国庆！

朱元忠用力握了握拳头，一脸的杀气。

朱天成轻哼一声，接着讲道："还有昨天夜里，所有人都没有任何的线索，连袭击者是谁都不知道。可是……赵国庆不但知道袭击者的身份，而且还活捉了一名俘虏，他……不简单！"

朱元忠心里像是猛地受到了撞击，身子也跟着颤了一下。

昨天夜里朱元忠根本没有想那么多，只是想着快点追上去找到敌人，却没想到赵国庆所做的事产生的影响。

赵国庆昨夜的表现无疑非常优秀，风头更是直盖副大队长朱天成，不管最后的结局会怎么样，赵国庆绝对是立功的第一人。

朱天成却狡猾地将所有的过错推到了赵国庆身上，掩盖了他本身的功劳，很大程度上降低了他所产生的影响力。

赵国庆不简单。

直到此时朱元忠才真正体会到这句话的意思，不管他如何努力似乎都比不上赵国庆随意做出来的一件事，这就是他和赵国庆之间的真正差距。

"哥，现在怎么办？"朱元忠无助地问，他想要超过赵国庆，可是现在却没有一点办法。

朱天成脸上突然露出了一丝狡猾的笑容，向朱元忠讲道："简单，你只需要找到昨天袭击二号基地的那些人，并杀了他们就行了。我保证……这件事成功之后，人们将完全无视赵国庆，而你将成为飞龙特种部队里面一颗耀眼的新星！"

耀眼的新星，光是想想就令人激动，朱元忠却异常冷静。

"哥，已经过去一夜了，到现在连一点线索也没有，我要到哪去找他们呢？"朱元忠对找到那些敌人是没有一点信心，要是能找到的话岂不是早就找到了？

"看你那没出息的样子！"朱天成骂了一句，缓了口气后讲道，"我会把这个任务定为 G 级任务，然后让所有小队参加这个任务，以先完成任务为胜，你只需要给我接下这个任务就行了！"

朱元忠的嘴唇动了动，却没敢说出一个字来。

"你带队往西北方向，我保证你会有所收获的！"朱天成突然讲道。

朱元忠眼睛一亮，明白了这是什么含义。

昨夜审问俘虏时就只有朱天成一人，他并不是一点收获也没有，而是故意隐瞒了线索。

现在知道线索的就只有朱元忠一人，他只要装着不经意往西北方向就能找到那些袭击者，接下来的问题就是消灭那些敌人就成了。

黑色级别的暗之佣兵，实力和普通飞龙特种兵不差上下，只要人数上差别不大，那朱元忠的小队就一定能获胜。

朱天成敢让朱元忠一个人带队前往与敌作战，那就是他已经知道了敌人的数量不多，至少朱元忠获胜的概率还是非常大的。

十分钟后朱天成就将追杀昨夜袭击者的任务定为了 G 级，并让二号基地里每个作战小队都去执行这个任务，务必在二十四小时内找到并杀了那些敌人。

敌人没有一点本事敢袭击飞龙特种部队二号基地？

况且已经知道了其中一名敌人是黑色级别的暗之佣兵，因此将任务级别定在 G 级没有任何一个人怀疑，甚至有人还会认为这个级别定得是不是有些过低了？

"混蛋，什么意思，到现在还不把队长给放出来？"

"怎么办，我们要不要去找朱天成谈谈，告诉他没有队长我们没办法执行任务？"

"你以为他会和你谈吗？"

"朱天成刚才已经下达了死命令，让二号基地里面所有人都出去执行任务，我们就算是不想走也不行。"

"那队长怎么办？"

……

冯小龙四人正谈着贵卿已经全副武装走了过来，向四人讲道："从现在开始我就是你们的代理队长，你们的一切行动都必须听我的指挥！"

代理队长？

冯小龙四人相互看了看，之后冯小龙问道："教官，你这话的意思是不打算救我们队长出来了？"

贵卿面色冰冷地说："赵国庆犯下了错，理应要受到处罚，关在禁闭室内已经算是副大队长特别照顾了。"

四人一个个眉头紧皱，心里面非常不爽。

朱天成那能叫特殊照顾？

"现在一切以完成任务为重，拿上你们的武器装备，两分钟后在操场上集合！"贵卿下达命令。

冯小龙四人非常不愿意，可也不敢违背贵卿的命令，纷纷拿起武器装备跑到了操场上。

此时其他作战小队都已经整装待发，片刻之后就各自离去寻找敌踪。

朱天成最后一个带队离开二号基地，他这一走，偌大的二号基地就成了一座空城，除了被关押在禁闭室内的赵国庆之外连一名飞龙特种兵都没有。

赵国庆并不知道外面发生了什么事，时近中午的时候他听到外面传来声响，以为是来为自己送饭的就睁开眼睛来到了门前。

门外一片静悄悄，连原本负责看押赵国庆的特种兵也离开执行任务去了，只有一道身影贴着墙壁迅速移动。

"咦？"赵国庆轻咦一声，发现那道快速移动的身影并不是飞龙特种兵，对方那身行头分明和昨夜袭击这里的暗之佣兵一模一样。

暗之佣兵！

赵国庆大吃一惊，直到此时才发现整个二号基地里面除了自己外其他人都不在了。

潜进二号基地的暗之佣兵并没有发现赵国庆，而是一间房挨着一间寻找，很快就朝着禁闭室走了过来。

53　战友

　　赵国庆闪身躲到了门侧墙后，侧耳听着门外的动静。

　　暗之佣兵在禁闭室外停了下来，透过门上的气窗往里面看了看。

　　整个禁闭室设计得如同牢房一般，除了铁门上的气窗外没有一扇窗户，里面的光线也就非常暗，暗之佣兵并没能看清里面的情况。

　　大概是觉得禁闭室非常可疑，暗之佣兵犹豫之后拿出一枚烟幕弹从气窗扔了进去。

　　"啪。"烟雾迅速弥漫了整间禁闭室。

　　暗之佣兵持枪守在门外等了片刻，见里面没有任何的动静就打开禁闭室大门将枪口先伸了进去。

　　"嗖。"一只手如同鬼影一般探了出来，接着门外的暗之佣兵就被拉了进去。

　　"啪啪啪……"枪声响了起来，接着就听"咔"的一声脆响，枪声跟着停了下来。

　　"呼。"赵国庆从禁闭室内跳了出来，连续几次急喘，这才回头看了眼禁闭室。"妈的，差点没把老子给憋死！"

　　就在赵国庆回过头的那一瞬间，远处几道身影闪动，他本能地又跳进了禁闭室内，并将房门关了上。

　　"当当当……"十多发子弹打在铁门上发出一声声脆响。

　　赵国庆透过气窗往外看，潜入二号基地的并不止眼前这么一名暗之佣兵，外面至少还有五人，每一个人的等级都至少在黑色级别之上。

一定是刚才的枪声把他们给引过来了。

赵国庆想着就将枪口从气窗伸出去朝敌人扣动了扳机，一名佣兵应声倒了下去，另外四人则寻找掩体躲起来再次朝着赵国庆扣动扳机。

牢固的禁闭室就如同一座碉堡一般，赵国庆可以透过气窗轻易打中敌人，敌人想要伤到他就没有那么容易了。

只要赵国庆不出去，那外面的暗之佣兵基本上没有伤到他的可能。

问题是，禁闭室里刚刚爆了一颗烟幕弹，没有窗户这些烟雾就没办法散出去，总这么待在里面不被呛死才怪。

短时间内外面的暗之佣兵也没有强攻的打算，那就只剩下赵国庆的选择问题了。

是继续待在禁闭室内还是出去？

待在禁闭室内就得忍受那些烟雾，出去的话一定会吃枪子的。

就在赵国庆两难之时，外面突然传来了枪声，子弹是袭击那些隐藏于掩体后面的。

援兵？

赵国庆心里一喜，不管袭击那些暗之佣兵的是谁，都是帮了自己一个大忙。

一名暗之佣兵直接被打爆了脑袋，另一名暗之佣兵重伤，剩下的两人已经无暇理会赵国庆了。

赵国庆趁着这个机会拉开房门，身子一闪就跑了出去，紧接着就躲在了柱子后面。

外面的空气真好。

赵国庆像先前那样连吸几口新鲜的空气，然后才将注意力放在对面。

正和敌人作战的是冯小龙、冷无霜、李实诚、焦鹏飞四人，外加带队教官贵卿。

开始冯小龙四人真的以为贵卿要丢下赵国庆不管，可没想到贵卿带着他们在外面转了一圈之后就跑了回来，恰巧遇到这一幕。

眼前这些暗之佣兵的单兵作战实力不弱于冯小龙四人，只是他们失去了先机，再加上有贵卿这么一位技艺高超的狙击手相助，敌人根本不是他们的对手。

"噗。"又有一人被贵卿抓住机会击毙了。

这就是狙击手的厉害之处，只要给他们一把狙击步枪，让他们潜伏在合适的位置，他们就能击毙实力远在他们之上的敌人。

眼看着就剩下最后一名敌人了，赵国庆大声叫道："留个活口！"说完就奋不顾身地冲了过去。

敌人听到赵国庆的叫声后不要命地想要开枪，却被贵卿一发子弹打断了胳膊。

"嗵！"赵国庆飞身而起将对方扑倒在地上。

敌人本就不是赵国庆的对手，再加上一只胳膊断了，在赵国庆面前毫无还手之力。

"嘭！"赵国庆一拳砸在了对方的嘴上。

你们不是喜欢服毒和咬舌自杀吗？

那好，我先打得你们满地找牙，看你们还怎么咬舌自杀。

"咳……"敌人一张嘴吐出十几颗和着血的牙齿，当赵国庆第二拳砸下后他嘴里已经没有一颗完整的牙可以用了。

"小心！"对面突然传来一声叫喊。

赵国庆眼角余光看到那名重伤的家伙手里面拿着一颗手雷，急忙拉着身下的俘虏滚向一旁。

"嗵！"手雷炸了开，除了两块碎片伤到了俘虏外，赵国庆一点伤也没有。

见俘虏还活着，赵国庆松了口气，翻身而起，伸手掐着对方的脖子问道："你们一共有多少人，来这里的目的是什么？"

"呵……呵呵……"俘虏看着赵国庆只是笑，却并不说话。

你他妈的笑个屁呀！

赵国庆挥拳朝俘虏的眼睛打了过去，"啪"的一声，对方脸上立马多了个黑眼圈，眼睛直冒金花。

这还是赵国庆手下留情了，以他的力量完全可以一拳将对方的眼珠子打爆，而不是单纯的眼冒金花。

"回答我的话，否则我会让你生不如死！"赵国庆威胁道。

一上来自己的牙就全被打掉了，现在又多了个黑眼圈，俘虏现在是想笑也笑不出来。

"赵……赵国庆。"俘虏嘴里通风地说。

"没错，你爷爷我就是赵国庆，再不回答我的话我就挖掉你的眼珠子，割掉你的鼻子，揪掉你的舌头，把水银灌进你的耳朵！哼，别以为这样就完了，这不过是刚开始而已，你爷爷我的手段多的是！"赵国庆一口气讲道，那模样就像是一个十恶不赦的用刑专家一般，光是听着就让人浑身起鸡皮疙瘩，微微颤抖。

"呵……呵呵……"俘虏笑得非常不自然。

赵国庆眉头一皱，心里想着这家伙该不会是有病或者被自己的两句话吓疯了吧？

这心理素质也太低了点吧？

"你说还是不说。"赵国庆说话间手上用了点力，只要继续下去就能轻易掐断对方的脖子。

"啊。"俘虏吃痛叫了声，艰难地讲道，"我们来这里的目的是为了杀你，不死不休！"

杀我？

这个我早已经料到了。

不死不休。

这个我也已经体会到了，你们这些家伙就像狗皮膏药一般缠着我不放。

"这次你们来了多少人？"赵国庆问。

"足以将这里踏为平地！"俘虏说着又阴冷地笑了笑。

二号基地的人虽然不多，但是却也不少，对方竟然说足以将这里踏为平地，那至少说明了两个问题。

一，敌人并不是刚刚找到二号基地，他们是策划好了才袭击这里的。

二，敌人的数量可能在二号基地之上。

麻烦，这绝对是一件大麻烦。

"实话告诉你吧，昨天的袭击和被你们抓到的人全都是诱饵。"俘虏又讲道，言语之间还透着股得意。

"诱饵，什么意思？"赵国庆问。

俘虏回道："我们虽然能将这里踏为平地，但是那样做的话代价也会非常大，因此不到万不得已的情况下我们是不会和你们全面开战的。昨天夜里的袭击不过是想将你引出去，却没想到你根本没上钩。还有被你抓到的人，他接到命令诱你到陷阱里，却没想到你也没过去！"

赵国庆听到这话真不知道该说自己倒霉还是幸运。

昨天自己明明立了功，却被朱天成给关到了禁闭室，这能不算是倒霉吗？

不过话又说了回来，要不是朱天成将自己关在了禁闭室，那自己就中了敌人的圈套。这难道不是幸运吗？

"你告诉我这些也是个圈套吧？"赵国庆的脑子转得非常快，知道对方绝不是因害怕才说出这些的，而是有针对性的目的。

俘虏并没有意外，反而非常肯定地说："没错，这是个圈套，我想让你去我们设下的陷阱里。"

"你以为我那么傻吗？明知道这是你们的圈套、陷阱，我还要傻乎乎地往里跳？"赵国庆问。

俘虏笑道："你会去的，因为你不去的话那些进入陷阱里的家伙将会全部死掉。对了，我记得那家伙好像叫朱元忠是吧？还有其他人，他们已经全都进入了我们的陷阱。那本来是为你准备的，你不去的话他们就会死！"

赵国庆抬头看了眼赶到自己身边的贵卿几人，他们也听到了俘虏刚刚的话，一个个凝眉思考着。

"小心！"贵卿突然叫道。

赵国庆手指用力，鹰爪功爆发出强大的指力，直接掐断了俘虏的喉咙。

"啪嗒。"一把匕首从俘虏手中脱落在了地上。

赵国庆扔下尸体起身，向冯小龙几人问道："朱元忠是往哪个方向去的？"

"你该不会是真的想往敌人的陷阱里跳吧？"贵卿惊讶地问。

朱元忠是赵国庆的死对头，这点大家都知道，而且朱元忠不止一次地出言不逊，在这种情况下谁也不会认为赵国庆会为了朱元忠而冒险。

别人认为不可能，赵国庆却真的会那么做。

原因很简单，大家都是飞龙特种部队成员，是战友。

为了救自己的战友，就算是明知道是个陷阱他也会毫不犹豫地跳下去。

54　撤

　　"西北方。"贵卿回道，她特地留意了朱元忠小队前往的方向。

　　赵国庆往西北方看了一眼，其他小队都前往了其他方向，到现在已经过去了几个小时，彼此之间距离拉开得非常大，他们是距离朱元忠最近的作战小队。

　　"教官，麻烦你先将这里遇袭和我们的发现告诉副大队长，看他是什么反应。"赵国庆说。

　　贵卿点了点头，单线联系上了朱天成。

　　二号基地再次遇袭！

　　这对朱天成来说如同晴天霹雳一般，那帮家伙是怎么避开大家的搜索跑到二号基地去的？

　　听到袭击二号基地的敌人已经被全部击毙后，朱天成的心情稍微好了一些，不管怎么说总算是挽回了一点面子。

　　二十四小时内二号基地两次遇袭，这叫他妈的什么事？

　　当朱天成听到朱元忠已经落入了敌人的陷阱时，他的心脏又如同过山车一般跳了起来，那可是他亲弟弟，他怎么可能不担心？"贵卿，你确定不是在和我开玩笑？"

　　"你认为我是在开玩笑吗？"贵卿反问。

　　朱天成哑口无言，心里清楚这种事贵卿是绝不会拿来开玩笑的。他立即结束了与贵卿的通话，开始试着联系朱元忠，心里面还抱着一丝侥幸。

元忠应该还没有遇到什么危险，否则的话他应该联系我才对。

一连四五遍，朱天成都没能和朱元忠取得任何联系，这时他意识到真的出问题了。

"所有人注意，敌人在西北方向，现在全都前往西北方向！"朱天成吼道，心里更是暗自责怪自己，没想到自己的一时贪念想让弟弟立功，却没想到直接把他扔进了敌人的陷阱中。

接到朱天成的命令，各个小队不敢停留，立即改变方向朝着西北方前进。

只是……

"轰隆隆……嗒嗒嗒……"

密集的爆炸声及枪声突然间从各个方向传来，紧接着朱天成就接到了一个又一个报告。

"我们遭到了袭击，是暗之佣兵！"

"我们这边也是！"

"还有我们这里！"

……

朱天成有些头皮发麻，不是说敌人在西北方向吗？怎么到处都是敌人？

还没有想明白情况是怎么回事呢，朱天成所带的小队就也遇到了伏击。

敌人并没有硬拼的意思，只是躲在暗处开枪，看样子只是想拖住朱天成的脚步。

朱天成非常愤怒，试着几次突围都没有成功。

直到此时朱天成才完全确认，西北方真的是一个陷阱，自己弟弟就算是还活着，处境一定也非常危险。

怎么办？

朱天成脑子里面快速转动着，突然间想到了赵国庆，现在只有赵国庆的小队没有敌人阻击。

"贵卿，我要你立即带着人前往西北方向寻找朱元忠小队，不管付出多少代价也要找到他！"朱天成下达了命令。

贵卿接到命令并没有立即行动，而是不慌不忙地说："副大队长，我非常想现在找到朱元忠小队并救他们出来，只是……你认为凭我一个人有那样的能力吗？别忘了，我们的敌人可是暗之佣兵，他们可不是什么三流佣兵团。"

"赵国庆小队的队员呢，他们不是和你在一起吗？"朱天成叫道。

贵卿懒洋洋地回道："他们几个确实是和我在一起，只是他们的队长被关在了禁闭室，就算是强行命令他们和我一起去，我想他们也不会全力配合我行动的。"

朱天成忽然间明白了，贵卿这是费尽心思将话题往赵国庆身上引。

朱天成不喜欢赵国庆，甚至做出了许多针对赵国庆的事情，而此时他却不得不求赵国庆了，因为赵国庆小队是现在唯一能赶过去寻找支援朱元忠小队的人。

"把通讯器给赵国庆，我要和他说话。"朱天成也算是能屈能伸。

贵卿将通讯器递给了赵国庆，同时眨了眨眼睛。

即使没有朱天成的命令赵国庆也会去营救朱元忠的，只是朱天成之前陷害了自己，把过错全推给了自己，实在是过分。

"副大队长，你找我吗？"赵国庆装着惊奇的样子问。

"赵国庆，我命令你现在立即带队前往西北方向追击敌人，找到他们并消灭他们！"朱天成非常狡猾，并没有在赵国庆面前提起营救朱元忠的事，而是把问题放在了追击敌人上面。

赵国庆一脸为难地说："副大队长，我非常想按你说的去做，可是你知道的……昨天夜里敌人袭击二号基地全都是我的错，我现在还在禁闭中……"

朱天成不等赵国庆说完就叫道："我取消你的禁闭令，命令你现在就带队出发！如果你能完成任务的话，那我不但算你完成了一个G级任务，而且还给你三十分的额外奖励积分！"

G级任务，三十分的额外奖励积分。

诱人，这样的条件绝对诱人！

赵国庆也不再废话，立即应道："是，副大队长，我保证完成任务！"

朱天成这才算是松了口气，心里面暗自叫道："贵卿、赵国庆！这次就先让你们得意一次，等这件事过去之后看我怎么整你们！"

　　赵国庆却不知道朱天成现在就已经在想着如何报复他了，以最快的速度冲到武器库拿取自己的武器装备。

　　西北方的敌人有多少大家不知道，唯一知道就是敌人已经设好了陷阱等着他们，因此能带多少武器弹药就带多少武器弹药，准备和敌人来一场恶战。

　　朱元忠现在的情况不是不好，而是非常的不好。

　　离开二号基地后他就带着队员们一路全速前进，担心时间耽搁久了敌人会跑掉，一口气就跑出了二十多公里。

　　这成了朱元忠犯的一个致命的错误，即使是飞龙特种兵，一口气跑出二十多公里对体力的消耗也是十分巨大的。

　　况且，这两个多月来朱元忠和他的作战小队基本上没有真正意义上的休息过，他们不是在执行任务就是在执行任务的路上。

　　表面上看起来他们和其他人没有什么不同，无形中却已经透支了身体。

　　此时又一口气奔袭了二十多公里，可以说朱元忠和他的小队还没有和敌人开战呢就已经输了一半。

　　"哗。"一个人影在前面一闪而逝。

　　朱元忠眼里一笑，立即用通讯器吩咐道："目标在左前方五十米的地方。二号从左边包抄过去，三号从右边包抄过去，其他人跟着我。注意，尽量要活的！"

　　为了更方便战斗，朱元忠用数字作为每个人的代号，他是一号，其他人依次排开。

　　下达命令之后，朱元忠就端着全自动步枪、猫着腰往前走去。

　　走出两米之后，朱元忠突然间发现情况不对，除了他之外其他人都潜伏在原地没有动。

　　"你们都耳聋了吗？"朱元忠低声骂道，一脸的气愤，再次叫道："二号往左，三号往右，其他人跟着我！"

　　又一次下达命令之后，朱元忠察觉到情况比他想象中的要糟糕，大家还是趴在原地没有动。

怎么回事，难道通讯器坏了？

朱元忠意识到是通讯器出现了问题，不然自己的队员就算是对自己有意见，那也不敢不服从自己的命令，尤其是在战场之上。

通讯器在现代战场上非常重要，用于彼此之间的消息传递及战斗部署，一旦失去了通讯器，那就相当于切断了各方的联系，造成致命后果。

发现情况不对，朱元忠暂时放弃了对目标的追击，而是悄悄地返回到了臭脸乔的身边。

"发现什么了？"臭脸乔低声问，还没有意识到问题的严重性。

"怎么，你刚才没有收到我的消息吗？"朱元忠反问。

臭脸乔摇了摇头，问道："你刚才有说什么吗？"

"我发现了目标，就在我们左前方，可是我进行了作战部署却没有一个人行动。"朱元忠讲道。

臭脸乔一听，脸色立变，马上用通讯器去联系相距不远的其他几人，果然一点反应也没有，就连面对面的朱元忠也无法在通讯器里收到他的消息。

"看来这里干扰了信号，一定是敌人屏蔽了我们的通讯器，使我们无法通话。"臭脸乔神色沉重地说。作为飞龙特种部队的一名老队员，他清楚地知道信号被屏蔽意味着什么，他们十有八九已经掉进了敌人的陷阱之中。

"那怎么办？"朱元忠问。他的单兵作战能力已经略在臭脸乔之上，可实战经验毕竟太少，需要臭脸乔的一些指点。

"我们可能掉进了敌人的陷阱中。"臭脸乔说话间眼睛一直在四下里乱转着，生怕数不清的敌人和子弹会突然间从四面八方袭来。"叫其他人过来，我们先撤到安全的地方再说。"

撤？

朱元忠愣在那里没动。

这才好不容易找到敌人，正是我扬眉吐气的时候，这个时候撤退算什么？

让别人知道的话岂不是会骂我无能？

朱元忠不愿意撤，也不想撤，更重要的是他怕受到哥哥朱天成严厉的责怪。

55　灰眼秃鹰

"元忠，你千万不能意气用事呀！"臭脸乔看出朱天成怕回去受到责骂，语气一转，接着讲道，"元忠，你考虑清楚了。通讯器受阻不过是一个前兆，接下来我们可能要遭受到大规模的攻击，留在这里只会非常危险……"

"你怕危险？"朱元忠突然问了一句。

这句话差点没把臭脸乔给气吐血，要不是看在副大队长朱天成的分上，那他才不会对朱元忠好言相劝。

"我不怕危险，只是不想白白牺牲！"臭脸乔说着冷哼一声，耐着性子讲道，"退一步来讲，我们只是暂时撤退，等摸清情况再对付这些敌人也不迟。"

朱元忠只是不愿意就此离去，却绝非傻子，知道此时留在这里确实非常危险。

略微犹豫之后，朱元忠开口讲道："好，我们只是暂时离去，一旦确定了安全就要立即反扑过来消灭这些家伙！"

臭脸乔点了点头，心里算是松了口气，与朱元忠一起将其他四人先后召集过来，并将眼前的情况告诉了他们。

通讯器失灵，可能遭到埋伏！

这两个消息在每个人头顶响起一阵闷雷，都同意先撤到安全的地方摸清情况再说。

朱天成带队往回撤，还没走出两步呢他的脚步就又停了下来，回头问道："你们有没有听到什么？"

每个人都侧耳倾听，神色也跟着凝重起来。

"枪声。""有人在战斗！""枪声来自于不同的方向，看来很多地方都打起来了。""一定是其他小队。"

……

朱元忠眉头紧皱，心里暗道："不是说敌人在西北方向吗，怎么好像每个角落里都有敌人似的。"危险的信号更加强烈了，朱元忠低声叫道："快走！"说完就拔腿向前跑去。

前面的路正是来时走过的，作为一名优秀的特种兵，牢记沿途景物，发生变化就意味着危险。

冲出二十米多后，朱元忠的目光有意无意看着左前方三十米外的一棵树，树下是一片杂草丛。那里原本就有杂草丛，只是没有那么密集。

糟糕，有敌人埋伏。

"隐蔽！"朱元忠吼了一声，同时身子已经开始硬生生地改变方向往一旁的山石后跳去。

"啪啪啪……"枪声响了起来，一串子弹从三十米外草丛中飞射了出来，擦着朱元忠的身子而过。

其他人得到朱元忠的提醒，也在第一时间内躲到了掩体后面。

稳住身子后，朱元忠就将枪口伸出去朝着三十米外的草丛射击。

对面的枪声停了下来，可就在这时更多的枪声从四面八方响了起来，无数的子弹朝着朱元忠小队飞扑而来。

陷阱！

此时，朱元忠完全确信了他们落入了敌人的陷阱之中。

与之交火的敌人单兵作战能力还不太清楚，可他们的数量却非常多，光从枪声来判断至少有二三十人。

乱拳打死老师傅。

这话一点也不错，朱元忠小队全都是飞龙特种兵，还有臭脸乔这位老队员担任带队教官，他们的战斗力不可谓不强。

可是，敌人的数量是他们的几倍，武器装备一点也不差，只是这么一阵毫无章法的猛攻，朱元忠小队就有了招架不住之势。

"啊，我受伤了。""这些家伙人太多了！""我们被包围了！""怎么办，要突围吗？""突围！"

……

朱元忠带队几次试着突围，可不但没有成功，反而使队员们先后受伤倒地，最后被逼入一片灌木丛中，靠着相互掩护阻止敌人靠近。

怎么办？

朱元忠面色难看到了极点，大家完全被包围了，这样下去要不了多久敌人就会如同恶狼一般扑上来将他们撕成碎片。

一名带队教官，五名飞龙特种兵队员，连敌人的面都没看清楚就被杀光了，这事传出去当真是个笑话。

朱元忠心里不爽，非常的不爽。

这两个月来执行了诸多任务，虽然也遇到过凶险，但是从来没有像今天这么狼狈过。

"元忠，不要慌，先稳住阵脚再说！"臭脸乔提醒道。

朱元忠强迫自己冷静下来，深吸一口气后讲道："二号守好东边，三号守好南面，四号守好西边，北边交给我和乔教官。五号，你负责在附近布下雷区阻止敌人靠近……留一颗炸弹给我们！"

每个人的心情都跌落到了谷底，清楚他们现在的处境非常糟糕，就算是布置了雷区也只是短时间内阻止敌人的脚步而已。

除非是有增援来营救他们，否则他们全都得死在这里。

至于那最后一颗炸弹，朱元忠是想自杀也不做敌人的俘虏！

被称为五号的就是炸弹专家雷刚，他选择了一颗威力最大的炸弹留下，其他炸弹全被他抛到了方圆二十米外，布置了一个简单的雷区来阻止敌人靠近。

敌人的枪声在雷区外围停了下来，没有继续强攻，短时间内敌我双方进入到了僵持状态。

朱元忠小队跑不出去，敌人也攻不进来。

这一战朱元忠感到些许憋屈，可要是让他知道与之对战的敌人真正实力的话，那他或许就不会有这样的想法。

二十多名敌人潜伏在雷区之外，之前看似毫无章法的射击，却暗含着一定的规律，每个人都隐藏在掩体之后，使朱元忠等人的射击伤不到他们。

注意看的话，就会发现这二十多人胸口都戴着手里剑造型的胸章，散发出铜色的光芒。

二十多名铜色级别的暗之佣兵！

几天前赵国庆小队与二十多名铜色级别的暗之佣兵作战，遭遇了九死一生才算是创造出奇迹，取得了最终胜利。

朱元忠小队受到敌人的制约也就没有什么奇怪的了。

况且，更远一些的地方还隐藏着六人，他们并没有参加刚刚的战斗。

这六人的武器装备看起来和那二十多名铜色级别暗之佣兵没有什么不同，只是胸前的手里剑造型胸章却是银色的。

银色级别的暗之佣兵，而且还出现了六个。

这六个银色级别暗之佣兵是一支作战小队，他们的人数虽然少，但是整体战斗实力却远在那二十多名暗之佣兵之上，这就是级别之间的差距。

朱元忠等人并不知道附近还有这么一支作战小队，否则的话他们的心情会更加的低落，或许也不会再抱着任何能离开这里的想法。

不止是朱元忠小队，就算是其他小队遇到这种情况也不会好到哪里去。

银色级别的暗之佣兵实力实在是太强了，整个飞龙特种部队，单兵实力能与之抗衡的也只有两人，大队长宋飞扬和副大队长朱天成。

可惜的是，只有他们两个，而且还不在这里。

银色级别暗之佣兵作战小队出现在这里的原因也很明确，杀了赵国庆。

为了一个小小的赵国庆，暗之佣兵这次派出了近百名铜色级别佣兵和六名银色级别佣兵，可谓是下足了本钱。

不死不休。

这话不是说说而已的。

六名银色级别暗之佣兵中有一个年近四十，左眼灰蒙蒙的没有一丝光泽，他就是这支作战小队的小队长灰眼秃鹰——小泽太郎。

"消息确定了吗？"小泽太郎向一名身材瘦小的队员询问，他是小队里的情报员。

情报员回道："已经证实了，赵国庆从昨天到现在一直躲在二号基地里面，因此我们的人并没有发现他。"

"这家伙还真是狡猾，难道已经知道我们来了？"小泽太郎疑声说了句，接着问道，"二号基地那边有多少人？"

"六个，全都是黑色级别的。"情况员回道。

小泽太郎的面色沉了下来，轻声说："就算是那里只有赵国庆一个人，六个黑色级别的或许也不会是他的对手。"

"那要不要我们……"情报员低吟一声。

"不。"小泽太郎轻摇了下头，冷笑一声说，"让他自己过来就行了。"

情报员点头道："是。"说完往朱元忠小队的方向看了眼，接着问道，"要不要把那边的人全都杀了？"

小泽太郎瞪了对方一眼，不高兴地说："那些家伙全都是我的诱饵，你把他们都给杀了，那我还用什么引赵国庆过来？"

情报员把头一低，表示认错。

小泽太郎抬手轻挥，吩咐道："都散了吧，那家伙随时会到这里来。"

其他人全都应声把头一低，接着就四散消失于山林之中。

小泽太郎往朱元忠的方向看了看，嘴角露出一丝笑意，接着就后退到草丛中如同鬼影一般消失于阳光之下。

赵国庆带着自己的小队往西北方向前进，他们都已经换上了暗之佣兵的衣服，这样在与敌人相遇时可以迷惑敌人，从而取得战斗的先机。

整个小队被分为了三部分，赵国庆带队走在最前面，冯小龙、李实诚、冷无霜、焦鹏飞四人走在百米之后，贵卿独自一人负责断后。

前两个小时赵国庆等人都是全速前进，之后速度开始逐渐放慢。

不知不觉天色就黑了下来。

56　基地遇袭

"队长，我们的速度是不是有点太慢了？"李实诚突然问道。

李实诚是个实在人，没有什么花花肠子，想着大家既然是要救朱元忠小队，那就应该全速前进找到他们才对，可这都天黑了却还没有抵达目的地。

这速度着实有些让人着急。

赵国庆故意放缓速度并不是为了整朱元忠，而是出于两个方面去考虑问题。

一，在敌人数量及战斗力不明的情况下，天黑他们更容易展开行动。

二，朱元忠到底在哪谁也不知道，大家随时都有可能掉进敌人的陷阱中，因此必须小心谨慎才行。

"队……朱元……哪里……"这时通讯器里的声音突然有些断断续续，还有些许的噪声。

通讯器故障？

赵国庆的脚步停了下来，一边警惕着四周一边低声问道："你们能收到我的话吗？"

"收……不……楚。"冯小龙回道。

接着其他人也先后回答，无一例外，声音全都断断续续，看来不是通讯器的问题，而是信号在这里受到了干扰。

片刻之后跟在后面的冯小龙等人就赶了过来，大家聚在一起成防守队形隐蔽。

"队长，有问题。"焦鹏飞低声讲道，一双眼睛滴溜溜地乱转着，能看到的范围却非常有限。

赵国庆轻点额头回道："我们应该已经进入了敌人的埋伏区，离朱元忠不会太远了，大家都小心一点。"

"是。"众人纷纷应道。

"按原计划，你们跟在后面，没有必要的话不要暴露出来。"赵国庆吩咐道。

"队长，你是狙击手，走在前面不太好吧？"冯小龙有些不太放心地说，不等赵国庆开口就接着讲道，"还是由我来担任尖兵吧？"

在赵国庆与冯小龙、李实诚第一次组成作战小队时，他们按萧教官的指示由冯小龙担任尖兵、李实成担任重火力手、赵国庆担任狙击手，这样的组合一直维持到大家进入飞龙特种部队。

如果没有意外的话，他们还会将这个组合维持下去。

不过，现在情况有变。

首先大家的人数多了，其次队伍里面还有贵卿这位狙击水平在自己之上的狙击手，最后敌人的目标是自己。

因此，赵国庆这才改变了以往的作战布局，改由自己来担任先锋，目的就是为了发现和引出敌人。

至于危险方面，作为狙击手的赵国庆自信自己的观察力和反应力在冯小龙之上，再加上此时自己伪装成了暗之佣兵的样子，就算是与敌人照面对方也不能第一时间内认出自己来，这样的安排反而是更好的。

"按原计划行事！"赵国庆再次下达命令，然后就持枪继续向前走去。

待赵国庆走出百米之后，冯小龙四人才跟上。

虽然同是百米的距离，但是和白天比起来夜晚风险更大。况且通讯器失灵，前面发生什么冯小龙等人都不可能第一时间得知，因此这个距离已经是夜晚作战的一个极限了。

贵卿只与冯小龙等人拉开三十米的距离，这样的距离能保证她在赵国庆或冯小龙等人发生危险时以最快的速度前往营救。

赵国庆非常警觉，表面上却装着很放松的样子，举动让人以为他就是暗之佣兵。

继续向西南方深入两百米后，赵国庆敏锐地嗅到了危险的气味。

虽然还不能肯定敌人具体躲在什么地方，但是可以确定的是附近有敌人埋伏。

十米后。

赵国庆确定了敌人的位置，二十米外的灌木丛中躲着两名敌人。

以附近的环境来看，灌木丛绝不是最佳的藏身点，只是黑夜让那里非常隐蔽，不易被人发现。

赵国庆做出更加放松的样子，就像根本没发现那两个家伙似的，继续往前走去，眼睛却在四下里转动着看还有没有其他人埋伏。

应该只有这两个家伙。

几步之后赵国庆就确定了这一点，百米之内就只有这两名敌人。

同时确定敌人也已经发现了他，没有开枪表示他们并没有识破自己的身份。

这也难怪。

赵国庆穿着暗之佣兵的衣服，胸口那枚胸章更会让人以为他是暗之佣兵，加上夜色黑暗让对方看不清自己的样子，自然不会有什么怀疑。

"哗。"两名暗之佣兵同时从灌木丛中跳了出来，枪口对着赵国庆，目光却看向赵国庆身后。

这也是赵国庆的刻意安排，如果不是让冯小龙四人与自己拉开了百米的距离，那可能就已经被这两个家伙发现了。

"怎么就只有你一个人？"左侧的家伙问道。

赵国庆说话之前先在两人胸口扫了一眼，铜色的胸章，这两个家伙是铜色级别的暗之佣兵！

以两人藏身的位置来看，他们不过是观察员或者岗哨，也就是说后面会有更多的铜色级别暗之佣兵，甚至更高级别的敌人！

百米之内没有埋伏，却并不代表着百米之外没有埋伏。

赵国庆动了杀意，要想从这里通过就必须杀了这两个家伙才行，可又不能惊动更远的敌人。

"因为我们遇到了目标，活着回来的就只有我一个人。"赵国庆用 J 国话讲道。

"目标，在哪？我们怎么没听到枪声？"说话的敌人已经起了疑心。

赵国庆已经出手了，"咻咻"两把飞刀如同闪电一般飞射出去。

飞刀绝技，三十米内例无虚发。

赵国庆与敌人相距也就两三米远，在敌人没有防备的情况下突然使出飞刀根本就是避无可避。

"噗、噗。"第一把飞刀准确地刺进了左侧敌人的心脏，第二把飞刀则刺穿了右侧敌人的右手。

几乎同时，赵国庆也如同苍鹰一般扑了过去。

两只手更是像无坚不摧的钢铁鹰爪般抓住了右侧敌人，"咔咔咔……"随着几声骨头脆音，右侧敌人的四肢已经被赵国庆扭断，喉咙更是被一只手抓住而无法发出任何声音，只能从对方挤在一起的五官看出他现在非常的痛苦。

"之前你们在这里伏击了一支特种兵小队，他们在哪？"赵国庆浑身释放着浓浓的杀气。

敌人喉咙被掐而无法说话，眼珠则朝左后方瞟了下。

"咔。"赵国庆掐断对方的喉咙，将尸体扔在地上，收回自己的飞刀就朝敌人所示意的地方走去。

不久冯小龙四人经过此地，看到地上的两具尸体后才知道赵国庆刚刚在这里有过战斗，四人加快脚步跟了上。

当贵卿也从这两具尸体上踏过去后，一个胸口佩戴着银色胸章的暗之佣兵悄悄地从三十米外的树上滑了下来，接着就以最快的速度往与赵国庆平行的方向跑去，几分钟之后他与灰眼秃鹰相会。

"队长，目标出来了，一共六个人。赵国庆走在最前面，后面跟着四人，最后一个是狙击手。那个狙击手应该是这些人里面最厉害的，她差一点发现了我。"情报员一口气讲道，秒顿之后问道，"要不要通知其他人开始行动？"

听到赵国庆出现，灰眼秃鹰眼里露出一丝喜色，紧接着摇了摇头。

"不，先放赵国庆和里面那些特种兵见面，然后切断他们后面的援兵，然后……"灰眼秃鹰冷笑了几声。

"手下明白。"情报员点头应道，然后就又迅速消失于黑暗之中。

赵国庆等人的通讯信号受到干扰，敌人同样无法使用通讯装置，命令只能用人工传达。

在赵国庆杀了那两名铜色级别的暗之佣兵时，两架运输机飞抵二号基地上空，接着数十名飞龙特种兵就分别降落在二号基地附近。

这些人是大队长宋飞扬带来的援兵。

敌人袭击二号基地的时机控制得非常好，恰巧是其他基地的飞龙特种兵外出执行任务之时，宋飞扬接到贵卿的汇报之后，用了几个小时才调集这么点人手过来。

让宋飞扬感到欣慰的是，陪同他们一起到来的还有一名真正的高手，那就是赵国庆的未婚妻，萧娅嫣。

萧娅嫣的实力强到了什么程度宋飞扬不清楚，他唯一清楚的一件事就是，只要萧娅嫣在这里，那二号基地或者说飞龙特种部队此次的危机就会解除。

"朱队长，报告你现在的情况！"宋飞扬询问，声音里暗含着一丝的怒意。如果不是贵卿通知了他的话，那他还不知道二号基地遇袭的事，因此对想要掩盖这件事的朱天成也就没有什么好脸色看。

朱天成猛地从通讯器里听到了宋飞扬的声音，心里不由一颤。

他怎么来了？

昨夜二号基地遇袭的事朱天成还没有向上面汇报，不是他有意想压下这件事，而是想等彻底解决这件事和朱元忠立功之后再向上面汇报。

没想到的是，事情已经恶化到了不可控制的地步。

这就让他更不愿意让宋飞扬知道这件事。

可是，朱天成心里也清楚。

二号基地的队员们过于分散，全被敌人拖住了脚步，宋飞扬这次不论是带来了多少人，从很大一方面都算是缓解了他们的压力。

唯一让朱天成放不下的是……面子问题！

57　小宇宙爆发

宋飞扬既然来了，朱天成知道自己的面子是无论如何也保不住了，二号基地的事是根本捂不住的，索性将这里的情况一五一十全都摆到了台面上来。

灾难。

现在发生在二号基地的战斗绝对是一场灾难，如果不是贵卿通知了宋飞扬，那二号基地的飞龙特种兵非常有可能全被敌人吞噬。

好你个朱天成，二号基地发生了这么大的事你为什么不一早通知我，难不成是打算等这里的弟兄们都牺牲了你才告诉我？

还有暗之佣兵，你们也太嚣张了吧？竟然跑到了境内袭击我飞龙特种部队二号基地，真当我 Z 国无人了吗？

宋飞扬怒火烧心，却没有发作，他知道这个时候必须强迫自己冷静下来才行。

虽然脑子里面已经浮现了一个作战计划，但是宋飞扬还是将目光投到了萧娅嫱身上，询问道："你怎么看？"

萧娅嫱面色一如既往的冰冷，丝毫看不出任何的感情波动，只是淡淡地问了一句："赵国庆在哪？"

为了方便萧娅嫱知道二号基地的情况，宋飞扬让人给萧娅嫱准备了一套飞龙特种兵的通讯器，因此朱天成说的话萧娅嫱可以直接听到，而萧娅嫱说的话朱天成也能听到。

朱天成并没有见过萧娅婻，自然不知道萧娅婻的身份，听到一个女人的声音突然在通讯器里传来让他非常吃惊，再加上宋飞扬征求对方的意见更让他感到不可思议。

能成为飞龙特种部队的副大队长，朱天成有一定的能耐，立即确认萧娅婻的身份不一般。

"赵国庆带队前往了西北方，那里也有一支小队，他们受到了敌人的伏击。"朱天成避重就轻地说，没有直接说是朱元忠遇险，是他请求赵国庆前往西北方向营救的。

萧娅婻向宋飞扬讲道："看来西北方是敌人的主力所在，无法联系到赵国庆他们说明了敌人使用干扰器破坏了那里的通讯，那里的情况一定也是二号基地最为复杂和最糟糕的地方。"

宋飞扬点头表示同意萧娅婻的分析。

朱天成急忙讲道："没错。那里的情况非常糟糕，而我们这边都还能撑得住。大队长，你快点带人去西北方营救他们，其他地方就交给我们吧。"

"交给你们？如果你们能搞定的话，那我们还来这里干什么？"萧娅婻毫不客气地说了一句。

朱天成只觉得冷汗直冒，心里想着这娘儿们究竟是谁，怎么说话一点面子也不给我？

宋飞扬却觉得出了一口恶气，接着问："依你看我们应该怎么战斗？"

萧娅婻回道："除了西北方向的敌人，其他地方敌人应该和每个战斗点的飞龙特种兵实力相当，双方达到了一个平衡点才让战斗拖到现在的。"

宋飞扬再次点头同意萧娅婻的分析。

朱天成则非常吃惊，心想这娘儿们究竟是干什么的，怎么一到这里就把问题分析得这么透彻？

萧娅婻接着讲道："将我们的人分成两组，以人海战术迅速打破平衡，消灭他们！"

宋飞扬又一次点头。

每个战斗点的敌人其实并不多，哪怕是与之交战的小队多上几个人就能打破平衡，而宋飞扬带来的人足有几十个，分成两组就如同恶虎扑兔一般轻松打破平衡，从而一口吞掉敌人。

萧娅婻的言外之意是，既然你们这些家伙跑到这里来找事，那就一个也别回去了。

朱天成却是为之一怔，问道："那西北方怎么办？"

萧娅婻回道："西北方交给我和宋大队长好了。"

"只有你们两个？"朱天成惊讶地问。

"两个足够了。"萧娅婻说。

朱天成完全怔在了那里。

宋飞扬多少还是了解一些萧娅婻的，表面上看起来萧娅婻没有任何的表情波动，可她所说的话却表示出她真的怒了！

萧娅婻是那个部队的精英，西北方即使潜伏着金色级别的暗之佣兵，在她面前也只有死路一条。

宋飞扬迅速将人员分成两组，并下达了行动指令，前往西北方向的却只有他和萧娅婻两个人。

赵国庆一路前进，除了第一次遇到的两名铜色级别的暗之佣兵外，他连一个敌人也没有再遇到，这让他感到奇怪。

虽然已经明知道敌人在这里为自己设下了陷阱，但是这么走下去也是让人心里没底。

那些家伙到底在想什么，他们给我设下了什么陷阱？

正当赵国庆思考着这个问题时，前面突然传来了枪声。

有人在战斗？

一定是朱元忠他们！

赵国庆加快了脚步，加速前进。

因为弹药有限，所以在确定敌强我寡，突破无望之后朱元忠等人就放弃了进攻，全力进入防守状态。

让他们奇怪的是，敌人也没有再开一枪，因此双方平静了几个小时。

天黑之后，朱元忠等人没有等来救援部队，于是就想趁着天黑再突围一次，可没想到刚刚冒出头去就被打了回来。

那些敌人根本没有走，正严密地监视着他们的一举一动。

"这帮混蛋！"朱元忠一脸愤怒地骂道，目光扫了眼同样狼狈的队员。

虽然经过了几个小时的休整，但是每个人身上的伤并没有得到真正意义上的治疗，到现在整体实力反而不如刚刚被困在这里之时。

"元忠，你说敌人为什么只把我们困在这里，却不杀了我们？"臭脸乔问。

朱元忠被问得微微一怔，一边分析一边讲道："在我们来之前敌人就已经在这里设下了陷阱，可是我们中了埋伏之后他们却并没有一口吞掉我们，这说明……我们并不是他们的目标！"

"对。"臭脸乔点头应道，"我们的敌人是暗之佣兵，而与暗之佣兵交集最多的是赵国庆，暗之佣兵对赵国庆是恨之入骨。如果我们没有猜错的话，这个陷阱原本是给赵国庆准备的，却让我们给跳进去了。"

朱元忠眉头一紧，生气地说："赵国庆这个混蛋，自己做的事把暗之佣兵引来了，反而让我们给他受罪！"

呵呵。

臭脸乔笑了一声，他是这里唯一猜到朱元忠带队往这边来是经过朱天成授意的，也就是说大家落到这步田地完全是你朱元忠和朱天成的错，根本怪不得赵国庆。

"你笑什么？"朱元忠不高兴地问。

"没……没什么。"臭脸乔也不揭穿这一切，接着讲道，"敌人没有直接杀了我们，一定是想以我们为诱饵引赵国庆过来。"

朱元忠眉头皱得更紧了，沉声说："赵国庆现在被关在禁闭室里，根本不可能到这里来。再说了，他和我是死对头，就算是知道我们落难了也一定不会出手相救的！"

臭脸乔眉心轻锁，突然有些不高兴。

从第一次和赵国庆见面起臭脸乔就不喜欢他，一直都站在朱天成、朱元忠兄弟一边，可现在他突然发现自己貌似站错了队，怎么能和这兄弟俩混在一起呢？

"依我看不会。如果赵国庆知道我们落难的话，以他的性格一定会拼死营救的！"臭脸乔一脸确定地说。

朱元忠轻哼一声表达自己的不满，问道："你凭什么这么肯定？"话音刚落就接着讲道，"退一万步来讲，就算是赵国庆知道我们落难了，当真来营救我们了，那你认为他和他的小队能救得了我们吗？"

臭脸乔的心一下子低落到了谷底。

论实力，赵国庆当之无愧是所有新入成员中最强的，可论起整体实力赵国庆小队就算比朱元忠小队强也强不到哪去。

况且，敌人应该还隐藏了真正实力。

赵国庆就算到这里来了，那也不过是中了敌人的圈套而已，白白送死。

"队长，有情况！"雷刚突然低声叫了句。

朱元忠以为是敌人进攻，立即抄枪趴到了雷刚身边，顺着雷刚所指看去。

"队长，你看。那边刚刚有动静，我感觉好像是有人倒下去了。"雷刚低声说，他一直在观察敌人的动向，因此对敌人那边的情况非常了解。

救援？

朱元忠一听来了精神，伸手道："望远镜！"

雷刚将夜视望远镜递了过去。

朱元忠拿着望远镜仔细看了看，并没有看到雷刚所说位置有什么情况，不过他恰巧看到了另一幕。

一名敌人的脑袋被打爆了。

这个场面无疑为朱元忠注射了一支强心剂。

太好了，真的是救援到了！

"救援到了，大家准备战斗！"朱元忠回头叫道。

一听有救援，被困在这里已经一下午的队员们立即来了精神，拿好自己的武器准备新一轮的突围。

"都准备好了吗？"朱元忠的目光在每个人脸上扫过。

臭脸乔和其他人各自点了点头。

朱元忠再次拿起望远镜观察动静，发现一名暗之佣兵被击毙后他情绪高昂地吼道："打！"

"啪啪啪……"枪声爆响，朱元忠小队像是爆发出了小宇宙般，在生死危机面前爆发出了前所未有的战斗力。

58　炸弹挡道

冲出去，冲出去！

这已经成了朱元忠小队唯一的信念，每个人都拼尽了最后一丝力量，全都将这次当成了他们最后一次突围。

冲不出去，那就只有死在这里了。

赵国庆潜伏在包围圈之外，刚到这里他就发现朱元忠等人的情况非常糟糕，几十名暗之佣兵将他们几个围困起来，朱元忠几个完全成了困兽。

必须想办法救出他们几个才行。

赵国庆端枪先解决了几个无关紧要且不易被其他敌人看到的目标，朱元忠几个却突然间如同发疯的猛兽一般想要破笼而出，赵国庆也只能拼尽全力掩护他们突围，全然不顾自己的安危。

包围朱元忠等人的有二三十个，而真正要面对的敌人却不足十个。

在朱元忠等人突围之前赵国庆已经解决了三个，朱元忠又爆发出惊人的战斗力，再加赵国庆掩护，势如破竹。

成功了！

朱元忠几个一个比一个兴奋，他们这次竟然真的成功突围了出来。

"赵国庆！"朱元忠看到营救他们出来的人是赵国庆时惊讶得下巴都快落在了地上，他认为最不可能出现在这里的人却站在他面前。

臭脸乔则向赵国庆后面张望了一眼，好奇地问道："怎么就只有你一个人？"

"我的小队在后面接应呢，大家快点跟我走！"赵国庆回道。

朱元忠非常不情愿，可在这生死关头却也没有更好的办法，带着队员们跟着赵国庆的脚步往前走。

众人刚刚走出四五米的距离，就听前面传来"嗵"的一声，接着就是火光冲天。

"怎么回事？"臭脸乔担忧地问。

赵国庆面色一沉，隐约感觉到一种不祥的预感，加快脚步向前跑去。

三十米外。

火光冲天，两侧是巨大的崖壁，道路完全被封死了。

贵卿和冯小龙几人就在火焰另一侧，他们几个刚刚到这里就发生了爆炸，要不是躲得快连眉毛也会被烧掉。

"教官，怎么办？"冯小龙焦急地问，明明知道赵国庆等人就在另一边，却没有一点的办法。

贵卿也是面色阴沉，他们与赵国庆只隔了几米的距离，可就是这几米却成了无法逾越的鸿沟一般。

想要从火里面冲过去是不可能的事，不被烧成烤猪才怪。

翻过断崖或者绕道都有些不现实，太浪费时间了，等过去时赵国庆等人可能全都牺牲了。

雷刚回头看了一眼，暗叹一声说："如果有炸弹就好了，我可以将这火炸灭。"

炸弹？

赵国庆灵光一动，将自己身上的手雷等物取出来递给雷刚，问道："够吗？"

雷刚观察了一下火势，摇头回道："太少了，想要把这火炸灭至少需要五倍的量。"

"实诚，能听到我的话吗？"赵国庆吼道。

"能！"火焰另一侧传来李实诚的声音。

"把你们的手雷炸药等东西全都扔过来！"赵国庆吩咐道。

李实诚不知道赵国庆这么做的目的是什么，却没有任何犹豫，一边脱下自己的外套一边冲其他人叫道："快，快把手雷等东西给我！"

冯小龙几个纷纷将手雷等交给了李实诚。

火焰可以阻止人过去，可只是将手雷等东西扔过去的话却并不是什么问题。

李实诚将所有手雷、炸药包在自己的外套里，然后抡起手臂用力将它们从火焰上扔了过去。

"啪。"一大包手雷、炸药落在了地面上。

雷刚解开一看，欣喜地说："有了这些东西我就能把这火给灭了！"说完又回头看了一眼，担忧地说，"只是我还需要一点时间准备一下。"

时间是赵国庆等人此时最缺的。

原本包围朱元忠他们的敌人已经聚在一起向这面扑过来，而朱元忠等人的弹药都所剩无几，连一次阻挡敌人的量都不够。

朱元忠轻哼一声，冲臭脸乔讲道："怎么样，我说得没错吧？就算是他来了也没用，他和他的小队根本没有能力救我们出去！"

臭脸乔一直压着火气，此时完全爆发了出来，冲朱元忠吼道："赵国庆没有能力，你有，你能带我们出去？"

一句话噎得朱元忠上不来气，他根本没想过臭脸乔会这么不给他面子。

不给你面子？

你给过我面子吗？

臭脸乔用力哼了一声，接着斥道："如果你没有能力救大家出去的话，那就闭上你的臭嘴，少在那里说风凉话！"

朱元忠的脸绿了，要不是现在情况危急的话他会不顾一切扑上去和臭脸乔大战一场。

赵国庆冷静地分析当前的形势，知道敌人要是不顾死活硬扑上来的话，那以他们之力根本不可能阻止敌人，到时候大家都要死在这里。

"他们的目标是我，我想办法把他们引开。"赵国庆突然讲道，"贵卿教官他们就在另一边，你们和他们会合后他们会送你们到安全的地方。"

朱元忠的脸挂不住了。

送我们到安全的地方。怎么，这是在说我们没有一点用，需要你们的保护吗？

臭脸乔却担忧地说："国庆，你不要做傻事，我们或许还有其他办法！"

其他办法，真的有吗？

赵国庆微微一笑，安慰道："放心，我不会有事的。"

"国庆……"臭脸乔想要出言阻止，赵国庆却根本没有给他说话的机会。

赵国庆身形一闪就冲了过去，来到与敌人中间的位置折向另一个方向，大声叫道："喂，我是赵国庆，你们不是想要杀我吗？快点过来追我呀！老子就在这里，看你们这群笨蛋有没有能力杀我！"

这一招果然管用。

暗之佣兵的目标原本就是赵国庆，赵国庆就站在面前他们岂能装着没看见？

况且，他们还被骂成了笨蛋，每个人都憋了一股火气，丢下朱元忠等人开始全力追击赵国庆。

赵国庆为了救大家完全将危险引到了自己身上，这样的举动让朱元忠的队员和臭脸乔都非常震撼。

这才是真正的战友。

这才是英雄！

对不起，以前是我错了。臭脸乔暗自自责，后悔以前那样对赵国庆。

切！

朱元忠不爽地哼了一声，低声自语："这个混蛋，风头全都被你抢去了，还真当我不存在吗？"说完就也全力冲了出去，嘴里叫道，"乔教官，弟兄们就交给你了，带他们离开这！"

"喂，你……"臭脸乔话音刚出，朱元忠就已经消失于夜色中。"这两个家伙，唉……"

朱元忠确实不招人喜欢，还非常冷傲，可刨去这些他绝对是一名非常优秀的战士，许多方面并不输于赵国庆。

在离朱元忠并不是太远的地方，灰眼秃鹰手持望远镜观看到了一切，并且听到了赵国庆那充满挑衅的叫喊。

"啾！"灰眼秃鹰发出一声尖锐的啸声。

这是一个信号，声音一响，潜伏在四周的银色级别暗之佣兵就行动了起来，他们才是刺杀赵国庆的主力军。

赵国庆一口气跑出了数百米的距离，突然间脚步停了下来，目光落在几米之外的树身上，那里有一颗肉眼可轻易发现的炸弹。

事实上这里并不止一颗炸弹，与之相邻的树上也有一颗炸弹。

两颗炸弹中间以不易察觉的银丝相连，如蛛网一般封住了之间的道路，贸然冲过去触碰到那些丝线就会引爆树上的炸弹。

往旁边走出两步，赵国庆很快就又发现了新的炸弹，像刚那两颗炸弹一样勾出蛛网封锁道路。

很明显。

这些炸弹并不是为了炸死赵国庆，而是为了封住道路阻止赵国庆继续向前。

密集的炸弹成功地做到了这一点。

赵国庆的去路被堵死，他只能掉头往回走，或者选择其他方向而行。

如果敌人引爆这些炸弹的话，那也有一定的机会炸死赵国庆，只是这概率并非百分之百。

敌人没有选择引爆炸弹，说明他们不愿意给赵国庆任何一丝生还的可能，更不想引爆炸弹之后放赵国庆离开这里。

奇怪。

赵国庆奇怪的不是敌人耗费这么大精力只为了阻止自己继续往前，而是后面追击自己的敌人怎么突然间没有动静了，难不成又回去对付臭脸乔他们了？

这有点不可能。

他们的目标是我，不可能放弃我去对付其他人。

赵国庆的分析一点没错，原本追击他的敌人并没有放弃他去找其他人

310

麻烦，而是在距离赵国庆两百米外的地方潜伏了下来。

这些佣兵的目的和那些挡在赵国庆的炸弹有所类似，阻止赵国庆过去，或者其他人进来。

"哗。"背后突然传来响动，让注意力放在炸弹上的赵国庆本能地调转枪口迎了过去。

"是我！"一个声音叫道。

朱元忠？

赵国庆有些意外，却同时松了口气，要不是他及时开口的话自己的子弹已经打爆了他的脑袋。"你怎么来了？"

朱元忠没有回答赵国庆的问题，而是警觉地看着四周，尤其是数米之外的那些炸弹，沉声说："你有没有发现这里很奇怪？"

59 绝对不能死

奇怪？

这里当然奇怪了！

这里根本就是敌人的陷阱，而我们已经在敌人的陷阱中了，不过更让我奇怪的是你怎么会在这里？

其他人呢？

你难道不是应该和他们转移到安全的地方吗？

朱元忠并不知道赵国庆在想什么，目光盯着眼前的炸弹说："之前围困我们的敌人在二百米之外停了下来，这里的炸弹显然是阻止我们继续往前。如果我没猜错的话……"说到这里他的目移向左右两侧，一脸深沉地说，"这两个方向应该也有敌人或者类似的陷阱等着我们。简单地说，我们被困在了这里！"

这个……我难道不知道？

"走，我们到其他两个方向看看去。"朱元忠说完就转身向右走去。

喂，我好像不是你的手下，你用不着指挥我吧？

赵国庆有些不爽，这朱元忠明显是把自己当成了他的手下，而且还摆出了一副前来营救自己的样子。

这是不是有些本末倒置了？

我才是来救你的！

赵国庆心里不爽，却并没有说出来，怕朱元忠再遇到什么事，于是就在后面跟了上去。

很快赵国庆就和朱元忠检查了另外两个方向，果然也有同样的蛛网式的炸弹封锁道路。

"看来我们真的被困在了这里。"朱元忠一脸的沉重，"除非我们能拆掉这些炸弹，不然的话就只能原路返回了！"

拆炸弹？

你能保证靠近炸弹时敌人不引爆炸弹炸死你？

回去？

二百米外可埋伏了二十多名铜色级别的暗之佣兵，你确定只凭我们两个就能干掉他们？

"拆炸弹和回去，你选择哪一个？"朱元忠突然间将问题抛给了赵国庆，由他来决定。

赵国庆沉思片刻，不管选哪一种都不是完美的解决方案，可他必须做出选择才行，而且还得快。

"轰隆隆……"

雷刚将设置好的炸弹扔到火堆里面，爆炸所产生的巨大威力就像是一个顶天的巨人用力朝着火焰吹了口气般。

"噗"的一声，刚才还熊熊燃烧的大火如同烛光般灭掉了。

所有人都松了口气，贵卿带着人率先冲了过去。

"情况怎么样？"贵卿问道。

同样作为带队教官的臭脸乔回道："非常糟糕。敌人的数量远超我们的想象，而且最低级别也是铜级暗之佣兵，而我们的人却全都受了伤，必须尽快回去医治才行！"

贵卿见朱元忠的队员确实每个人身上都挂了彩，虽然不能用致命来形容，但是长时间不接受治疗的话对今后的影响会非常大，说不定还会导致直接退役。

"赵国庆和朱元忠呢？"贵卿问。

"赵国庆为了救我们主动将敌人引开了。"臭脸乔说话间面露愧色，"朱元忠怕赵国庆出事追过去了。"

"你就这么让他们走了？"贵卿呵斥道，其实赵国庆离开的时候她也听到了赵国庆的话，只是希望那不过是个玩笑话，现在确定了赵国庆非常危险，还搭上了一个朱元忠。

我能有什么时候办法？

臭脸乔非常委屈，可作为带队教官、飞龙特种部队的老队员，原本引开敌人的担子应该落在他肩上才对。

"对不起。"臭脸乔无奈地说。

贵卿自然知道这事不能完全怪臭脸乔，因此也没有深究，问道："他们往哪个方向跑了？"

"那边。"臭脸乔伸手指向赵国庆、朱元忠离去的方向。

贵卿看了眼，做到心里有数，接着问道："你们能自己回去吗？"

听到这话臭脸乔就猜到贵卿接下来要做什么，点头应道："能。"

"那好，你们自己回基地去，我们几个过去增援赵国庆和朱元忠！"贵卿说完就回头冲冯小龙几人叫道，"走！"

"贵卿！"臭脸乔突然叫道。

贵卿停下脚步来问道："什么事？"

"一定要带着他们活着回来！"臭脸乔沉声说，这也是他现在所唯一能做的事了，祈祷赵国庆等人活着回到二号基地。

几百米的距离并不远，贵卿等人很快就和埋伏在半路上的敌人遭遇到了一起，并打了起来。

虽然有贵卿这位飞龙特种部队二号狙击手，但是敌人的数量相对来说实在是太多了，而且还占据了各个有利位置，如铜墙铁壁一般的防守把他们挡在了外面。

"教官，队长一定在那边，我们必须得过去！"李实诚着急地叫道，他的重机枪子弹已经打出了一半，却根本没有破坏掉敌人的防御。

贵卿也是一脸为难。

现在是夜里，敌人又躲得隐蔽，即使她知道敌人所在的位置，想要击毙对方却也非常困难。

"你选哪个？"朱元忠第二次问道。

这时贵卿与敌人作战的枪声响了起来，赵国庆面露笑容说："我想我知道应该选哪个了。"

朱元忠盯着枪声传来的方向，面露不可思议之色。

按道理其他人都应该离开了才对，是谁在和敌人交火？

看到赵国庆脸上的笑容之后，朱元忠明白了一切，心里暗自感叹。"与敌人交火的一定是赵国庆的队员，他们不愿意就这么丢下赵国庆离开。"

赵国庆和队员们之间的感情让朱元忠一阵羡慕嫉妒恨，他知道自己的队员都非常惧怕自己，只要是他下达的命令一定会去全力完成，可是这并不代表他们就真的尊敬自己。

如果是我遇险的话，我的队员是否会像赵国庆的队员那样拼死营救我？

朱元忠不敢对此做出任何的保证，这或许就是他的悲哀。

"你想杀回去？"朱元忠问。

赵国庆点了点头，他想杀回去并不只是因为冯小龙等人员没有弃他而去，而是担心冯小龙等人不是敌人的对手，因此才选择杀回去帮助他们。

这就是人与人之间的感情，只有你真正地为别人着想时别人才会发自于内心地对你好，只可惜世人又有几个能真正理解并做到呢？

"好，我们杀回去！"朱元忠豪气盖天地说，突然间想抛弃对赵国庆的一切看法，也不想再和赵国庆一争高低，只想和赵国庆并肩作战，真正体会一下战友之情。

"我们走！"赵国庆说完就在前面带路。

朱元忠急忙跟了上去。

两人都是飞龙特种部队里一等一的高手，全力奔跑的速度非常快，两百米的距离他们十几秒之后应该能和敌人交火。

问题是有人却不会让他们这么轻易地到达目的地。

赵国庆和朱元忠被困在一个横向二百米、纵向二百米的范围内，这个范围说大不大，可说小却也不小。

尤其是在这深山老林里面，就算隐藏一个连的兵力也是轻而易举的事情，更别说敌人有意在这个范围内解决赵国庆。

刚刚跑出四五十米的距离，赵国庆就察觉到了一丝暗藏的危机，脚也跟着顿了下来。

"小心！"朱元忠猛地叫了一声，同时飞身而起扑向赵国庆。

"啪啪啪……"几乎同时枪声也从一旁的草丛响了起来，一串子弹朝着赵国庆飞射过去，幸亏他被朱元忠扑倒在地才没有任何的事。

朱元忠也没想到自己会奋不顾身地去救自己一直以来的劲敌，做出这样的举动连他自己都吃惊。

赵国庆同样意外，尤其是看到朱元忠胸口和右侧大腿都中弹后更是热血沸腾。

他是为了救我才受伤的！

朱元忠喘着粗气向赵国庆讲道："别管我。我……怕是要不行了，你走吧。"

"哗。"听到草丛里传来声响，赵国庆急忙抱着朱元忠在地上滚了两圈。

"咻咻咻……"一串子弹追两人跑了一段距离。

"好了……"朱元忠苦笑一声说，"我……救了你……一命，你也救了……我一命，我们扯……平了，你……走吧。"

赵国庆岂是贪生怕死、丢下同伴独自逃生之人？

如果是的话，那他根本不会带队来营救朱元忠等人。

"别说话！"赵国庆低声斥道，先将朱元忠拖到敌人射击不到的掩体后面，取出金针刺入朱元忠的几处要穴，拿出急救包打开递过去讲道，"你不会有事的，先自己止血包扎一下！"

老实说，当朱元忠发现自己胸口中弹，大腿也负伤无法行动之时，他就认为自己死定了。

可是，赵国庆所做的却让他重燃了求生的欲望。

"你不丢下我自己走吗？"朱元忠好奇地问。

赵国庆微微一笑："我自己一个人不是他们的对手，还需要借助你的力

量才行，因此你绝对不能死！"

朱元忠苦笑一声，知道赵国庆这话不过是不丢下他的借口而已。

突然间，朱元忠发现自己有点喜欢上赵国庆了。

当然，这种喜欢是战友情。

赵国庆，不管你愿不愿意，你这个兄弟我算是认定了！

朱元忠不知不觉中彻底改变了对赵国庆的看法，不再将他看成劲敌，而是战友、兄弟！

"好！"朱元忠应道，开始着手处理自己的伤口，而赵国庆则持枪为之掩护。

60 精彩反击

"沙沙沙。"

赵国庆听到敌人快速移动的脚步声，可刚端起狙击步枪对方就隐藏了起来，非常警觉。

高手。

赵国庆有种感觉，此时所面对的敌人在铜级暗之佣兵上。

"沙沙……"

赵国庆眉头轻皱，敌人不给自己任何机会，而从他移动的角度来看是想转移位置袭击自己。

此时朱元忠无法移动，伤口也没有处理完，形势非常不利。

赵国庆拔出手枪递给朱元忠，低声说：“我引开他，有机会的话你就开枪杀了他。”

朱元忠点了点头，手里紧攥着枪，上身倚靠着树根留意四周的动静。

赵国庆身子一跃就跳进了草丛中，接着就迅速移动了起来。

敌人的注意力很快就被赵国庆给引了过去，枪声也跟着响了起来。

只是，赵国庆同样是一位作战高手，敌人偷袭的情况下或许还有机会轻易射杀他，可一旦让他有所警觉，想要再击中他就没那么容易了。

赵国庆一边奔跑一边留意对面的动静，目前可以确定的就只有一名敌人，而且已经知道了对方藏身的位置。

敌人躲在一个长满杂草的土堆后面，完全看不到对方的身影，也就没办法开枪袭击对方。

重要的是，敌人并没有出来的打算。

这样下去不是个办法。

赵国庆心里想着，脑子里面已经有了一个主意。

既然你躲在那里不愿意出来，那我就引你出来好了。

赵国庆转身朝着更远的地方跑，敌人眼看着就要失去目标，也就沉不住气了，从土堆后面一跃而起，快速追了过来。

这让赵国庆脸上泛起一丝的笑意。

好机会，朱元忠应该能击毙他才对。

朱元忠同样留意着敌人动静，见赵国庆把敌人引了出来，立即举枪射击。

黑暗中突然传来一声鸟叫，原本正全力追踪赵国庆的敌人猛地停下脚步飞身向一旁的草丛跃去。

"砰、砰、砰！"朱元忠连开三枪。

敌人的身子落在了地上，却一滚消失于草丛之中。

没打中？朱元忠的眉头皱了起来。

朱元忠打中了目标，却并没有击中要害，因此敌人落地后立即隐藏了起来。

赵国庆也在枪声响起之时隐藏了起来，警觉地观察着四周。

刚才那声鸟叫是信号，附近还有其他敌人。

果然，另一个方向传来轻微的脚步声。

山里的野草长势非常旺，有的地方比人还要高，赵国庆半蹲在地上只能听到脚步声移动却根本看不到对方的影子。

"赵国庆！"一个生硬的声音突然叫道。

赵国庆看向声音传来的方向，和移动的脚步声并非同一个方向，也就是说附近最少有三名敌人。

"我是灰眼秃鹰，暗之佣兵银色级别的小队长，这次的任务是杀了你！"灰眼秃鹰叫道。

银色级别！

赵国庆心里一动，朱元忠更是目光来回游动，心里想着这下子完了。

银色级别只比铜色级别高出一个等级，可实力却高出了一倍，一个银色级别的暗之佣兵可以同时对付四五名铜色级别暗之佣兵。

朱元忠的担忧一点也不为过，他身受重伤不能自己行走，赵国庆更不会丢下他不管，敌人只要以他为突破点就能轻易杀了两人。

怎么办？

朱元忠眼珠子滴溜溜地转动着，却是一点办法也没有。

赵国庆同样想到了敌人有可能拿朱元忠作为对付他的突破点，他不会就此丢下朱元忠不管，那就只能战斗了。

先解决一个再说吧。

赵国庆也寻找到了对付敌人的突破口，那就是之前追踪自己被朱元忠打伤的家伙，他现在是敌人中实力最弱的一个。

既然灰眼秃鹰是小队长，那这里的银色级别暗之佣兵至少有一个小队。

虽然具体人数不清，但是先除掉一个总是好的。

主意拿定之后，赵国庆就开始了行动。

"啪、啪。"两颗烟幕弹先后在赵国庆左右两侧炸了开，浓重的烟雾迅速将周围笼罩。

爆炸声一响，朱元忠就猜到赵国庆将要展开行动，心里暗道："赵国庆，千万别做傻事，你不是他们的对手！"

黑夜原本就视线不佳，再被烟雾笼罩，敌人就更加看不到赵国庆了，却也知道赵国庆将要展开行动。

枪声也在这时响了起来，密集的子弹袭向烟雾笼罩的区域，想要以此来击毙赵国庆或者阻止他的脚步。

赵国庆的身子完全俯在地上，心里暗自数着："一个、两个、三个……六个。"

敌人一定没有想到，赵国庆扔出烟幕弹后并没有立即移动位置，而是借此来摸清他们的人数。

从枪声上可以轻易判断出敌人的数量和大概位置。

烟雾开始慢慢散去，枪声也逐渐停了下来。

"哗！"赵国庆如同一只猎豹般蹿了出去，其速度快得惊人。

"啪啪啪……"四周的枪声再次爆响了起来。

赵国庆的脚步却没有停过一下，反而是又加快了两分速度。

他已经完全暴露在了敌人的枪下，只有这样快速奔跑借助周围的地形、树木等来掩护，一旦停下来反而会使情况更加恶化。

灰眼秃鹰只是在烟幕弹炸开时开了枪，此时却没有任何的行动，而是冷静地观察着赵国庆的一举一动。

只从赵国庆刚刚的战斗中他就看出赵国庆绝对是一个值得他认真对待的敌人。

如果你想要杀掉难缠的敌人，那就必须对这个敌人拥有足够的了解才行。

灰眼秃鹰想杀了赵国庆，因此他暂时没有动手的打算，而是想通过观察彻底地了解赵国庆。

战斗方式、习惯、奔跑的速度及枪法等等，这些都是灰眼秃鹰想要了解到的信息，只有掌握了这些信息他才会确认自己能杀得了赵国庆，而不是简单地以为人多就能杀了赵国庆。

那名被朱元忠打伤的佣兵见赵国庆是朝着他而来的，心里就明白了赵国庆的打算，因此也是火力最凶猛的一个，想要在赵国庆真正威胁到他前杀了赵国庆。

每个敌人都想让赵国庆死，可要杀了赵国庆却没有那么简单，否则的话赵国庆也不会活到现在。

赵国庆能活到现在凭的不是运气，而是不断地努力，凭借的是真正的实力和不屈的精神。

只有实力不断提高，那才能在战场上增加活着的希望。

朱元忠也是拼命射击为赵国庆提供掩护，只可惜和敌人凶猛的火力比起来，他那把小手枪如同黑夜中的萤火般，根本没有多大的帮助，况且他根本就看不到敌人具体隐藏的位置。

赵国庆从一棵树后蹿了出去，没有人发现他蹿出去的时候抛出一个拳头大小的东西，以水平面向前飞去。

敌人继续集中火力朝赵国庆射击。

"嘭！"赵国庆身上突然爆出耀眼的光芒来。

灰眼秃鹰眼睛一闭，心里暗叫：“烟幕弹！”

眼睛被刺的不止灰眼秃鹰一人，凡是将注意力集中在赵国庆身上的人都因为光芒的刺激而闭上了眼睛，包括朱元忠在内。

枪声还在响着，可人们却不知道他们在袭击什么，赵国庆又在哪里？

被赵国庆选为突破口的佣兵心里一阵凌乱，眼睛看不到，只能用耳朵去倾听，凭感觉去开枪袭击赵国庆。

"哗。"赵国庆飞身落在了目标背上，几乎同时狙击步枪枪口已经顶在了对方后脑上，接着狙击子弹就射穿了对方的脑袋。

扣动扳机后，赵国庆身子一动就从草丛中跳了出去，猫着腰以最快的速度来到了朱元忠身边。

精彩，实在是太精彩了！

朱元忠为赵国庆刚刚的表现而喝彩，两人的战斗实力已经无形中分出了胜负，朱元忠自认换成自己的话绝对没有赵国庆刚刚出彩的表现。

就连灰眼秃鹰也为赵国庆的表现而赞叹。“这个敌人不简单！”

赵国庆缓了口气，向朱元忠问道：“你没事吧？”

大爷的！

朱元忠暗骂一声，老子躲在这里能有什么事，这话应该我问你才对。

"没，没事。"朱元忠摇了摇头。

"赵国庆！"灰眼秃鹰叫道，“你刚才表现得不错。可是，我们有六个人，你只杀了一个，剩下的人你打算怎么对付？”

这……确实是一个问题。

赵国庆刚刚的举动非常冒险，可以说一只脚踏在地狱里面和敌人作战的，同样的方法不可能使出第二遍。

况且，被赵国庆除掉的目标原本就受了伤，对付其他人会更难一些。

"接下来怎么办？"朱元忠有些不知所措地询问。

"离开这里。"赵国庆理所当然地回道，目光却投向冯小龙等人战斗的方向。

那边的枪声已经停了下来，他非常担心冯小龙等人的情况。

大哥，你还是多考虑考虑我们现在的情况吧，这里可还有五名银色级别的暗之佣兵想着杀我们呢！

朱元忠暗自叫道，同时不得不佩服赵国庆，在这种情况下竟然还有精力去担心其他人。

这就是赵国庆具有感染力的一个原因，即使自己身处绝境之中，他考虑的还是怎么帮战友解决困境。

61　萧娅婻出手

在贵卿的带领下冯小龙几个发起了三次强有力的冲锋，非但没有突破敌人固若金汤的防线，而且每个人身上都挂了彩，就连贵卿本人也在敌人的炮火猛烈袭击之下差点阵亡。

仗不能这么打，这么打下去的话所有人都要死在这里。

如果不是赵国庆被敌人围困，冯小龙等人担心他会遇难的话，那贵卿也不会这么着急地和敌人硬拼。

战斗暂时停了下来，不是因为冯小龙几个怕了，为了赵国庆他们宁愿牺牲自己，可以睁着眼睛死！

战斗停下来是因为两个人的到来，大队长宋飞扬和萧娅婻。

萧娅婻知道眼前这些人都是赵国庆最亲密的战友，不想让赵国庆知道自己出手相助，因此她戴了一张人皮面具。

面具并不是用真正的人皮所制，而是普通的硅胶所制，在网上就可以买到，属于低等级的易容装备。

萧娅婻的目的只是让这些人不认得自己，因此也不怕别人看出那张"脸"不是她真正的脸。

"这个人是谁？"贵卿的目光在萧娅婻那张泛着蜡黄色、就像长期营养不良的脸上转了转。

"这里的情况怎么样？"宋飞扬问道。

贵卿忙回道："前面应该是敌人设下的陷阱，赵国庆和朱元忠被困在里面，从枪声可以判断出他们正在与敌人作战，距离我们不出两百米。"

萧娅嫱盯着不远处敌人的防线，问道："那里有多少敌人？"

贵卿见萧娅嫱将问题直接切入到了关键点上，心里不由暗道，这个人绝对不简单，是一个高手！

里面的情况全都是贵卿的推测，没人能进去，谁也不知道赵国庆那边的情况究竟怎么样。

眼前的情况是如何突破数十米外敌人的防线，否则说什么都是扯淡。

"前面有二十二个敌人，占据了关卡位置，借助有利地形建成一条防线阻止我们过去。"贵卿回道。

"具体火力分布呢？"萧娅嫱接着问。

贵卿一边回想战斗过程中敌人所使用的武器装备和位置一边回道："十二点钟方向，距离三十米，五名步枪手分散隐蔽在树后；十点钟方向，距离三十五米，一个机枪手和两名步枪手躲在草丛后里；两点钟方向，距离四十米，一名机枪手、一名爆破手、三名步枪手分散隐藏于石头后面；一点钟方向，距离五十米，制高点上隐藏着一组狙击手；剩下的人全在接近十二点钟方向，距离五十至七十米，分别隐藏着两名机枪手和五名步枪手。"

萧娅嫱端着夜视望远镜，目光随着贵卿所说移动，大致上摸清敌人的潜伏点。

贵卿稍缓了口气，接着讲道："除了上述武器装备外，敌人手里还有一些重型武器，比如火箭炮等，不排除沿途被敌人设下诡雷陷阱。敌人完全将路给封死了，我们连续三次试着突围都没能成功。"

话是说给大队长宋飞扬听的，可目光却在萧娅嫱身上徘徊。言下之意是说，我们连续三次都没能成功，就算多了你们两个，成功的希望依然非常渺茫。

宋飞扬也随着贵卿的介绍观察了下敌情，情况确实如贵卿所说那般，敌人借助有利地形完全将路给封死了。

别说是贵卿这么几个人了，就算是一个连的兵力也未必能从这里突破过去。

总之，形势很严峻。

"宋队长，我要过去。"萧娅嫣放下望远镜说。

贵卿吃惊得嘴巴大张，两眼死死地盯着萧娅嫣那张蜡黄色的脸。

你要过去？

天呀，你该不会是没听到我刚才的介绍吧？！

敌人有二十二个，完全封死了路，我们几个冲击三次都没能成功。

你要过去，怎么过去？

该不会是认为那些敌人全都是纸老虎，不咬人？

还是说你以为我们几个之前是在和敌人玩过家家游戏？

这身伤总不会假吧？

又或者说你会飞？

飞，就算你真的会飞，那敌人也能把你打下来！

贵卿因为萧娅嫣的一句话而感到不爽，就连冯小龙几个也是一脸好奇地打量着萧娅嫣。

没错，我们几个确实想过去救赵国庆，可那也要有那个能力才行？

你说你一个人，而且还是一个女人，竟然说得那么轻松。

你要过去。

这话是说你一个人顶得上我们所有人？

不管是贵卿还是冯小龙都不是看不起萧娅嫣，而是觉得萧娅嫣这话说得有些不着边、不靠谱。

就算是你要过去，那也应该和我们几个商量一下战斗计划，看看怎么才能消灭眼前这些敌人，或者说如何撕开个口子过去吧。

"好，我掩护你！"宋飞扬点头应道，这里只有他一个人相信萧娅嫣有那个能力，她能过去。

贵卿更加吃惊地看着宋飞扬。

老大，这个女人吃错药了，你该不会也吃错药了吧？竟然要陪着她疯！

这话贵卿没敢讲出来。因为宋飞扬是她在飞龙特种部队里唯一尊重和信赖的人，她相信宋飞扬绝不是吃错了药和萧娅嫣一起疯的。

贵卿的目光再次落在萧娅嫣身上，现在唯一让她疑惑的问题是……这个女人究竟是谁，她究竟有何能力让大队长宋飞扬如此看重她？

"贵卿，你想办法引起敌狙击小组的注意力；你们几个设法吸引其他人的注意力！"宋飞扬下达命令。

"是！"贵卿几人齐声应道。

宋飞扬转身向萧娅婻讲道："我会在你有需要的时候出手的。"

萧娅婻点了下头。

行动开始了，大家分别抵达自己的作战位置，由贵卿向敌狙击手发出了挑衅的第一枪，接着冯小龙几个就也纷纷扣动扳机袭击自己的目标，做出他们要进行第四次强行突破的样子。

战斗再次打响了，敌人同样发起猛烈的还击来阻止冯小龙等人前进一步，尤其是狙击小组受到贵卿的挑衅后立即开枪还击。

双方都知道狙击手的厉害，敌人在前三次的交手中就已经确定了贵卿是一个厉害的狙击手，因此第四次战斗打响后他们拿定主意一定要先击毙贵卿。

敌狙击小组的注意力完全被贵卿吸引了注意力，并不知道这里隐藏着一个狙击水平比贵卿高出远不止一个等级的宋飞扬。

宋飞扬潜伏在黑暗之中，眼睛像猎鹰一样盯着自己的猎物，当机会到来时他的手指微微动了两下。

"砰、砰。"宋飞扬的狙击步枪没有加装消音器，枪声却成功地被其他狂乱的枪声掩盖，根本没人去在意这两声并不惊艳的狙击步枪声。

枪声不惊艳，绝不代表射击不惊艳。

敌人的狙击小组，狙击手和观察员在同一秒内先后被子弹击中毙命。

厉害！

同为狙击手的贵卿暗自惊呼，如果换成她的话，她没有能力以如此惊艳的水准先后击毙狙击手和观察员。

几乎在敌狙击手和观察员中弹的那一刹那间，一道身影从一个不被人注意的角落里蹿了出去，时机把握得刚刚好。

近距离作战，像机枪手这样的重火力手其实比一个狙击手更具威胁性，可萧娅婻却选择了狙击手毙命时行动，这绝不是一个最好的选择，却是一个最恰当的选择。

机枪手射击的范围广，注意力也就比较分散，而狙击手的注意力却能集中到一个点上。

这就是萧娅婻为什么会选择狙击手被击毙时行动的一个主要原因。

贵卿一直在暗中观察萧娅婻的举动，当萧娅婻冲出去后她的注意力就完全放在了萧娅婻身上，一方面是对她的保护，另一方面则是想看看这个女人究竟有什么能耐。

萧娅婻一动，贵卿就被萧娅婻的速度给镇住了。

飞龙特种部队里面人才济济，以速度见长的不少，却没有一个人的速度能比得上萧娅婻。

"好快的速度！"贵卿暗自叫道，这样的速度要是拿去参加奥运会的话，那绝对能轻易打破百米障碍的纪录。

你的速度确实快，可只是速度快的话并不能通过敌人的防线。

贵卿认定萧娅婻的行动会以失败而告终，能活着回来就已经是万幸了。

从萧娅婻冲出去到敌人发现她也就几秒的时间，可这几秒的时间对于萧娅婻来说已经足够了。

萧娅婻的目的是通过敌人的防线，而不是消灭这些敌人，因此她从斜面通过从十二点钟方向潜伏的那五名步枪手身边冲了过去，却没有招惹他们。

她不招惹敌人，却不代表敌人不对付她。

很快，发现萧娅婻的敌人就调转枪头去袭击她。

快！

这似乎已经成了萧娅婻的代表，她身子一蹲，避开一串子弹的袭击后就向前蹿出了五六米的距离，借助一棵树挡住剩余子弹的袭击后就又向前冲了出去。

此时萧娅婻已经与接近十二点钟方向剩余敌人短兵相接，相当于深入虎穴，稍不留神就会丧命于虎口之中，而潜伏在这里的敌人才是她真正需要面对的。

冯小龙等人都为萧娅婻捏了一把汗，可他们又不能实质性地为她提供帮助。

62 绝杀突破

"别愣着，快点开火！"宋飞扬吼道。

为萧娅嫡担忧的冯小龙几人这才回过神来，他们不能为萧娅嫡提供太多帮助，可是他们的火力却也能分散敌人的一部分力量，这是他们仅能为萧娅嫡做的事情。

火力猛然间比之前强了二分，强大的攻击力逼迫着敌人不得不分出精力来对付冯小龙等人。

有人闯到了自己的阵营中，这对敌人来说绝对是一种打击，足以让一部分人失去理智。

一名佣兵为了能更有效地袭击萧娅嫡而从掩体后面站了出来，只是他这边刚刚露出头来就被宋飞扬的子弹打爆了脑袋。

"对了，我能做的就是为她提供最大的掩护！"贵卿彻底醒悟，不再专注萧娅嫡有多大的能耐，开始集中精力观察敌人的一举一动，凡是对萧娅嫡构成威胁又出头来的敌人立即会成为她射击的目标。

其他方向的敌人萧娅嫡可以绕开，接近于十二点钟方向的两名机枪手、五名步枪声却是她必须面对的，要么从敌人的枪口下突破，要么死在敌人的枪下。

这七个人也是对萧娅嫡最具威胁性的敌人，七人集中火力袭击萧娅嫡，想要阻止她的脚步。

萧娅嫡身子微微一顿，闪到旁边的山石后面躲避敌人的射击，接着两

329

颗烟幕弹及两颗手雷就先后飞了出去。

烟幕弹在接近十二点钟方向的敌人中间爆炸，那两颗手雷分别落在了两名机枪手身旁。"啪、啪，嗵嗵！"烟雾迅速喷发了出来，两名机枪手则在手雷的爆炸中身亡。

两名机枪手一死，正面面对敌人对萧娅婻的威胁就减轻了一半，剩下的敌人则全部被烟雾遮挡了眼睛。

其余敌人只见到萧娅婻冲进了烟雾中，却根本不知道她的具体位置，袭击也就显得无力。

烟雾中的枪声渐渐变得零碎起来，短时间内就全部停了下来。

当烟雾完全散去后，人们惊奇地发现萧娅婻已经消失不见了，而接近于十二点钟方向的七名敌人已经全部被消灭。

天呀，她成功了！贵卿一脸的不可思议，被她认为寻死的作战方案却显出了成效，萧娅婻竟然真的过去了。

没有人知道烟雾中究竟发生了什么事，烟雾散去后只看到除两名被炸死的机枪手外，其他五名步枪手全部被割断了喉咙。

厉害，实在是太厉害了！这么厉害的人只有那个部队的人才有！

贵卿突然间明白了过来，为什么宋飞扬会那么看重萧娅婻，因为萧娅婻是来自于等级比飞龙特种部队还要高的……那个部队。

宋飞扬也算是松了口气，目光投向更远的地方，心里暗道："国庆，只要娅婻过去了，你就一定不会有事！"

"都别愣着，我们的战斗还没有结束！"宋飞扬叫道。

贵卿等人回过神来，再次向敌人发起了袭击，他们的任务不是护送萧娅婻突破过去，而是消灭眼前的敌人。

二十二名敌人，刚刚的战斗中已经解决了十人，现在只剩下十二人。

等待贵卿等人的依然是一场恶战，只是在大队长宋飞扬的帮助下，这场战斗多少会轻松一些，消灭眼前的敌人只是时间问题。

"我的腿受伤不能行动，你别管我，自己走吧，我掩护你！"朱元忠一身热血地叫道。

"不，要走大家一起走！"赵国庆坚定地说。

"别傻了，你自己走吧，带上我你是走不了的！"朱元忠拒绝道，心里却是一阵感动。赵国庆却像是没有听到朱元忠的话，直接以实际行动来表达自己的想法，将朱元忠背在了背上。"放下我，快点放下我！"朱元忠挣扎着叫道。"别动！你想让我们全都死在这里吗？"赵国庆吼道。

朱元忠停止了挣扎，眼眶一阵温热，差点没哭出来。"赵国庆，如果这次我死不了的话，那以后我这条命就是你的！"

赵国庆没有说话，他救朱元忠不是为了让对方欠自己一条命，而是因为一个非常简单的理由。

我们是战友，是战友我就不能丢下你不管。

"拿着！"赵国庆将自己的狙击步枪递给朱元忠，接着讲道，"从现在起我就是你的腿，你是我的手，大家一起杀出去！"

"好，杀出去！"朱元忠热血沸腾地叫道。

身后传来了脚步声，敌人开始寻找更有利的射击位置和逼近赵国庆。

灰眼秃鹰的任务沉重，从他带了上百名佣兵到此就可以看出，不死不休绝不是一句玩笑话。

跟着灰眼秃鹰而来的不止是佣兵、战士，他们更像是死士，为了除掉赵国庆就算是死再多的人也不在乎。

赵国庆听声辨位，扔了两颗手雷出去，不管有没有伤到敌人，趁机背着朱元忠向前冲去。

灰眼秃鹰沉重的脸上露出一丝笑意，他抓住了赵国庆的弱点，那就是……重情。

诚然，赵国庆的单兵作战实力非常强，以一对一来说已经超过了银色级别的暗之佣兵，可他却是一个重情的人。

面对强大的敌人，朱元忠负伤他却不愿意弃之离去，反而将朱元忠背在了背上，这就像多了一个累赘一般，作战实力也会大打折扣。

好，太好了！

灰眼秃鹰一阵偷着乐，发出了一声充满杀气的尖锐叫声。

　　原本还小心谨慎的四名银级暗之佣兵突然间变得疯狂起来，开始不顾死活地朝赵国庆扑了过去，手中的武器更像是滴着毒汁的毒蛇一般咬向赵国庆。

　　赵国庆一边跑一边留意身后的动静，背上的朱元忠则向敌人开枪。

　　两个人终究不能像一个人一样心意相通，况且这是两个人第一次合作，而且还在快速运动中，朱元忠的射击只能暂阻敌人的脚步，却不能对敌人造成实质性的威胁。

　　"小心！"朱元忠叫道。

　　一颗手雷被扔到了赵国庆右前方，赵国庆身子猛地向左侧倒去。

　　"嗵！"手雷爆炸并没有对赵国庆和朱元忠造成伤害，却切断了两人离去的节奏。

　　敌人手里的枪还在咆哮着，子弹如毒蛇一般咬来，周围也没有可以躲避子弹的掩体，赵国庆只能滚动身子带着朱元忠躲避子弹的袭击。

　　灰眼秃鹰的笑意更显浓重，心里暗道："赵国庆，这次就算是神仙也难救你，你死定了。"

　　赵国庆滚到了一处小土堆后面暂避子弹的袭击，心里却暗自担忧，眼睛四处乱转着寻找着机会。难道这次真的要死在这里？

　　朱元忠原本就身受重伤，全靠赵国庆的金针刺穴才维持住了生命，经过这么一阵折腾后他的伤口再次向外渗出血来，脸色苍白，意志也开始变得模糊起来。

　　"国……庆，我怕是……不行了，它在你手里更……有用。"朱元忠说着将狙击步枪推给了赵国庆。"别说傻话，撑着点，我们一定可以离开这里的！"赵国庆接过狙击步枪低声吼道。

　　敌人非常狡猾，刚刚还全力追击赵国庆，现在却全都躲了起来，只是开枪，根本没人冒头。

　　"这帮混蛋！"赵国庆暗骂一声。

　　土堆只是暂时缓解了危机，绝不是什么长久之策，要不了多久敌人强大的火力攻击就能要了赵国庆的命，而赵国庆却没有机会离开。

怎么办?

赵国庆在身上摸了摸,手雷、烟幕弹等已经全都用完了,现在能用来作战的就只有手中的狙击步枪和藏在身上的飞刀,可敌人不露头的话这些武器根本不能起到任何作用。

"沙沙……"

赵国庆的耳朵微微动了动,敏锐地捕捉到黑暗中不易被察觉的声响。

"还有敌人?"赵国庆的目光从敌人身上转移到身后,同时枪口也移了过去。

黑暗之中只能看到一道模糊的身影以极快速度奔跑过来,赵国庆刚想开枪却又松开了放在扳机上的手指。

不对。

那道模糊的身影并没有朝着赵国庆扑来,而是避开自己朝着敌人的方向扑了过去,这样的举动让赵国庆意识到这道黑影并不是自己的敌人。

他是谁?

赵国庆一阵疑惑,只从对方对敏捷的动作就发现这个人绝对是一个高手,飞龙特种部队有这样能力的人也只有大队长宋飞扬一人而已。

突然出现的自然是刚刚突破敌人防线的萧娅婻,她一进来就捕捉到了敌情,现在是故意避开赵国庆去袭击那些敌人。

赵国庆却不知道那是自己的未婚妻,只是察觉到对方是一个高手,不过见对方直接朝敌人冲了过去,心里暗自骂道:"这是哪来的冒失鬼,究竟会不会打仗?"

心里面直骂,动作却不敢有任何的怠慢,赵国庆再次调转枪开始指向真正的敌人,尽自己的全力去掩护萧娅婻。

敌人也发现了萧娅婻,只是在萧娅婻面前却显得有些无助。

和萧娅婻比起来,这些敌人就如同温顺的绵羊一般,而萧娅婻却如同扑进羊群的黑豹一般。

再加上有赵国庆这位狙击高手掩护,如同为黑豹插上了一对翅膀。

63　魔爪功之战

"扑哧！"军刀狠狠捅进了敌人的心脏里。

敌人明明看到了萧娅婻，明明朝她开枪，却对她造不成任何的威胁。

一名银色级别暗之佣兵就这么轻易死在了她的刀下。

厉害！

赵国庆暗自叫道，萧娅婻的表现完全颠覆了他之前的想法。

这哪是什么冒失鬼，明明就是高手中的高手。

只从短暂的观察中他就发现萧娅婻是位武学高手，敏锐的观察力、反应力和快速的身法远在自己之上，这样才能轻易接近敌人并杀掉一名佣兵。

得手后萧娅婻的动作并没有停下来，利用眼前的尸体阻挡敌人的视线和袭击，躲过危机后手中的军刀就飞射了出去。

"扑哧！"军刀准确地刺中了右前方向敌人的心脏。

飞刀绝技一直以来都是赵国庆引以为傲和用来救命的，可刚刚萧娅婻掷出军刀的手法却让他大为赞叹并自愧不如。

好快的速度，好高明的手法！

萧娅婻的手法实际上并不能算得上高明，可速度却快如闪电，敌人明明看到了她掷出的军刀，可就是没有能力躲过去。

成功击毙第二名敌人后，萧娅婻将手中的尸体当成沙包一样砸向第三人，同时自己朝着第四名敌人奔去。

危险！

赵国庆暗自叫道，发现第四名敌人不顾生死跳出来将枪口指向了萧娅嫱。

"啪啪啪……"敌人手中的枪咆哮了起来。

萧娅嫱的身子在空中一个旋转，避开了子弹的袭击，双手一按地，抓起一块石头就朝对面扔了过去。

"噗！"目标脑袋爆出一朵血花来，萧娅嫱扔出的石头也砸在了目标眼睛上。

萧娅嫱扭头看向赵国庆的方向，他先一步击毙了对方。

"国庆，好样的。"萧娅嫱暗自讲道，身子却已经折向被尸体砸倒在地上的家伙。

萧娅嫱的突然出现并如同黑豹一般的袭击让敌人的阵脚大乱，破绽百出，赵国庆也因此才有机会击毙敌人。

"噗。"赵国庆第二次扣动扳机，那名从敌上爬起来的家伙还没稳住身子呢就被打爆了脑袋。

潜伏在更远的地方暗中观察的灰眼秃鹰心里一惊，作为暗之佣兵里面一名银色级别的小队长，他要比一般人对Z国了解得更多，萧娅嫱的出现让他意识自己触动了Z国更高级别的军队。

一出现就让四名银色级别暗之佣兵阵亡，这样的人绝不是飞龙特种部队所能培养出来的。

她……一定是来自于那个部队的！

灰眼秃鹰只觉得自己喉咙发干，手心冒汗，身子竟然因为害怕而微微颤抖了起来。

我竟然碰到了那个部队的人！

灰眼秃鹰紧张地舔了舔干涩的嘴唇，在萧娅嫱面前没有任何的战意，因为他知道就算是金色级别的暗之佣兵在萧娅嫱面前也绝无获胜的可能。

这就是那个部队的恐怖之处。

怎么办，我该怎么办？

灰眼秃鹰有些手足无措，不知道如何是好。

如果萧娅嫱把他当成下一个袭击的目标，那他一定会拼死一战，可那样又能如何，不过是无意义的抵抗而已。

萧娅婻朝灰眼秃鹰潜伏的方向看了眼，却没有过去的意思。

她到这里来只是为了帮助赵国庆解除危机，现在银色级别的暗之佣兵就只剩下灰眼秃鹰一人，而赵国庆又没有受什么伤，有什么比拥有这么一个对手更能磨炼一个人呢？

因此，她放弃了继续出手的想法，而是把这个机会留给了赵国庆。

她坚信，只要赵国庆能杀了灰眼秃鹰，那他就一定会再一次成长的。

"哗。"萧娅婻转身朝另一个方向跑去，身子如同燕子一般连跃几下，然后就消失于黑暗之中。

赵国庆注意着萧娅婻的一举一动，心里暗道："她究竟是谁？刚刚离去的身法已经不止是快了，应该使用了传说中的轻功。"

灰眼秃鹰见萧娅婻离去，心里长长地松了一口气。

虽然他不知道萧娅婻为什么突然离开，但是他知道这是自己的机会，杀掉赵国庆的唯一机会。

"赵国庆，不管如何你都要死在这里！"灰眼秃鹰从喉咙里挤出声音来。

赵国庆的目光也再次落在了灰眼秃鹰的方向。

萧娅婻从出现到消失不过短短十几秒的时间，她和赵国庆没有任何言语上的交流，赵国庆却已经明白了她离去的用意。

"他是我的！"赵国庆低声嘀咕了一句。

"唔。"朱元忠发出一声痛苦的呻吟，眼睛微闭，已经陷入到了半昏迷状态。

必须尽快解决战斗才行，否则朱元忠会有生命危险！

赵国庆心里打定主意，身子就也跟着动了起来，一跃而起朝着黑暗中冲去，嘴里叫道："你不是想杀我吗？过来呀！"

以最快的时间解决战斗。

这也是灰眼秃鹰的想法，他怕萧娅婻会去而复返，因此和赵国庆一样想在最短的时间内解决一切。

"赵国庆，让我们来一决胜负吧！"灰眼秃鹰朝着赵国庆冲了过去。

枪声响了起来，同样的想法让两人有了相同的举动，一边开枪袭击对方一边设法接近对方。

短兵相接，终不可免。

两人同样是高手中的高手，不给对方任何击中自己的机会，开枪不过是想扰乱对方的心神，真正的杀招隐在后面。

枪声同时停了下来，两人的子弹都被打光了，而此时双方相距不过十米。

"噌。"手中的枪械各自换成了军刀，十米的距离眨眼即到，两道身影撞在了一起。

"当！"第一击是硬碰硬的比拼，刀刃相触后竟然是半斤八两，力量不差上下。

身形一触即开，接着再次碰撞到一起，这次比拼的不再是力量，而是技巧。

两人之间的战斗如同电光火石一般，快、准、狠已经不足以来形容他们的战斗，每一招都是杀招，稍不留神就会死在对方的刀下。

一手刀，另一只手自然也不会闲着。

灰眼秃鹰，这个外号的由来除了那只灰蒙蒙的眼睛外，另一方面则是他所会的武学。

鹰爪功！

赵国庆有些惊讶，这灰眼秃鹰的刀法犀利，单论刀功绝对在自己之上。

可是，除了刀功之外，灰眼秃鹰另一只手使用的竟然是鹰爪功！

J国注重所谓的武士道精神，可是他们的武学大多都是从Z国偷过去或者说从中演变而来的。

灰眼秃鹰所使的鹰爪功并非纯正的鹰爪功，只是做到了神似，和鹰爪门千年以来所传下的鹰爪功明显低了一个境界。

赵国庆刚开始并没有使出鹰爪功，只是以形意拳相对，两招之后发现灰眼秃鹰的鹰爪功竟然已经拥有了中级造诣。

高于赵国庆的刀法加上中级造诣的仿鹰爪功，灰眼秃鹰完全将赵国庆的气势压制了下去，一刀差点刺中赵国庆的心脏，在腋窝下留下一道伤口。

赵国庆急忙后退数步，暂避敌人的锋芒，顺便喘口气暗中调息一下平稳自己的心跳。

"赵国庆，你确实有些能耐，却也不过如此，今天没有人能救得了你！"

灰眼秃鹰一脸得意地说，在他看来赵国庆死在他手中是迟早的事，刚刚的接触中他已经认定了赵国庆不是他的对手。

别急，一会看老子怎么打你的脸！

赵国庆瞟了眼手中的军刀，既然刀法不如对方，那索性弃刀不用，抛去军刀对自己的羁绊。

灰眼秃鹰看到赵国庆的举动得意地笑道："怎么，你这是想弃械投降吗？没用的，我的任务是杀了你，不会因为你投降了就饶你一命！"

赵国庆不说话，十指弯曲，摆出了一个架势，如同展开翅膀即将高飞的雄鹰一般。

"魔爪功！"灰眼秃鹰吃惊地叫道。他所学的鹰爪功并非正统，因此能学得正统的鹰爪功也一直是他的心愿，因此一看到赵国庆的架势就开始心跳加速，想要占为己有。"你真的会鹰爪功？"

"你试试就知道了！"赵国庆阴冷地说。

灰眼秃鹰心里起了贪念，看了眼手中的军刀，怕自己失手会杀了赵国庆，那样就得不到正统的鹰爪功武学了，于是将军刀收了起来。

"如果你用刀的话还有几成获胜的希望，可要是弃刀不用的话你根本不可能赢得了我！"赵国庆直言道。

灰眼秃鹰却冷笑一声，不屑地说："就算是你真的会鹰爪功，可以你的年龄来看又能有什么成就？"说完就主动攻了过去，却没有使出真正的实力来，想要试探一下赵国庆使用的是否真的是他梦寐以求的正统鹰爪功武学。

赵国庆迎了上去，两人使用的同样是鹰爪功，如同争夺地盘的飞鹰一般打了起来。

两招过后，灰眼秃鹰就确定了一件事，赵国庆使用的确实是正统鹰爪功，而且造诣绝不在他之下。

如此年轻就拥有这样的造诣，难道这就是正统鹰爪功与自己所学的区别吗？

灰眼秃鹰一阵心动，更想从赵国庆身上获得正统的鹰爪功武学。

64　神秘人

贪念往往能把一个人送到地狱。

灰眼秃鹰想要从赵国庆身上获得正统的鹰爪功，怕失手杀了赵国庆放弃了使用军刀，反以并不纯正的鹰爪功去对付赵国庆。

同样是鹰爪功的中级造诣，正统和模仿之间是一道明显的分水岭。

十招之后，胜负就渐渐分了出来。

灰眼秃鹰之前是不想用刀，现在他是想用而没有机会去用，在赵国庆的压制之下节节后退。

正统的鹰爪功让赵国庆看起来像一只展翅高飞的雄鹰，而灰眼秃鹰当真像是一只没毛的秃鹰一般，摇摇欲坠。

"啊！"灰眼秃鹰发出一声惨叫，右手五指在与赵国庆的交锋中完全变形，失去了作战功能。

灰眼秃鹰连续后退，想要逃离赵国庆的攻击范围，赵国庆却乘胜追击，一招击在了对方左手手腕上。

"啊！"灰眼秃鹰又是一声惨叫，左手手腕断掉了。

两只手被废，灰眼秃鹰就像是突然折断了翅膀一般，直接从空中坠到了地上，没有任何的攻击力可言。

"咔。"赵国庆的手卡住了对方脖子，毫不留情地将其扭断。

灰眼秃鹰身子软倒在地上，眼睛却还睁着，一副死不瞑目之相。

此时他或许有些后悔没有使用军刀，后悔不该有那丝贪念，否则的话他或许还会有一丝的希望获胜。

杀了灰眼秃鹰后，赵国庆转身朝朱元忠跑去，中途抄起一把敌人使用的全自动步枪，顺便摸了个弹匣后就来到了朱元忠身边。

"喂，坚持住，我这就带你离开。"赵国庆说着就将朱元忠背在了背上，持枪朝冯小龙等人所在的方向跑去。

朱元忠趴在赵国庆身上完全闭上了眼睛，这或许是对赵国庆的信任，他相信只要有赵国庆在，自己就一定能活着离开这里。

冯小龙与敌人之间的战斗还没有结束，虽然有宋飞扬协助，但是短时间内想将眼前敌人全歼灭却有些困难。

就在大家想着如何才能将敌人快速歼灭时，敌人身后突然传来了枪声。

"看，是国庆！"贵卿欣喜地叫道。

"大家加把劲，杀光这些家伙！"赵国庆抽空吼了一声。

"队长、队长……"冯小龙四人先后叫道，一个比一个高兴。

宋飞扬脸上也露出了笑意，低声骂道："臭小子，好样的！"

有了赵国庆的出现，战况瞬间发生了逆转，刚刚还能勉强支撑的敌人阵营瞬间倒塌。

在赵国庆的突袭之下倒下了两人，剩下的人在两边夹攻之下没有坚持多久就全部阵亡了。

"国庆！"

"队长……"

众人相互叫喊着跑了过去。

赵国庆见到宋飞扬也在这里，急忙敬了个军礼叫道："大队长！"

"国庆，做得不错。"宋飞扬满意地点了点头。

"谢谢大队长夸奖。"赵国庆回了句，接着就讲道，"大队长，我向你打听个人。刚刚我差一点死在里面，是一个女人突然出现帮助我摆脱了危机，我想问下她是谁，也是我们飞龙特种部队的人吗？"

"这个……"宋飞扬并不善于说谎，他当然知道赵国庆说的人是萧娅婶，可萧娅婶故意伪装就是不想让赵国庆认出她来，他也就不能说出萧娅婶的身份。"元忠受伤了？天呀，还伤得这么重！快，快送他回去治疗！"

搞什么……用得着这样吗？

赵国庆暗骂一句，因宋飞扬故意转移话题而不爽，却也是无话可说，只能应道："是！"

宋飞扬让赵国庆等人先护送朱元忠回去，自己留下来和萧娅婻道了个别，至于她的身份则暂时成了一个谜。

朱天成想要知道她是谁。

贵卿想要知道她是谁。

赵国庆更想知道她是谁。

可是，除了宋飞扬外这里没有一个人知道萧娅婻的身份，而宋飞扬不愿意说，其他人也没辙。

中途赵国庆向贵卿打听，只得到萧娅婻不是飞龙特种部队的信息，其他的一概不知。

"你要是弄清楚她的身份后麻烦也告诉我一声，我也想知道她是谁。"贵卿回道。

赵国庆一脸的无奈，只能暂时放弃了寻找萧娅婻的身份，护送朱元忠回到二号基地。

天亮之前所有战斗都结束了，二号基地的危机也跟着结束，剩下的只是清理战场。

关于暗之佣兵袭击飞龙特种部队的事，宋飞扬只是向上级进行了相关的汇报，却并没有将这件事透露给外界。

暗之佣兵派出了近百名铜色级别的佣兵和六名银色级别的佣兵，结果却以全部阵亡而告终，这件事让整个暗之佣兵团元气大伤，短时间内他们也不会再来二号基地找赵国庆的麻烦，至于这件耻辱的行动他们也不会主动告诉外界。

一时间，发生在二号基地的战斗就像从来没有发生过似的，除了飞龙特种部队和暗之佣兵外根本没人知道和提起。

朱天成满身是血地冲进二号基地，一见到赵国庆等人就叫道："元忠呢，元忠在哪里？"

"他在里面抢救。"赵国庆回道。

"抢救？他受伤了？伤得重不重？"朱天成一连串地问，毕竟朱元忠是他的亲弟弟，这件事也是因他才发生的，他自然非常担心朱元忠有个三长两短。

宋飞扬这时从赵国庆等人身后的房间走了出来，沉着一张脸向朱天成讲道："朱元忠不会有事的，你在这里大呼小叫反而会影响他休息。"

朱天成一见到宋飞扬就无形中矮了一截，况且二号基地遇袭的事他也有一定的原因，声音有些颤抖地叫道："大……大队长！"

"关于二号基地遇袭的事我希望你尽快给我一个完整的报告！"宋飞扬沉着脸说，对朱天成做的事非常不满。

"是。"朱天成无力地应道。

"另外，我听说你承诺过赵国庆他们救出朱元忠小队会得到一些积分，希望你能兑现自己的承诺。"宋飞扬说。

朱天成看了眼赵国庆，不情愿地应道："是。"

赵国庆小队每个人都心里窃喜，这次行动除了获得G级任务的相应积分外，还额外获得了三十积分，一下子就超过了朱元忠小队，成了完美的翻身仗。

宋飞扬又训斥了朱天成几句，然后就赶回飞龙特种部队总部去处理事务。

朱天成遵守承诺，给了赵国庆小队应得的积分，心里面却不爽地叫道："赵国庆，你给我等着，这事情还没有完！"

赵国庆却不理会朱天成，带着自己的队员和贵卿离开，少不了的是一场小小的庆祝。

接下来的一段时间内，不管是赵国庆等人还是二号基地都需要休整，也就过了一段平静的日子。

为了处理自己在二号基地遇袭事件上所犯下的错误，朱天成算是忙了个焦头烂额。

朱元忠的伤势算是稳定了下来，可他却在床上昏迷了两天两夜，直到第三天才清醒过来，睁开眼就看到了守在身边的朱天成。

"哥，赵国庆呢？"朱元忠神色紧张地问。

"元忠，这次又让赵国庆抢了个风头。不过你不要着急，先安心养伤，等伤养好之后我有的是办法整他！"朱天成恶狠狠地说。

朱元忠犹豫了一下说："哥，赵国庆是我的战友，我不想再针对他做任何事了。"

朱天成一怔，盯着朱元忠讲道："我说你是不是睡两天睡昏头了？他是你的战友不错，可他处处抢你的风头，难道你就不想打败他成为飞龙特种部队第一？"

"想。"朱元忠点了点头，紧接着就又讲道，"不过，我和他之间的差距实在是太大了，怕是永远也不可能打败他成为飞龙特种部队第一。"

"你……"朱天成气得伸手就想给朱元忠一耳光，可手抬起来后就放了下来，哼了一声说，"你先养伤吧，等伤养好之后再说！"

"哥。"朱元忠刚开口，朱天成就摔门而去，只留他在屋里摇头叹气。

一次死亡之战让朱元忠明白了一件事，他和赵国庆之间差的并不止是个人的实力，无论是战友之情还是指挥作战上他都远不如赵国庆，这才是真正的差距。

死里逃生后，朱元忠决定以后要改变自己，试着去接纳那些实力不如自己的人，就算是做不到赵国庆那样也要成为令同伴尊敬和信赖的人。

朱天成站在房门外，双拳紧握，两眼赤红，身子气得微微颤抖。"赵国庆，你究竟施了什么魔法竟然能让我弟弟改变对你的看法？不过，没用的，只要我朱天成在飞龙特种部队一天，你就永远也别想抬起头来！"

赵国庆并不知道朱天成刚刚做了一个决定。

以前朱天成是利用朱元忠去对付他，现在朱天成决定要亲自上阵，誓要打压赵国庆，并想将赵国庆赶出飞龙特种部队。

如果赵国庆知道这些的话，那一定会非常奇怪。

我究竟做了什么让你不高兴，难道只是因为我比朱元忠更出风头？

作为飞龙特种部队的副大队长，朱天成绝不会那么小心眼，他针对赵国庆另有原因。

65　级别挑战赛

二号基地危机中赵国庆基本上没有受什么伤，贵卿、冯小龙等人伤得也不重，经过一个星期的休养之后就又开始踏上任务征途上。

接下来的一个月内，赵国庆小队又接连完成了几个堪称漂亮的任务，小队积分也直线上升。

相比之下，朱元忠身受重伤，经过一个月的休养虽然也能下床活动了，但是对小队的影响却非常大。

这一个月，朱元忠的小队基本上没有外出执行任务，唯一一次也只是完成了个 D 级任务，小队积分被赵国庆小队远远甩在后面。

一个人的性情不可能一下子就一百八十度的大转变，朱元忠受赵国庆影响开始强迫自己改变，他开始试着关心、了解队员，这一个月少有外出执行任务也是想等队员们休养好身子后再说。

这样的转变让臭脸乔和队员们一下子无法接受，都在想着朱元忠是否吃错了药或者玩什么花招？

时间长了，大家才发现朱元忠是真的变了，把大家看成了战友，而非用来和赵国庆较量的工具。

这样的转变自然大受队员们的欢迎，可是却让有些人不高兴了，那就是副大队长朱天成。

经过一个月的观察，朱天成发现弟弟真的不再想和赵国庆为敌，甚至在某些方面还处处护着赵国庆，这让他非常生气。

好吧，没有你老子一样可以对付他！

朱天成发狠地叫道。

朱元忠确实明里暗里都在护着赵国庆，有一次他甚至亲自跑去找赵国庆，告诉他自己哥哥要对付他，让他小心一点。

对于朱元忠的提醒赵国庆自然表示感激，对于朱天成想要对付自己他只用两个字来反应，呵呵。

上次完成任务归来，赵国庆让大家在基地里面休整了两天，第三天他向焦鹏飞吩咐道："去看看还有什么适合我们执行的任务。"

"队长，都到这个时候了你还想出去执行任务？"焦鹏飞一脸惊讶地看着赵国庆。

这个时候？什么意思？

赵国庆一脸不解地看着焦鹏飞。

"两天后就是级别挑战赛了。"焦鹏飞提醒道。

级别挑战赛！

赵国庆猛地回过神来，差点把飞龙特种部队每年一次的盛会给忘了。

级别挑战赛，顾名思义，指的是级别之间的挑战。

就像列兵和上等兵的区别，又或者一级士官和二级士官之间的区别，飞龙特种部队里每位成员间的区别也非常明显。

先不说资历高低的不同，是小队长、中队长、大队长就有几个级别区分。

飞龙特种部队每年都会举行一次级别挑战赛，目的就是为了给级别低的成员一个露头的机会，同时让级别高的人有一种危机感，从而让每个人都不断地磨炼自己，使单兵战斗力和整体作战能力达到一个提升。

从进入飞龙特种部队那天起赵国庆就期待着级别挑战赛，不为别的，只为了证明自己的能力。

如果自己能一路挑战成功，那就能证明自己是飞龙特种兵第一，就可以去找宋飞扬，让他兑现之前的承诺。

"级别挑战赛，终于要来了吗？"赵国庆轻声自语，心里有些许激动，不管能不能成为飞龙特种兵第一，他都要尽全力试一试才行。

既然两天后就是级别挑战赛了，赵国庆也就不再外出执行任务，利用这最后两天时间对自己进行最后的打磨。

与冯小龙等人道别之后，赵国庆就来到了曾经与宋飞扬切磋的小树林里练习起来。

形意拳被赵国庆打得虎虎生威，拳风凌厉，圆满境的形意拳加上五倍的爆发力，理论上与敌战斗中形意拳应该能发挥出比鹰爪功更加强大的威力才对，可每次赵国庆都是以鹰爪功克敌制胜。

严格意义上来说，赵国庆与敌战斗中只使用了形意拳格斗招式，却没有利用心脏的功能去爆发五倍的力量。

原因很简单，这个秘密是他最后的保命绝招，不到生死关头他是绝不会透露一丝痕迹的。

鹰爪功方面，上次与灰眼秃鹰大战之后，赵国庆对鹰爪功又有了些许领悟。

刚开始，那些领悟只是非常的朦胧，如雾里看花一般。

经过这一个月来的不断琢磨与练习，赵国庆才真正将那些领悟化为了实际。

虽然鹰爪功修为还停留在中级水平，但是同样的招式使出来，威力却比一个月前更加强劲、凌厉。

形意拳打了两遍之后，赵国庆又将鹰爪功使了数遍，最后对着棵腰身粗的树连击数拳。

"嘭！嘭嘭！"树身上现出几道如钢爪抓过的痕迹。

赵国庆满意地笑了笑，这样的力道打在人身上就算不骨折也会脱层皮肉。

"空有一身的蛮力，对敌时有什么用？"一个粗重的声音不屑地说。

赵国庆心里一惊，本能地回头看向声音传来的方向，同时手中暗扣了把飞刀。

要知道这里非常隐蔽，每次赵国庆训练的时候都会耳听八方，时刻注意周边的动静。

别说是人了，就算是一只小动物从这里出没都会被他发现。

可是，这次赵国庆在对方开口之前却没有丝毫的察觉。

对方是谁，为什么会在这里，来这里又有多长时间了？

一系列的问题浮现于赵国庆的脑海，目光随之落在声音的主人身上。

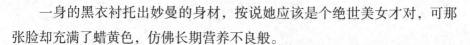

一身的黑衣衬托出妙曼的身材，按说她应该是个绝世美女才对，可那张脸却充满了蜡黄色，仿佛长期营养不良般。

是她！

赵国庆立即想到一个多月前二号基地危机的事，当时自己陷入绝境之中，一个女人突然出现致四名银色级别暗之佣兵死亡，自己这才有机会脱离困境，并杀了灰眼秃鹰。

实话说，上次见面时天色黑暗，赵国庆根本没有看清对方的样子，可是再次见面时他却有一种强烈的感觉，她就是当时那个女人！

此时站在赵国庆面前的确实是他的未婚妻萧娅婻，只是萧娅婻戴了张"人皮"面具，这才没被他认出来。

上次萧娅婻的出手相助，不只是解决了赵国庆当时面临的危机，为赵国庆带来更多的是震撼。

天呀，世界上还有这么厉害的人，一出手就如同探囊取物般轻松地杀了银色级别暗之佣兵，那速度、那身法简直就不是人类应该有的。

其实赵国庆见过远比萧娅婻厉害的人，那就是他的哥哥赵爱国。

赵国庆从赵爱国身上学到不少的东西，只是赵爱国的强大远非他所能想象得到的。

因为赵国庆从小被安了天生心脏病的名头，终生不能学武，所以赵爱国并不敢在赵国庆面前表现得过多，以免刺激到这个天生体质虚弱的弟弟，而赵国庆从赵爱国身上所学到的不过是一些凤毛麟角。

诚然，赵国庆非常感激萧娅婻之前的出手相助，同时也非常尊敬她，可是却被她刚刚的一句话惹得心里有些发毛。

"你说我不过是空蛮力？"赵国庆有些不服地说。

"难道不是吗？"萧娅婻反问，故意将声音变得粗重，以免被赵国庆听出来。"如果你不服的话，那我们可以过两招试试，只要你能沾到我的衣服，那就算是你赢！"

沾到衣服就算是我赢！？

赵国庆有些愤怒，感觉萧娅婻实在是太狂妄了。

就算是你厉害好了，可我也绝不会弱到连你的衣服也碰不到吧？

因为知道萧娅嫡绝不是敌人，所以赵国庆将飞刀收了起来，不过心里却不服气，想要和对方一较高下。

况且，能与一名真正的高手切磋对自己也非常有利，赵国庆岂能放过这个机会？

"好，这可是你说的！"赵国庆说完就直接扑了过去，嘴里叫道，"我来了！"

萧娅嫡站在原地没动，当赵国庆伸手将要触碰到她时，她却脚步微动，轻轻松松地就避开了赵国庆的袭击。

赵国庆一击未中，马上折身又伸手去抓萧娅嫡，可还是被避开了。

如此四五次，赵国庆总是连萧娅嫡的衣服都碰不到，这时他才发现对方不是狂妄，而是自信。

萧娅嫡脚步连动，与赵国庆拉开四五米的距离后停下来不屑地哼了一声，开口说："你还是使出全力吧，这样下去到明天你也碰不到我。"

赵国庆之前并没有使出全力，他本以为对方是个女人，想着自己一个大老爷们儿使出全力去对付一个女人，这是不是有点太说不过去了？

这时被萧娅嫡一点，赵国庆才醒悟过来，自己犯了一个大错。

对方可是举手投足间就能要了一名银色级别暗之佣兵高手的命，自己把她当成一个女人看待实在是太愚蠢了。

绝不能将她单纯看作是一个女人，应该将她看成生死战斗的劲敌，只有拿出全力来才有打败对方的机会！

醒悟了这一点后，赵国庆暂停攻击，深吸一口气暗自调息，接着叫道："我要动真格的了，小心！"说完就扑了上去。

这次赵国庆使用的是威力比一个月前更加强大的鹰爪功，而且还是全力使出，俨然将萧娅嫡看成了一名劲敌！